于琇荣 著

南风歌

山东文艺出版社

图书在版编目（CIP）数据

南风歌/于琇荣著.—济南：山东文艺出版社，2020.7
ISBN 978-7-5329-6146-7

Ⅰ.①南… Ⅱ.①于… Ⅲ.①长篇小说—中国—当代
Ⅳ.①I247.5

中国版本图书馆CIP数据核字（2020）第084502号

南风歌

于琇荣　著

主管单位	山东出版传媒股份有限公司
出版发行	山东文艺出版社
社　　址	山东省济南市英雄山路189号
邮　　编	250002
网　　址	www.sdwypress.com
读者服务	0531-82098776（总编室）
	0531-82098775（市场营销部）
电子邮箱	sdwy@sdpress.com.cn
印　　刷	山东德州新华印务有限责任公司
开　　本	710毫米×1000毫米　1/16
印　　张	22.5
字　　数	350千
版　　次	2020年7月第1版
印　　次	2020年7月第1次印刷
书　　号	ISBN 978-7-5329-6146-7
定　　价	52.00元

版权专有，侵权必究。如有图书质量问题，请与出版社联系调换。

南风之薰兮,可以解吾民之愠兮。
南风之时兮,可以阜吾民之财兮!

目录

第一章 ⋯⋯ 001
第二章 ⋯⋯ 013
第三章 ⋯⋯ 027
第四章 ⋯⋯ 056
第五章 ⋯⋯ 084
第六章 ⋯⋯ 095
第七章 ⋯⋯ 110
第八章 ⋯⋯ 121
第九章 ⋯⋯ 141
第十章 ⋯⋯ 153

第十一章 ⋯⋯ 173
第十二章 ⋯⋯ 188
第十三章 ⋯⋯ 218
第十四章 ⋯⋯ 236
第十五章 ⋯⋯ 262
第十六章 ⋯⋯ 286
第十七章 ⋯⋯ 316

第一章

　　多年后的一个夜里,谷子青从梦里醒来,他睁开眼睛,直勾勾地盯视着天花板。黑漆漆的夜,像一片混浊的融化不开的浓雾,在这片雾里,谷子青忽然意识到,自己跌宕的人生都与土地有关,它就像来自命运的诅咒,在不经意的刹那将自己推进痛苦的深渊。他为这突如其来的发现惊慌失措,就像站在无垠的田野里,自以为坚实厚重的土地只不过是一层伪装的浮土,下面是树枝和稻草搭起的陷阱。

　　"土地流转协议书"的打印墨香隐约还在鼻端萦绕,谷子青觉得脚下的土地正在坍塌,自己将要跌落到哪里?不得而知。他甚至觉得身子底下的土炕,都随着忐忑的心飘摇起来。

　　他侧头看向窗外。窗外静悄悄的,整个世界陷入黎明前最深沉的酣睡当中。他平心静气地侧耳聆听,听到了夜风挤进窗缝的咝咝声,枯叶离枝掉落的啪啪声,甚至听到了钢筋水泥在低温下冷缩以及沙尘打在玻璃上的声音,单就没有多余的呼吸声。他确定,并真切地感觉到,这一排空旷的房间里,只有自己一个人的呼吸,除了那只行踪不定的狗。他有些后悔,不该让儿子谷仓盖这么一大排房子,高墙大院,青砖红瓦,白日里看着体面,到夜里死一样的寂静让人心悸。他感觉自己再次跌进被抛弃的荒野,就像第一次离开家时一模一样。

　　他坐起身,推开崭新的铝合金纱窗,窗框金属摩擦的声音唬得他一怔,抬眼看,当空一轮皎洁的满月让他的心渐渐平静下来。

　　生活如果没有爱,无疑是不幸的。而长久耽于这种不幸的人会变得麻木、冷漠,就像习惯于一根扎进肉里的刺,偶尔疼一下,也就疼一下,不会去探究疼的源头。谷子青从不怀疑一根刺存在的合理性，他觉得就像孤独、苦难对于人生一样，本就是人生固有的一部分。

没想到，大年初二刚睁开眼，就在谷子青做好再次把自己扔进清冷孤寂之中的准备时，一场突如其来的大雪把孙女谷穗留了下来，给了他意外的惊喜。

不能再浪费时间了，他脑子飞速旋转，词汇湿漉漉的，化成一个个小飞虫在半空乱窜——说什么呢？难道像昨天一样，把时间浪费在一趟一趟去村口看来没来公交车上？他看向窗外，雪更大了，车今天一定不会来的。

一定要说点什么。谷子青开口了，一个积蓄已久的念头，在开口的同时渐渐成形——说服谷穗回家乡工作。

"没挨过饿的人，是不会理解的，人咋会在粪堆里给自己刨个坑，枕着诊包躺在坑里死去呢？"谷子青对谷穗说着，下意识瞥了一眼板柜——诊包就在里面，被红布包裹着。

谷子青说的是一九四一年的事。那是个少有的糟糕年景，从头年秋上到来年春头持续大旱，沟渠干涸，大地裂着焦渴的缝隙。临近麦穗灌浆的日子，又接连刮了三天热风，麦粒瘪得像老太婆的乳房，蔫蔫地垂吊着。全村人用每天两碗野菜清汤维持到了秋天，眼珠子眦出眼眶守在地头，掰着指头数着玉米抽穗、结籽的日子。眼见玉米嗖嗖地长成半大小子一样高，却遭遇了百年不遇的蝗灾。谷子青的爷爷就是在那年，带着满身满脸黄绿色的蝗虫残肢倒在惠河河套的积肥堆里死去的。

谷子青后来问过娘，为什么爷爷枕着诊包死在积肥堆里，又为什么把诊包留下，且代代相传。积肥堆里面除了腐烂的残草败叶，就是到处捡拾来的人、畜、家禽的排泄物，脏且不说，总是透着令人羞耻的晦气。

"你爷爷不是饿死的，他是没了念想自己不想活了。一辈子诊脉的手，被日子逼得扒树皮、挖野菜，好不容易盼着玉米有点收成，还被蝗虫毁了。唉，人活着啊，凭的就是一股子劲儿，这股劲儿没了，人也就活不成了。"谷子青记得娘说完，又蹲下身，用水汪汪的眼睛直视着自己，说："以后不管遇到啥难过的坎儿，都不能泄了那股子劲儿。听到没有？"

谷子青虽不明白，但还是使劲点点头。

他觉得娘在答非所问。

不急，以后有大把的时间问娘，谷子青心想。可他没想到，世上无有保全的事，一切都是那么不可靠，仿佛转眼的空儿，娘就成了碳素画像，被挂在堂屋北墙上。又过了几年，那个位置换成了媳妇舒文的黑白照片，娘的画像被卷成轴，靠着诊包放在板柜里。

谷穗没挨过饿，不理解，也没心情了解爷爷讲的事，窗外漫天飞雪让她犯愁——公交车停运，困在枣林湾已经一天一夜了，这个连狗吠都得不到回应的空旷村落让她厌烦。

那只叫做"虎子"的老狗躲在驴棚里。它终于累了，玩了一上午的午餐肉铁盒，它只瞥了一眼，再提不起拨弄的兴趣。旁边石雕一样静默的老驴像得了皮癣似的，裸露着一块块褐色驴皮。它曾拥有缎子一样金黄油亮的毛发？真让人怀疑。显然，漫天飞扬的大雪让它很兴奋，呆滞的眼神闪过一簇光。冷空气好像刺激了驴的鼻子，它扭了一下脖子，噗，打了个很不成功的响鼻。虎子受惊吓似的，打个激灵，往棚沿走了两步，抬头，继续望着烟灰色的天空发呆。

谷穗也顺着它的目光望向天空，心想：这雪，可什么时候停呢？

谷子青看出谷穗心不在焉，但他不想停下来——沉默比雪更冷。他给炉子新添了一铲煤，用铁钩子使劲通了几下灶膛，火舌呼地钻了出来，感觉心也一下暖了。他望了望窗外的大雪，心里美滋滋的。

他搬一个小马扎，坐在炉子边——人老了，身上有酸腐味，他不想熏着谷穗。

"人这辈子，总有一个归宿在后面等着。"谷子青对谷穗说。他决定从死亡开始讲述，他觉得这种倒叙的方式更能引起共鸣。坟墓，世界上唯一平等的审判之地，它是可以跨越一切阶层的必归之处。在死亡来临之前，他也想通过追溯，先期给自己一个公正的评估，毕竟自己已经年逾古稀了。

他的判断是正确的。谷穗从"归宿"想到死亡，想到自己生命的起源——如果眼前年逾古稀的爷爷在少年夭折，那将不会有自己。自己是否会以另一种物质形态在世间存在呢？比如一粒沙，比如一株植物。即便有幸为人，但绝不会是自己现在的容貌、性格、思想，因为遗传基因在她身上体现得淋漓尽致。

她神色变得松弛，饶有兴致地看着爷爷。

"那是在一九四七年，一个寻常的晌午，在村北惠河，俺第一次受到了死亡的威胁。"谷子青说着，脚趾下意识地使劲弯曲，吸盘一样牢牢抓着地。

那是个少雨的年份，又恰逢小麦灌浆期，土地把惠河里的水吸得干干净净，仅存的一点河水薄得像层锡纸，闪着银光，鱼虾在河床上跳跃、挣扎。谷子青站在河心，两只脚在淤泥里缓慢下沉。他叉开双腿，努力让十个脚趾像树的根须，抓住河滩。湿滑的淤泥绸缎一样渐渐地从脚趾缝中透过来，淹没脚面、脚踝。

如果他想离开应该还来得及，但他不想。自己不过想捡几条食指大小的鱼而已，怎么可能就会丢了性命？小伙伴光着脚丫，咯咯咯嬉笑着在河床上追逐打闹。谷子青抬头看看太阳，炽烈的日光晃得脑仁疼。眼前一切如此不真实，他恍惚在梦里，置身在另一个宁静、封闭的空间。

噗，他的左腿猛地下沉，一股强大的吸力使劲牵引着双脚在往地心里走，往黑暗里走，往未知的死亡深渊里走。

谷子青并不恐惧死亡，也许在八岁的男孩心里根本就没有死亡的概念，它只是一个词，和红薯、窝头或者烂鞋子一样，真实而必然地存在着，然后磨损、坏掉、丢弃，再买新的来。世上万物不都是这样吗？麦子绿了黄，种了收。老树砍了去，一场雨后，从老树桩的旁边又会有崭新的树芽冒出来。燕子来了，孵一窝叽叽喳喳的小燕子，来年，小燕子大了，又孵一窝新的小燕子。谁会追问老燕子去了哪儿？总归是死了的，或落入水里喂了鱼，或腐烂在泥土里，养肥了一方田，再或者被什么东西啄食了去，果了腹，无论怎样，总归都有个归处在等着它。难道这被上游截了水源的干涸惠河就是自己的归处？谷子青想。

谷子青双脚酸麻，像无数只小虫在一点一点往腿上爬。他试着抬右腿，稍一用力，左腿陷得更深。他停止挣扎，平静地看着淤泥汨汨泛起的水泡一点一点吞噬到膝盖。一条小鱼在水泡里喘息，谷子青弯腰把它捧在手心里，小鱼翻腾着，做着濒死之前的挣扎。他一用力，把小鱼扔到旁边的小水洼里。见了水，小鱼欢快地摇摇尾巴，游走了。谷子青忽然为没能在死之前与爹娘告别忧伤起来，他望向村里家的方向，村子里静悄悄的，黄泥土墙上几个"耕者有田种"的鲜红大字清晰可见。

爹娘去了哪儿？

俺应该喊人。谷子青想。

他开口喊了,喊的是"娘"。

原是用了全力喊出的一声,却迅速被更大的惊慌杂乱的声浪淹没——上游放水了。随后,水流轰鸣着像龙卷风一样涌进惠河。距离岸边近的人,手脚并用爬上岸;在河心来不及跑的,便被水流裹挟着冲了下去。而谷子青,像河里的一根桅杆一样屹立不动——他动弹不了。等村里人发现他时,水面上只露出他黑乎乎的脑袋,像一颗漂浮的葫芦,随着水流左右摇摆。

谷子青被救了,同时被救的还有惠河两岸那一大片发黄的麦田。但村后山子叔在这场争水械斗中被榆木扁担打中后脑,死了。

爹娘是爱孩子的,但和庄稼相比,便更爱庄稼,在他们眼里,哪怕是一把麦子,或者一根挂满谎花的瓜藤,也超过人的价值。没有人因为有人死去而稍有耽搁,他们太忙了,整个村子也太忙了,他们第一次真正拥有土地,狂喜让他们像勇敢的壮士,毅然斩断笼罩在村子上空因战争、死亡带来的悲伤,用沾满汗水的膀臂去讨好每一寸土地,用动物野性疲劳的呻吟、眼睛里渴望的红血丝检视着每一棵麦苗。

那是个少见的丰收年,大地好像亏欠整个村的村民似的,铆着劲地催熟这片土地上的所有植物,连一颗随手抛下的葫芦种子,不过个把月光景,就已经爬到山墙上,垂着饱满的青皮葫芦在风中招摇地晃荡着。

同样生长的还有谷子青的口吃。

自被水淹后,谷子青流畅的语言功能被丢弃在了河水里。他大张着口在毫无意义地嚅动,娘以为那只是暂时受到惊吓,时间久了会慢慢恢复。而谷子青知道,河水已经在喉咙里生锈——这就是换取生命的代价。他变得沉默寡言。后来他惊喜地发现,当语言艰难地在嗓子里刮起旋风的时候,自己可以沉浸在行动之前的思考中,而思考的深度远超出语言描述的范围。

谷穗狐疑地看着谷子青,流畅的语言看不出一点口吃的迹象。

"哦,后来也不知怎么就好了。"谷子青解释道。

麦子终于成熟了。炽烈的太阳挂在当空,一眼望不到头的黄澄澄的麦浪波连天际,风吹过来,干枯的麦芒大海一样汹涌起伏,发出悦耳的沙沙声。这时,淹没在田里割麦的人,会捶打着酸痛的腰直起身,望望天,望望远处的麦田、错落有致的枣树,听听风吹树响,然后相视一笑,深吸一口气，用空气中弥漫的麦草香填满胸腔，俯下身，顺着麦垄，以比之前更快的速度把期待了一冬一春的庄稼抢收回家。

麦收时节，天气诡谲多变，刚刚还是艳阳高照，一眨眼的空儿，乌云就会从天边翻滚奔跑着来到头顶；或者根本没有一点风的预兆，凭空就落下一场莫名其妙的大雨，把成熟的麦粒打落在泥土里。谷子青爹是不怕的，今年他家开镰早两天，最后一场麦穗已经摊开轧完一遍，再有三遍、五遍就可以打垛、装袋。他肩上垫了块毛巾，赤着上身，使劲弓腰拉着石磙，粗粝麻绳透过毛巾勒进了肉里，被汗沤得生疼。为了让麦穗碾轧得更均匀彻底，谷子青跟在爹后面，用槐树枝做成的木杈一遍一遍翻腾着麦穗。木杈比他高很多，用起来很不顺手。

但谷子青心里是欢喜的，他喜欢这个沸腾的日子，仿佛整个村子的笑声都簇拥到村后的打麦场上。村子里的人也都齐刷刷出现了——无论是学生还是在外做事、做工的人都回来了，割麦的、拉车的、用铡刀切麦穗的、把麦穗摊到场上的、拉石磙的、翻场的，就连走路还不利索的孩子，也会端着一碗水跟跟跄跄地往场里跑——给大人送水。"嘟唠儿、嘟唠儿"聒噪的麦知了的叫声，混杂着汗味、麦香味、泥土味，整个世界像一大锅煮沸的水，是燥热的、喧嚣的，也是喜悦的、幸福的。爱开玩笑的会扔几个笑话，引得大家哄堂大笑。笑话荤了，秀气的女人便抿嘴笑着，红着脸低下头，借忙活手里的活计掩盖羞涩；脾性爽利的，便顺着话茬反唇相讥，引得小叔子、嫂子围着场院嬉笑追打，场院里便会扬起一团说不清的氤氲雾气，把人心烘烤得着了火一样暖，疲劳也就随着笑声烟消云散。笑够了，再看看天，便知道该到了吃午饭的时候了。

这时，娘便来了，白麻布裹着一只海口大碗。谷子青永远忘不了解开麻布瞬间的惊喜——一摞烙饼。那时小麦产量少，即便遇到丰年，交去公粮也就所剩无几，家家户户便都留着，到过年，蒸一锅花馍，点上红点，提着去走亲戚，而娘居然做了烙饼。谷子青迫不及待地抓起烙饼咬了一大口，蓖麻油的清香和新麦黏韧的甜一起钻进鼻子。多年以后想起，谷子青依然能回味起那股香甜味道。

就在全村人在麦场享受收获的喜悦时，爹独自去了收割后的麦田里。

"他是个眼窝子浅的男人。"村里人说。

"眼窝子浅"是指人心软、爱哭，听到别人的苦难，眼泪往往抢在讲述人话音落地之前从眼窝里滚出来。女人眼窝浅存不住泪也就罢了，男人爱哭难免遭人讥讽。每到这时，爹往往会窘红着脸，慌不迭地用各种小动作做掩饰把泪擦了去，再找个借口匆匆离开。人是离开了，但用想象续接的情节往往比讲述的真实苦难更悲惨，这让他寝食难安饱受折磨，只能力所能及地去帮助别人换得心安。就像此时，他留下两捆割好的麦子给拾麦的四奶奶——在与邻村争水的械斗中，她唯一的亲人山子被打死了——爹就站在铺满一地金黄麦茬的空旷田野里发呆。

此时，夕阳像打翻的调色板，一道一道绚烂的色彩层层叠叠染红天际，打在他身上一道橘黄，连同那条衰老的狗，也被镀上一道昏黄的光圈。一群麻雀飞来，落在麦田里啄食遗落的麦粒。一股风来，或者根本没有风，只是麦粒被啄食尽了，呼，麻雀又飞起来，在空中盘旋两圈，又呼的一声落在相邻的麦田里。若在平时，狗早就嗖地蹿出去，去追逐轰赶麻雀，但这会儿，老狗仿佛感知到爹的情绪，它安静地站在他身边，对麻雀起起落落近乎挑衅的行为视若无睹，追随着爹的目光，眺向远方——望不到尽头的一地凌乱金黄的远方。

太安静了，时间仿佛停驻了一样。喧闹、喜悦的割麦季终于过去了，耳边女人咯咯咯的笑声甚至还在田野的上空回响，眼前却已是一片芜杂空旷景象。

谷子青不知道那片单调的景象有什么神奇之处在吸引着爹。后来他想，爹是在哀悼，是一种莫名的不祥预感让他闷闷不乐。

"孩子，你要爱土地，只有它，才会给你超出你所求所想的回报。"爹经常对谷子青这样说。

但那天没有。

爹低下头，折断一枚生长在地埂上的雏菊，牛奶一样浓白的汁液从断裂处溢出来，流到手掌因割麦而新生的血泡上。他把雏菊放在掌心，黄黑的手，粗糙的掌纹，晶莹的血泡，黄的雏菊，组成一幅色彩斑斓的画。他呆呆地看着，深呼一口气，下意识地用手捋了捋鬓角——白发最先生长出来的地方。呼的一声，又一群麻雀从麦茬里腾空而起，从爹的头上飞过。老狗生气地追了出去，又惊起更多的麻雀叽叽喳喳地从麦田里仓皇而逃。

爹也不唤狗，转身，沿着地埂往村里走。

老狗停住奔跑，看看爹，朝空中麻雀的影子吠两声，使劲抖了抖狗毛，看看麻雀隐匿的槐树林,又看看空无一物沉寂的天空,扭身,颠着碎步去追赶爹。

当时,霞光渐褪,大地被笼罩在一片暮色之中。看到这一幕的谷子青,忽然感到一阵说不出的忧伤,他心抖成一团,禁不住嘤嘤地哭出声来。他不知道,多年以后,自己也会像爹一样,站在同一片麦田里发呆——暮色四合的田野,空气中飘浮着纱一样轻薄的雾霭,苍穹浩瀚沉寂。他感觉有一股博大深邃的力量从地心深处传来,他被这股力量所震撼,不由得流下泪来,只是身边换成了一只叫做虎子的狗。那只老狗死了,被埋葬在麦田西北角,谷子青亲手种了一棵槐树——让它以一棵树的姿态继续活着。

"土地是个啥?"谷子青在烧红的炉盖上撒了一把黄豆,边拨弄边自问自答似的说,"俺常这样问自己,俺不知道自己为什么对它割舍不下。为了吃饭?俺做过很多工作,赚的钱可以买下这片土地上生长出的任何粮食、瓜果。为了财产?农村的土地值钱吗?闲杂打工一个月赚的钱比种一年粮都多。只要有钱,可以随便租赁任何一块土地。俺是心疼啊,真心疼,人怎么可以轻慢土地呢?它是万物的根本,只要肯流汗,它就没有任何条件地给予回报。唉,可惜啊,只有挨过饿的人才能体会。"谷子青叹了口气,胃随着一个"饿"字开始痉挛。他想起了蜷缩在偏僻地头的四奶奶。

他把烤好的黄豆拨到小碟里,递给谷穗,继续讲述着。

四奶奶死了,在谷子青他爹给了她两捆麦子的那天夜里,也可能是第二天凌晨,没人知道死亡的确切时间,当发现她去世的时候,已是第二天中午。

谷子青相信,异象是发生重大事件的预兆和象征。那天临睡前一切还是好好的,夜风清爽,空气里飘浮着淡淡的新麦香味,星光澄澈,没有流云遮挡,北斗七星清晰可辨,爹却有点焦躁不安,眨巴着眼睛翻来覆去睡不着。睡不着的还有那条老狗,它沉重的喘息声像被塞住鼻子的牛。然后他就听到了风声。风声很大,仿佛呼啸着长途跋涉而来。紧接着是雨点,啪啪啪打在屋顶、窗户上。

听着风雨声,谷子青眼皮迅速垂落,他睡着了。

"这季节咋有这么大的风?"爹说。

"幸亏把麦子碾完了。"娘怀着侥幸逃脱灾难的喜悦。

当然,这些谷子青并没有听到,是第二天娘和邻居聊天时复述了一遍当时的情形,以确定四奶奶当时还没有从家门前走过,还没有去到地里,去抢割遗落在地头上的那几把麦子。

她就那样死了,倒在低洼处的水窝里,一手紧攥着一把没割下的麦子,一手死死握着一把黄土,没有一丝血色的脸惨白惨白的,脖子下一道小孩子嘴一样深的伤口,一把镰刀横在旁边,藏青色布衫和黑裤子上沾满了泥浆。除了她,雨后的整个世界都是崭新的,炽烈的太阳,麦知了在欢快清脆地鸣叫,沾着雨露的榆树、枣树叶子闪着翠绿的光泽,空气中飘浮着泥土湿润的腥味和植物腐烂的气息。村里人揣测,四奶奶是在割麦的时候滑倒的,却不巧,镰刀刚好割在喉管动脉上。

大家很悲伤,但没人对四奶奶夜里出来割麦感到诧异。

这是再正常不过的事。

人误地一季,地误人一年,谁能眼瞅着成熟的庄稼烂在地里呢,更何况是半生靠讨饭过活的四奶奶。

"四奶奶苦啊,四爷爷死得早,自己拖着山子叔还要养老娘。有一年冬天出外讨饭,讨了一碗小米汤,她小心翼翼地往家里赶,却不想身子太虚,腿一软跪到了地上。她忙用棉袄接住,一碗米汤湿透了袄前襟。她颠着小脚一路往家跑,到家脱下棉袄放到锅里煮,煮出三碗黑酱酱的米汤水养活了山子叔。"谷子青叹了口气,重又在烧红的炉盖上撒了一把黄豆。

谷穗吸吸鼻子,借着吃豆子的空儿用手擦了擦眼角——这也是个"眼窝子浅"的姑娘。

唉,人死了,总要埋啊,可埋哪里呢?谷子青他爹主张埋在四奶奶死的地方——土改分了田,睡在自己的田里就像睡在自己的炕头一样熨帖,可四奶奶的侄子田生爹不同意。四奶奶死了、山子叔死了,按村里的风俗,四奶奶家的所有遗产都该由田生爹继承,怎么埋葬四奶奶也要由他做主?一座坟要占不少地,少说也要少收一簸箕麦子,他那样的人咋会同意呢,虽然那本来就是四奶奶的地。

说到田生，谷穗眼前浮现出一张刀条脸，还有那线一样薄的嘴唇。

谷子青继续说："爹争执不过，只好和村里的人一起，由田生爹打着白幡在前引着，把四奶奶埋在槐树林乱葬岗子。"

没有至亲痛哭的埋葬是简慢的。在快走出槐树林的时候，谷子青爹突然猛地咳嗽几声，一个趔趄撞到了老槐树上。这时大家才发现他一脸青灰，眼睛不知是咳嗽呛的，还是伤心，汪着亮晶晶的泪。

"山子是为全村人死的，怎么能这样？他是为村里争水死的，怎么能这样？"爹哽咽着，胆怯似的把不满挂在嘴边嘟囔着。

刚刚围拢过来的人又迅速散去了。没人愿意听，也没人愿意去想，仿佛不听不想，心里就没有愧疚。

"怎么是为全村人死的呢？水也浇他自家的地不是吗？是，他是死了，那又怎么样呢？只能说他倒霉。倒霉和幸运一样，都是个运气活儿，就像抓阄一样公平，偏他摊上了而已，别人摊上也是一样的。"有人背地里嘀咕。

"人总是薄情的，"谷子青望着谷穗说，"只有宽厚的土地才能原谅和埋葬自私的人所犯下的所有罪恶。"

"不是绝对的爷爷，不是的。"谷穗红着眼睛看着他。

可怜的孩子，谷子青心里想着，躲避着她的目光。

等到月牙儿爬上槐树梢的时候，谷穗含着眼泪说："爷爷，我要写一本小说，一本关于粮食和土地的小说，就叫《枣林湾》。"

看谷穗流泪，谷子青很心疼，但更多的是窃喜，他看到了把谷穗从城里拉回家照料十三亩田和五十棵枣树的希望。虽说她学的是"土木工程"专业，但总归有个"土"嘛。谷子青心想。

雪在初五的鞭炮声中停了，噼里啪啦的鞭炮声从凌晨开始，一直响了一头晌午——村里做生意、打工的人多，老话说"破五、破无"，谁都想在新的一年讨个好彩头。雪停了，整个村落一片白雪皑皑，一簇簇鲜红的鞭炮碎屑落在地上，像一朵朵盛开的杜鹃花，煞是好看。

谷穗背着双肩包在前面走，谷子青提着装满花生、红枣的行李跟在后面。他们都沉默着，听着脚下咯吱咯吱的声音，心里除了冷，就是离别的伤感。

第一章

才几天的光景，谷穗像变了一个人，时常望着窗外发呆，或者翻看着泛黄的老照片一言不发，就连睡土坯炕，也不再抱怨太硬，硌得骨头疼。偶尔还会主动往灶膛里添一把柴火，把炕烘热，然后把脚伸进堆在炕头上的被垛里，等着和谷子青聊天。谷子青没想到自己这么能说，从白天说到傍晚，睁开眼，就用语言打捞着全新的自己，往事像窗外的雪花洋洋洒洒停不下来。此时走在路上，他感觉自己轻飘飘的，被掏空了一样虚弱。被同样掏空的还有这个村落，空荡荡的没有生息。年轻打工的，放完鞭炮就走了，城里工人短缺，几家大加工厂天还没亮就派大客车等在村口来接人。做生意的，在城里买了房子，回村拜过年祭过祖也就没了踪影，全村这时也就剩几十个老年人和孩子在支撑着作为村落应有的生计烟火。

公共汽车停在村后几里外的公路上。谷穗接过行李不让谷子青送。他没继续坚持，他怕她走了，自己心里不熨帖，没了走回家的力气。站在白雪覆盖的麦田边，谷子青眼望着谷穗一步一步走远，上了车，直至车渐渐驰远，成为苍茫天地之间一个移动的小黑点。

望着雪地上谷穗的小脚印，谷子青心里一阵苍凉——幸福太短暂了，像在半空中炸裂的烟花，空气中硝烟味还没来得及散去，人已经走空了，未来的日子只有熬，熬过一春一夏一秋，等着盼着年三十团聚的那一刻。

立春了，麦苗返青，透过雪的遮蔽，依稀可见一层虚浮的绿意。田间地垄生长着一排排金丝枣树，枣树树干生得斑驳嶙峋，而雪后的枣树多了几分柔媚，黑褐色的枝条上挂着厚厚一层积雪，像盆栽，造型奇特，色彩鲜明。

远远地，从公路上走下一个人，踮着脚，右肩膀明显向上一耸一耸的，是田生。谷子青一下没了兴致，再看一眼公共汽车，早已不见了踪迹，他转身迅速离开。

日子总是不经过的。日升了，落了；花开了，谢了。月圆了几回，又缺了几日。小村的时光，像村前惠河的水，既没有干涸过，也没有暴涨过，悠悠荡荡，转眼，田野又被一层绿油油的玉米苗占据了。

这期间，儿子谷仓回来过三回，一回是帮他卖粮，并拿走了"土地流转协议书"，一回是送降压药，破天荒还有一回没有任何事，就是要陪他聊天，还要聊和孙女谷穗一样的内容。可谷子青说过就忘，哪记得住啊。

谷仓失望地走了。

等他再回来，带回了一叠手稿———谷穗不仅开始写小说《枣林湾》，并且擅自做主，由市规划局申请回县里做扶贫工作。

"现在，你的目的达到了。"谷仓愤愤地说着，扔下手稿转身就走。

捧着厚厚一沓手稿，往事像一枚一枚在炭火上烘烤的朝天椒，烧灼得谷子青的心生疼。他稳了稳神，颤抖着，翻开《枣林湾》的扉页……

第二章

一

这个有几十来户人家的村子叫枣林湾,虽然因为村南那片老槐树林而常被叫做大槐树村,但那是外村人的叫法,假如谷子青的父亲还活着,一定会蔑视地说外村人是蛮夫,没文化。

谷子青的父亲是先生,会看病的先生。据他说,这里是福瑞祯祥之地,县域的名字"卿云",就取自尧舜时期的歌谣《卿云歌》"卿云烂兮,纠缦缦兮。日月光华,旦复旦兮。"大禹治水,一共疏九条入海的黄河支流,这里就占了四条。到了明代建文年间,由于靖难之役,鲁北一带烽火弥漫、饿殍遍野,千里杳无人烟。为此,朝廷决定从山西往鲁北迁徙人口。这一路颠沛流离、风餐露宿,迁徙者苦不堪言,走不动了,就地安置生息。

一对逃难的夫妻走到这里,看到两条河流清洌和缓,中间一片平川沃野,如一条逶迤巨龙安卧于碧波之上,平川上面芳草菲菲,草木葳郁,一棵遒劲苍翠的枣树像一顶华盖遮蔽炎炎烈日,给人以归家的安稳和温暖,于是,便在此落了户,生下两个儿子。夫妻俩商定一个姓谷,一个姓田,寓意田上生谷,丰收富裕。有田有谷,有水有木的日子,自然平安和顺,这也就是枣林湾的由来。可惜族谱上不曾有记载,不知这是谷子青他爹凭空杜撰,还是被人有意遗落了。但村子里只有"谷""田"两个姓氏却是实实在在摆在眼前的。

所以，对大槐树村的叫法，枣林湾人是不认可的，首先槐树林并不都是槐树，不过是槐树居多，榆树、松树、毛白杨、枣树、怪柳灌木，林林总总近十种；再者，槐树林就是槐树林，除了树上一个连着一个的老鸹窝让枣林湾的人觉得晦气以外，并没觉得槐树林和自己有多大关系。土改时，工作组刚分了土地，就接到南下的命令，这么多年，那片槐树林就成了悬而未决的肉，在每个枣林湾人的喉咙口吊着。

悬而未决，又有什么关系呢？枣林湾人是知足的，有自己的地种，有白面馒头、玉米粥喝就是天大的幸福。没有人去打槐树林的主意，一个人也没有，大家像商量好了似的，没人去提槐树林的隶属问题，它属于每个人，但又不具体到某个人。无论谁家死了人，村里人就会提着斧子，去林子里选一棵最粗壮的松树或榆树砍了去，找个木匠，破材、刨板，打一副棺木。亲近的人一起哭哭啼啼，把死者送到槐树林，找一块空地埋葬。等到坟丘堆砌好，把铲土的铁锨直挺挺地使劲往地上一插，预示着整个葬礼已基本结束。这时，与死者血脉最亲近的人会猛地挣脱别人的搀扶，扑倒在坟头上，大哭一声"你走了，以后俺们可怎么活啊？"有人便忙上前，男的拉男的，女的拉女的，边劝慰，边陪着掉眼泪。那死者的亲人痛哭着，又作势往坟头扑几次，终被人拉扯着，回家，继续好好过活。

怎么能不好好活呢？

土地肥得像猪肉膘，滋滋地往外冒油，虽然犁地的时候偶尔会翻出几块白骨、弹片，似乎弥漫着硝烟硫黄的味道，但它总是安宁的。再不必担心半夜被炮火从噩梦中惊醒，也不必用凉水填满咕咕作响的肚子，只要像一头牛忠诚、勤勉地劳作，土地就会用比世界上任何一桩交易更公平的方式回馈——不拘是哪里撒点种子，一开春，惊蛰的雷声刚刚炸响，冬雪还没来得及融化，一层嫩绿的麦苗早已经返青生长。再经清明的暖风一吹，整个鲁北大地绚烂得像一幅画一样，槐树绿了，桃花红了，柳叶从黄褐色的树眼里钻出毛茸茸的芽尖。燕子在廊屋梁上叫了两天后，惠河上的冰就全开了，清冽的河水慵懒地荡着涟漪，一圈又一圈，丝滑得像绸缎。这时，人们的眼神都是温柔的，没事就蹲在地头，眼见着庄稼嗖嗖地往上蹿。

土地会给予人所需的一切。小麦、玉米、高粱，草木蓬勃生长，饲养的牛羊填饱我们的肚皮，棉花包裹我们脆弱又无比强大的身体。我们在土地上出生、成长、埋葬，它给予我们赖以生存的一切，与日月星辰、阳光、空气一起，和谐共生，永恒存在。

日子是快活的。谷子青躺在槐树林边晒太阳，抬头就可以看到湛蓝的天，他悠闲地望着流云——从一头牛变成一条龙或者一只鸟，或者根本什么也没有，只是因为想看，视线就可以盯着一片云被风追逐着跑。至于跑到哪儿，随便是哪儿，根本不用想，只要喜欢，就可以躺在草地上，晒着正午的太阳随便看到什么时候——没有战火杀戮征伐，没有血腥厮杀，整个村落在天地四时的包容和理解之下，享受着大自然的赐予。

谷子青用余光瞥了一眼自己放的那只羊——它寻着青草，一路啃到了槐树林里。

日头还早，谷子青还不用担心打草的事。他现在满脑子是水车的样子，不时用食指在空气里指指画画。这时，只听羊咩的一声惊叫，吓得他忙坐了起来，刚好看见不远处田生正趴在地上揉着屁股。

不用猜，谷子青就知道他又爬树掏老鸹窝了。

这个季节，是孩子们最闲适的好日子。大人在忙着修理给麦田浇二遍水的农具，田里既没有麦穗可以捡，也没有麦茬需要刨，只要放好牛羊，打够牲畜吃的草，任你撒了欢地玩大人也懒得管。

"你爹真在做水车？"田生见谷子青看到他，便掭紧裤腰，吸溜着永远流不尽的鼻涕走过来。

"你、你、你、你咋知道？"谷子青结结巴巴地说着，眸子在阳光下闪过一道细密的光。

谷子青不喜欢田生，一是嫌他和他爹一样，鬼心眼太多，二是因为他的个头。田生比谷子青年长两岁，八岁时，两人一样高，到现在十三岁了，谷子青已经比他高出半个头。

田生半张着口，皱着眉，比谷子青更费劲似的盯着他一个字一个字往外吐。

等他终于说完，田生说道："田禾娘看到你爹他们来砍槐树，问你爹，你爹自己说的。"说着，偎着谷子青坐下来。坐下后才发现，脚下的布鞋五个脚趾露了俩，黑乎乎的烂鞋面像野鸭子嘴。他怕谷子青嫌乎脏，便屈腿，把脚压在屁股底下。

"田禾娘就、就、就不是你娘？"谷子青说。

"不是,俺娘在那儿。"田生说着,用手指了指埋在槐树林深处的一座坟。

谷子青心疼了一下。他知道田禾娘是田生的后娘,田禾也是进了田家以后新改的名字。他想起娘提起田生常说的一句话"唉,没娘的孩子可怜哟",心里便也坠了铅似的往下沉。他为自己失言感到抱歉,坐起身,亲热地对田生说:"听俺、俺俺、俺姨家向南哥、哥说,南方不用提水浇地,都、都用脚踩水车,可轻省了,俺爹一准也能、能、能做一个。你就等着喝你爹的猪、猪杂汤吧。"

"你向南哥不是去朝鲜打美国鬼子了吗?"田生不关心猪杂汤,尤其是自己爹做的。

"是、是啊,在家待了两天就走了,现在可能正在战斗呢。"谷子青说着,两只手比成端着冲锋枪的样子朝着空荡荡的田野"突突突"地射击。突然,他停住了——远远地,田禾沿着惠河往村里走来。

田禾很瘦,比实际年龄要小几岁的样子,一件大人旧衣服改做的上衣套在身上,像个穿了袍子的牵线木偶,显得更加瘦小单薄。

谷子青不知怎么,第一次见田禾,就从她的眼神里觉得这个沉默寡言的女孩有股特别的力量,远不是外表表现的那么柔弱。那是她刚进田生家门的第一天,手里提的包袱不知怎么打开了,几件绸子衣服滑了出来。谷子青刚捡起一件福字滚花的缎面花袄,就被田禾一把夺了去。这股力量来得凶猛、凛冽,透着一股子狠劲。她是怎样的人呢?坚韧?忍耐?等他想进一步探究的时候,田禾已经垂下眼帘,遮住了目光里的锋芒。

"看,你、你、你妹。"望着走远的田禾,谷子青说。

"才不是。"田生很不高兴地说,"她是地主崽子。"

"你骂她,她娘知道会打、打、打你的。"

"那也不是她娘。她爹娘早死了,现在的娘是她爹的小老婆——一头被劁了的母猪。"他低声嘀咕了一句,继续说,"她是没地方去才一起带了来的。"田生话里带着恨意。看看他脚下露着脚趾破旧不堪的布鞋,谷子青觉得他恨得也挺有道理。

不过,谷子青不想和田生做太多纠缠,因为那句"被劁的母猪"。

其实这句的原话是"石女"。当时田禾娘找谷子青他爹把脉,问诊她为啥好多年了也没见肚子鼓起来过。谷子青他爹像个真正的城里的医生一样，眯缝着眼，把手指搭在田禾娘的手腕上。把完脉，又翻了半天祖上留下的医书，最后支派走田禾娘，诡秘地对田生爹说"她是石女，根本不能生育"。田生爹听了，虽然有点遗憾但也没往心里去，有啥呀，能过日子就行呗，没听说劁了的牲口更能干活嘛，不能生育，对田生会更疼爱，再说带过来的闺女田禾也乖巧。他更担心的是谷子青他爹的那张嘴——平时村里人称呼自己"杀猪的"，偏他撇着穷酸嘴角叫他"屠户"，哼，欺负人不懂似的，"杀猪的"就是杀猪，"屠户"是啥？任啥都杀都宰的恶人。

"俺杀牛不？杀狗不？那狠心肠的事没做过，咋就成屠户了呢？"田生爹曾气呼呼地质问过他。

谷子青他爹一脸不屑，提着鼻子说："屠，乃杀也，你杀没？户，是顶门立户的当家人，你当家不？"

田生爹干瞪眼没招，又碍于万一有病相求，也就咬咬后槽牙，忍了。他气恼田禾娘，但后悔晚了，把柄捏在人家的手里，也只求谷子青他爹别声张，免得自己在村里人面前伤了面子抬不起头。谷子青他爹拍着胸脯满口答应，并自诩保守秘密本是读书人应有的操守。却不想田生爹两口子打仗，自己没忍住火骂了出去，让十里八乡的人都知道田禾娘是"一头被劁了的母猪"。

"夫妻床头打仗床尾和"，等田生爹火气一消，不免为自己莽撞的行为后悔。左思右想，觉得这件事的根源出在谷子青他爹身上——他不说自己也不会知道。为讨好田禾娘，田生爹就把谷子青他爹说她是"石女"的事说了出来。田禾娘一听火冒三丈，从谷子青家门前连走三趟，指桑骂槐地说谷子青他爹是"枣林湾第一大毒舌妇"。

谷子青他爹气得在屋里一个劲地转圈。他不气她骂人，气的是把自己一个堂堂男人骂成"毒舌妇"。谷子青他娘一直不同意他爹给人看病，总担心有一天会闹出人命关天的大事，现在看到被田禾娘堵着门骂，心想惩治一下他爹趾高气扬的气焰也好，省得再惹出别的事端，便任由屋外吵嚷，自己坐在炕头，没事人一样，平心静气地给谷子青纳鞋底。

骂吧，反正诊断得没错，有本事自己大肚子生一个。这样想着，看着屋里陀螺一样转圈的男人，谷子青娘竟心花怒放地哼起小曲来。谷子青见娘欢喜的模样，也跟着坐在炕沿上悠荡着小腿欢喜起来。

事情虽然早过去了，但无论怎样，谷子青也不想再招惹田禾娘，他决定离这个话题远一点，便背起竹筐，拿起镰刀，往槐树林里去寻找蒿草。

"俺知道哪里草多，你来，你来。"见谷子青要走，田生一骨碌爬起来，拽着他就往槐树林西边走。

谷子青很少去槐树林西边，那里坟头最多，谁家有个早夭的孩子或是屈死的人往往会埋在那儿，一簇一簇的小坟丘像一个个土馒头。时常听说有人在这里遇到"鬼打墙"，转一夜也绕不出这方圆几百米的坟岗子。但看着空荡荡的背筐，谷子青也容不得多想。

"其实田、田、田禾挺好的，俺姐说、说她、她她、她画的花样可好了，蝴、蝴、蝴蝶像真的生了翅膀一样。"谷子青心里还记挂着田禾，不由又说起她。

一说这，田生站住了，怨怼地说："少让秀儿和她玩，成天哭丧着脸，多晦气。"他顿了一下，边走边接着说："哪像你姐，眼睛像裂口豆荚子，弯弯的，天生一副笑模样。"田生一提起谷子秀就眉飞色舞。

谷子青烦他嬉皮笑脸的样子，忙转移话题，问道："你、你、你哥还来寻家吗？"

田生一下没了精神，嘴着嘴说："又来过两回。也怪了，那家人七八年不生孩子，偏俺哥去了，叽里咕噜一连生了仨儿。"他使劲踢了下地上的石子，继续说："有了亲生的孩儿，对俺哥就不待见了，那人找俺爹说，大秃想回就回吧，俺爹恼了，说：'要没俺大秃引着，你能生孩子？现在有自己崽子就外撇他？你家不够吃，谁家够啊。'"田生粗着嗓子学得惟妙惟肖，引得谷子青忍不住哧哧地笑。

"你、你说，你爹咋、咋舍得把你哥送人了呢？"谷子青为那个独自站在村口转悠，长得像秋秸、顶着一头秃斑的人难过。

"早先听俺娘说，那户人家的村里地多，两口子都是地里干活的好把式，粮食多得撑破囤，原是指望让俺哥去享福的，哪承想会这样。"田生叹了口气，沮丧地说，"其实俺想让俺哥回来，可那个被刣的老母猪拿这事当成了话柄子，给俺爹说自己指不定哪天石头开花，也能生个一儿半女。"

谷子青想起娘拿两个窝头塞进大秃的手里，转过头含着泪嘟囔的一句话"有了后娘，就有了后爹"。但他没说出口，他觉得有些话含在嘴里没事，吐出来，见了日头就成了真，就像田生他哥，本来叫田成，不知从什么时候，也不知从谁开始，"大秃大秃"地叫着，头上的秃斑像孩子尿炕，一圈一圈越来越大，也不知是先有的大秃的名，还是先有的秃斑的事。

谷子青不想招惹是非，原本因为口吃话就少，一想到田生后娘刀削脸的刻薄像，就更不想开口。

"这好几年石头也没开花，俺爹松口了，对俺哥说，只要你找上媳妇，家里就容你。"田生继续说。

"为啥？"谷子青疑惑地看着田生。

"还不是怕给俺哥找媳妇花钱，再者说，找个媳妇多个人，就多一个能干活的，俺爹算得可精呢。"

俩人边走边聊，不觉已经穿过槐树林。

这里果然灌木芜杂、青草茂盛。谷子青一见差点蹦起来——太好了，不仅能打到青草，还能砍下灌木做烧柴，这真是意外的收获。他感激地朝田生笑笑，一头钻进灌木丛里，挥着镰刀一通乱砍。田生跟在后面，把灌木枝子先归置在一起，然后蹲下来，一把拽过蒿草，嚓的一声，齐根割下。

这个地方灌木密，阴暗潮湿，阳光透射不进来，只有风穿过树枝发出呜呜咽咽的声音，像女人在哭似的。谷子青越往里走，心里越有点发憷，灌木丛里不时窜出一只刺猬或者一条蛇唬得他头皮发麻。他看看打的草和灌木枝子也差不多了，便招呼田生装筐。

田生拽过筐，三下两下就装得密密实实的。谷子青觉得很奇怪：怎么会这么多？田生狡黠地朝谷子青挤了一下眼，拿过他的筐，先用灌木枝在筐底搭个井字，然后往上面从短到长一层一层地铺草，装到最后已经到了筐提手，再把灌木枝沿筐沿和提手塞进去。看他装完筐，谷子青除了佩服已经说不出别的话来，太完美了，这样一背筐柴火，任谁背在肩上也会得到爹娘夸奖。他背到肩上，很沉，但远没有它给人感觉到的那么沉重。他想，如果绕远道围着村子好好走上一趟，保准有在家被爹娘骂的。

当然，谷子青最后没有绕村走一圈。他可不想为了大人两句没用的口头夸奖去得罪一村子的伙伴。只要哄娘高兴，做烙饼吃，比啥都强。

而他实际得到的比这些都多——他被允许一起做水车。

二

谷子青负责画图。谷子青他爹和木匠设计施工。

画图对谷子青来说是件容易的事，他单听说书人讲《三国志》，就画了一套诸葛亮的滚木礌石，还有木马牛车，谁看了都说好。他想水车要有木槽，便画了一圆圈一格一格的长方形木槽。在水车的手摇柄上他犯了难，是安装一边呢，还是两边都要有呢？他想着，扭头刚想问爹，就见木匠走进屋，神色慌张地对谷子青他爹说："田家四爷死了，去槐树林寻棺木，发现最粗的那棵槐树被咱砍了去正生气呢。"

谷子青他爹忙用目光趄摸谷子青娘，见她没听到，努嘴做了个噤声的动作，凑近了木匠耳边，低声叱道："谁说的这混账话？桑、枣、杜梨、槐，不入阴阳宅，槐树不做棺木是老祖宗留下的规矩。算了，现在解释这些也没啥用，砍都砍了，明天发丧早点去，使劲多哭几声。"说着，摆弄了几块木匠带来的木槽板，继续说，"不就是砍了一棵树嘛，能咋？咱做好了还不是给全村人用嘛。"

其实，木匠的心里清楚，全村人用不用水车谷子青他爹不管，重要的是做给田生他爹看，而且，这还是关乎老谷家名声的大事。那是在去年中秋前后，村西头田刚的儿子石头犁地坐耙，拐弯的时候田刚走得急，石头被从耙上甩下来，腿挤在耙缝里，脚面被耙齿生生扎透了底，汩汩的鲜血混杂着泥土顺着地埂穿过大半个村子一直滴答到谷子青家。谷子青他爹包扎好石头的伤口，嘱咐说孩子不能坐耙，说幸好是人在前面拉耙，要是牲口，人卷进去会被轧个半死。当时跟着滴答滴答的鲜血拥进来的一群人里还有田生爹，他说："人不坐耙地咋平整？咋种？难不成耙自己跑？"众人哄堂大笑。

"有可能呢，你看咱这用水桶浇水，南方就用水车，轻省多了。"谷子青他爹明知他在调笑，仍很认真地回道。

田生爹终于逮到了机会，他狡黠地眨巴几下眼睛，传递着会意的眼神，意味深长地说："轻省了没？轻省多了。"众人哄地爆发出更激烈的笑声，石头哭得也更响了——不是疼，因为被忽视的委屈。

谷子青他爹一下变了脸色。

这句话有个典故，关系到谷子青他爷爷。谷子青家不知从哪一辈留下几本厚厚的医书，至少从谷子青爷爷开始，就有看医书为人治病的习惯，给不给钱没关系，治好了或觉得效果好随便送点啥东西都行。用他爷爷的话是："轻省了没？轻省了就好。"这是他爷爷的口头禅，没想到传给了谷子青他爹。谷子青他爹知道田生爹话的含义，村里人也都知道那档子事，那是最终促使谷子青爷爷弃医不做的原因之一。关家村有个人得了病毒性疱疹，俗称"蛇缠腰"，一个个玉米粒大小亮晶晶的水泡足有五指宽，布满整个前腰。老辈人讲，水泡就是蛇，如果围着腰长满了一圈，两头疱疹接上头那日，就是病人亡故之时——被蛇紧紧缠死了。通常治疗的办法，是找一位懂得风水之术的人，用一整根当年的新秫秸围着疱疹缠，缠完再念念有词地把秫秸刹断，预示着蛇被刹死，病也就好了。这个病人已经刹了好几条"蛇"，疱疹却越长越多，亮晶晶的水泡眼看就要连成一圈。家里人着急，用他们的话讲"有病乱投医"，就找到谷子青他爷爷。他爷爷看看病人的腰，整个腰上的疱疹已经被粗粝的秫秸磨破皮，黄脓汁直往外流。他摇着头说："楞登啊（蠢的意思），这个病怎么能刹呢，病毒都扩散了。"

"能治不？"病人急了。

"俺试试吧。"

他爷爷用各种颜色的药粉——也就是他采的各种草药晒干磨成的粉末，混着用烟叶熬成的烟油，做成黑乎乎的药膏敷在病人的腰上。病人听了谷子青爷爷的话，果真不再刹秫秸了，发炎的疱疹也果真不再流黄脓，可是没多久，那人却跳了河，虽没淹死，却日夜吵着要死要活的。

他家里人把一切归罪于谷子青爷爷，气势汹汹地来找他算账，像现在一样，屋里挤满了人。谷子青爷爷看着来人，不知所措地问："轻省了没？"那家人骂道："轻省你娘，人都差点死了，还他娘的轻省。"当时没人觉得好笑，等着那家人继续说。那家人说，换了几回药后，病人伤口是结痂了，可日夜吵着痒，说腰里有虫子在爬，喊了几天，竟跳了河。谷子青爷爷痛心地说，痒是肉在长，那是快好了。那人家哪还容得他爷爷说话，抡起家伙就要开砸，是村里人一拥而上，把那家人赶了出去。后来，据说那人病好了，但也没来谷子青家道谢，也就分不清病到底是谁治好的，但那句

"轻省了没"却被当做笑柄留了下来。

从那以后，很少有人再找他爷爷看病，直到他三年后死去。现在田生爹提起这句话，让谷子青他爹很恼火，急赤白脸地说："今天当着大家的面咱俩就立个誓，俺要把水车造出来，你咋样？"

"俺就请全村人喝猪杂汤。"田生爹也不示弱。田生爹杀一头猪的工钱，也就是一副猪下水。

"好，不许反悔。"大家伙儿一看谷子青他爹真上火了，也就劝慰着散了。

村里人没人想喝猪杂汤，连同田生爹，都权当谷子青他爹是话赶话被逼，撑过场面也就算了。谁知道他爹当了真，地里活不干了，病也不看了，竟像模像样地做起木匠活来。用谷子青他爹的话讲，谷家祖上就是识文断字的人家，不能坏了君子一诺千金的做派。为了这，砍棵树能咋？谷子青他爹心想。

就是，砍棵树能咋？谷子青心里也这样想。

第二天，谷子青他爹早早就出去了，等谷子青吃完午饭跟娘一起送葬的时候，发现爹竟第一次干起了抬棺的活儿。想起昨晚爹和木匠说的话，谷子青莫名其妙地跟着田家亲人大哭起来。他娘很惊异地看着谷子青和谷子青他爹。其实谷子青也很奇怪，自己怎么对一个多半年见不到一两次的瘫子四爷哭得这么情真意切，是听爹的话，还是自己本来就是一个善于伪装的人？他弄不明白。直到一周后在惠河边安装水车，木匠还拿这件事打趣他——天生台上演戏的料。

麦收前浇最后一遍水的时候快到了，已经有村民清理好自己田里的灌溉渠，聚到惠河边上，用木桶两人一组从河里汲水浇地。谷子青最怵头干这个差事，活简单，就是机械——木桶两边各钻一个眼，分别系两根绳子，然后一边一个人，扯着绳子头一伸一拉，桶便沉入河里，灌满水，拉上来倒进灌溉渠，再一点一点流到自己的田地里。

可水车就不同了，轮子转动起来，一排一排的水槽可以源源不断地把水从河里打上来，再顺着灌溉渠流进田里，省力又省时。谷子青他爹向每个来家里参观的村民重复着同样的介绍，但在一双双静待观望的游移眼神里，他自己都渐渐产生了怀疑。他寝食难安，等到快完工的时候他已经完全失去了兴趣，他甚至为自己当初为什么选择做水车大惑不解。他有种不祥的预感，这种莫名的预感让他心慌，他甚至恐惧看到水车，对房间里弥漫着的木头味感到恶心。忽然有一天，他对谷子青说，死了也不埋在槐树林，味太难闻了。正蹲在地上往水槽灌水试验密封状况的谷子青愣了一下，看看爹，他正扬着一张憔悴黄白的脸在把最后一块水槽的卯卡在榫轴里。谷子青一时没回过神来。谁死？转念又想，爹可能就是随口说说而已。他又特意闻了闻槐木，一股子青蓖麻皮味，感觉还行，并没有到令人恶心的地步。

水车安装得还算顺利，村里像过节似的热闹，半个村里的壮劳力都出来帮忙。三米多高的大风车被抬到惠河边上，用两根粗木桩固定在河沿上，让小半个轮子浸在水里。谷子青他爹心情好了很多，和木匠下到河里，用力摇动手柄，水车渐渐旋转起来，水槽舀动河水高高悬起，再哗的一下倒进通往河沿的水渠里。

村里人可见了稀罕物，开始大睁着眼不相信这个大圆轮子能转起来，后来看水真的流了出来，便神情松弛下来，有些见识的人便说，这不就是风车嘛。还有的说，演杂技的滚铁圈就是这，没啥稀奇的。更多的人说谷子青他爹有本事，干啥像啥。谷子青不理会别人说什么，他站在河岸上，所有人的注意力都被水车吸引，目光随着水车在缓慢地转动。田生、田禾还有一群孩子在河沟边窜来窜去，争着站到水车旁边，等着水槽里的水哗的一声溅到身上的那一刻。

"手摇多费力，还是脚蹬的快。"田生爹抄着手抱在胸前，不满地喊道，"俺要做就做脚蹬的。"

"这个也能蹬。"谷子青他爹回道。

谷子青他娘和一群女人远远地站在河对岸，当水车转动，女人堆里传出一片母鸡炸窝了一样的惊呼。谷子青娘脸挂着笑，嗔怪着："跟了他算倒霉了，每天啥活不干，就知道瞎折腾。"话虽这么说，听的人都能感觉出这话里话外透着遮掩不住的得意和疼爱。当听谷子青他爹说能蹬的时候，他娘心里咯噔一下，仿佛那不是句话，而是真的有一只脚狠狠地朝着她的心口窝蹬了过来。她想阻止，但在村里人面前又不好开口，便紧张地看着谷子青他爹站在手摇的木柄上，木匠在另一边使劲摇动。一边是手摇，一边是脚蹬，水车果真比之前快了些。大家神情再次放轻松，哈哈打趣田生爹赶快去准备猪杂汤，又笑着说今年浇地就用它了，继而说到天气，说到收成，就是没人注意到水车已越转越快。突然，木匠惊恐地喊道："快停下来，停下来，俺收不住了。"话音未落，只听轰隆一声巨响，整个水车断裂成两截，狠狠向谷子青他爹身上砸去，他爹瞬间沉在河里不见了踪影。

在一片杂乱的喊叫里，谷子青清晰地听到娘歇斯底里地喊了一声"他爹"。再回头，河里已经挤满了人，抬水车的，捞人的，从河对岸往这边跑的……谷子青一时头昏脑涨，白花花的太阳光忽然像一枚枚银针，刺得他额头生疼。远远地，他看见爹的一只布鞋浮上河面，慢慢悠悠地，随着翻腾的河水一点一点往河心荡去……

谷子青他爹死了，被水车的大轴砸中头跌到河里被水呛死了。

三

死者从河里打捞上来运往家的时候，被这个突如其来的死讯惊呆了的人们，陪着因噩耗而失去理智的谷子青他娘，从村南惠河边一直走回位于村东头的家里。一进到屋里，谷子青他娘终于坚持不住，奔到他爹做水车的西屋，拿头直碰那根长条木板凳的棱角——水车所有的木槽都是放在这上面安装的。

谷子青他娘泪流满面，嘴里含糊不清地在嘟囔些什么，不时又大声叫嚷。那种不由自主扯着嗓子喊出来的哭声，使她就像一个可怜的受了天大委屈的孩子。她一面嘴里不住地数落着，一面大放悲声地哭。她已经丧失了理智，全然不顾周围的一切，任湖蓝色夹袄被搓磨得露出了半截小麦色腰部。等到把堂屋多余的东西清理完，给死者清洗、净身入殓移送到棺木里的时候，她死死抓住死者的衣服不放，任谁拉也不撒手。当然，这已经是一天前的事了，此时，她因悲痛骤然打击而激发的狂暴停歇了，取而代之的是神情麻木、漠然，但偶尔触景生情仍然把持不住，会猛地捂住嘴呜咽着痛哭起来——精神还没有恢复过来。

明天就是埋葬的日子，谷子青他娘埋头坐在煤油灯阴影里，瞅着棺木发愣。

"娘。"谷子青凑过来怯声唤道。

第二章

"嗯?"他娘慢慢抬头,用陌生的眼神看着谷子青,仿佛眼前这个十二岁的儿子不是自己养的,而是凭空冒出来的。

这个打击对她太大了,她只顾沉陷在自己的悲痛里,对什么都不在意,也不在乎,甚至忘记自己还有一双儿女。谷子青的姐姐谷子秀这时也从铺着麦秸的地上爬到娘的脚边,偎着娘的腿小声抽泣。谷子青他娘搂住两个孩子,刚想大放悲声,又一口吞咽了下去,只有豆大的泪汩汩地往下流。两个孩子搂着娘,一时又哭作一团。

"娘,爹不让埋在槐树林。"谷子青收住哭声,抽抽搭搭地说。从爹死后,爹的那句"死了也不埋槐树林"的话就一直在他脑子里回响。

"把爹埋在咱自家地里吧。"谷子青说。

听谷子青解释完说这番话的缘由,谷子青他娘心里暗想,看来他爹早有预感,想必也是自己命里该有这道劫难,如此一来,心里反倒宽慰了很多。细忖一下,槐树林里的确杂乱,三辈以上的祖坟坍塌或埋在杂草丛里找不到的事也是有的,反不如在自家地里方便亲人祭拜。

第二天,谷子青他娘和操持白事的村长说了想法。村长先是悲痛地抽泣,觉得谷子青他爹自己孤零零的太可怜,后来使劲擤了一下鼻涕,说既然是死者生前的愿望,那就依了他吧。

村里的人来了,外村的人也陆续地来了,有死者生前相熟的,有医好的病人感恩悼念的,也有看热闹的。

棺木在前,谷子青他娘领着儿女在后,大家一路走,一路哭,一路听着村长喊着送葬路祭的话。在这群哀悼的队伍里,谷子青他娘显得过于平静,这份不合时宜的平静让众人因疑惑而不安。

在哭泣里,与死者最后一点相聚的时间也不可挽回地流逝了——墓地到了。从棺木上被撒上第一铁锨土后,人们便开始忙碌起来,黄土像雨点一样一层一层盖下来,十几分钟的工夫,垒成了一个坟丘。铁锨已经插进泥土里,葬礼仪式就要结束了,人们望着谷子青他娘,等待着表示葬礼结束的最后一声哭号,然后互相劝慰着离开,这原应是一场完整葬礼必要的一环。谷子青他娘红肿着眼,直愣愣看着渐渐隆起的坟丘,两只手一直紧紧拉着谷子青和他姐姐的手,不曾放开。周围安静下来,人们带着迟钝和恍惚的感觉看着谷子青他娘。在这种情况下,人们期待发生点什么,也一定会发生点什么。谷子青他娘牵着儿女往坟前走了两步停下了,就在人们失望地以为他们要转身回来时，只听一声凄厉的哭号"天啊，你……"话没说完，谷子青娘身子一软瘫倒在地上。这一声仿佛沥着喉咙的血发出的哭号撕裂了大家的心。女人们一下拥了上去，接过谷子青他娘瘫软的身子，眼泪又哗啦哗啦地流了出来。

一个人小声惋惜地说："不做这破水车人也死不了。"

一个女人接道："就是，把四爷要做棺木的树都砍了去。"

众人打眼一看，是田禾娘。本来村里人对尖酸刻薄的田禾娘就不待见，见她这样说，田家人也就罢了，谷家人不愿意了，年轻些的反唇相讥，说："你管得宽点吧，槐树林是你家的吗？"

田生他爹听见自己老婆受围攻，提着铁锨紧走几步，追着说："它是不是俺家的，可也不是你家的。"

"谁的都不是，那你放什么屁？"

"要不是你吵着说用脚蹬，那水车能倒吗？"

"怎么还怪上俺了？是他自己说能蹬才砸死的，活该。"

"你娘的，说的什么狗屁话，连畜生都不如。"

悲伤的情绪加重了语言的犀利，田姓和谷姓无形中分成两个阵营，空气里弥漫着一触即爆的火药味。谷子青他娘被人抬回了家，这场违反常规的葬礼让人们在沮丧中隐约有些怨愤，妄图通过争吵，把积蓄在心里的焦躁烦闷宣泄出来。

"别吵了，槐树林谁的也不是，是国家的，以后谁也不能随便去砍树。"村长生气地大声喊道。

"对，是国家的，是国家的。"田生爹得意地附和着。

谷姓人一下就明白了田生爹得意的原因——村长也姓田。送葬的人第一次清醒地意识到两个姓氏之间的差异。现场安静了，迅速安静的结果就是莫名的尴尬，谷子青他娘走了，众人把目光投向谷子青，觉得他应该表示点什么。

谷子青仰起头，茫然失神的目光越过众人，向广阔的田野看上一眼，他那张长着一双好看眼睛的脸顿时阴郁起来。他脖颈伸直，用手揉着红肿的眼睛捡起一块泥块，爬上坟丘，把一张黄表纸压在坟顶。他很想哭，但终于没有哭，他看到在一片翠绿的麦田里有一个单薄的身影在看着自己——是田禾。

第三章

一

爹的故去，宣告谷子青真正的少年时代结束。在此后的几年时间里，他惊愕于自己欠缺对人应有的关心，他像条猎犬，通过细微之处揣度他人，并认为这是对自己、对这个家的保护。甚至在不久之后，察觉自己对爹的死并没有太过悲伤，只是有种疲惫的伤感。这是种奇妙的体验，一个不谙世事的少年，在还没来得及仔细思考人生的时候，却迎来了仓促惨烈的死。在夜深的时候，面对躲在被里抽泣的娘，他不停地对着月亮掐自己的手臂，以确认自己的生，告诫自己要用一张毫无泪痕明朗的脸去迎接这个世界黎明的到来。

谷子青把爹钟爱一生的医书和草药收在木箱里，准备放在西间屋的杂物堆上。在一摞摞小山一样的古籍里，谷子青找到了一本《山海经》、一本《词韵珠玑》和几本小说，他很诧异，爹在的时候总叮嘱他看书，却从没提起这几本书。这么好的书怎么没发现呢？不过，从书不起眼的摆放位置看，即便爹活着，也没打算让他看。

谷子青把这些书平摊在炕上，用布小心擦去厚厚的尘垢，又把爹封在医书上的黄表纸书皮拆下来，封在这几本书上。等到把爹所有杂物收拾完，光秃秃的桌子上只剩下这几本书时，谷子青突然有一种悲凉，为死去的爹，更为曾被视若珍宝，现在被丢在杂物堆里的物件。生命无常以及人生况味让他精神倦怠，一种被捆绑的宿命感让他忽然对周围一切感到索然无味——自己所珍视的，某一天是否也会成为别人眼里的废物，甚至是垃圾？

爹一生的标志和特长是中医，那我的呢，将用怎样的人生去架构一个褒义词背后的生命？

"读书。"没等谷子青想明白，他娘已经做出明确决定。

谷子青感念娘的苦心，以全公社第一的成绩考进盐雾四中。原本成绩很好的姐姐为了分担娘的劳苦，提出辍学。娘起初不同意，被训斥两回后，姐姐放弃学校所有考试，用零分达到了辍学目的。

槐树林终于还是归了公。田生他爹也当上了成立互助组生产队后的第一任队长。

他这个队长当得富有戏剧性。当时，村长召集村民开会，原本是为了追究一个打在空气中的巴掌，并没有选队长的打算。

那天，天很冷，谷子青替娘来开会。他看见县工作组王组长铁青着脸，一语不发。谷新成沮丧地垂着头，蹲在桌子沿边。一张布满榆树疖子的破桌子上，是一盏闪着微弱光晕的煤油灯，火苗随着桌子后面田村长粗重的喘息在一簇一簇地跳跃着。以桌子为中心，呈扇形围着或蹲或坐的村民，长短不齐的身影，被灯光放大到黄泥墙上，像一只只狰狞庞然的兽。田村长的发言，让现场出现一阵短暂的寂静，但每个人都清晰地感受到隐匿在平静下的紧张气氛。空气中仿佛充斥着火药，只需要一点火星来引爆。大家惴惴不安地等待着，从恐惧、躲避到迫不及待。最后，由田村长带头，大家齐刷刷地把目光瞄向田生爹。

不知道是承受不住众人利箭一样的目光，还是等待的时间太久，田生爹涨红着脸，忽地站起来，指着谷新成说："俺没编瞎话，就是他在后面朝组长挥着巴掌做着要打的样儿。不光俺看到了，他、他，还有三爷都看见了，俺们还笑呢。"

田生爹点到的几个人低下了头，默认了他说的事实。

"俺是开玩笑的，又没真打。"谷新成急了，梗着脖子刚想站起来，遇到王组长犀利的眼神，又不情愿地蹲回阴影里。"真是闹着玩。"他又嘟囔了一句，声音很低，似乎只为说给自己听，剩下的声音在喉咙里打个旋儿又迅速咽了下去。

"你还想真打?"田生爹义愤填膺地说,"也不看看自己是谁?人家王组长撇家舍业的,来指导咱们村工作容易吗?"田生爹情绪激昂,几乎是喊着跳到了谷新成面前。

田生爹的话王组长很是受用,临时决定选举生产队长,带领大家开展生产劳动。

刚进腊月,正是农事最闲的时候,窗外北风呼啸,裹挟着雪粒子从破损的门缝间呼呼地往屋里灌,坐在后面的人禁不住冷,便把两捆干草拧成草毡堵在门板底下。屋旁边就是牲畜棚,全村唯一的黄牛就住在那儿,污浊的牛粪味不时涌过来,给清冷的空气添了几分黏腻的烟火气。开会的屋子很大,也很破旧——过去是家庙,祭祖的地方,墙壁、屋梁无不是被常年上香熏染的痕迹。村长原想用过去的穷苦来说明现在翻身解放的幸福生活,却不想勾起了村民沉在心里的伤心事。回头想想,哪个人没有一肚子苦水呢,在那样一个战火硝烟的年头里,谁没遭遇过饥饿和死亡的惊吓,别人受着与自己同样的苦,便不觉得苦,也就没有说出来的必要,因此大家都沉默着。

这沉闷的气氛显然不是王组长想要的效果,他把鼓励的眼神再次投向田生爹。果不负他所望,田生爹噌地站起来,开始控诉。他说得悲愤难抑、声泪俱下,就像一片正在窗外风雪中凌乱的窗纸一样凄惨无助——自己居然娶了地主家的小老婆,而且居然还是个不能生育的"石女"。

田新成撇了撇嘴,心想,就是那"石女"还是哭来的。当时他俩去野地里下套打兔子,刚好遇到柴林庄搞土改,地主家的房子、地都分了,就剩下田禾的二娘没有去处。媳妇死了多年的田生爹抢先跳到台上,声泪俱下地讲述自己"悲惨"的遭遇:父母被日本鬼子杀死,老婆饿死,自己带着孩子既当爹又当娘,穷得到处挖野菜吃。工作组一激动,经过田禾的二娘同意,就把她介绍给了田生爹。

谷子青和田生躲开人堆,坐在阴影里的一堆干草垛上,听着田生爹哭诉,他用胳膊肘捅了捅田生,呲呲地坏笑着。

田生是陪谷子青来的,冬日里天黑得早,如果在家,那个"被煽的母猪"为了省灯油早就撵他睡下了,他这样和谷子青说。他没想到爹会哭成这样,正像他爹没想到田生在现场一样。他用腿碰了谷子青一下,羞愤地低着头，没等散会就溜着墙根回了家。据他说，自己从那天开始，就和爹走上了对抗的路——他瞧不起他爹。

枣林湾人是知足的，每个踏上或离开这片土地的人都会这样说。祖先疲惫的脚步停在这片土地上，把对土地的爱和感激融进了血液，生生不息地传给了后人。只要有土地，有一把植物的种子，他们就能把生活过成太阳花，每天仰着脸露出比阳光还灿烂的微笑。村民平静地看着田生爹，对他夸张的痛苦感到迷惑。在以后的很长时间里，有人回想起那天晚上的事，坚定地认为是幽暗的灯光让人神思昏沉，失去了判断能力。可谷子青觉得，是窗外的寒冷拉近了彼此相拥取暖的距离，心变得宽厚、温情。无论什么原因，在一片唏嘘声里，大家用默许完成了一场重要的权力移交。至于谷新成，成了枣林湾有史以来第一个被管制对象。

田生爹当上队长，第一件事是把村口老枣树旁边的大槐树上悬挂的一口旧铁钟换成新的，第二件事就是把自家养的一条"牛腿"交公。说是一条"牛腿"，并不是真的独立的一条牛腿，而是之前几户人家共同饲养的一头黄牛，也是村里唯一的一头牛，因为共同饲养、轮流使用，被人戏称养了一条"牛腿"。不管是处于内心的愧疚，还是庄乡的情分，对谷子青一家孤儿寡母的关照，让村里人觉得田生爹变了。

过去偷着掰个棒子、薅把葱的事都是地主小老婆指使的，谁能拗得过那样的女人呢——撒泼、打滚、站到房顶骂大街。田生爹在她面前胆怯的样子几乎博得全村女人的同情，除了谷子青他娘。

似乎田生爹也无意维护自己老婆的名声，所有的回应都是唉声叹气和一句——"唉，不能再让两个可怜的孩子没有娘啦。"他忘了还有一个儿子——大秃。

可大秃没忘了他这个爹。

这一天，大秃领着一个小媳妇进了村，手里还拎着一把旧镰刀头。小媳妇头蒙着红布，穿着碎花袄、靛青裤，身子夸张地扭动，从后面看，小屁股像磨盘一圈一圈地打着转。

大秃领媳妇回来了。

这个消息不亚于当年鬼子打进一发炮弹，整个村里炸锅了，大家苍蝇一样轰的一下拥进田生家的三间土坯房里，进不去的，蹭掉一层泥皮也要趴墙头,气得田禾娘举着笤帚疙瘩站在院里叫骂:"看啥看,没见过娘们咋?回家扒光你媳妇查查,一个模子倒的,也不多啥也不少啥,有啥好看的,滚。"其实大家不是看大秃媳妇,是看田生爹——说找媳妇让回家来,如今找来了,咋弄?

"自己吐的还能咽回去?"

"别说,就他那股子泼皮劲,兴许还就真能咽回去。"

被赶出门的人聚在村头议论,忽然从巷子里呼呼跑出一个小伙子,紧随其后的是大秃,田生爹在后面举着棍子玩命地追。就在大家疑惑的时候,田禾娘提着镰刀头跑了出来。大队会计田新利一把没拽住田生爹,便截住田禾娘问:"咋啦,来媳妇咋还打起来了?"

"狗屁媳妇,都是假的,那是俺原来那村的小子,以为俺不认识呢,寻思拿把破镰刀头就能在老田家顶家立户,门都没有。幸亏俺趁他们不注意把盖头拽了下来。那小子一看是俺,吓得拔腿就跑,这个小兔崽子,抓住轻饶不了他。"田禾娘说完,颠起小脚跟在后面追。

村里好事的人一看,借着拉架的由头也跟在后面看热闹。这样一来,一场声势浩大的追逐开始了,从巷子口,绕过村头老枣树,跑过半条惠河,从玉米地埂直追到那片槐树林里。到了槐树林大家发现大秃突然不见了,只见田生爹揪着一个瘦小的小伙子的耳朵在叫骂。看穿着打扮,正是大秃的"媳妇"。

"大秃在那家实在不受待见,饭吃不饱不说,还总挨数落,说他是没人要的野杂种。俺们是好哥们,他说想回自己家,亲爹亲弟弟,咋也比外人强,为了给家里带点东西,还偷了一把铁镰头捎回来。"那人抱着头,一边躲着田生爹的抽打,一边断断续续地喊着。

他的话让杂乱的哄闹安静下来,只剩下田生爹一边抬腿踢人,一边单调地重复着一句:"叫你骗人,俺叫你骗人。"仿佛踢人的动作并非出自他本意,而是这句话在给机械起落的腿脚发号施令。

临近正午,阳光透明炽烈,槐树林里却透着一股湿冷。在谴责、鄙夷的目光里,田生爹渐渐没了力气,他觉得有些沮丧,一种说不出的疲惫让他厌倦。太没劲了,他想。他感觉身体的血肉像被太阳晒干了似的,只剩一副骨头架子在咯吱咯吱地晃动。他继续机械地踢着,也继续机械地骂着,心里想的却是大秃刚生下来的情形:他不是第一个孩子,第一个是闺女,躲鬼子时被她娘揣在怀里捂死了，但大秃是第一个儿子呀，他和他娘围着他笑，琢磨给他起个什么吉利名字，就在送人的时候，也在想着那家人有钱，可以让孩子读书识字，以后做个大官荣归乡里，就像戏文里唱的状元公那样，骑着高头大马，头戴宫花帽，来接他们两口子。怎么就成这样了？他想着想着越发没了力气，豆大的汗珠滴答滴答往下掉。

"行啦，差不多就行啦。"不知谁不耐烦地说了一句。

终于有人说话了，田生爹想感激说这句话的人，却发现周围人正在静静散去，看到的都是转身的背影。他得了赦令一样住了手，临走，又虚张声势地说了一句："再看见你，还打你。"

人散了，槐树林复归平静，受惊的蝉鸣又恢复了往常的聒噪，在这夏日嘈杂的声音里，隐约从一根高大的槐树枝上传来年轻强壮的鼾声。这鼾声沉稳悠长，像走了很远很远的路后从疲倦的睡梦中发出的，他睡得很沉，很踏实，像妈妈怀抱里的婴儿一样无所惊扰——这个世界与他无关，他现在只需要酣睡，在阳光下，在树荫遮蔽下，在徐徐微风以及树叶沙沙的伴奏下，带着甜美的梦呓和咯吱咯吱的咬牙声一起，痛快地睡。

不知过了多久，太阳仿佛在树梢静止不动的时候，一只乌鸦回巢了，它"呜哇"一声鸣叫，只听"咚"的一声，大秃在睡梦中从树枝上掉了下来，头重重砸在裸露的粗硬树根上，血从额头渗出，染红了棕褐色的树皮。

大秃走了，消失了，没人知道他去了哪儿，有人说在车站见他扛货包，也有人说去了海边做船工，多年后还有人说在南方见到了他，据说头也不秃了，俨然一副有钱人的做派。无论怎样，他终于离开了——每个想到他的人都会这样说，好像他的存在本身就是一个难题，现在好了，不用再费心劳力地求解，一切又恢复了平静。

田生爹长舒了一口气，仿佛卸掉了一个沉重的包袱，干瘪的肚子又夸张地使劲向前腆着，像只抱窝的老母鸡。

不久，队上的人就发现了田生爹换了一口新铁钟的用意——拉动系着钟槌的绳子，钟声能传出几里开外，任是躲在多厚的被窝里也能灌进耳朵。用"俺没听见"这个理由来偷懒是靠不住了。后来，也没人想偷懒了，年终工分一算计，一年的口粮差一大截子。嘴硬，能说不在乎，可肚子受不了，咕噜咕噜像揣了个讨债鬼，日夜缠得人不得安生。

第三章

孩子也不得清闲,放了学去打草,交到队上按重量折算成工分。秋后是打草的好时机,附近的草已经被搜罗得一干二净,包括那片归了公的槐树林。谷子青和田生只好去更远、更偏僻的地方打草。

"田、田、田禾咋不打草?"谷子青问。他对田禾充满好奇,一个瘦弱的小姑娘,顶着一头荒草一样营养不良的黄毛,却整天仰着下颌,高傲得像一只不容侵犯的大白鹅。当时谷子青还没见过天鹅,后来他离家出走,走到山王庙河滩看到腾空而起的天鹅时,一下子想到了田禾。

"谁知道,整日价鬼鬼祟祟的,不知去哪儿。"田生回道。

田生对这个妹妹没什么好感,沉默冰冷,一双大眼睛警觉地看着周围的一切,像只刺猬,随时准备反击。"一条喂不熟的狗"——他这样形容田禾。

谷子青虽不这样认为,但并没有说出口,沉重的心思让他的脚步变得迟缓。不觉,他已经落后田生两米多远。田生的背筐很高很大,从背后只能看见田生乱糟糟粗硬的头发,两根细麻绳系在筐沿,绳子头甩在背筐外边,尾巴一样随着脚步晃荡。

田生每天都要打这样满满一大筐草,那个女人怎么可能让田禾闲逛?谷子青心里有点担心。怎么才能问问她呢?谷子青见到田禾的时候还是有的,他去找田生,或者姐姐谷子秀约田禾来家画鞋样,但却很少有机会说话。就算有机会,看着田禾冷漠的脸,谷子青也没有开口的勇气。

折了几根枯死的干榆树枝,挑走了一条菜蛇,走了足有六七里地,谷子青和田生来到村后盐碱地。这里位于三个村子的中间地带,偏僻荒凉,远远看去,盐碱地干裂的地表染了霜一样,泛着闪闪的白色盐粉。走近了才发现,这里还有一片红褐色的野草,贴着地面铺了一层。两个人大呼一声"发财啦",扔下背筐,各自奔着不同方向开始挥动镰刀。

这么多草怎么没人发现呢?谷子青心中窃喜。今天多割点,可放哪里呢?他边打草,边用余光四处踅摸。他看到不远处有道不高的土丘,走近一看,下面是天然形成的土湾,里面积蓄着一汪雨水。水面不大,也很浅,但坑很深,斜坡上很多被雨水冲击形成的洞穴。

这实在是个隐秘的地方。谷子青招呼田生,商量着把割下的草放进洞里,明天再来背。

在临到村口的时候,田生从地上捡起几块土坷垃塞进筐里,又捡起几块，塞进谷子青的筐里。"被过秤的发现会挨骂的。"谷子青很担心。

"没事，听俺的。"田生胸有成竹。

再背起筐，果真比之前重了很多。因为土坷垃放得不均匀，谷子青在后面边走边不时左右晃动，调整筐背带。突然，谷子青看见田禾站在惠河边，怀里抱着什么，见谷子青看她，忙对他招了招手，又指了指槐树林。田生继续在前面走，丝毫没有发现身后发生的事。其实就算他回头，凭他的性情，也不会轻易发现谷子青正在极力遮掩的局促神情。

过秤很顺利。谷子青转而一想，也难怪，过秤、计分都是干净轻省的活计，由谁来干，还不是田生爹一句话的事，犯不着为了几块土坷垃给自己惹麻烦。

谷子青借口挑水离开田生，担着两只水桶往惠河走。枣林湾地下水又苦又咸，两口水井的水根本没法饮用，一直以来都是挑惠河里的地表水喝。好在惠河是活水，属于黄河一个小得不能再小的分支，水质一直很好。

今天上工的人去了村北，给玉米拔草、点土肥，村子里静悄悄的，偶尔几个打草回来的孩子，头都懒得抬，拖着疲惫的影子无精打采地往村里走。谷子青打好水，把水桶放在河沿上，撒腿就往槐树林跑。他跑得很快，也许是心跳加速的缘故，他似乎听到风从耳边呼呼刮过的声音。那是田禾吗？她是在朝自己招手吗？越靠近槐树林，谷子青心里越怀疑。

槐树林像往常一样阴暗、芜杂，树上的老鸹窝年年会被捣蛋的孩子捅下几个，年年又有新的老鸹降生，树上的老鸹窝却不见变化，既没有更多，也没有更少。他站定在槐树林边，透过树的缝隙，看见田禾坐在林子深处，怀里抱着一个精致的小木匣子。见他来了，田禾站起身，谷子青这才发现她神情悲戚、眼睛红肿，显然还没从悲伤的情绪里解脱出来。

"家里的林子被开荒的人砍了，它藏不住了。"田禾哽咽着说。

"你别哭，别哭。"谷子青慌张得不知所措，有心给她擦眼泪，又不敢。"这是啥？"既然不能安慰，谷子青便想转移一下她伤心的情绪。他第一次见到这么精致的匣子，心里也很好奇。

"这是爹娘留给俺的，里面有几本书、族谱和地契。在随二娘过来之前，俺把她藏在桑林里的大树洞里，今天听说村里要砍树种田，便拿了出来。可拿出来，放哪里啊？"田禾说到这儿，禁不住又抽噎着哭。"爹娘临死之前嘱咐俺，让俺一定要把它亲手交给弟弟的。"

"你、你、你还有弟弟?他现在、在、在哪儿?"谷子青惊讶地问。

"他丢了,不知去了哪儿。"

"他长、长啥样?俺帮你找。"

"嗯,"田禾想了一下,"他右肩膀上有一块很大的红痣。"

"哦。"谷子青刚想说话,就听到有人喊:"这是谁家的水筲啊?没人要了啊?"

"你等、等、等俺。"谷子青说着跑出槐树林,边往河边跑边喊,"俺的,俺的。"

"臭小子屎尿多,一趟水都挑不到家啦?"是邻居大伯。他疼爱地看着谷子青,嗔怪地说:"咋不让你姐挑?别让水筲把你压得不长个儿,到时连个媳妇都娶不上。"

谷子青像被看穿了心事似的,脸顿时涨红了。大伯理解错了,以为他还没解决完屎尿的事,憋得脸红,忙说:"快去吧,俺给你挑回去。"

"哎。"谷子青忙不迭地答应,又往槐树林里跑。

田禾居然还有弟弟?匣子往哪儿藏呢?面对哭泣的田禾,谷子青第一次像个真正的男人一样思考起来——爹死后,我还有娘、姐姐,可田禾只有自己。他这样想着,感觉自己瞬间长大了很多,甚至恍惚听到了骨头拔节的声音。

谷子青扭着头左右看了看槐树林,又抬头看了看树杈上的老鸹窝,他原想把东西藏在坍塌的老坟丘里——那里有很多自然塌陷的地洞。转而一想,这里距离村子太近了,割草、捡柴的人一天不知会来多少遍,但凡有点草的地方都会搜罗了去,很难保证不被发现。老鸹窝倒是隐秘,可万一遇到捣蛋小子就完了。谷子青急得在原地团团转。忽然他想起刚刚割草去过的村北盐碱地,开心地笑着说:"走,你跟俺、俺走。"

他们在盐碱地洼陷的椭圆形大坑里,找到一个天然形成的空穴。

"这里会不会是蛇洞?"田禾抱着木匣子不肯往前再走一步,惨白着小脸胆怯地问。

谷子青用镰刀往里探了探,说:"就是蛇洞也是、是、是空的,放心吧。"说着,接过田禾的匣子,塞了进去,洞口重新用浮土封好。

"俺们给它起个名吧。"田禾说。

"嗯,叫、叫、叫啥呢?你说。"谷子青望着田禾。

田禾四处张望了一下,用询问的语气说:"你看那里,"她指了指不远处那一大片红色的野草,"俺们就叫这里'红房子'吧,以后在这儿盖一座像它一样红的房子,行吗?""行。"谷子青应道。

有事情催着,加上孩子脚密跑得快,在村里人下工回来之前,谷子青和田禾已经藏好东西跑回了村子。俩人因为保守同一个秘密而变得亲近,没有说一句话,只是交换了一下眼神,就在空气中达成了某种默契。这种默契让俩人无比欢喜。

"你去哪儿啦?"俩人正走着,田生忽然从巷子口窜出来,生气地质问田禾。

"去给二娘画鞋样去啦。"说着,从衣兜里掏出一张纸,上面有喜鹊和梅花,是一幅喜庆的"喜鹊登枝"图。谷子青听过田禾画鞋样好,但没见过,今天一看果真画得栩栩如生。照什么画的呢?他心想,小匣子里可能远不止田禾说的那些东西吧。

"扯谎,画鞋样在家不行?还不是想偷懒往外窜。"田生继续训斥道。

田禾并不生气,趁田生不注意,偏一下头,朝谷子青眨了眨眼,报以一个同谋者狡黠默契的微笑,迅速跑开了。谷子青猛地被闪电击中一样,感觉周围瞬间明亮得耀眼。他目光躲闪,脸色羞红,整个人躺在云里一样虚软无力。无论怎样,谷子青和田禾对此结果都非常满意:田生没有发现什么,秘密也没有暴露。

二

对于农村学生而言,没有寒、暑之分,只有农忙、农闲之别。放完年假后两个多月,又放麦收假。收完麦子,播种上玉米,谷子青也就开学了。

开学第一件事是交粮,每个人背着一口袋麦子或者面,交到学校食堂。麦子,由管食堂的厨师按比率折合成面登记在册,而面呢,并不是由纯粹小麦碾磨成,里面往往掺杂着玉米面、地瓜面或者麦麸子。大师傅愿意学生交麦子,省得因为评定面的等级发生争执。学校有两个食堂——教职工食堂和学生食堂,面粉等级高的,在教职工食堂吃饭,馒头是纯白面的。

有其他成分混杂在一起的面,叫三合面或者五合面,蒸出的馒头是黄的,属于学生食堂。

谷子青从没去过教职工食堂,虽然就隔着一堵墙,他甚至连看一眼的念头都没有,能吃饱就很满足了,这个念头远大于其他,睁开眼,"饿"这个字就在眼前飘。他睡在大通铺的最西头,常在半夜饿醒的时候抠黄泥墙,为这副肚肠犯愁。偶尔,在深夜一片鼾声里,会飘来一股油香的味道,那一定是有人蒙着被子在偷吃油条,这时,肠胃像个不争气的孩子,忍不住发出咕噜咕噜的哀鸣。有实在忍不住的人,会猛地一掀被子,一头扎进窗外的夜里。碰到心思坏点的,会借故和偷吃的学生打上一架,发泄一下窝在心里的无名火。

这两种事谷子青都不会去做,他会使劲勒紧裤带,尽量少吃一点,可即便这样,也堵不住胃口像疯长的个头一样越来越大。

谷子青背着二十斤糠面走在田埂上,抄小路去往四十里外的学校。这是他两周的口粮。同样半袋子面,这次又轻了,不用想,麦糠掺得多。上次交粮,当着同学们的面已经被食堂师傅老黄讽刺了一顿,这回,还指不定说出什么难听的话呢。

唉,咋办呢?谷子青边走边犯愁,不由想起娘装面时说的话:"人啊,没有粮食实诚,吃了大锅饭,蹲在田间地头东家长西家短,队长来了,抓起锄挠两下,队长一走,屁股又粘到地上。糊弄谁呢?还不是自己。粮食秕了,浮夸风来了,你敢亩产三千,俺就亩产一万,交了粮,只能在锅里捞影子吃饭。种地的时候,偷奸耍滑,躲着土地过日子,等到肚子叫了,再想土地、庄稼的好,晚了。"

谷子青抓起一把土,粉末从指缝间迅速流走,天太旱了。家里面缸快见底了,队里大食堂又吃不饱,娘和姐可咋办呢?这样想着,谷子青脚下走得愈发小心,怕自己一不小心踩了刚钻出芽的玉米苗。他不知道,几个小时之后,自己会疯狂地在田里飞奔,不顾一棵棵纤细黄绿的玉米苗被狠狠踩进土里。他恨粮食,恨这片连肚子都填不饱让自己遭受屈辱的土地。

果不其然,老黄仿佛专为等他,满满一屋子排队交粮的同学在餐厅有秩序地挨个过秤、记账,偏到了谷子青,他从厨房走出来,绕过过秤伙计,把手插进布袋里,抓一把面摊在掌心,嘲弄地冲谷子青一笑,说:"你这也算是面?是麦麸里面掺的面吧?"

大家哄地笑了。谷子青窘迫地垂着头，不知如何是好。

"去，单给他拿个簸箩。"他吩咐完伙计，又转过头，邀功似的对同学们说："你们说，这也算是面？这样倒在大簸箩里和你们的面掺在一起，食堂还不吃大亏啊。"他又转过头，看着谷子青揶揄道："你这小子挺会占便宜啊。"

谷子青脸羞愤得通红，他怒视着老黄。

"嘁，也不能怪你，应该是你爹娘会想巧，觉得和大家的掺在一起自己的差点没事，他当是生产队出工呢……"

提到爹娘，谷子青怒了。"你放屁。"他紧攥拳头，嗷的一声冲上来，朝着老黄那张肥脸砸了过去。

老黄一闪躲开了。餐厅里顿时乱了营，同学们早对老黄短斤少两的刻薄行径不满，不管认不认识谷子青，借着拉架的由头，在乱哄哄的人群里朝着老黄你一拳我一脚打了起来，谷子青反倒像个局外人被晾在一边。

"老子不念了。"谷子青大喊一声，背起面口袋，扬长而去。走出校门，谷子青站在空旷的街道上，眼泪哗的一下流了下来。

咋和娘交代呢？离家越近，谷子青的脚步越凝重，娘的苦，他看在眼里，娘寄托在他身上的期望，谷子青也明白，现在自己辍学，也就等于把娘的希望也断了。

"放假？"娘问。

"宿舍屋顶塌、塌了，学校放假修缮宿舍。"在推开屋门见到娘的那一刻，谷子青镇定地说出回家的理由，为了更真实，他大声指责抱怨老师的不负责任。娘没有丝毫怀疑，反倒过来安慰他。

在家待到第三天，娘迟疑着对谷子青说："村北你书申大爷家盖屋呢，你能去帮个工吗？"

"行啊，俺去。"谷子青痛快地应承着。他明白娘的心思，出了两天工，也只算是替娘干活，不单记工分。而帮工至少管一顿饭，也就为家里省了一顿饭。

到了书申大爷家，谷子青心凉了，干活的都是正当年的壮汉，自己豆芽菜一样干瘦，对盖屋的活儿又不熟，只能干点铡麦秸、和泥的活儿。

"这是谁家孩子，啥活不会，白来混饭吃嘛。"一人悄声嘀咕着。

其实，即便没人说，谷子青也萌生了一种羞耻感——为了一口吃的？那岂不是乞丐？到了饭点，他看着一盖帘黑皮白菜包子，没有一点伸手去拿的底气。

"吃吧。"书申大娘递给他一个包子。

"俺娘让、让俺回家吃。"谷子青说完,拔腿就跑。

去哪儿呢?家是不能回的,谷子青饿着肚子坐在苇子沟沿,远远地瞅着那片老槐树发愣。挨到太阳往西转,估算着午饭都吃过了,再回到书申大爷家,装作干劲十足的样子,继续铡麦秸、和泥、做泥坯。

第一天,过去了。晚饭娘特意给谷子青做了玉米嘎嘎,就是把玉米面加水揉成两公分厚的饼,再用刀切成菱形块,放进撒有菜叶的汤锅里煮熟。

为了掩饰没吃午饭,谷子青没敢放开吃,即便这样,也比平日里饭量大了很多。娘也不介意,半大小子,吃死老子,况且还干么重的活儿。

第二天第三天,也过去了。

第四天,谷子青饿得受不了,他离开苇子沟,偷跑到生产队地瓜地里,瞅着周围没人,十个手指头像铁耙一样,三下两下从地里扒出一根秫秸一样粗的红皮地瓜。他顾不得洗,用衣襟下摆简单擦了几下,迫不及待地塞进嘴里。

谷子青知道偷粮被抓的后果,福旺哥不过偷掰了几个青玉米,就被人用麻绳捆住手腕在牛棚里吊了整整一夜。他没见过福旺哥痛苦的样子,但听过他杀猪一样屈辱的哭号,声音传遍半个村。

谷子青猫着腰,迅速跑出瓜田,再往前走就是生产队菜地,种些白菜、大葱。忽然,他见一个人影躲进了瓜棚的后面。坏了,有值班看菜的。谷子青后悔走错了方向,还不到种白菜的时候,一垄垄蔫绿的大葱列兵一样排列,有几个已经顶着白色的葱苞。这里连棵树也没有,没处躲没处藏。

一紧张,谷子青空荡荡的肠胃又开始叫起来。

不行,不能再冒险。谷子青想着,转身要折返回苇子沟。

"站住。"一声脆生生的呵斥。谷子青心里一惊,吓得站在原地一动不动。

"你咋不上学去,跑到这儿来做啥?"声音和脚步越来越近。谷子青听着耳熟,转身一看,踏实了——是田禾。谷子青注视下的田禾变得羞涩起来,低着头,被钉在地上似的直挺挺站着,不说话。

"大正午的,你不在家吃饭,咋、咋在这儿?"谷子青嗫嚅着问。

"这菜园归妇女队管,俺是副队长,今儿轮着俺看护园子。"田禾脸羞红着回答，一手扽着衣角，一手用食指摆弄着胸前的麻花辫。谷子青不明白田禾为什么羞怯，该害怕的是自己才对啊，但她扭捏的样子着实可爱，谷子青看着她红红的脸不由怦然心动，说出的话愈发磕磕绊绊："放、放、放假，给书申家帮、帮、帮工，盖、盖……"

"帮他盖屋是不？那你咋不吃饭跑这儿来了？来的时候俺看见帮工的都蹲在院子里吃包子呢。"田禾侧歪着头，眼睛瞥了谷子青一下，慌忙躲开。

谷子青默不作声，用脚尖磕着松软的土坷垃。

田禾看看四下无人，几步跨过菜畦，迅速拔出几棵大葱，又顺手薅了几把葱叶，塞进谷子青手里，急促地说："你快走，快走。"动作快得让谷子青来不及反应。他愣了，下意识接过葱，继续机械地站着。远处隐约有人走动，田禾使劲推一下他胳膊，催促道："快走，快走啊。"

谷子青"哦"了一声，慌忙跑开了。

就着苇子沟的水，谷子青洗了一把葱叶吃掉，把几颗大葱掖进棉裤腰，偎着苇子晒太阳。阳光和煦，晒得人懒洋洋的，谷子青陷入一种黏腻混沌的甜蜜里。从前想心事，都是有角有棱的具体事件，可现在他想不起一件完整的事。"快走，快走。""你咋不上学？"田禾的声音像长在耳朵里，就像吃到肚子里的葱苞种子，在心里生了根，发了芽，再也割舍不掉。

不知不觉，谷子青睡着了。

上工的钟声吵醒了谷子青，他没有丝毫犹豫，直接回了家。他不想再隐瞒了，自己堂堂男子汉，靠干活流汗吃饭有啥丢人的？

不等下工，娘就回来了，看到灶台上的葱，一把掀起锅盖扔了进去，在谷子青开口之前先说道："你明天不用去书申大爷家了。"

"哦？"谷子青低声回道。

"你去把面倒进面缸里，娘烙两张饼，一会儿让你姐给田禾送去，田禾追偷葱的人掉进沟里，摔伤了胳膊。"从娘沉闷的声音里，谷子青感受到了娘低落的心情。

"偷、偷、偷葱？"谷子青脱口问道。

"是，那人跑了。许是饿极的过路人。"娘并不看他，嘴里说着，搬起瓷盆准备和面。

谷子青搬起口袋，把面倒进空荡荡的瓷盆。看着水一样流动的面，谷子青鼻子有些发酸，他知道，自此，自己的学生生涯彻底结束了。

三

时近深冬，麦子停止生长进入冬眠，树叶落尽，干枯的枝丫直挺挺地向上伸展着，等待着一场雪的降临。

现在是一年农事最闲的时候，但人是不能得闲的，村西派了一队人，去深耕土地，把每一块冻结的土坷垃打碎；村北派了一队人，去开荒，把盐碱地挂着白霜的表层土挖走，换上河道土。都是些闲事，人们像被放养的羊一样，被赶到田里，有一搭无一搭地晃荡着熬日月，抬头看看日头，太阳快落了，也就回了，回到家，继续熬漫长的夜。

在一个闲散的夜里，扑通扑通，从大队部院墙底下传来几声闷响，声音很大，但还不足以惊醒睡梦中的人。与此同时，院墙里面，那头队里唯一的正在生产的老黄牛一反常态，推碾子一样，在院子里焦躁不安地走来走去，肚子底下拖着小牛犊刚出来的两条湿漉漉的后腿。饲养员老谷头弓着腰，跟在牛屁股后面急得团团转，想伸手去拽牛犊，一是手够不着，二是怕被烦躁的牛踩在脚底下。等把田生爹叫来，牛犊已经窒息死了。好在老黄牛情绪稳定，累瘫了似的，趴在草垛上直喘粗气。田生他爹气呼呼地跑到院墙外，对着漆黑夜色扯着嗓子喊："小兔崽子，让俺抓到一准儿弄死你。"

此时，谷子青早背着田生呼呼地跑回了家，任田生他爹骂得再歇斯底里也听不见了。

妈妈和姐姐早已睡下，田生忍着疼，倚着板柜坐在一袋玉米包上看谷子青找药。这里以前是谷子青他爹看病的地方，现在成了杂货间，堆放着粮食、农具以及杂七杂八家里暂时用不到的东西。谷子青小心翼翼地从柜子上的瓶瓶罐罐里翻找着，他看过爹治病，知道里面有止疼的药粉。他逐个打开封盖，用食指去蘸里面的药，然后放进嘴里，苦的、微辣、有点甜，他觉着这药怎么像调味剂，一样一个味道。他突然感觉嘴唇麻酥酥的。他停下来，用舌头抵着口腔轻轻划过一圈，舌尖也有点麻。他忙把刚才试过的药罐抱下来，压低声音对田生说："找到了，找到了。"然后，蹲下身，撩开田生的裤管。田生疼得咝咝猛吸凉气。谷子青发现，除了脚踝擦破一点皮以外，田生别的地方没有外伤。虽然没有外伤，但他的小腿一片瘀青，肿得像牛腿，看着瘆人。

田生自己看不到伤口，只一个劲儿催促谷子青："快点上药啊，疼死俺了。"

谷子青看田生痛苦的样子，心揪成一团，忙找来水，把药粉和成黏糊糊的药膏糊到田生的腿上，又找出一张糊窗户的白纸盖在上面，用纳鞋底的麻绳捆住。

药效不错，过了一会儿，田生感觉不那么疼了。他长舒一口气，对谷子青说："你说老谷头看到咱俩了吗？"

"能、能、能看不到嘛，俺们离、离、离得那么近。哎，你看到了吗，那牛咋生、生小牛犊？"谷子青问。

"没看清啊，刚趴在牛肚子底下想凑近了看，没想到哗啦流出一大摊水，像下雨似的，差点淋一脑袋。"田生说着，抬手去抹头发，仿佛真的被淋到了一样。

"那、那、那老谷头出来啊啊地叫啥呢？你、你说，牛、牛没事吧？"谷子青想起老谷头不是人声的喊心里就发颤。

"没事。那黄牛生了三个牛犊了，都没事。再说了，女人生孩子都没事，那么大的牛还不是哧溜一个哧溜一个。"

"嘿嘿，滚蛋吧你，一次就能生、生一个牛犊，你还哧、哧溜一个哧、哧溜一个。"谷子青笑着拍了田生后背一下，心里轻松一些。

不过就是想看看生牛犊嘛，能有啥事。谷子青安慰着自己，谁让老谷头自己说的，他不说，还不能知道今晚生呢，害得两个人偷爬院墙。想到这儿，他这才觉得自己摔得屁股生疼。疼和惊吓比起来，就不算什么了。娘再三嘱咐过，爹不在了，不能给娘惹事。活该疼，谷子青想。他决定自己不上药，选择自我惩罚式的疼，好让自己长长记性。

"俺说的就是一、一、一个啊，我说哧、哧溜一个哧溜一个，没说哧溜、溜两个吧？"田生学着谷子青的腔调说完，俩人嘿嘿笑起来。

"俺要回家了，被那个老母猪发现又该向俺爹告状了。"田生站起来，发现还是疼得走不了路。

"俺、俺背你回去。你可不、不、不许告诉你爹。"

"你也不许告诉你娘。"

"嗯。"俩人异口同声地回答。

四

鲁北冬天的清晨，总是蒙着一层污浊的雀灰色的雾气。第一声鸡鸣刚刚落地，院子里的狗就狂吠起来。谷子青一个激灵坐起来。娘已经起床，挂在窗外的苇席子被高高卷起。透过窗纸，谷子青影影绰绰看到娘抱着柴火往屋里走，后面还跟着一个人。狗再次叫起来。那人边躲闪边呵斥："去去去，傻狗，再叫俺宰了你。"是田生爹。

难道田生告诉他爹了？谷子青忙披上衣服隐在炕边，透过门缝往外张望。谷子青他娘也不搭理田生他爹，放下柴火，拿起水瓢往锅里舀水，然后，蹲在灶口，用火石引火，刚有一点火星，忙凑近灶口，呼呼呼地紧吹几口气，火苗呼地着了起来。她又折了几把秫秸填进灶膛，呼哒呼哒地拉起风箱。

田生爹站在门口，见谷子青娘不搭理他，就走到她的身后，说："田生哎呀哎呀地疼了半宿没睡，看样子是伤到骨头了。"谷子青娘不搭话。

"活该，摔死也是活该，自己作死谁也拦不住。"田生爹随后话锋一转，继续说道，"可队上那头牛犊死了可是大事。已经好几个月没下雨了，地里旱得直冒盐星，全队就指望着添这头牛犊卖钱买点粮，结果却死了，破坏生产是啥罪过？你可是知道的。"

"孩子的事和牛犊子死有啥关系？俺家谷子青昨晚没出去。"谷子青娘说着，拿起一根秫秸狠磕根上的泥。泥点甩到田生爹脸上，他用手遮挡着慌忙躲开。

"嘿嘿，话可不能这样说，老谷头亲眼见他们俩爬院墙，就算你能硬不承认，田生的腿也是证明。"田生爹又往前凑了两步，继续不紧不慢地说，"村里派挑河的人还没选出来，惯例是一家轮一次，俺原想你家没了当家人，不让谷子青去，可出了这档子事，也只好让他去挑河，就算将功折罪吧，也省了你家摊派粮。"说着，故意瞄了一眼锅里的清汤寡水。

"一起爬墙头，咋不让你儿去挑河？"谷子青娘怒视着他。

"他腿折了，瘸子，咋挑河？你说，咋挑河？"田生爹一副无赖的样子，好像腿瘸是件很荣耀的事。

谷子青娘沉默了，看着灶火发愣。火苗烧到灶口，半截秫秸掉下来，又引燃了地上的柴火。谷子青娘慌忙探身把燃着的柴火往灶膛里填。

"你这鞋够肥绰的啊，得装多少粮食粒子。"田生爹乜斜着眼瞅着谷子青娘的脚。

谷子青娘下意识地把脚一挪，忙往柴火里藏。这双鞋是谷子青爹的，每次去队里食堂帮忙的时候，谷子青娘都争着洗米做饭，就为了穿着这双鞋往粮食囤里站一站。这一站，鞋里就灌满了粮食粒子，也就带出了一家三口半顿的口粮。

看着谷子青娘窘迫的样子，田生爹很得意，一高兴，嗓子不禁有点痒。他想咳，又怕吵到谷子青姐弟俩，便使劲咽了一口唾液，把"痒"压了下去。他晃着头，抄着手，转到谷子青娘身后，瞅着谷子青娘弓着续柴火的腰身说："唉，这会生养的腰和不会生养的腰就是不一样，软，就是软。"

谷子青他娘呼的一下站起身，冲着里屋骂道："还不快滚起来，狗都比你勤快，别指望着你爹不在了你就翻了天，俺一样能收拾你。谷子青，你这个作死肇事的精，都给俺滚起来，惹烦了俺，就是拼了命也不饶你。"

谷子秀被吵醒了，揉着惺忪的眼睛，迷迷糊糊地喊了一声："娘，咋啦？"

田生爹着急忙慌地往外走，边走边说："别喊别喊，反正该说的俺都说了，今天头晌午就定挑河的人，你不来，就别怪俺。"

"养你干啥用？看门护院都不会啊？"谷子青娘涨红着脸，气急败坏地骂院子里的狗。那条大黄狗像听懂了话似的，朝着田生爹嗷嗷地叫起来。

躲在门后的谷子青似乎明白点什么，又似乎什么也没明白。热水在锅里沸腾，谷子青看娘坐在灶口，守着红彤彤的灶膛，脸却是冷冰冰的。

今天队上的活儿是给麦苗松土。不是听到田生爹的话，谷子青都忘记了还有"下雨"这么回子事。他仔细想了一下，是有好一阵子没下雨了，龟裂的土地，纤细的麦苗稀疏排列，可怜得像被羊刚刚啃过的草皮。

谷子青在田里没找到田生爹，又去开会的队部找，果真在那儿。听到敲门，田生爹兴冲冲来开门，见是谷子青，眼里燃烧的火苗被浇了冷水一样，瞬间熄灭，结起了一层冷冷的冰碴。

"俺去挑河。"说完谷子青转身就走，好像再多说一句都是浪费。

"你说啥？你再说一遍。"田生爹在身后气冲冲地追问。

"俺去挑河。"谷子青转身，直瞪着田生爹。

田生爹反倒慌乱起来，嘟囔着："神气个啥，你倒想不去，只怕不行。"说完，哐当，用力关上了门。

在队部巷子口，谷子青意外地看到了娘，她正在巷子口来回踱步，一副魂不守舍的样子，当看到谷子青时一下愣了，红着脸，微张着口，竟一句话说不出来。

"俺、俺去挑河。"谷子青迎着娘走过去。

"哦。"他娘像做错事的孩子，轻声应着，跟在谷子青后面。谷子青忽然感觉娘苍老了许多，他第一次发现，自己已经比娘高出一头还多。

明天一早就要去鬲津河上工挑河了，娘坚持要连夜给谷子青做一双棉鞋。

"可哪里有棉花啊？"谷子秀很为难。

娘把自己的棉袄前襟拆开一条缝，从里面一把一把掏出棉花絮到鞋面上。合上鞋面连了两针，捏捏厚薄，又伸手，从棉袄后腰上掏出一把棉花填了进去。等到早上天光大亮，两只鞋做成了，两扇棉袄前襟也成了两片空荡荡的布片。

"娘。"谷子青犹豫着喊了一声，又停下了。他不知该怎么开口。

"哎。"娘红肿着眼睛，鼻音凝重亲昵地回道。被子、席子已经打好捆，谷子青他娘正在抓着勒紧的绳子，往行李里塞那一双新棉鞋。

"娘。"谷子青又喊了一声，像做错了事一样怯生生的。听到谷子青欲言又止，谷子青娘正活动的手一下停了下来，屋里一时静得出奇。谷子青紧张地看着娘静止的背影，他后悔了，他似乎听到一个青花瓷碗被狠狠摔在地上的破碎声。自己怎么可以这样猜疑娘呢？可他真的想知道答案，否则他离开家就不会踏实，他后悔自责，又迫切想听到肯定的承诺，两难的纠结让他不知如何是好，只好傻愣愣地呆站着，用手一点一点抠炕沿里的麦秸梗——那还是爹在时泥的炕。

时间变得缓慢而冗长，其实不过几秒或者几分钟，谷子青却觉得自己快被时间淹死了，他茫然地看向窗外，冬日的清晨一如往常混浊阴冷，院内一棵落尽了叶子的龙爪槐，扭着光秃秃的枝条向天空伸展着，像一双渴望的手臂。他也需要一只手，把他从快要溺亡的沉寂里解救出来。

这时，娘长叹口气，左手拢绳子，右手一使劲，把棉鞋塞进了行李。"走吧，俺对得住你爹。"娘转身的时候说道，声音很轻，像风隔着一堵墙吹过耳边。然后，她低着头，佝偻着身子，擦着谷子青的胳膊走了出去。谷子青的眼泪哗的一下流了出来，他猛地意识到，自己刚才亲手在娘的心上划了一道口子，并且这道伤痕愈来愈宽——自己伤害了娘。

他无声地抽噎着。他感到莫名地委屈，满腹说不清的心事填满了少年的胸膛。他现在比任何时候更恐惧失去，哪怕是现有生活习惯和格局的一点细微改变，他知道自己必须要坚强，但对有太多不确定性的将来感到迷茫与慌张。

他站在原地一动不动，泪水像喷涌的泉水汩汩流淌不尽。到后来，他忘记了自己为什么哭，悲伤吗？细想想，也没有那么悲伤，只觉得此时此刻必须要哭一场。他以一场比他爹死去流的泪还要多的哭泣，完成了一场告别仪式。他深陷在自己的痛苦里。其实如果他能够静心聆听，一堵墙之隔的堂屋里还有一场比他更凄切绝望的无声啜泣。

"小谷子，快走啦！"田二爷站在院门口喊。枣林湾有七个挑河工的摊派任务，他年龄最大，是组长。

痛哭似乎导致了一场意外的情感释放，谷子青感到莫名地轻松，他朝窗外张望了一下，院子里空寂无人。一只麻雀站在裸露的枝条上，摆动着灵活的小脑袋啾啾叫着，又一只麻雀飞过来，刚想站在它旁边，它却啾的一声长鸣，振动翅膀扬长而去，剩下那只麻雀失落地望着它飞走的方向呼唤似的叫了两声，又透过窗纸失落地看向谷子青。室内光线阴暗，谷子青知道麻雀是看不到他的，但他依旧和它对视着，就像眼睛真的看到了彼此，并通过眼神与对方孤独的心灵取得共鸣。

"谷子青，别磨叽了，快走。"田二爷催促着。

那麻雀受了惊吓，嗖的一下飞走了。

不飞走又能怎样呢？谷子青呼一口气，抹了一把脸上的泪，抡起行李扛在肩上，赌气似的一把推开卧室门大步就往外走。刚走两步，他愣住了——娘蹲在烧火的灶口，肩头一耸一耸，哭得像泪人一样。

"哎，放心吧他娘，俺能照看好他。再说啦，谷子青是个小伙子，多出去历练历练也好。别哭啦,最快三个月就回来啦,啊,别哭啦。"田二爷等不及,一脚跨进堂屋,看到眼前母子难舍的哭泣场景,心里一阵酸楚。他劝慰着谷子青娘,又过来拍拍谷子青的肩膀说:"走啦走啦,你不走你娘就会一直哭个没完,大家都在村口集合呢,像个小伙子样子,快别哭了,硬气点,让你娘在家也放心。"说着,推着哭泣的谷子青往外走。

"他二爷,你等等。"谷子青他娘追了出来。

谷子青僵硬着脖子继续往外走。他不敢回头,不敢看娘的眼睛,只任凭眼泪哗啦哗啦往外淌。

走出巷子,在通往村口的路上,田二爷追上了谷子青。谷子青回过身,看见娘在巷子口弓着腰,用手捶着腹部。谷子青知道,娘哭得狠了肚子就疼。他使劲扬了扬手,大喊着:"娘,回去吧。"一声"娘"刚喊出口,剩下的话就拖着哽咽的哭腔吞进了嘴里。他呜的一声,又哭起来。

"唉,造孽啊。"田二爷抹了抹湿润的眼眶,塞到谷子青手里一个布包,感叹着说道:"自古有狠心的儿女,没有狠心的爹娘啊。"

谷子青解开一看,是钱,七块九毛钱。他愣了。一天干满一个壮工才十分,也就才一毛钱,这可是大半个家的积蓄啊。

"你娘怕你吃不饱,让你买点吃的,自己放好了啊。"田二爷叮嘱着说。

谷子青一下停止了哭泣。他站住了,回头看娘,她还在半弓着身子远远望着自己,不时抬手擦一下眼睛。多年以后谷子青回想,自己就是在那一刻成熟了,长大了,知道了自己不仅要对自己的未来负责,还肩负着照顾娘以及整个家庭的重任。他有心把钱送还给娘,转念一想,娘一定不会收,只怕还会惹娘又大哭一场。远远地,田生站在村口,和挑河工集合的人站在一起,见谷子青来了,忙一瘸一拐地往这边走。谷子青小跑着迎了过去。

"俺怕你娘怪俺,没敢去你家,就在这等着送你。真的,俺没想到会闹成这样。"田生歉意地说。

"都这样了就别、别、别说了,这是俺娘给俺、俺的钱,俺走以后你还、还给俺娘。"谷子青说着,把布包交给田生,然后紧了紧肩上的行李,继续说,"还、还有,俺托付你一件事,你一定要做好。"

"你说你说。"田生迫不及待地说。

"俺、俺不在家,你帮俺照、照、照顾、顾好俺娘和俺家,没事多去家里替俺干点重活，行不？"谷子青郑重地说。

"行，行，当然行。甭说这件事是俺惹下的，就和俺没关系，咱俩这交情还不是应该的吗？你放心，家里俺一定照顾好，有胆敢欺负你家的，俺豁出命也不干，任他是谁。"田生坚决地说。谷子青心里明白，田生口中的"他"，指的是他自己的爹。

"这是田禾带给你的。"田生从兜里掏出一方手绢。说是手绢，其实就是一块素净的绸布，四周用针线把布边缝起。谷子青展开一看，在手绢的一角绣着一枚桑叶，他一下想起了红房子里的小木匣子，心里一暖，一种从没有过的甜蜜从心尖上涌出来，绷紧的脸禁不住松弛下来，眼神不觉也轻柔了起来。

五

鬲津河是古运河中的一段，东衔渤海湾，向南蜿蜒数千里，经德州，过聊城，穿过扬州城，到达人间天堂杭州。沧海桑田过后，历史的厚重感被经年的风沙尘垢堆积在河床上，河道变得狭窄，水位线降低。也许是干旱的缘故，有些河段已经干涸，裸露着黄褐色的河泥。只有树立在桥头的一根水位监测柱子，标志着这里曾经有着波涛汹涌、千帆竞发的辉煌。不过，在谷子青看来，那根高耸的水位柱实在夸张，就像个明目张胆的谎言在阳光下晾晒着。

站在鬲津河堤上，谷子青惊呆了，绵延数里的河道上下布满了人，到处是黑棉袄、黑棉裤、黑棉鞋，光着的黑漆漆的头，像一只只蚂蚁在一点一点啃食着干涸的河床。他被眼前的景象震撼了，恍惚到了战场，人们正在做着一场惨烈战役之前的工事准备。北风呼啸，在没遮没拦的凛冽寒风里，谷子青的衣服被吹得像一张帆。谷子青感觉自己像个叱咤风云的将军，激动、亢奋让他热血沸腾。他几乎是欢呼着奔下了河堤。

挑河，挑河，就是人工用铁锹去给河道清淤，把挖出的淤泥，再用扁担一担一担挑到堤外。因为鬲津河常年水流在低位徘徊，淤泥堆积在河堤下，筑成一片平整的河套田。相比较于挑担，挖泥是比较轻松的活。田二爷找到管事的报到后,春生叔他们已经在河堤下找了个避风的地方扎好了窝棚。七个人把被褥放好,二爷对谷子青说:"你和俺挖泥。"

黏腻冰冷的淤泥太沉了,把十几斤重的一铁锨河泥扔进坡上半米高的筐里,实在是件困难的事。一刻不歇息地挖了两个时辰,谷子青已经累得腰酸腿疼。

谷子青边往筐里装,边对二爷说:"俺还是挑担吧。"他看到挑泥上堤是辛苦,但回来是空筐,至少可以轻松一趟,可挖泥没有一刻停歇的时候。

"见人挑担不费力,自己挑担重千斤。"不一会儿,谷子青就切身理解了这句话。

二爷看看筐,再看看谷子青疲惫的样子,说:"唉,孩子啊,你书读得那么好,咋不知道'好男儿不吃一方的水'的道理,还是出去闯闯吧,一辈子和土坷垃打交道能有啥出息。"

谷子青不是没想过这个问题,但从辍学那天起,他就放弃了和命运的抗争,准备把自己一生拴在枣林湾这块土地和田禾身上。和土坷垃打交道有啥不好?他想不通,人吃的饭、穿的棉衣不都是大地赐予的吗?谷子青虽然这样想,田二爷的话还是在他心里生了根。

好不容易挨到晚上,两个掺了糠的地瓜面窝头,一碗漂着几枚干野菜叶的清汤让谷子青又想起了田二爷的话。

终于可以休息了,谷子青腰酸背痛,肩膀红肿得像发起的面团。他偎在行李卷儿上,掏出《山海经》。读之前,他使劲甩了甩脑袋,想要把那个念头从脑子里扔掉一样。

二爷和几个人围坐在窝棚最里面唠闲嗑。

"几天没拉屎了,这么臭……"几个人说得正热闹,谷新成忽然身子一歪,用手捂住鼻子大呼小叫地喊了起来。

"还别说,有好几天了。肚子硬邦邦的,就是不往腔门来,只能放个屁松快松快。"一个人不紧不慢地回道。众人哄的一声笑起来。

谷子青闻到了一股恶心的屁臭味。他皱了皱眉,扭过身,偷偷把窝棚的苇编门撩开一道缝,一股凛冽的寒风蛇一样扭着身子钻了进来。谷子青打了一个激灵,忙把那道门缝掩好。外面太冷了,臭总比受冻好。

"你们也别嫌臭,这有吃的还是好的,看这天旱得有日子了,你们说,谁还能记得上次下雨是啥时候?"田二爷不紧不慢地说。

"还真是啊，可有些日子了，从种上麦子就没见下雨，河里水都干了。"谷新成坐正身子，疑惑着说。

"可不，惠河里的水都没不过大腿，前院的二小子愣从里面捞出一个脸盆那么大的王八来。"那人说着，用手比画一个大大的圆圈。

"二爷，您是怕明年麦子收成不好？"谷新成仰着脸，望着坐在行李卷上的二爷问道。

田二爷摇了摇头，说："收成不好，还算有收成，怕的是闹蝗灾啊。"谷子青听爹说过蝗灾这个词，但具体怎么回事他不清楚，他把书放在了一边，新奇地听着。

田二爷见大家眼神迷惑，便解释道："那时俺还年轻，也就是1943年春上吧，河南闹过一次蝗灾，当时俺被抓丁去部队做伙夫，唉哟，当时那个年景呦，真是吓人啊。"二爷脸上显示出难以言说的痛苦表情，继续说，"当时俺们驻扎在安阳，和日统区对峙。也真是邪了，连续两年大旱，安阳最严重，两年麦子歉收，干旱、绝收像一场可怕的瘟疫，蔓延了整个河南省。当时，那里分属国统区和日统区，一看年景不好，两边都在想方设法抢粮、征粮，老百姓没办法，为了不挨枪子过安生日子，把仅有的粮交了，实指望着秋天能收点玉米过日子，没想到过了立秋旱情更加严重，玉米苗长不到两尺高。"二爷用手在膝盖位置比画着，继续说，"其实大家心里都明白，玉米歉收是铁定的了，但终归还有点念想啊。老百姓的命就像路边草，禁折腾，有点奔头就还能活。唉，可是老天连这点活命的念想都不给。那天俺随部队往绥阳开拔，也就是一眨眼的工夫，从东边天上飞过来一片黑云，像一阵风一样就来到眼前，整个太阳被遮住了，那片黑云从天上忽的一下压下来，俺们都愣了，都傻瞪着眼睛看着，耳边只听见嗡嗡的声音，接着，身上、脸上落满了蚂蚱，那种长着尖尖獠牙的蚂蚱。人们惊叫着，呼啦一下全跑散啦。俺刚好身上背着一口大铁锅，忙把铁锅卸下，扣在脑袋上，自己蜷缩在铁锅里。只听着外面是一片吓死人的喊喊喳喳啃噬东西和噼里啪啦撞到铁锅上的声音，像雪粒敲打在窗户纸上，还像鸡棚炸了窝一样乱作一团。"二爷说着，仿佛那场可怕的景象重新浮现在眼前，脸色渐渐变得煞白，瞳孔里放射出惊惧的光。

窝棚里一时静悄悄的，谷子青放下书，也凑了过来。二爷继续说："不知道过了多长时间，就听得外面嗡嗡的又是一阵杂乱的声音，就像数九寒天里北风吹过槐树林一样的声音，然后就没了动静，俺胆小，不敢马上起来看，就又等了一会儿，听到外面彻底没了响动，这才敢掀开锅。"

"咋、咋啦？"谷子青迫不及待地问。

"俺的天啊，俺一辈子没见过这样的事，一片地，一大片地啊，庄稼全毁了，全被蝗虫给吃了，一棵玉米苗都没留下啊。古话说，大旱之后有蝗灾，真是不假啊。"

"那怎么办啊？"田新成问。

"怎么办啊？最后的一点念想也没有了，逃吧。郑州以东被日本人占了，端着枪不让难民进，只能往洛阳以西跑。哎呀，啧啧。"二爷发出两声感叹，嘴角痛苦地咧着，继续说，"那个惨啊。那时候大都是货车，灾民只能坐车顶上，你想啊，人饿得走路都没力气，咋扒得住火车？甩下来摔死的太多了。俺去车站拉军需粮，沿铁轨一路踩死摔死的人一个挨着一个。唉，还是老话说的没错，'宁做太平狗，不做乱世人'。"

"那还不如不逃呢。"谷新成说。

"不逃？哼。"二爷用鼻音表示不屑，说道，"逃难不好过，留下的人更不好过，扒树皮、挖野菜、吃观音土，只要能吃的就往嘴里填，最后实在没吃的了，就眼巴巴望着天。"

"后来呢？"谷子青追问。他相信，真正让二爷至今还心有余悸的绝不仅仅是庄稼被吃掉。

"后来就是饿，没完没了的饿。你们吃过树皮吗？"大家摇了摇头，二爷继续说，"那时候，野菜吃没了，树皮也吃没了，那家家饿死的人啊，都没力气抬。后来就有吃人的啦。"

"啊？"谷子青睁大了眼睛。

"俺是伙夫，做饭的时候自己就留了个心眼，鞋里、袄缝里偷着藏点玉米粒子，夜里没人的时候，放在嘴里嚼碎了吃。后来管事的饿得都动不了，俺就趁着那股乱乎劲跑回了家。"

窝棚里一时寂静无声。

谷子青忽然想起了爷爷，他满怀心事地回到自己的铺位，心里盘算着二爷嘴里的灾年是否和爷爷死去时是同一年份。

"您刚才说干旱啥意思？不会闹蝗灾吧？"谷新成打破沉寂，忧心忡忡地问。

"我也怕啊。可这么多年谁见过这么大旱？还有，今天挑河，你们觉得河道淤泥好挖不？"二爷问。

"好挖啊，只有一层冰碴，没冻结实。"谷新成说。他替换了谷子青挖泥，他知道。

"对啊，这样的节气还没冻结实，这天太暖了对不？这种天最适合生蝗虫。"二爷肯定地说。

"难道真的要闹蝗灾？"有人着急问道。

二爷摇摇头，也不说话，扔下一个未置可否的眼神，开始铺床睡觉。

这注定是个难眠的夜，每个人都怀揣着一副饥肠辘辘的肠胃，虚虚实实地做着一场关于饥饿的梦。天刚蒙蒙亮，睡得正酣的谷子青被田二爷悄悄喊醒，领他到工段段长——一个敦实矮壮黑红着脸的男人面前，说："他认得路，让他去吧，小孩实诚，没歪心眼，保证一粒粮也少不了。"

谷子青感觉应该是好事，惺忪睡意全无，使劲挺着腰身，整个人立刻清爽起来。那人又端详一阵谷子青，掏出一张纸，犹疑地递给他，嘱咐道："你可小心点，这是咱借国家粮站的口粮，可不敢丢了啊。"

直到晚年，谷子青仍无法确定，如果田二爷没有为了让他休息一天推荐他去借粮；如果他绕道玉水桥而没有从冰面上走；如果冰面没有破裂，而粮也没有掉进河里；如果他回去认错、认罚，没有离家出走；如果……

可惜，没有如果可以选择，结果就是，所有的如果都发生了。当他听到脚下断裂的冰面发出魔鬼磨牙一样的声音时，命运的列车呼啸着向他驰来，在寒冷的冰面上将他卷入轮下。他紧攥着独轮车的车柄慌忙后退，断裂声更加紧密，他看看前，再看看后，河中央的位置让他没有更多的选择机会，他忙扯开捆粮食的绳头结。这时，脚下的冰开始浮动、倾斜，他心一慌，手下用力不匀，独轮车左侧的粮食袋子骨碌滚落了下来，他忙又向右边用力，不等把稳，右边的粮食袋子也砸向冰面，河水忽的一下从断裂的冰缝中涌了上来。谷子青一看不好，松开独轮车扭头就跑。跑了不及两步，脚下一滑，他跌倒在冰面上。冰面倾斜，河水继续上涌，棉鞋迅速被冰水浸湿，谷子青吓得大脑一片空白，双腿像火上烤的蛤蟆急促地使劲乱蹬，双手向前用力爬行，直到手里紧紧抓住河边几缕残苇根，他的意识才渐渐清醒。

他仰躺在河堤上，看着河心一阵后怕。粮食已沉入河里，不见了踪影，独轮车倾斜着倒在冰面上,右边横梁浸泡在冰缝间的河水里,刚才踏过的冰块已经断裂,像一座孤岛在浮动,他禁不住又一阵心悸。

天色暗了下来,最后的一抹余晖在冰面上燃起一团橘红的火焰,谷子青却感到寒入骨髓,仿佛自己已经跌进了冰河,正一点点冻僵、死去。他傻在河堤上一动不动,眼睛直愣愣地看着冰面。俺该怎么办?俺该怎么办?俺该怎么办?他的世界里仿佛只剩下了这几个字,含着它睡下,又含着它醒来。在听田二爷讲往事的时候,谷子青曾产生过离开的念头:自己不能坐以待毙,如果出现蝗灾,娘怎么办?自己不是好庄稼把式,挑了一天河就知道自己离健壮有多大的差距。自己有什么办法让这个家过下去?这才第三天,自己能否坚持三个月还是未知数,提前回家是不可能的,回家,不仅意味着要出摊派粮,田生爹又怎么会放过自己,会有新的、更大的惩罚在等着自己。而现在,丢粮的过错,尤其是丢在这常年流淌的河里,无影无踪,无据可查,如果给扣上一个私自藏粮的罪,那可怎么办?连累着娘和田二爷也跟着抬不起头来。

离家出走?念头一旦出现,就在脑海里扎下了根。他想,出去未尝不是好办法,人走了,所有的罪过也带走了,树挪死人挪活,等以后挣了钱给娘寄回来,让娘买粮,还丢掉的粮,那就不怕蝗灾年没收成,也不怕田生爹为难娘。可怎么走?又往哪里走呢?这些问题,梦里梦外搅得谷子青不安生。

天怎么就红成这个样子,泼了血似的,瘆得人心慌。密不透风的森林,灌木杂乱,野草蓬生,树与树之间枝叶纵横交错,在半空中纠结缠绕。谷子青在林子里跌跌撞撞地走着,潮湿、寒冷折磨得他有些喘不过气来。他抬头,透过密密匝匝的枝叶向上看,天上,没有云,没有太阳,像被一块猩红的布罩在头顶。天怎么能红成这个样子,泼了血似的,瘆得人心慌。他心里又嘀咕了一遍。他向前刚走了几步,灌木的藤条勾住了他的后衣襟。他用力拽了拽,没拽开,扭回身,一条竹竿粗细的花蛇缠在藤枝上,咝咝地吐着芯子,正瞪着冰冷的眼看着他。谷子青的心嗖的一下提到了嗓子眼,凉飕飕的冷气顺着脊柱四处乱窜。他猛然间发现,周围的树上,或盘或绕着各种蛇,有的甚至像倒挂金钟一样,垂吊在他的头顶。一股水流沿树间的灌溉渠汩汩地流了过来,水势由缓转急,瞬间竟翻滚起了浪头。谷子青惊恐地看着眼前的一切,在浪头向他击打过来的刹那,谷子青一声惊叫,撒腿就跑。咚的一声，谷子青使劲一伸腿，脚踹到一块石头上，大脚趾传来一阵钻心的疼。

谷子青猛地睁开眼，北风呼啸，寒星寥落，树木发出吱吱咯咯的声音，让人担心它随时会倾倒砸下来。他呆呆地望着夜空愣怔了好一会儿，眨了眨眼睛，缓了一下神，擦了一把额头上的冷汗，心里拿定了主意：走。

这是一场荒唐而冒险的出走。没有预设的路线，只是朝着与枣林湾相反的方向进发，为的是不留下任何踪迹，不碰见任何熟人。谷子青一路向北，他知道，支撑自己离开的勇气除了饥饿，就是年少的意气用事，虽然这些像母鸡羽毛的颜色，没有半点实质作用，但他依然闷头往前走，不敢停下一秒钟——他怕举目四望，胆怯和诱惑会从他所未知的地方伸出邪恶的手，打乱他方向本不明确的脚步。

没人知道谷子青去了哪儿，也不止一人想到他死了：破碎的冰面，慌乱丢弃的独轮车，人和粮食一起跌进河里死去，这几乎是所有看过现场人的结论。只有田禾，在河堤边走了几个来回之后，擦干泪眼笑了。她看到谷子青抓过的残苇根，也看到他躺过的痕迹——一夜辗转反侧，留下了几枚清晰的脚印。她对谷子青的鞋太熟悉了——她确定谷子青没死。她不动声色暗自喜悦着，似乎这一切早在她预料之中，唯一让她担心的就是人心难测——她不清楚谷子青什么时候回来接她。

晚年的谷子青是这样解释自己出走的：俺不害怕死亡，俺只是不想面对它。在俺那时经历的十几年的生命里，饥饿和死亡如影随形，一直在俺身边出没，无论俺对这个世界是多么小心翼翼地温柔以待，但总是逃脱不了它的威胁——用饥饿或者意外的方式。如果这将注定是俺的宿命，那俺选择反抗，如果人生是角斗场，注定要面对血腥厮杀，俺也要挑选自己满意的终结方式。俺要用自己喜欢的方式迎接死亡，无论它将在俺生命中哪个阶段出现——早或者晚，俺都将无憾。

田生把谷子青挑河之前说的话，当做了朋友临终前的托付，他用《七侠五义》小说里侠义的行为来对照自己，在谷子青他娘眼睛哭瞎之前，不顾他爹暴躁的辱骂，坚持跪倒在谷子青娘的脚下，做了她的干儿子。田生笃信谷子青会回来，以一种荣归故里的方式，为此，他愿意等待。甚至他一度感激谷子青的出走，正是他的出走，得以成全了自己侠义的形象，他明显感觉到别人投注在自己身上的目光多了一分钦佩。所以，当他第一次接到谷子青发来的电报和汇款时，兴奋地奔走了大半个村子，逐家逐户告知大家这个喜讯——谷子青没死，而他，永远是谷子青的恩人。

又过了一年，一个秋天的黄昏，田生收到了谷子青的第一封信。

第四章

一

田生：

在写下这两个字之前，谷子青写过娘、姐姐以及田禾，最后还是决定把信写给田生——粮款还没还上，他不想给娘惹麻烦，更不想有人按照信的地址找到自己。他呆呆地望着夜空，使劲在记忆里打捞着几千里外家乡的影子。

如果不是劳累，在夏夜，吹着凉爽的风，望着满天繁星回忆将是件美妙的事。此时，谷子青坐在工棚前的一盏灯下，正做着这样的事——回忆。手里的钢笔坏了，存不住墨水，他要不时放到嘴里嗫一下，但也不能太用力，否则会嗫到嘴里一口漆黑的墨，或者滴到纸上一个大墨点。即便这样，这支钢笔也只借给他使用一晚。夜很深了，工棚里传出沉睡的鼾声，在灯光的边缘，是一个方圆数里的大坑，黑黝黝的，像大地的一个恶疮。世上的事真是诡异，兜兜转转又回到原点，才发现曾经发过的誓、走过的路，不过是让生命流逝的过程丰富些，心磨砺得更坚硬些而已。

他提笔写道：

在容量有限的信纸上，如何描述这段时间以来发生的事才好呢？何况，现在连这封信能否安全送到还未可知，但我觉得非写不可，也有写下来的

第四章

必要，万一我遭遇不测，还可给娘留下一点慰藉。

在这样一个环境里给你写信，是我做梦都不曾想到的。这几天，睁开眼，我恍惚睡在鬲津河堤上的窝棚里，需要很久才能明白过来那已是快两年前的事了，但是境遇却如此相似，就像继续着一件未完的工程，只是换了个地域。

是的，我想你猜到了，我现在做的，依旧是挖河，只是换了个说法——不叫挑河，叫建水库。虽然叫法不同，但是一样劳累，我甚至累得有时都忘了自己当初为什么离开家，而这是让我最害怕的事。

对于我的出走，你们一定深感不解，寡居的老娘、柔弱的姐姐，作为家里唯一的男人却逃避惩罚和命运赋予的责任选择出走。对这个问题，我想了很久，促使我离开的原因真的是劳累和饥饿吗？是的，我想一定有这个原因，田二爷说到闹蝗灾的时候，我坚定了这个盘桓已久的念头，蝗灾发生我能怎么办？这个家怎么办？在后来遇到很多事情后，我发现，我不害怕死亡，我只是不想面对它，而粮食掉到河里只不过是个引子，促使我离开。我会陆续还上粮款，在没还完粮款之前，我会把信写给你，请你转告娘和姐姐，我不能再给娘惹事了，我会弥补我该承担的过错，虽然那真的是一场意外的灾难。

写到这儿，谷子青停住了，他想起了村口的那棵老槐树，还有树下一盘硕大石磨——自从有了机磨坊，这盘石磨就废弃了，成了每次出工集合的主席台，专属于田生爹。

人生是由众多盲目的偶然构成的，别人一个看似不经意的举动，也许可以改变自己一生的轨迹——这是谷子青他爹常说的话。谷子青觉得太对了，因为自己毅然决然出走，也源自一个偶然出现的镜像。当时田四爷还活着，谷子青在放羊，远远看着田四爷拖着中风后不利索的腿脚，像条蛇弯弯曲曲地往大槐树底下挪。好不容易挪到了石磨跟前，他披了披棉裆裤，倚着石磨滑坐到了地上。他觉得自己就是田四爷，或者说，田四爷就是老年的自己。他不想活一辈子，连坐到石磨盘上的资格和勇气都没有，就是在那一刻，他透过时光看穿了自己苍白的人生，没有色彩，没有波澜，甚至没有悲喜，好像一部无趣的黑白默片，也就从那时，他萌生了出走的念头。

谷子青就这样走了，带着饥肠辘辘的肠胃和一根干枯的榆树枝。榆树枝被劈成棍子，防狗。

他对未知充满胆怯，只好不断从对未知美好的憧憬里汲取勇气。他怕自己反悔似的，飞快跑过鬲津河却不肯回头。他想尽快把家以及与家相关的一切远远抛在身后，甚至臆想着鞋底的尘土被狠狠地甩在风里。直到过了枫桥才收住了脚，回望伫立在鲁北平原上的那个隐约可见的小村庄，他泪流满面，跪在地上，给自己的娘重重地磕了一个响头。他不敢想象娘痛苦的情形，现在依然不敢想。

不想啦，不想啦，泪都把字洇花了。谷子青念叨着不想，脸上早已泪流满面。

一路向北，他把未来的方向交给了直觉，由它牵引着走过田野、村落、干涸的滩涂和河流。腿已经麻木，身子越来越沉，终于走到盐城他走不动了。

那是一片荒凉的盐碱地，目光所及，没有半点生机。齐肩高的红柳将他围困在中间。他很诧异自己怎么走到了这儿，不由想起奶奶讲的鬼迷心的故事。太阳隐没于云层，天际线残留着一片薄凉的橘红色。奶奶说，夜色没降临之前，鬼是跨不过人间之门的。他稳了稳心，拄着那根榆木棍大口喘息着。被汗浸湿的棉衣渐渐冷却，结了一层白霜，身子感到一阵阵冰冷。

一只灰喜鹊从附近飞过，难道那里有水源？望着灰喜鹊在天空飞过的痕迹，他决定继续向北。

不知是主观臆想，还是向泪滴形的命运做出了妥协，谷子青在回想过往时，总唯心地感觉自己是在演绎着一场梦——假如没有遇到那辆急需加水的拖拉机，自己是不是还有勇气和能力继续走下去，或许会成为一个懵懂少年一次情绪冲动的无知之举，然后，灰溜溜地跑回家，躲在暖和的被窝里，继续享受娘的庇护。

谷子青继续写道：

我不能退缩，我也不允许自己退缩，如果我妥协一次，以后就可能找出无数个妥协的借口和理由来逃避困难。我不能像站在河边打水漂的人，刚踌躇满志地抛出去一块瓦片，就发现瓦片咚的一声沉入水里。

谷子青没想到，在这样偏僻的路上会遇到拖拉机。

司机神情颓然地看着漏了洞的备用水箱，眼前无垠的干枯茅草地让他

第四章

绝望。循着拖拉机失败的轰鸣，谷子青从盐碱地大洼的红柳丛里迅速钻出来，他们从对方的眼睛里看到了同样的惊喜。

没有水，他守着的拖拉机就是一堆废铁。

"你知道从哪儿能找到水？"他问谷子青。他声音浑厚，长着一张国字脸，两道浓密短粗的眉，透着一股子憨实劲。

谷子青抬头，天空一片死寂，厚重的云一层叠着一层，像极了暴晒过的盐碱地翘起的干裂表皮。灰喜鹊早已无影无踪，仿佛那只是自己一厢情愿的幻觉，但他决定赌一把。

"俺知道。"谷子青笃定回道。

他拿过沉重的备用水桶，重新投入了那片长满红柳的干涸之地。他相信，人并不是地球的唯一主宰，万物生灵都有自己独特的生存技能，比如说那只灰喜鹊，它会比人更敏锐地寻找到水源。

谷子青的判断果真没错，那是一片沼泽。一块一块的小水洼结着一层冰碴，像破碎的零星镜片，散落在椭圆形的泥泽里。他用脚尝试着踩了踩，一股无形的吸力穿透泥浆向身体袭来，他险些站立不稳一脚踩了下去，幸好及时收住脚退了回来，那一刻，他再次感受到死亡的威胁。直到此时谷子青还很不解，干涸的盐碱地怎么会有沼泽？有悖常理的现实让他迷惑。

天色已经渐暗，夕阳却冲破了云层，枯萎的灌木丛被嵌上了一层金边。那是最后一抹霞色了，谷子青想，这真是个漫长的下午。没有时间容他想太多。他去拔了些干枯的野草、树枝，把它铺在松软的泥上，尽力去靠近水洼。谷子青用手敲开冰面，一点一点把水捧到桶里，神情专注得像在进行一场神圣的仪式。

想到那个画面，谷子青心里依然充盈着满满的感动，为自己在那样一个下午，面对希望时那份小心翼翼的珍惜和呵护。

当谷子青拖着半桶水钻出盐碱地时，司机先吓了一跳。

"你是俺的贵人啊。"司机说。

"没事没事。"谷子青搓着沾满泥浆的手，回道。

司机忙着给水箱灌水。谷子青在想着怎么取得他的信任。

"你要去哪儿？俺捎你一段。"司机终于加完水，把破水箱丢到车上，如释重负地问道。

这太出乎谷子青的意料了，他像看透了他的心思，没等开口，就说出了自己犹犹豫豫唯恐被拒绝的想法。

"你去哪儿?"谷子青忽然有了新的主意。既然不知道自己去哪儿,为什么不跟他去?能开拖拉机的人,总会有个好归处。

"俺去万捷农场。"他说。

"俺也去那儿。"谷子青故作淡定地说。

太过偶然的巧合里一定蕴藏着不可告人的秘密,而善良的人总会为了别人的体面而故作糊涂,就像他,并无意揭穿谷子青狡黠的伎俩。后来他告诉谷子青,其实他看穿了他的小心思,只是不想说破。谷子青立刻认定,他是个好人。

在路上他告诉我,他叫韩义山,去沧县拉盖地窝子的草苫子。他让我学会了体谅,学会了不让人尴尬。当然,让我学会的远不止于此,想必你从我写的这些东西里也能看到变化。是的,他带我去的地方教会了我很多。

谷子青坐在拖拉机机箱上,机器嘎啦啦的颤动就像他当时澎湃的心跳,他太兴奋了,想想吧,在寒风刺骨的野地里,如果没有遇到拖拉机,单就是饥饿,就能要了自己的命。

到了农场谷子青才知道,他是军人,十年时间历经了抗日、解放、抗美援朝三次战争,奈何桥边走了不知有多少趟,波澜不惊都刻进了骨子里,对于自己,他自然看得清清楚楚。

当时农场初建,正缺人手,在他的帮助下,场长很痛快就答应了我留下来的请求。我们住在一排又一排的地窝子里,就是一半地下一半地上的土坑。它总让我想起槐树林里的坟丘。早上醒来,人们像鼹鼠一样,钻出一个一个头发蓬乱的脑袋。

写到这儿,谷子青发现天色由漆黑转成黛青色,远处堤坝的轮廓渐渐清晰了起来,他提醒自己加快书写速度,一会儿集合哨声响起,就该干活了。

我被分到二组,组长叫卢春,他对我很照顾,分派的活也很清闲,就是领着一群人挖沟。每天每人固定分派一段,三铁锹宽,两铁锹半深。农场里能人真多啊。画,栩栩如生;字,龙飞凤舞;你听过过年串乡剧团唱的山东梆子、京剧,可这里的人唱昆曲,一折子一折子地唱全本,就像三月里房廊上的燕子,唱得非常好听。可就是一样,体力活不行,不到半天工夫,他们的手掌心就磨起血泡。我敬佩他们,谁完不成我就拖着铁锹帮

第四章

谁挖。他们对我也好，下了工，争着教我画画、写字、唱昆曲，还拿很多的书给我读，这也是我写信遣词有改变的原因。就在现在，我的目光穿透漫无边际的黑暗，依然仿佛看到晚霞漫天，荒漠苍劲，一群人敲着饭盒，偎靠着草窝子，有板有眼地来上一折《徐策跑城》的情形。

既然那么好，为什么后来又走呢？田生一定会这样问。谷子青心想。

是的，那里很好，如果没有后来的事，我是打算长期在那里住下的，甚至想攒点钱把娘也接来。

写到这儿谷子青心里很难过，眼泪又忍不住往外流。谁听过绝望委屈到极点的哭泣吗？像汹涌的涛声在胸腔里撞击，发出呜呜呜的悲鸣——韩义山死了，农场的盐仓突然坍塌，他被压死了，在他死的前夜，谷子青听到了这种声音。

所谓的盐仓就是一座盐山，晒盐池里的粗盐收集到一起，垛成一座高高的亮晶晶坚固的盐山。从盐山下面挖一个洞，可供一个人弯腰站着，韩义山被命令每天去那里反省。他是好人，反省什么呢？谷子青见不到韩义山，只好问周围的人。但没人回答他，好像一夜之间大家变得谨言慎行，不再唱，也不再画，甚至有人挖不动沟，谷子青去帮他，他都拼死不让，就算挖到夜里星星出来也坚持自己干。谷子青隐隐感到不安，一种不祥的紧张压迫着他。

谷子青决定在一个清晨不辞而别，离开这个让身心安然栖息近一年的地方。

行李，在临睡前已经打好。他等着夜深，等着月儿斜西而挂，等着鼾声飘浮在半空。依然没有征兆没有谋划，甚至没有什么具体目标，他只是想离开。谷子青坐在床铺上，透过一指宽的窗缝望着外边，等待着。他等来了夜深，等来了鼾声，却没有等来遮蔽一切的黑夜——一轮十五的满月稳稳地挂在当空——这是谷子青没想到的，但他还是决定走。

"去天津吧。"月色下，卢春拦住了他。卢春苍老了很多，显然，他在院里已徘徊很久，蓬乱的胡须已经被呵出的气打湿了。"我给你介绍个人，他会帮你。"卢春说。

谷子青听了卢春的话，想直奔天津，却忘了买票是需要介绍信的，无论是去天津，还是去其他什么地方。

那是个少有的浓雾锁城的日子，他背着可怜的行李卷——一床被子，几件换洗衣服——在海州候车室游荡。一列火车到站了，旅客潮水一样涌了出来。他像一块礁石，孤独地伫立在人流旁观望。他要凭运气去寻找一张面孔，一张善意的面孔。终于，看到了一位慈眉善目的中年男人。

谷子青走过去，笑着问："您有、有介绍信吗？"

那人看看他，说："介绍信是去长春的。"

谷子青欣喜若狂，悬着的心落了地，这才想起把冰冷的双手放在嘴边呵气取暖。

那是张再普通不过的信笺纸，一枚红色印章盖在右下方。日期是两天前的。谷子青用手把那张纸握成一团轻轻揉了揉，又放到地上搓了几下。一张脏兮兮皱巴巴的介绍信摆在眼前，而日期，早已似是而非看不清楚了。

一切比想象中还要顺利，他拿到了最后一张开往长春的火车票。

早饭哨声已经吹响一会儿了，谷子青在信纸上匆匆写道：

暂时先写到这儿，晚上继续写。开饭哨声已吹响，如果去晚了，饭就没了。对了，这里习惯吃大楂子饭，就是把玉米粒子打碎了煮，不像我们家里，磨成面做粥。

二

这是个再寻常不过的清晨，天气有些阴沉。

谷子青刚吃过早饭，在去上工的路上，刚好遇到广播室小李喊他抄一份宣传稿，还掏出心爱的"英雄"牌钢笔给他用。谷子青满心欢喜，欣赏把玩了好一会儿新钢笔，就在摊开稿纸准备誊写的时候，突然听到窗外一阵轰隆隆雷一样的巨响，然后是一阵杂乱的脚步声和一个个急促奔跑的身影。没有呼喊，甚至没有呻吟，惊惧似乎把一切本能该发出的声音封堵在了喉咙里。但仔细看会发现，每一双跑动的腿都在微微颤抖，恐惧把脸上的唯一一抹红涂到了眼睛里，妄图在旁人的目光中寻求慰藉，结果看到的却是同样的恐惧。

怎么能不恐惧呢？见过用滚烫的烧锅水去灌蚂蚁窝的情形吗？蚂蚁慌不择路地奔跑、断掉的残肢、横陈的尸体，狼藉悲惨的场景仿佛世界末日来临——现场正是一派这样的情形。站在堤沿上，谷子青只往水库底下望了一眼，心立刻就抖成了一团。呻吟声、求救声、咒骂声从水库底下源源不绝地传上来，像个扩音喇叭，声音穿透云霄，又被风裹挟打着旋冲进耳鼓，混合成嗡嗡杂乱的噪音。

谷子青第一次被群体的气势震撼了。

"还不快救人。"不知是谁一声大喊，惊醒了站在堤沿上吓呆了的人。

由于堤沿持续坍塌，堤上覆着一层松软的浮土。谷子青几乎是侧滑着从堤上跑下来的。木架子车横七竖八，人被挤在夹缝中，或被车把插进腹部，或磕破了头，或折了腿，一摊一摊的鲜血染红了衣服、木头。

谷子青尝试着去搬一辆散了架的木排车，车下传来哎哟哎哟疼痛的呻吟声，吓得他忙松开手。

"小谷子，快来拽俺出去。"一个沉闷的声音从凌乱的架子车底下传来。

谷子青透过缝隙定睛一看，是申科——张火炕，睡在他右边的老大哥。谷子青写信的纸，就是他从工长记分本上顺手偷来的。他和谷子青一样，为了填饱肚子，从山东聊城跑出来。据他说，一共出来三个人，在水库招工抢工号的时候挤散了。因为一句山东口音"俺"，谷子青成了他最信赖的朋友。此时，他涨紫着脸，头使劲前倾，紧贴在前胸。一条腿被夹在车轮下面，一只胳膊被倾斜的车把牢牢别到背后动弹不得。

申科身形彪悍，快人快语，平时没少挤对谷子青。若在从前，看到他这副狼狈的样子，谷子青一准儿绷不住笑出声来，但现在，谷子青吓坏了，直挺挺呆站着一动不动。"快啊。"他催促着，努力抬起头来看着谷子青，眼珠被憋得外突，眼眶几乎要兜不住似的。

谷子青顾不得多想，小心挪动压在他上面的东西，把疼痛呻吟的申科一点点从里面拽了出来。

"快走，快走。"这是申科站起来后说的最坚定的一句话，并且不由分说，瘸着腿，拖着谷子青的胳膊小跑起来。

他在往工棚走的路上对谷子青说："咱们要马上离开这里。"

"为什么啊？"谷子青停下脚步问。

"出了这么大的事故，一定不会对外公布，而知道内情的人就会倒霉。"申科坚定地说。

"怎么可、可能？死、伤的人摆在眼前，怎么藏得住呢？"谷子青追问道。

"怎么藏不住？你死了，谁会知道？谁会来找你？"申科站住，直视着谷子青的眼睛说。

谷子青沉默了，心里不禁一阵后怕：如果自己不是因为字写得好，帮小李抄宣传稿，也许被砸死或砸伤的就会有自己。如果真是那样，谁会知道？娘怎么办？想到这儿，谷子青禁不住脊背一阵阵发冷。

没有任何犹疑，他决定——走。

工棚里寂静无人。申科忙着收拾行李，谷子青趴在炕沿上继续写信：从潦草的字迹你可以看出我现在的心情。是的，我很疲劳，并且，灵魂已先于肉体跌进了黑暗的深渊。夜里几次梦到我小时候差点溺亡在惠河里的情形。我娘说，梦是现实的预兆，一直以来，我有一种说不清楚的不祥的预感。一定会发生点什么，每次从梦中惊醒我都会这样对自己说，但总是安然无恙。我觉得那是自己多虑，或者是潜意识在主导着梦的走向，但今天，我所担忧的终于发生了——工地出了大事故，堤沿坍塌了，上百辆独轮车从十几米高的堤坝上翻滚着摔下来挤到了一起。你见过倒湾的鱼吗？一条条露着黑脊背的大鱼因为缺氧，叠罗汉一样挤成一团浮在水面上，翻腾、蠕动，像可怕的蛇挤压缠绕在一起。

田生，没时间写了，随信寄去我这段时间积攒的工钱，烦请转交我娘。我时常反思自己出走是否过于冲动，但事已至此也只能往前闯了，先活命再说。好在我挣的钱是家里几年也挣不到的，想到娘不用再为吃饭发愁，心里感觉欣慰很多。你我兄弟情深，家里就托付给你了，等我安顿好，就告知详细地址。

太阳早该升起来了，天色却如同暴风雨来临一样乌黑，谷子青明知道不远处正在发生一场灾难，但他要用遗忘比记忆快百倍的速度把它抛到脑后才能心安。他把钢笔留在工棚里，把信投入邮筒，背着行李站在路边。远远地，他看见申科匆匆跑来，手里拿着几个从伙房偷来的菜团子——那将是他们路上仅有的食物。

"俺那仅存的脑子够用的血亲，就他一个人了，他心眼好，俺们去找他。"申科说的那个人是他堂叔，据说在据此地一百公里外的原木城，那也是他们明天必须到达的地方。

离开水库的路上，谷子青沉默着，他对未来已经没有任何期待。这早春的天空像涂了漆的玻璃，窥视不见内部，但他相信里面一定隐藏着生和死。他仰望天空，在波谲云诡中幻想着有一种巨大的力量把一切压得粉碎。

他等待着覆盖大地的清冷的阳光像一把巨斧一样落下，以人们无暇思索的速度迅速落下。

早春的天空像一场盛宴。

五

谁见过一只鸟从天空飞过的影子吗？从列兵一样挺拔的白桦林中，箭一样射向云端，快速飞过被流云切割的天空。谷子青从没想到，它小小的身躯会蕴含如此强劲的力量。也许它身后有一条猎狗或者其他什么危险的东西？但没有，谷子青的眼睛盯视着它飞起的地方，没有看出异样。

俺看到过鸟飞过的影子，虽然天空空无一物，但它的影子的确存在过，我手中的掌纹可以为证。谷子青想。

当时，他正坐在土门岭火车站的松木长凳上看着掌纹，妄图从纵横交错的脉络里揣度未来的吉凶祸福。松木长凳原本应该是刷过绿漆的，虽然现在破旧斑驳成一团棕黑色，靠背上还少了好几根木条，但它夹在缝隙里翘起的表皮隐约有一层墨绿，尤其是用水浸润过以后——是的，谷子青哭了，手上沾满了泪。这时，一道阴影从掌心划过，迅速得像一阵风。谷子青抬头寻找，空茫的天空像黎明前的大海一样寂静。他有种不祥的预感，清晨，他从房间里走出来，一脚刚跨出门槛，一摊不知从哪儿来的鸟屎莫名其妙地落到头上。

这是个被群山环绕坐落在山坳里的小站，孤零零的一间集售票、候车于一体的小木屋，最多只能容三个人存身。木屋外倒有几个候车的人。几条闪着金属冰冷幽光的铁轨从木屋左右延伸开去，像冻僵的蟒蛇，穿过山口伸向云飘荡的远方。

谷子青望了望悬挂在头顶的太阳，又看了看空寂的铁轨，风穿过白桦树林，摇动稠密的枝干传来单调的哗啦哗啦的声音。一切空寂得可怕。他看不到不幸的端倪，却忽然有种说不出的忧伤，仿佛自己是一只被世界抛弃的流浪狗，除了追逐自己可怜的尾巴，看不到一点未来的光亮。

小木屋里，申科正在和两个孤独的人聊天。其实这样说并不准确，因为申科正像一个放荡的女人在撩拨着两个中年男人为他"争风"——他们争夺与申科对话的话语权。他们仿佛是两个刚开了口的哑巴，恨不得把喉咙吐出来，拿在手里，把不落停的唠叨用手使劲从中挤出来，再放大几倍音量狠狠砸向对方。谷子青出来的时候，他们正在争执谁最先抓到的松鼠。

那个黑红着脸的扳道工紧握着一根废弃的长扳手，在示范着怎样用一根桦木棍子一下打碎松鼠头。谷子青似乎可以听到松鼠头骨断裂的声音。他狰狞的样子，让人害怕那根铁扳手会再次抡起来，像打在松鼠头上一样落在某个人的脑袋上，所以，谷子青坐到了铁轨旁边这唯一的一条木凳上。他相信，只要申科和自己一样走出来，里面的争执立即会偃旗息鼓。

就在这时，从山垭口顺着铁轨路基走过来一个人，他衣衫褴褛破旧。他是个讨饭的？谷子青暗想。他越走越近，边走边不时回头看，仿佛身后有人追赶似的。不知是被突然惊到，还是阳光太强烈眼前发晕，他步履踉跄，像受了伤。就在他马上清晰地走进谷子青视线里的时候，一辆绿皮火车像条蠕动的虫子，慢悠悠地出现在他身后垭口。

"火车来啦。"谷子青站起身，兴奋地拍打窗玻璃，朝木屋里喊。

申科抓起行李跑了出来，身后紧跟着长着黑红脸的扳道工。

就在这时，就在谷子青回头看火车的一刹那，不祥的事情发生了——那个人越过铁轨枕木，躺在了铁轨上。在躺下之前，他镇定地侧头看着奔驰过来的火车，眼见着它碾压过自己的身体。火车很慢，但并不妨碍它轻松地夺走一条生命。谷子青听到一声火车进站的嘶鸣，或者还有一阵急促的刹车制动声。谷子青大脑一片空白，眼睁睁看着那个男人消失在老旧的火车车轮下。

谷子青迎着火车疯了似的跑过去。

火车车轮还在吭哧吭哧转动，透过车窗，闪过一张张冷漠、麻木的脸，没人知道，这个急促奔跑的小伙儿沿着铁轨在寻找什么。火车司机迅速跳下驾驶室，站在路基旁空茫地往火车后面望。

终于找到了，在第六节车厢的铁轨下。那人半截身子探出车底，仰面躺在碎石子上，颧骨青紫，肌肉松弛，眼睛微睁，眼角下一颗醒目的滴泪痣，嘴角轻轻上扬，挂着若有若无的笑。

第四章

谷子青盯着这张脸一动不动，不知怎的，他感到一种切肤的疼痛，仿佛他是自己丢失已久的身体的一部分，他被死者的表情感动，更对他的惨烈死亡方式充满震惊。

人越聚越多，围着这具怪异的半截尸体束手无措。

"我鸣笛警示了，也拉了制动闸，可他就是不躲开。"火车司机不知那人和谷子青是什么关系，讨好似的追着谷子青解释。

"他就是奔着死来的，想死的人拉不回来。"围观的人说。

"就想死也别卧轨啊，都是出门人，多不吉利，呸。"一个中年男人的声音。

一个孕妇神情紧张、目光呆滞，挺着凸起的腹部用力拨开人群，探着身子往死者跟前挤。她浑身战栗，像悬挂在枝头的最后一枚树叶，随时都有跌倒的危险。她手里紧牵着一个十多岁的女孩。女孩一张营养不良的清瘦小脸，尖尖的下颌，说不上漂亮，倒有几分清秀。

"别吵啦，闭上你们的臭嘴。"谷子青朝着围观的人怒吼着。

"好好的谁会想死，啊，你死个试试，啊。"谷子青咆哮着，他可以接受悲惨，但不能看到旁观者面对悲惨幸灾乐祸的嘲讽或指责——不了解别人的经历，凭什么指手画脚——他抱起那人的头，把他微睁的双眼慢慢合上。他没发现，自己说话流畅，口吃居然好了。

而申科发现了，相比于突然出现的卧轨人，他更惊诧谷子青的行为——谷子青怕血，很怕，而他现在竟然抱着一个浸泡在血水里的半截身子，居然还不结巴了。他远远地站着，斜视着几个说闲话的男人——拳头已经准备好了，如果哪个敢和谷子青动手，他的拳头会毫不犹豫砸过去。

显然，女孩被眼前的一幕吓坏了，眼睛看看谷子青，迅速扫视死者一眼，又迅速闭上，好奇心促使她又忍不住眯缝着眼，随即又紧紧闭上。难道她认识死者？谷子青紧盯着孕妇，孕妇扶着车厢，在离死者几步远的地方站定。同情、疑惑，夹杂着复杂内容的目光集中投在她身上。突然，她一个踉跄，几乎要跌倒在死者的身上时，谷子青一个箭步冲过去，她重重瘫软在谷子青的怀里。

女孩吓得脸色煞白，拽着孕妇的胳膊，拖着哭腔喊："妈妈，妈妈，你没事吧妈？"谷子青手下一用力，扶她站了起来。

孕妇神情恍惚，在静静的几十秒时间里，她牢牢盯视着死者，紧皱的眉头在慢慢舒展，忽然，她长舒了一口气——那不是她要找的人？——虽然依然面带悲戚，但表情已从紧张变为怜悯。她身姿挺拔地站好，嘴里嘟囔一句："唉，怎么可以自己放弃。"

"就是，怎么死不好，要这样死，倒霉。"扳道工瓮声瓮气地说。

"不是走投无路，谁会舍弃父母妻儿去死？"那孕妇大声怒斥道。"谢谢。"她对谷子青说完，拉着女孩的手转身往车上走。

也许她们就这样走了，谷子青就不会对他们印象深刻，也就没有了后来的遭遇。但那女孩走了几步站住了，她解下脖子上的红格子围巾，迟疑了一下，又朝着死者走了回来，小心地展开围巾，盖在死者湿灰的脸上。也许女孩只看了死者一眼，但已足够让她受到惊吓。看着她煞白的小脸，谷子青忽然想到了田禾。离开家这么久，他不时会想到田禾，但这一次，小女孩的一个举动，让田禾一下跳进了谷子青心里，就像钉子嵌入了墙里一样——如果田禾在场，她一定也会这么做的。

女孩的举动出乎孕妇的意料，也或者是她心疼那块红格子围巾，她责备地看着走近自己的女孩，想说什么，嘴角动了动，终于还是没说出口，在大家注视下，牵着女孩的手上了车。

在芜杂的抱怨声里，停顿的火车重新启动，只是多了一层黯然颓废的阴影。

谷子青很奇怪，为什么没人问死去的人是谁？他为什么采用这样极端的死亡方式？也许有人会心存疑惑，但没有一个人去追问，仿佛死去的人真的带有晦气，唯恐避之不及。他看看天，太阳依然温暖，山川依然静默，风摇动树枝依然哗啦哗啦地响，一切并没有因一个人死去而有任何变化。但对死者而言，世界已戛然而止，没有颜色，没有声音，更没有世事纷扰，他就这样坠入了无法探究的永生的死寂。

曾经，谷子青对自己的出走一直怀有愧疚，这份愧疚压得他彻夜难眠，现在他释然了，原来一个人在别人的心里，远没有自己想象的那么重要。这是他登上绿皮火车时突然冒出来的想法。

以后的行程非常顺利，七个小时以后，他们到了申科堂叔工作的地方——原木城，大兴安岭南一个毗邻饮马河的繁华山坳。站在原木煤矿的门口，他们已经饥肠辘辘，虽然在路上申科从地里扒了两块甜菜疙瘩吃，但终归不是粮食，感觉胃里灌满了冰冷的沙子，有股坠痛感。

第四章

经过打听,他们被人领到一堆煤山跟前,边走,申科边兴冲冲地对谷子青说:"饿了吧?呵呵,一会儿让俺叔请咱吃烙大饼,再来一大碗炖白菜。"远远地,申科所谓的唯一有作为的血亲穿着被煤染得污黑的靛蓝色上衣和黑色裤子,头上包裹着一块看不出本来颜色的毛巾,正和一个干瘦的男人往小火车上装煤。后来谷子青才知道,在这里,火车是主要的交通工具。

与申科的热情相比,他堂叔丝毫看不出血亲的样子,除了刚打照面时猛地愣怔了一下,随后,便继续一下一下往车上装煤,仿佛他们不存在一样。堂叔的态度让申科很不自在,他赔着笑,粗着嗓子喊了声:"叔,俺是申科啊,出来的时候二奶奶让俺来投奔你。"

堂叔一把扯下毛巾,露出光秃秃的脑袋——想必是因为煤尘太多,为便于打理才剃的光头——他并不看申科,用手巾使劲拍打着身上的煤尘,一脸厌弃地说:"这人也不知怎么了,总寻思外面的钱好挣,哪里知道在外面讨生活的难处。"

谷子青很尴尬,觉得自己就是沾在他堂叔身上的煤尘,被他抽打得生疼。在朋友面前遭到堂叔这样的礼遇,申科脸上有点挂不住,笑脸变得僵硬,阴郁染红了整张脸颊,他着急地说:"是俺啊,叔,申科,二小子啊,你忘了?前年回关里的时候你还去俺家呢,俺娘给你烙的菜盒盒吃,当时你对俺娘说的,家里不好混了,就来找你,你忘了?"

堂叔躲避着他,继续挥舞着铁锨,埋头往铁皮车厢里装煤。不知是臂力不足还是铁锨里煤太多太沉,扬起的铁锨几次距离车厢几厘米的地方松懈下来,煤渣稀里哗啦地掉在车厢外面,或者干脆洒在自己裤腿上。这是心慌的象征,很明显,堂叔在躲避他。

看着申科围着堂叔急赤白脸辩解的样子,谷子青想起小时候拿着饼子逗弄家里那条黄狗的情形,他为此感到悲哀。

申科并非愚钝,他总是能敏锐地从平静的表象下发现暗流汹涌,不可能看不出堂叔的冷漠和厌弃,而之所以还在喋喋不休地挽回,谷子青想是因为自己。我应该说点什么,谷子青想,虽然自己怀着戏谑的心,很希望继续看他堂叔窘红的脸。

谷子青往申科跟前凑了两步,试图伸手拉他的胳膊,刚想张口,旁边一起装车的男人恼了,他把铁锨猛地往煤堆上一掷,操着一口地道东北话嚷道:"你老家来人,不赶紧领家吃饭,还像个娘们似的在这磨叽哈?"

堂叔吓了一跳,端着一铁锨煤渣停了足有五秒钟才回过神来,很快,他发现这是个躲避尴尬处境的好机会,立刻扯着嗓子色厉内荏地对那人嚷道:"俺自个儿的事,要你管,要你管?"话虽说得硬气,脚却在下意识地往后退。

经历了这么多,谷子青觉得自己能接受妥协甚至退让,但一定要基于爱、宽容、理解或者同情,不允许自己像寄生在树皮下的蝼蚁一样怯懦求生。他猜想堂叔背后一定有着申科所不知的不得已的隐情,让他背弃了曾经的承诺。从他轻飘的语气和闪躲的眼神可以感受到,他的内心是多么地挣扎。但不管怎样,他的选择已经清晰地摊在面前。

"别吵了叔,叔……"申科欲上前阻止堂叔。谷子青抢先一步,按住了他刚抬起的胳膊,拉着申科,不做任何解释,直接往场外走。谷子青很明白,离开,是迅速结束这场争执的最好办法。

申科看了谷子青一眼,在目光对视的瞬间,他们内心无声地感受到被对方体谅所产生的感动,也由此,彼此都笃定地认定,对方是自己在遭受苦难时值得信任和托付的朋友,为此他们心生欢喜。

申科放弃挣扎、沮丧,满足地随谷子青往外走。

谷子青认为自己不是有心机的人,但他不得不承认,决心离开堂叔,是因为早已看好下一步的去处——大街对面正在招工人。

正如谷子青所看到的,那的确是招工现场,招收条件很简单,只需要熟人签字担保就可以。找谁呢?谷子青犯了难,找申科堂叔?他会同意吗?就在细忖的时候,他突然看到墙上挂有一幅电影海报一样大的黑白照片,那幅照片上的人是谁,谷子青不知道,但人,他见过,眼睑下的一颗醒目的滴泪痣让谷子青确定,他就是一天前卧轨自杀的男人。谷子青强烈预感到,凭这些,自己完全可以谋求到填饱肚子的营生。

工作的地方同样是煤矿,与申科堂叔不同的是一个在原木东山,一个在原木西山。高音喇叭里滚动播放着哀乐,因为风大,音箱音质又不好,刺刺啦啦的杂音让原本庄重的哀乐竟带着嘈杂热烈的喜庆。

"我们不仅要身强力壮能干活的,更要像他一样,立场坚定,勇于脱胎换骨追求革命的战士。"招工的人指着那张照片喊道。

围观的人很多,站在人群里,谷子青问旁边一个矮胖的男人:"他是谁？葬礼怎么这么排场？"

"他是我们林矿长，死了有一个礼拜了，今天是追悼大会，明天就要被葬到西街公园，用水泥砌的墓地。"那人说着，嘴角使劲抿了抿，不知掩饰着的是羡慕还是恐惧，麻木的脸上看不出任何表情。

"不可能。"谷子青惊叫着脱口而出。心想，一周前死的？那一天前死的是谁？谷子青看着照片，又仔细辨认一番，他确定自己的判断——就是同一个人。谷子青话音刚落，一个穿着中山装的人挤了过来。

后来，谷子青在写给田生的信里写道：

田生，你是知道我的，从小沉默寡言，为此没少挨我爹的训斥，可现在，我手握钢笔回忆起半年多前的事，仍忍不住微微颤抖，庆幸当时自己及时闭上了嘴。

来人是周矿长，一个月前是周副矿长。他没有问谷子青任何问题，领他和申科去了延吉饭馆吃过饭，不用介绍人，没做任何审查，直接录用他们为矿井工人，还承诺，安排谷子青开火车，那种在煤矿专线运输的小火车。

谷子青很困惑：周矿长是如何以风的速度捕捉到自己脱口而出的"不可能"三个字的？周矿长的眼睛呈深灰色，后来谷子青在蛮卡屯马屯长家见过一只猫，才发现那是一双狡黠的猫眼，从此，谷子青对所有的猫没有任何好感。但当时他是兴奋的，虽然那双深灰色眼睛里散发的光泽湿冷犀利，但周矿长的承诺让他和申科热血沸腾。到了夜里，脸上兴奋的潮红还没完全褪去，谷子青已意识到这份好运背后隐匿着不可告人的隐情，虽然具体什么事他还没搞明白。

两个月后，砰的一声，不知哪里来的炸药把林矿长位于西街公园的水泥坟墓炸得一片狼藉。周矿长找到谷子青，只说了四个字，"马上离开"。从他目露凶光的眼神里，谷子青看到了足以让自己快速离开的全部内容。

六

六月，在一个漆黑的夜里，清凉的夜风从门缝、墙体之间挤进屋里，但这并不妨碍有梦。谷子青一直认为，梦是上天最大的恩赐——思念的人，甜美的食物，以及让人害羞的、少年难以启齿的春梦都会意外地呈现在某个夜里，让人欣喜，禁不住地回味。

不幸的是，那天他梦到了死亡，花样繁多的各种死亡，在两个小时里，他历经了一生都不足以遇到的各种死亡方式——淹死的，仰躺在混杂着泥沙、碎草梗的污浊的水流上，像一根被冲毁的破旧木梁，直挺挺地随水流缓慢地在眼前飘过；还有站在悬崖上，忽然仰面向后倒下去，甚至在坠落的瞬间，嘴角还挂着一丝挑衅的微笑。谷子青似乎很熟悉，但又很确定不认识那人，除了惊悸他不明白这一切是怎么了。谷子青追到悬崖边，除了谜一样飘渺虚无的白雾，他看不到一点生命迹象。他一定死了。还有一个人被疾驰而来的车撞飞……很多很多，他觉得自己就像个死亡预告者，奔赴在不同陌生面孔前宣告他们的死亡，用各种匪夷所思的方式。

唤醒他的是最后一个悬而未决的死亡：一堵半截黄泥墙，一个中年男人倚靠着墙，痛苦地扭动着身子，呻吟着一点一点往下滑，周围有三两个围观的男人漠然地看着他。他显然是不甘心的，腰身用力向上挺、向上挺，终究抵不过疼痛，失控地"哎哟"一声以后，像一头被箭刺伤的野猪，一下跌坐在地上。

"你们为什么不救救他？"谷子青怒斥旁观的人。

"怎么救？你能替他疼吗？"一个男人双臂交叉在袖管里，和偎在枣林湾村口的懒汉一样，慢悠悠晃过来对谷子青说，"总归是要死的，你、我、他，都要死，谁也救不了谁。"

谷子青在后来给田生的信里写道：

田生，我从没想过自己会死，更没设想过自己会以什么样的方式死去，真的，我固执地认为，村西的四爷爷会死，因为他老了；家里的黄狗会死，因为它生病了。可我不是四爷爷，更不是那条黄狗，所以我不会死。当明白自己终将走上这样一条终结之路，并且没有任何办法可以逃避时，我恐惧了，一股从脚下生出来的恐惧感惊醒了我。当灾难来临之际，人自私的本性将暴露无遗——我无暇顾及那个蜷缩在地上痛苦翻滚呻吟的人，猛地睁开眼。屋里一片黛青，月亮斜西，刚好挂在窗棂的西北角，身边是申科均匀的鼾声，我手脚冰凉，按压着急促跳动的心脏，安抚受到惊吓的神经。

当意识到生命有期限时，谷子青开始慎重地重新审视自己——已经病了一个多月了，嗓子再次痒起来，好像不小心吸进了一把杨树毛子。一声咳嗽后面，又是一长串抑制不住的咳嗽，直到咳得脸色绛红，听的人都要憋闷得喘不过气来时，他才稍微缓一下。

"你去矿里医院查查吧，别是得了肺痨了。"申科几乎每天都这样说一遍，谷子青只是胡乱应着，并不真往心里去。一个是没钱，申科那点工资能填饱他俩的肚子已经很困难了，哪里还有钱治病。还有个原因是谷子青偶然发现的，就是他的咳嗽很诡异，就像他的口吃。口吃竟莫名其妙地消失了，难道它已转化成另一种形式存在？比如咳嗽——只要有人，谷子青就咳得厉害，等到宿舍里的人都下矿干活了，只剩他一个人的时候，反倒很少咳嗽，即便咳，也是轻微的几声干咳，像被水呛到一样。就像此时，他使劲屏住呼吸，喉咙里的那股子刺痒劲儿竟慢慢消失了——申科上白班，一大早，谷子青照例用剧烈的咳嗽声送走了他以及宿舍里的人。

天色灰蒙蒙的，谷子青躺在土炕上，头枕着污黑的松木炕沿望着窗外。风清气爽时节，流云被风追逐着，在天空划下一道道不规则的印痕。他盯着一片云，看着它从东边一点一点向西挪，心像被一根线牵着一样，也跟着一点一点颤巍巍地往西边吊。

等这朵云被窗棂遮住，就要做个决定，虽然走或者留，怎么走或者留下做什么自己还没想清楚，但一定要做点什么来改变现况。谷子青想。他想起娘，想起姐姐，以前的记忆一幕幕在眼前闪过。如果不走会怎样？这个问题还没想完，咕噜咕噜鸣叫的肚子又让他想到了申科每天带给他的玉米发糕。一定要做个决定，不能做被人饲养的猪，他想着，再看那朵云，没等飘到西窗已在慢慢散开，一眨眼的工夫就已融化在天空里。谷子青愣愣地看着，就像看着自己瘫软的生命在无力地一点点分解一样。

就在这时，窗外有人说话。

宿舍是一排低矮的土坯房，南墙仅有几个簸箕大的窗户，一个人堵在门口挡住了清晨本来就暗沉的光线，整个房间一下暗了下来。谷子青看不清来人的模样，凭声音听出是周矿长，他的心不由一沉，忙坐了起来。

周矿长站在门口，朝屋里打量着，等眼睛适应了黑暗的环境，目光落定在谷子青身上。他一脚踏进门槛，后边紧跟着走进来一个扛着行李卷儿的男人。不知是紧张还是怎的，谷子青胸口一热，猛的一阵撕心扯肺的咳嗽。

"你就住这儿。"周矿长捂着鼻子,仿佛谷子青不存在一样,指着他坐的地方对后面那个男人说。

"咦,这个老弟还病着呢。"那人嗫嚅,拖着一口地道的河南腔。

"那更要早回家了,万一死了往哪个地界埋啊?"周矿长俯视着谷子青,目光轻柔带着笑意,说出的话却像把刀子。

自己和他萍水相逢,一定有自己所不知道的缘由让他忌惮自己,和被火车撞死的男人有关?但具体有什么关联,谷子青想不清楚。

屋里每个人的位置是固定的,一排土炕只容得下七个人,他来,谷子青就必须离开。

虽有些头晕,但谷子青还是硬撑着爬了起来。后来他在山下开荒的时候常常想起这一幕,他发现人有很强的耐力,有时松懈不是因为病,而是没有让自己坚强下去的动力。

周矿长背着手,站在屋里四处巡视着,他在等谷子青离开。申科下班要到傍晚了,在他回来之前,自己只能先离开这里,谷子青怀揣着申科留下的两块发糕往外走。

"你去哪儿?"周矿长问。

"西街公园。"谷子青被自己脱口而出的回答吓了一跳,因为他从没想过去西街公园。

身后一阵异样的沉默,他感受到一股沉重的喘息。谷子青下意识地回头,发现周矿长正瞪着他。见谷子青回头,周矿长的眼神惊慌地闪躲开,头也随之扭向那个男人,怒斥道:"哪里那么多屁话,让你睡你就睡,老路,你就睡这儿。"声音因焦躁而变得尖细刺耳。

谷子青不知道这个周矿长和林矿长之间发生了什么,后来依然没有搞清楚,据他的观察和矿工们的描述,这是两个性情截然不同的人,一个专事煤矿技术工作,一个却有着敏锐的政治嗅觉,显然前者的威信和口碑更高一些。

在西街公园里,谷子青俨然是一名忧伤的凭吊者,眼前曾经被艳羡的水泥墓地,而今被炸得一片狼藉,水泥墓顶早已被崩得七零八落,花圈和一层又一层的祭文像爆炸后的鞭炮纸屑,散落在水泥碎块里。

这个可怜的男人,生前做了什么,要用那样的方式结束生命,并且死后还不得安生，虽然这只是个衣冠冢。什么样的仇恨需要用这样极端的手段来报复呢？谷子青记得小时候听过西河大鼓，里面有段戏文说的是"伍子胥掘墓鞭尸"，他爹说，虽然伍子胥是忠肝义胆、忍耻雪恨的大将军，但仅凭这件事，足见他心胸狭隘，违背人伦。谷子青不明白，当时明明林矿长还活着，怎么矿里就给他早早准备出殡了？几次他想把事情告诉别人，也想探知其中的缘由，但每次都在话即将吐出口的瞬间，又咽回了肚子里。

谷子青不怕苦，也不怕磨难，但他奉行遇到麻烦绕道走，这也是他为什么直到现在没有说出林矿长卧轨死去的原因。

可自己有什么资格说他呢？在可怜别人的时候，自己岂不是也在被别人可怜着吗？该去哪儿呢？到处都是一片热火朝天的沸腾场面，可谷子青不知道为什么，在火热的喧闹里总有一种不安情绪。我是贫农，能有什么后顾之忧呢？只要肯下苦力，不愁找不到活干，也不愁填不饱肚子，谷子青虽然这样想，但心里还是抑制不住忐忑，就像偶尔跳动的眼皮，可自己却找不到一根可以黏住跳动眼皮的稻草秆。想到稻草秆，他更加想娘，想姐，想田禾，想大爷婶子辈话连篇的打闹，想那片一眼望不见头的田地。

谷子青缓慢地，把整块发糕捂到脸上，玉米的馨香一点一点往鼻子里钻，揪得他心疼，泪珠子啪嗒啪嗒止不住地往下滚，落到发糕细密的蜂窝里。他想回家，虽然自己绝不会这么灰溜溜地回去，但他真的很想家，哪怕一个蜂窝一样窄小的窝也好。

"娘、娘，俺想你，娘，俺想回家，娘……"谷子青终于忍不住，坐在石头上呜呜呜地痛哭了起来。

"别哭啦，快走快走。"一个老人从谷子青身边走过，压低着声音急促而诡秘地说："快走，让人看见没你好果子吃。"从他头盔上那盏尚未卸下的矿灯看，他是一名老矿工。

瞧啊，无论生命沉陷在多么深的低谷，总有一道光会照进来给人以温暖，农场的老师们说，那叫希望。也就在那一瞬间，谷子青突然冒出一个念头——我去农村。他觉得这是爹冥冥之中给他的启示。他忽然无比想念土地，想念泥土的味道，想念一枚小小的种子破土而出的惊喜，想念春天新雨初晴，想念湿漉漉的小草、麦苗以及新鲜的土腥味，想念在打草放羊的时候，把脚放进太阳晒得热腾腾松软的沙土里，让沙土塞满每个脚趾缝。想着想着，谷子青感觉从地心升腾起一股强劲的力量在鼓舞着他，仿佛从脚心正钻出一根纤细的藤蔓，发芽、生根，向着大地深处生长着根须，汲取大地的营养，这样想着，他觉得自己也正逐渐地高大强壮起来。

人性的狭隘丑陋，厂矿、人、理不清的关系搞得谷子青的心乱糟糟的，每天整个人仿佛在半空飘浮一样，他想落地，想踏踏实实地站在地上，站在泥土里。

打定主意，心神变得踏实笃定，谷子青也有了在这个杂乱荒废的公园里闲逛的心思。他第一次发现，废弃的西街花园是这么美，残破的汉白玉雕塑，红漆斑驳的亭子，夕照下泛着金色鳞光的水塘，芜杂的芦苇和灌木丛，还有小时候经常在野地里寻找到的最好的美食——黑天天和浆果。坐在水塘边，看着水面上的倒影，他仿佛回到了家乡惠河。谷子青的心豁然开朗，甚至有了仰天长啸的冲动。

等他回到矿上，站在那排宿舍门口，他才发现，自己高兴得太早了。

"俺是小偷？"这个令人羞耻的词把谷子青吓了一跳，"可俺没有偷任何东西。"谷子青急忙辩解。

众人把目光投向炕铺，在他掀开的褥子上，放着十斤盖着矿上公章的全国粮票和五块钱。

"真想不到你是这种人，如果不是安排老路住宿，还真不知道你是这种人。"周矿长义愤填膺，仿佛偷的不是粮票，而是他的命根子。

一张张被煤灰染得漆黑的脸朝向谷子青，看着他。谷子青妄图在上面寻找一双眼睛，一双饱含理解、同情的眼睛，但他只看到了胆怯。申科呢？他继续寻找，在人群后面，谷子青终于看到了他，他羞愧地低着头，仿佛做贼的是他自己而不是别人。

谷子青知道，申科屈服了，他已经在自己到来之前先期感受到了"偷"这个字眼带来的耻辱。失望像一场滂沱大雨迎头浇了下来，谷子青的心一下变得冰凉。

"俺怎么可能偷得到这些粮票？先不说俺一直病着没有体力去偷，这些粮票俺见都没有见识过，怎么知道去哪里偷？"谷子青愤怒地质问周矿长。被冤枉的感觉不好，真的不好，如果死可以证明自己的清白，他将毫不犹豫地将刀刺向自己的心脏。

"你能解释这些粮票打哪里来的吗？不能，那就证明是你偷的。哼，哪个小偷会承认偷东西。可现在抓的是现行，还有老路作证，是不老路？是不是你掀起褥子发现的这些东西?"周矿长说。

"是,俺就那么一揭,就那么一揭。"老路磕磕巴巴地说着,手慌乱地扯着褥子角演示着揭开的动作。

还有必要解释吗?在老路涨得发紫的脸上,谷子青看到他和自己面临同样的困境。十斤粮票啊,如果只为了赶自己走也算是开恩了。谷子青心想,当然,对方也许是忌惮把自己逼到绝境引出不必要的麻烦才没有报警。

"俺走。"谷子青语气低沉平缓,用一种胜利者的蔑视腔调说。

周矿长一愣,似乎事情顺利得出乎意料。他诧异地看了谷子青一眼,扔下一句:"那就快搬。"说完,急匆匆地走了。老路略一迟疑,忙惊慌地追了出去。

当人群散去,紧张的气氛渐渐平息下来,申科似乎嗅到了刚刚弥漫在这个房间里的某种诡异的味道。

"俺和你一起走。"他说,以此表达对谷子青的支持。

谷子青已经想好了去处,他坚决不让申科一起走,因为只有申科留下才不至于使两人都陷入困境,况且不是谁都有机会找到每月工资还算优厚的工作。

那天,申科本该倒夜班,他破例请了假陪谷子青,也为了商量谷子青第二天的去处。工友们知道下班回来谷子青就已离开,除了给予葬礼一样告别的目光,还有力所能及的怜悯和同情——一件旧棉衣或者一把磕掉瓷的军用水壶。

人一个一个地走了,宿舍里只剩下谷子青和申科,他俩一直沉默着,目光似乎在有意无意地躲避着对方。

晚饭,申科破天荒地去食堂打了一份珍贵的肉菜,两片比纸片还薄的白肉盖在白菜粉条上。

筷子都躲避着那两片肉,谁都不去夹,虽然那曾是他们最渴望的美食,但现在看来已经索然无味了。眼看着白菜快没有了,两片肉沉到了碗底。申科闷头啃了两口窝头,也不看谷子青,把两片白肉夹起,一下放到谷子青碗里。

谷子青看看他,又把肉夹回菜碗里。

申科又夹回来。

谷子青用余光瞄了申科一眼,自己留一片肉,把另一片夹给他。

申科又夹了回来，筷子硬邦邦的，好像带了气。

谷子青故作轻松地说："没事，总在这儿待着也不是办法，俺早就打算走了。"说着，又夹了过去。

"去哪？回老家？"申科说着，红着眼睛，抬头惊诧地看着他。谷子青忙低下头，眼睛不由一阵湿热。

回家？谷子青心里一酸，自己何尝不想啊，脑海里曾无数次涌出这个念头，尤其是在生病的时候，那种孤苦让人忧伤到绝望，但他清楚地知道，不能回。自己在外面，家里就有希望，虽然这份希望像将熄的火一样微弱，但这份希望对家人或者村里人来说是未知的，因为未知，人们会用想象把希望丰满到无限美好，自己怎么能像一条流浪狗，拖着受伤的身心去打碎家人仅存的那点希望——绝不能回。

谷子青想起村里田四爷，一到冬天就溜达到村前大槐树下面，两只手抄在袖筒里，偎着树身，哧溜一下坐到地上，说起给鬼子赶大洋马的事。谷子青爹说，有一种烧煤的火车比大洋马跑得不知快多少倍。田四爷梗着青筋毕露的脖子，指责谷子青爹胡说。现在谷子青理解了他，虽然天同覆、地同载，但他眼见的只有那么多，他的心胸也就局限在那么大，直到他死，他还不会相信，火车比大洋马跑得快的事实。难道我要将一生只困在一个地方吗？当然不，人的生命只有一次，为什么不更大胆地闯闯呢，反正终归要失去它。谷子青暗自揣摩，或许这才是自己不想回家的根本原因。

"俺会想到办法的。"谷子青说着夹起那片肉放进嘴里，嚼了两口，感觉肉都是苦的。

申科把自己碗里的肉又放进了他碗里。

谷子青愣了一下，心里禁不住一阵发酸，头也没抬，夹起碗里的肉塞进了嘴里。

"你去东郊兵工厂吧，俺去过那里，人家要有文化能画图写字的，你能行。"已经过了午夜，申科忽然在黑暗里沮丧地说。他的沮丧来自善良而孤独的内心——为了自身的安稳，他失去了谷子青，比谷子青失去他更让他愧疚不安，虽然谷子青对此并不介意。

谷子青以为申科早已睡去，没想到，在长久的沉默里申科一直在为自己筹谋去路。

"明天再说吧。"谷子青说。他感觉右耳后边神经针扎一样疼，他知道，自己不能再思考，只有睡眠才能消除或者缓解这种疼痛。

睡眠像垂在风中的蛛丝网，恍惚有人推门进来，在炕沿边蹑手蹑脚地走过来，又走过去。谷子青试图睁开眼睛看看，实在太困了，又睡了过去。

睡得正香，有人使劲推谷子青，他猛地睁开眼。申科惊恐地看着自己，压低声音说："快收拾东西，快走。"

谷子青惺忪着眼睛问："为啥？"

"周矿长报警了，天亮就让人来抓你，快。"申科催促着。

谷子青睡意全无，立刻翻身坐起来。一条身影从窗外迅速闪过，看来有人在炕边走动不是梦。

借着窗外的月光，申科扯过他的背包，光着脚在地上给谷子青收拾行李。

"去蛮卡屯吧。"走出煤矿大门，申科才放心说话。

"蛮卡屯？"谷子青下意识地重复了一句，随后伴着一阵剧烈的咳嗽。

谷子青知道那儿，满族村，屯子不大，零星几户人家散落在矿区北面一片开阔的黑土地上。这是个神秘的屯子，据说屯子的祖先是皇太极的贴身萨满，皇太极死后，跟随多尔衮随军争战多年，在临进关的时候留恋故土留了下来，被特许圈地封赏，形成了现在的蛮卡屯。至今屯子里萨满技艺代代相传，屯子人不多，萨满却有四五位。

"俺认识蛮卡屯的马保全，他是屯长的弟弟，他媳妇偷煤被人抓，刚好俺值班，看她可怜就作保放了她，你先去他那里暂时避避，等有机会再找活儿，行不？"申科探着身子，轻声地问谷子青。

怎么可能不行呢？这正是我想要的。谷子青心想。

"俺不想白吃饭，俺自个儿能养活自个儿。"谷子青止住咳，大口喘息着对申科说。

天才蒙蒙亮。

矿区外就是一条南北向的土路，老路忽然从路边的树后闪出来，最先惊吓到谷子青的不是老路这个人，而是树上的一群麻雀呼地从头顶飞过。

晨光落在老路脸上，他低着头，头发蓬乱，精神颓丧，邋遢的胡子楂里衬出一脸悲戚的神色。

谷子青本想绕开老路，申科偏拉着他，挑衅地迎面走过去，不是谷子青硬拉着，他会直接撞开老路——似乎他本意就想这样。

"俺也不知道咋回事儿，周矿长让俺掀褥子，俺就掀了，哪知道有那些东西，"老路嗫嚅地说着，"周矿长说让俺作证，俺能咋办，只能看到啥就说啥。回去以后，他找人去派出所报案，还叫俺说瞎话，俺想这不是个好事。他说这样做是为了让你给俺挪位，俺觉得总不能因为俺来了就撵你走哇，俺心里也不落忍，可俺真不知是咋回事呀。"

谷子青看着老路越说越犯急，声音像头顶的树叶，哗啦哗啦乱得没有一点秩序，心想，他内心细腻得多，他知道，这件事他说不明白是不可能安生住到这里的。

"你是周矿长的亲戚？"申科问。他这样一说，谷子青也一下提起了兴致——有预谋和被蒙蔽可是截然不同的两个概念。

"不是，俺是投奔林矿长的。"老路的话让谷子青心一惊，老路继续说，"俺爹在他家做了十几年的老管家。这个原木煤矿就是他家的，几年前合营，俺爹就回了老家河南，今年俺那地方闹饥荒，家里饿得实在过不下去，俺爹就打发俺来投奔林矿长，谁承想林矿长死了。"老路说。

"啥叫合营？"谷子青困惑地问申科。

显然申科也不知道，他转头大声地问老路："啥叫合营？"

"听俺爹说，就是把自家的矿给公家管理，公家每年给利息，其实俺也整不明白。"老路见他们不追究栽赃粮票的事，神色缓和了很多。也许是阳光明亮的缘故，透过脸上饥饿的菜色，常年劳作的健壮的古铜色隐约浮现出来。

谷子青对与林矿长有关联的人心存好感，况且都是跑出来活命的人，他叮嘱申科以后不要难为老路。申科答应了他，但从老路频频回头的疑惑眼神里，他未必相信——人总是习惯猜忌高于自己期望的善良，那是没办法的事，只好随他了。

谷子青和申科沿着山脚下一条蜿蜒小路，从一片荒野中的沼泽穿过，远处是一道山梁，被一片不知什么年头种下的黑松、榛子树覆盖着。

申科去蛮卡屯，让谷子青去林子里等待。

谷子青沿着林间小道往西走，发现山脚下长满细密柔软的青草，山上树木郁郁葱葱，耳畔隐约有叮咚的水声传来。他循着水声，真的看到一条小溪，溪水湍急，清澈透底。在一片静穆的世界里，他的心被溪水潺潺的声音所振奋。小溪很小，一只芦花鸡就可以飞过去，但谷子青对此非常满足,尤其是眼前陡然出现的一片绿茵茵的空地。他拨开青草,看到肥沃的黑土地里饱含着蓬勃的生命力,等待接纳任何一颗种子,无论饱满还是弱小,它都准备给予母亲般慷慨的供养。最可喜的是,在那片空地上居然有一间破旧的木屋,它仿佛被遗弃了很久,屋顶、门窗连同墙体缝隙里都是苔藓,但整体结构很结实。

这里应该就是申科让自己等待的地方。谷子青对此实在太满意了,疲倦地奔波了几年时间,他最后才发现,只有土地最让自己踏实。他不知道自己会在这里待多久,但至少现在心里喜欢。谷子青打开木门,里面空荡荡的,几张木板并排铺在地上,显然是床,墙上挂着两张破损的动物毛皮,凭形状猜测,大致一张是兔子皮,一张是狐狸皮,也可能是狼皮。

是的,他只能说可能,因为他没见过狼,当他收拾屋里的杂物,在一堆桦树皮里发现"巴特"的时候,谷子青才确信无疑,那是一张狼皮。

巴特是一只受伤的狼崽。一个猎人常用的蒺藜一样尖利的铁夹子紧紧箍进它的右前腿,血肉模糊了它银灰色的毛发。旁边是半只已经干硬的獐子,这只狼崽显然是被有意藏在这儿。

它奄奄一息,似乎已经很久没挪动地方了,但还是凭着本能朝着谷子青伸进桦树皮里的手狠狠咬了下去,血立刻流了出来。久违的血腥唤起了它的野性,它昂起头,龇着一排尖细的小牙,朝谷子青做出凶狠撕咬的样子,嘴里还发出微弱的低吼。

谷子青试图把铁夹子取下来,仔细一看,发现夹子附近的皮肉已经感染溃烂。幸好它骨骼纤细,否则腿就废了。

善意是相通的,谷子青取下铁夹子后,小狼变得安静,琉璃一样剔透的灰眼睛像被线牵着盯视着他手上的伤口。谷子青尝试着把手放在它面前,它毫不犹豫地张开了口。就在它的牙齿咬住谷子青的虎口的时候,它停下了,迟疑了一下,松开口,两排狼牙印清晰地印在手背上,然后,它伸出舌头贪婪地舔舐谷子青手上的血渍。

狼比人有感恩之心,谷子青决定把它留下,并为它取名"巴特",蒙古语"勇士"的意思。

透过窗子,谷子青看见一个戴着绿军帽的健壮男人,身后跟着申科,一起朝着小屋走过来。他们每人背着一个袋子,打开后,里面装着大豆种子和耕种工具,还有粮食、铁锅和一小瓶蓖麻油。

那个男人就是马屯长，但更像是屠夫或者猎户，黑红扁平的脸，荒草一样茂盛的络腮胡子，浑身透着彪悍和粗犷。

谷子青没想到，在这里得到一块土地会是这么轻易的事。

"这小屋，连带前面这片草地都归俺了？"谷子青有点不相信。

"连这座山里的东西也归你，里面有蘑菇、榛子还有各种野物，只要你能拿到，都归你。"他说着，拉动吱呀作响的屋门，在门轴里滴几滴蓖麻油，开关顺畅多了。

"你还想要啥？"他眼睛呈橙黄色，野性的目光一眼能看透人心似的。是的，比起这些生活必需品，谷子青更想要一些纸和笔，但他迟疑了，不想被人误会成一个贪婪的人。

"他是萨满，你瞒不住他的。"申科说。

谷子青庆幸他是萨满，庆幸他迅速看穿自己的心思，让自己能有纸笔写信。

整整大半年，谷子青除了开荒、种菜、打猎、喂小狼，就是给家里写信。一封信耗费的时间很长，却始终没有寄出去——自己没有安顿好，他不想让家里人担心。

入冬前，谷子青给娘汇了点钱。他和申科商量好了，自己种粮食，申科挣钱，一起供养两家人的生活。

树叶凋零殆尽，小溪冰封停止流淌，大地进入了深冬，但谷子青并不感到寂寞，有巴特陪伴，申科、马屯长经常来看他。让谷子青没想到的是，这样小的屯子里居然还住有知青，据他们自己说是来自北京，祖籍在美丽的科尔沁草原，但不知道具体是哪个盟哪个旗。他们不知为什么，忽然被父母送到蛮卡屯，交到马屯长手里。他们把谷子青这里当成据点，经常给他带点书看，或者听谷子青说一段书听。林子里的松鼠、锦鸡有时也会跑进屋里来。有了粮食，谷子青也不会抓它们，任它们围着木屋随意溜达，墙上的两张皮已经让他见到了屠杀的血腥和丑陋，他不想做这样的事。当然，巴特抓到就另当别论，大自然中人兽各有天性，谷子青无意站在生物链条的顶端，自诩仁善去驯化或者惩戒某一方。他尊重自然，尊重巴特捕食动物的本能，这同自己从土地取食一样，没有什么高贵、卑微之分，也没有高尚、残忍之别。

第四章

巴特的伤已经完全好了，迟迟不肯离开是因为没到恰当的时机。它在等待什么。在一个大雪纷飞的月圆之夜，一声悠长高亢的狼嗥让它毫不犹豫地离开了谷子青。

一切又恢复了宁静，谷子青享受着这种宁静，在冰封寒冷的宁静里，他在等待春天。哦，春天，当他说等待春天的时候，知青们都会嘲笑他，因为在他们心里，这句话有着更深的寓意。他们的嘲笑让谷子青躁动不安，尤其是一个叫舒文的姑娘，当她笑眯眯地瞅着谷子青的时候，哪怕在大雪封门的日子里，谷子青也会躁出一身汗来。

田禾，我的春天，我的春天在哪儿？谷子青想着，烦躁地把被子褪到胸口，一股莫名冲动像电一样，从脚心流遍全身。

第五章

谷子青渐渐习惯了种地、读书的日子，进了四月，天气回暖，草木葱茏，连绵的山也仿佛在一夜之间披上了漂亮的绿衣服。谷子青在山脚下又开辟了一块地，按时令种下土豆。

转眼入夏了，杨絮雪花一样沸沸扬扬。

玉米刚钻出嫩芽的一个夜里，谷子青躺在麂皮褥子上，皮褥子下是一层厚厚的干草。在植物淡雅的芳香里，他很满足，手边的那本《普希金诗选》让他感觉很舒适。他像个十足的懒汉，使劲伸展着四肢——他不想再看下去，不是因为眼睛被煤油灯熏得涩疼，而是舍不得，就像好不容易得来一块糖，用舌尖轻轻舔一下，就揣在怀里，留着。

他把胳膊枕在脑后，觉得自己该想点什么，想什么呢？想田禾吧，她长高了吧？自己已经像一棵成熟的高粱，她也该是一颗饱满的麦穗了吧。想着田禾，他脑子里浮出另一个女子的模样，圆润的脸、圆润的胸，连小手都圆润得像摸熟的锄把头，泛着油脂圆润的光。她就是舒文，五个知青中唯一的女孩。她怯弱的眼神，像隐在枝叶角落里的花骨朵，惹人疼惜。

昏暗里，谷子青眨了眨眼睛，眼前依然是一双好看的杏仁眼睛，像一簇火焰在人群里投在他身上。他能感受得到那簇光，等他留心寻找时，那双眼睛已经像惊慌的兔子，迅速垂下睫毛，让人揣测不出里面隐藏的情意。

谷子青翻了个身，他不能放任自己陷在那双眼睛里，他要打断自己的想象——那是田禾的眼睛，必须是田禾的眼睛。就在这时，天空忽然漆黑如墨，黑暗笼罩了整个山野，凶险不祥。在这份压抑的静默里，突然，一声炸雷，天幕撕裂，暴雨倾泻而下。雷鸣滚滚，闪电照亮夜空。谷子青想

第五章

像着暴雨裹挟着泥沙，从后山山顶倾泻而下的情景，暗自担忧：山脚下自己新开垦的那块土豆田，在山洪的冲击下，也许要比千军万马扫荡后残留下的废墟更触目惊心吧？

这样的情形，不能不让人恐惧。蜷缩在炕角的谷子青把所知道的各种神灵祈求一遍，最后寄托在萨满神的身上。

暴雨持续了三个小时，反复涤荡，瞬间消失。

黎明时分天色再次放晴，门前石板上的积水已经消失不见，美丽的野花再次绽放——谷子青站在木屋前，看着眼前的一切如梦如幻。他不知道，就在不久之后，枣林湾也经受了同样的暴雨突袭，不是三个小时，而是三天两夜。

用谷子青娘的话说，暴雨是让田二爷咒来的。从谷子青走后，谷子青娘就把怨恨记在了田二爷的身上。

在刚知道谷子青出走的那段时间，"小谷子，快走啊。"田二爷领走谷子青那天，隔着院墙的呼喊声日夜在她耳边回响，她时常会心惊肉跳地一跃而起，眼神惊慌地四处寻找，像要随时准备拉住一只脚已踏出门槛的儿子。

田二爷预测的蝗灾没有发生，几天闷罐一样的暑热天气又让他产生新的推测——洪灾。

"你看看天，可有一朵云没有？整个天像倒扣的烧红的锅底。你再看看树叶，随便哪棵树的树叶，可有一丝风没有？树叶子被抽了筋骨一样，干巴巴地纹丝不动。"村前大槐树树荫下，田二爷自得地说。

大家便顺着他的目光去看看天，又看看蔫巴巴的树叶。干燥的尘土在阳光里浮动，人就像一条条搁浅的鱼，张着干裂的嘴唇，每一次呼吸都是件吃力的事。

这样就断定有暴雨洪灾？谷子青娘不信。"燕子低飞蛇过道，蚂蚁搬家山戴帽"，老祖宗留下的话多么神奇准确，可燕子低飞了三天了，还不是斗大的毒日头当空挂着？今年比往年热，大家都这样说，就像去年的冬天比往年雪少一样，就是个年景，怎么可能是灾荒。

暴雨从一声炸雷开始。半个火球一样的太阳还在槐树林的树梢上挂着，天气闷热，胸口像压了一座石山，让人透不过气来，天空被撒了朱砂粉一样地红，还是没有云，也没有风，蔫不唧的人们照常并排在玉米地里锄蒿草，间或抬手抹一把油腻腻的汗渍，乜斜着眼睛狠狠地看看天，再使劲咽两口唾液——半是解渴，半是怨恨。这时候，就听见有人疑惑地嘟囔："起风啦？"接下来有更多人在欣喜地喊："起风啦。"接着，树叶摇动，大块大块的乌云像一群黑山羊，被鞭子驱赶着从北边翻滚着涌了过来。

风，狂风，疯了一样呼啸着穿过田野，穿过茂密杂乱的槐树林，向着每一张惊慌失措的脸上拍去，刹那间，黄土漫天，砂砾横飞，天地漆黑一片。一声炸雷从云层之上传来，紧接着一道闪电斜刺着从人们头顶亮起。人们还没来得及享受凉爽，已经被骤起的大风刮得东倒西歪浑身冰冷，瓢泼大雨迎头浇了下来，人们像受惊的马群，在雨里疯狂地飞奔着。

"一定会发生点什么。"第三天了，听着窗外肆虐的风雨，谷子青娘说着，两只"解放脚"在炕沿上使劲对着磕打了两下，转身爬到炕里，透过窗子去看外面的雨势。可能每个人心里都存在这种隐忧，静默着，怀着逃脱灾难的侥幸，等待灾难过去，等待命运揭晓别人惨遭不幸的谜底。

窗外，天像漏了似的，倾盆大雨哗哗地往下倒，碗口一样粗的老树像个迟暮老人，可怜地伫立在雨水里，被风刮断的枝枝杈杈凌乱地在水面上漂浮着。屋梁上的燕子和鸡、狗难得地达成"共识"，一起逃进堂屋，各自躲在角落，被外面的狂风骤雨惊吓到似的，一动不动，间或突然抖动一下，打寒战一样抖落毛发上湿漉漉的水渍，引起一阵骚动，马上又迅速陷入沉寂。

显然堂屋并不是安全的避难所，谷子秀抱着瓦罐往东屋走，脚下的积水已经涨到脚踝以上，并且还继续从用玉米秸秆遮挡着的门缝里渗进来。谷子秀把瓦罐费力地放到炕头，接过娘的话茬说："正是玉米吐穗的时候，雨再这么下，这季粮食算是黄了。"她说着，把瓦罐往炕里面使劲推了推——瓦罐里是自留地打的麦种。

"快去开门，生子来了，快去。"谷子青娘忽然回头，急促地对谷子秀说。

透过窗子，谷子秀看到田生挽着裤腿，顶着一件用麦秸秆编的蓑衣，蹚着没膝的水往屋里走。从那次腿摔伤以后，田生的腿就没再好起来，成了一个跛子。两条巷子，不足三里路，他走得艰辛狼狈，肩膀比平时甩得

第五章

更加用力，仿佛是个杠杆，用胳膊撬动双腿在移动。几年的时间，除了嘴唇上方长出一层细软的黑胡楂，他的个头也窜出十几公分，虽说比同龄人还是矮一截，但也是暗自庆幸啦。

"又跑了来干啥，大雨天的也不消停在家待着。"谷子秀很不待见他。

她不知道是从什么时候开始，发现田生看她的眼神很是微妙，娘在的时候还好，田生的眼神只是飘忽地在她脸上扫过。可是只有两人在的时候，田生的眼神就像六月麦收的太阳，无所顾忌、肆无忌惮地发出炽烈的目光，直勾勾地盯着谷子秀。谷子秀感觉他的眼神好像一把刀，在一颗一颗挑开自己胸前的纽扣，使自己赤裸裸地站在他面前。她很愤怒，想斥责他，又唯恐伤了他的颜面，便沉默着。在这沉默的时间里，她发现空气中流动着一股让人不安的情绪，像硫黄，一点火星就会爆炸，这让她心惊肉跳。更可怕的是，有一次谷子秀从田生身边走过，田生的手下意识地伸向谷子秀的腰。谷子秀惊诧地看着他，而田生仿佛在梦里，目光痴迷地看着她。满心满腹的心思被一只手出卖，它直直地伸向谷子秀靛蓝的小褂，就像一具失了魂魄的僵尸让谷子秀恐惧。

恐惧也只能埋在心里，怎么说？和谁说？这种事和娘怎么开得了口啊。有时她看着来找自己的田禾在想，她虽说名义上是田生的妹妹，但人们都知道那是两个毫不相干的人。她每天和田生生活在一间屋子里，难道就没有感受到田生狸猫一样棕黑色的眼睛里隐隐发出的犀利而贪婪的光？

"还不快去？"娘见谷子秀愣站着不动，用脚使劲磕几下炕沿，催促道。

"知道啦。"谷子秀极不情愿地应允着，两条麻花辫用力一甩，扭着身子闪出了门。

刚抽开顶门闩，黄浆的水流顺着门槛外的玉米秸秆和沙土袋子流了进来。田生湿漉漉地挂着一身水，一脚踏进门槛，不及等谷子秀关门，就大声喊着："婶子，婶子，你猜谁来信啦？"惊得一屋子的鸡狗又是好一阵骚动。

谷子秀心里一喜，弟弟？她关好门，一脚踢开忽闪着翅膀叫个不停的老芦花母鸡，忙跟了进去。娘已经抖成一团，手里捧着被雨水濡湿的信。

从收到第三封信到现在，已经过去两年了，开始时，娘总追着田生问："你爹没去公社？"去公社一趟，就会捎回全村的信来。后来娘就不问了，眼睛里期待的光也不知在何时暗淡了。

娘是个决绝的人，说不想，一下也不再问，甚至都很少提，仿佛谷子青不存在似的。只是每年忙了麦收，她会用新麦打糨糊，一层一层地刷袼褙，再把袼褙放在毒辣辣的太阳底下晒得咯嘣嘣地脆，等到太阳偏西，晚风微凉的时候，偎在窗台下，比着手掌心，算计着谷子青日益长大的脚为他纳鞋底，做棉鞋。为此，整个枣林湾的人都佩服谷子青爷爷有远见。

谷子青娘的经历很传奇，她不是本地人，是鲁南薛城大户人家的闺女，行三，小名凤姝，因为她的帮佣水仙，来到了这里。

水仙，也就是在抗美援朝战场打仗的向南的娘，是佃户，自小在凤姝家帮佣，因为年龄相仿，两人感情十分要好。有一年翠林庄的木匠崔跟着师傅来到薛城，刚好水仙哥准备结婚，便把木匠崔留下，帮助选材、备料、打家具。木匠崔手脚麻利，话少人勤，家里人对他很满意。

后来，家里人感觉有点不对劲。木匠崔明显在磨洋工，一根橱子门框，用刨刀从一头本可以一气刨完，可他偏要左刨两下，转到右边看看，转回来再刨两下，磨磨叽叽在这个庄子待了小半年。

转眼就到了九月份，关于水仙和木匠崔的风言风语像地里的玉米秸，越长越茂盛。终于，在一天夜里，木匠崔被水仙哥哥半撵半劝地轰走了。原以为木匠崔走了，一切的传言会烟消云散，没想到，水仙日渐隆起的肚子却坐实了这件事——她怀孕了。

水仙从墙上往下跳，用裤带使劲勒，站在冰河里冻，她把一切道听途说来的足以引起流产的办法逐一用了一遍，那孩子非但没掉，还越长越大，眼看就要遮掩不住。水仙没办法，日夜缠磨凤姝，哭求她陪着自己一起去找木匠崔，否则就去跳河、跳井、上吊，反正就是死。

凤姝自小喜欢看戏读书，崇尚侠义，见水仙哭得可怜，心想，救人一命是有大功德的事，就算家里责罚起来，也好搪塞，便给家里修书一封，两个人偷偷跑了出来。家里曾派两个壮工去追，但方向偏离了足有二十里，结果，一个被抓了壮丁，一个被乱枪打死，这些是几年以后听一名曾途经薛城的八路军干部说的。

两个小脚女人按着当初木匠崔留下的地址，一路历经千辛万苦，终于找到了翠林庄，见到木匠崔，可肚子里的孩子却没能留住——小产了。

谷子青爷爷去给水仙听诊，看到木匠崔家里粉刷一新，到处贴着火红的窗花和喜联，尤其是桌上，四四方方的红纸上写着俩人生辰八字的喜帖，娟秀的蝇头小楷看得他满心欢喜，便追问木匠崔："这是出自何人之手？"

虽然孩子没保住，但跑来一个媳妇，已足以让木匠崔满心欢喜，他掩饰不住内心喜悦，喜滋滋地说："叔，这都是陪俺媳妇来的那个妹妹写的，写得好是不？俺不认得字，但看着就顺眼。"

刚巧凤殊出来泼水，见谷子青爷爷立在院里，就好奇地瞥了一眼。就这一眼，让谷子青爷爷铁了心地要娶她做儿媳。

先前凤殊坚决不同意，她说等水仙结完婚就要回家的。谷子青爷爷到处托人说合，水仙和木匠崔软磨硬泡，也没能阻止凤殊要回家的心。

"这是个有胆有识的女子，咱老谷家没这个造化啊。"就在谷子青爷爷叹息着想要放弃的时候，黄河防线失守，日军占领山东，凤殊根本无法穿越战区。根据地领导知道凤殊识字，正好要开设扫盲班，便劝说她留在村里做教员。谷子青爷爷一看事情有转圜，忙又托媒人说合。凤殊回家无望，见谷子青爹识文断字，长相斯文，加上当时宣扬婚姻自主，也就应了这门婚事。

凤殊果真像谷子青爷爷说的那样，一进谷家门，就把一个松散随性的家整理得井井有条，无论是谷子青他爹突然死亡，还是谷子青不辞而别，她都镇定自若地接受、处理，仿佛那是早已预料到的事。后来村里遇到什么大事，五尺高的汉子也会跑来和她讨主意：

"要把地合在一起成立互助组，自己没了地，咋成呢？"

"合在一起有合在一起的好，你家有牛，俺家有犁，他家有劳力，大家都尽自己的力互帮互助，挺好。"

"可自己家的地就没了。"

"哪能呢，地就在那里摆着，你每天可以看到它。强盗不能把它抢走，窃贼也不能把它偷走。人死了地还在，任谁扔下把种子，就能活人，何况集合大家的力。"谷子青娘说罢，手捻着针线在鬓发上抿了抿，又心存几分担忧地自语着，"怕就怕人存了私心，糟践东西。"

许是声音太小，或者是豁然开朗的兴奋阻滞了人的思考能力，来人兴冲冲地走了。谷子青娘继续安然地盘着腿纳鞋底。

但这次，谷子秀明显感觉到娘神情异样。

"秀，来，来，你来，你来读。"谷子青娘抬眼看见秀，忙喊道。

"对对，你来读。"田生讨好地附和着。

谷子秀屏住呼吸，用比娘抖得更厉害的手接过信，两滴硕大的眼泪啪地掉下来，落入没踝的积水里。已经两年没收到弟弟的来信了，谷子秀使劲抹了一把眼睛，把模糊了视线的眼泪擦干，她迫切地想知道弟弟的情况，她迅速地扫视着这封信，妄图一下把内容吞进肚子里，再慢慢讲给娘听，但心太慌啦，没等看清一行字，眼泪又冒了出来。

"别急，来，坐下，慢慢念。"娘抖着声音，轻轻拍拍炕沿，对谷子秀说。

当谷子青多年后和娘聊起往事时，娘一脸心疼的神色让他明白，娘对他离开家乡后的体谅是从这封信开始的，那就是，他依然在种地，只是在相隔千里之外的黑土地上耕耘、播种，耐着性子等待收割。冬天，会裹着狗皮帽子，提着一把猎枪，踩着没膝白雪像个野人一样穿梭在森林里，在太阳落山之前，扛一只狍子或者提两只野兔回来，孤零零地在山脚下的小木屋里烤了吃。虽然谷子青坚定地认为自己从没在信里这样描述过，但娘固执地认定，那封信给她的印象就是这样，并且能再次清晰地感受到当时那种心疼。

"当时想，你咋就不回来呢？"娘在去世之前的几天常对守在炕边的谷子青絮叨着这句话，带着心疼和埋怨。

其实谷子青娘忘了，这封信带给她的更多的是惊喜，因为信的末尾提到了田禾，虽然写得含蓄，但娘一下明白了，她用余光看了一下田生——青青的胡楂挂在他脸上——猛然想到，自己的儿子谷子青已经是一个壮实的小伙子了。

她有些后悔让田生听到这封信。儿子现在的生活是困顿窘迫的，田禾知道了会怎么想？她这样想着，心里不禁忧伤起来。她扭头看窗外，哗啦哗啦的大雨继续下着，老槐树的一根树枝被风刮断，身不由己地在风雨里翻滚。她仿佛听到树枝断裂的咔咔声，这让她心慌，咔咔咔，声音愈发清晰，像夜里老鼠啃食桌脚的木头，她刚想说点什么，一抬头，看到田生正失神地看着谷子秀，而谷子秀举着信，还没缓过神来。谷子青娘不禁蹙紧了眉头，大声问："你们听，这是啥声音？"

第五章

三人凝神听了一下。

"墙皮掉了？"田生说。

土坯房，外面糊了一层泥，被这么大的雨冲刷，很有可能掉落。仿佛为了证实田生的话，外面又是一阵墙皮掉落的哗啦声，但隐约还有咔咔的声音传来。

"有人打门。"谷子秀说着，一闪身，出了屋。随后听到稀里哗啦开门闩的声音、积水涌入的声音，然后是田禾颤抖着变了嗓音的喊叫："俺哥在这儿不？爹死啦，被砸死了，被砸死了。"

根据田禾哽咽的叙述，与其说田生爹是被房梁砸死，倒不如说是自己作死。一条蛇盘在房梁上，刚好被田禾娘看到，嚷着害怕，正准备出门的田生爹回身抄起一把锄头就去砸。那蛇灵敏，曲曲绕绕钻进房梁嵌入墙体的缝隙里。田禾劝娘："算了吧，蛇都跑了，饶过它吧。"可田禾娘不依不饶，指挥着田生爹爬到凳子上，继续朝蛇逃走的地方使劲捣，本来被雨水浸泡的黄泥墙已经很松软，哪经得住他这样用力的撞击，只听一声巨响，半边房顶塌了下来，把田生爹整个人埋在泥里，像一场人为精心设置的阴谋。

"怎么可能？"田生无法想象会有这样的事发生，他来不及追问田禾，转身冲进了雨里。

谷子秀搀扶着娘走出家门的时候，雨已不再浓密，天边隐约露出一抹橘红的霞色，整个村庄已是一片泽国，到处都是过膝的积水，水面漂着各式各样的杂物，谷子青娘扶着墙没走几步，一个趔趄，差点滑倒，谷子秀便让娘回去，自己去田生家探望。

哪来的这些水啊？谷子秀蹚着水，边想边小心翼翼地走着，时时提防脚下的坑，即便这样，也会不时滑倒，被水呛到。这样的灾年，庄稼是没指望了，以后可吃什么呀？她远眺田野，依稀看到在漫无边际死寂的水面上露出一丛丛凌乱的树冠。

在灾难面前，田生爹的死变得微不足道，仿佛死神已经站在这个村庄的上空，而田生爹不过是一个开始。谷子秀想到千里之外的弟弟，心里为他得以逃脱这场灾难而庆幸。

在巷子口，谷子秀遇到村会计田新利，他领着两个陌生人往田生家走。

这时，雨停了，西边一片绚丽夺目的晚霞在水平线上跳跃，水面像一面镜子,将那道霞色映衬得恢宏壮观,美得像梦。谷子秀不想和生人说话,便停了一下,装作歇息,直到他们拐进田生家院门。房屋低矮,她的目光顺势往上一挑,可以看到坍塌的屋顶的一角,麦秸、苇席子和残缺的黄泥墙映在霞光里,没有破败的感觉,反倒增添了几分朴拙残缺的美感。突然,她惊异地发现,低矮的屋脊上有一道白色的东西在蠕动。她心里猛地一惊,额头顿时沁出一层冷汗——那是条白蛇。

谷子秀走进屋,看到田生爹已经被放在炕上,脸上盖着他经常搭在肩上用来擦汗的白毛巾。屋门四敞大开,水面和院里一样高,田会计和几个庄乡围站在堂屋低声商量着后事。田禾娘在呼天抢地地哭,田禾忙着把鸡鸭往偏房堆积的杂物上赶,不时有一两只鸡站立不稳,掉下来落到水里,谷子秀忙一把捞起,放在窗台或草筐上。

"这咋埋?连块干爽的地都没有。"站在屋门外的男人说,语气轻快得像捡了宝。

"可就这么热的天,一锅面汤都放不住,别说一堆肉了,不烂才怪。"另一个男人说道。

田生听出话里有话,但他不想抬头去看,也不想知道是谁,他甚至从三三两两站在院里女人隐晦的嘀咕声里,想象出她们脸上掩饰不住的喜色。他知道,遇到这样的事,只能听任张罗事的人吩咐,否则惹恼了村里庄乡,连抬棺的人都没有,那才是后辈人的笑话。他偷偷瞄了一眼直挺挺躺在炕上的爹,心想:活该,一个成天敲寡妇门的人还能有什么好报应。

但农村讲究喜事看爹,丧事看儿,这件事无论怎样也要办好啊。

田生灵机一动,噗通一下跪到水里,对着田会计说:"叔,老天无情无义出了这档子事,俺知道各家都着了灾时日不济,但无论咋样,也要先把俺爹这事料理了,俺在这儿给各位爷儿们磕头啦。"说着,脑袋作势往水里栽。

田会计忙一把扶住,说:"快起来,快起来,死者为大。"

田生站了起来。田会计提了提嗓门,对旁边也是对站在院里的人说:"咱村虽分两姓,但五百年前是一家,是打断了骨头连着筋的亲人,死者为大,各家的事先撂撂,先出丧,先出丧。"话说到这份儿上,众人安静了下来,几个关系相近的男人留下,其余人默默地走出了院子。

因为水深,无法人力抬棺,加上天热尸体不能久放。第二天,田生爹的棺木被放置在水面上，原想让它顺水往村南槐树林里漂，一行人在旁边跟着，不时用棍子捅一下棺木，以调整方向。没想到水势太猛，棺木偏离了方向，被一个小土丘挡住，人们就地挖坑掩埋。

田生爹就这样被用枣林湾史无前例的方式埋葬了。

潦草的葬礼让田禾娘大放悲声，嘴里絮叨着田生爹平凡而伟大的一生，让人禁不住怀疑死去的那个人是否真的是田生爹。

水退去以后，大家才知道，原来造成这场水灾的不只是一场暴雨，而是上游河堤拦河闸断裂，枣林湾意外成了泄洪区。

大灾之后，饥饿成了最大的难题。庄稼颗粒无收，青苗、秸秆腐烂在地里，生满黑漆漆的霉斑，各家库存的粮食除去受潮生芽的，基本没剩下多少，来年的种子都成了问题，而口粮更支撑不了几天。田二爷重新以亲历人的口吻，念叨起过去灾年的情形，语气里透着先知的自得。没人愿意听，但每个人又都忍不住去听，他的话，就像一片乌云罩在枣林湾的上空。深夜里，人们饥肠辘辘，窗口总会传出这样的声音："明天还够吃吗？"长久的沉默，问的人便在这沉默里陷入悲伤的绝望。

饥饿同样威胁着谷子青娘。豆花大小的灯下，一张汇款单摆在炕桌上，是谷子青寄来的。谷子秀、田禾围着炕桌，眼睛直勾勾地盯着那张汇款单。

"明天把钱取了，去县里都买成玉米，你和秀、禾挨家分分，有难一起扛扛，等政府的救济到了就好了。"谷子秀娘偎在炕头，做了最后的决定。

"娘？"谷子秀失声喊道。

"拿去吧。"谷子青娘再次对田生说。

"哦。"田生这才从阴影里站起来。他有心劝谷子青娘：这九十八块钱有多重要，玉米才几分一斤，这足够一家或者两家人吃到明年麦收，咋就全村人分？人家对你有啥好？但他看看谷子青他娘，还是忍住了。她是一家之主，必须听。

粮买了，也分了。不久，救济的地瓜干到了。就在分完救济粮的第二天，田禾娘揣着家里仅有的一点钱偷偷走了，跟着给田生爹做棺木的人。田会计对发生这样的事很过意不去，毕竟做棺木的两个人是自己领来的。好在田生并不介意，他说："天要下雨，娘要嫁人，老天都挡不住的事，能赖人？！"他的态度赢得了村里人的赞赏，由田会计提议，村里人一致同意，由田生接他爹的班，成了枣林湾新的生产队长。

田生明白，村里人能出奇一致地让他当队长，是因为分粮。因为这，他对谷子青娘发自内心地感激和敬佩。多年以后，当谷子青回到枣林湾，村里人没有任何异议地把最好的地块让给他，还一起为他盖了房子。有些年轻人不知原委，在家刚嘀咕几句，便被骂道："忘恩负义的胚子，要不是人家当年寄钱买粮，老子早就饿死了，还能有你这个兔崽子。"

谷子青娘对村里人的感激并不在意，不知是因为田禾娘离开，还是因为谷子青的信，她对田禾倾注了更多关爱，在给谷子青回信的时候，还特意让田禾在末尾写上一句。

田禾扭捏着想了一会儿，一笔一画认真地写道：大娘和俺们都好，天冷了……她一时不知该怎么写，停住了。

一旁的谷子秀笑道："什么大娘啊，把'大'去掉就行。"田禾脸一红，把铅笔一扔，抬手去打谷子秀。

田生忙挡在中间，说："这有啥不好，两家并一家，照应起来也方便，对吧？娘。"

谷子秀脸一沉，一扭身躲进堂屋里。谷子青娘见了，只笑了笑，没回答。

寄信，取信，照旧由田生去公社时捎带着，偶尔收到一封回信，从接不上茬的内容会得知，中间有信丢失了，大家也不在意，好在寄去的信，谷子青都能收到。

第六章

一

用现在的思维审视,因为丢几袋粮食而改变人一生的轨迹该是件多荒谬的事,但谷子青认为,对当时自己所处的环境而言,虽然荒谬,却绝不愚蠢。

惊蛰刚过,乍暖还寒,窗外,一场凄冷的春雨来得有些急促,黑漆漆的夜,谷子青也不开灯,拥着被,坐在冰凉的炕角,眼巴巴地望着窗外,听雨滴答滴答落地的声音。

沉迷在小说《枣林湾》里,已经几天晚上没烘炕了。

窗外间或一阵北风紧,吹得雨线斜了,啪啪几声敲打在玻璃窗上,谷子青小腹一阵痉挛,有隐隐的痛感传来,仿佛那雨,穿透玻璃迎头打在身上。

在很长一段时间里,有一双温热的手放置在平坦小腹上,成了谷子青在寒夜里对幸福最具象的设想。望着望着,浑浊的泪水便流了下来,染得夜色愈发地混沌。小说把思绪一下牵回到几十年前,站在生命的尽头回望,他不得不承认冥冥中宿命的存在。自己向命运妥协过吗?谷子青不确定,但在年少的梦想里,出走是唯一兑现了的,而在自己所实现的抱负里,只有回归没有沾染上幻灭的苦味。

凭心而论，谷子青对《枣林湾》的内容并不太满意，因为实际经历比小说曲折得多。小说总归不是现实嘛，谷子青能理解，即便如此，看到描写自己情感的部分还是有些难为情。

又一阵风来，听声音，雨势又大了。

谷子青无意再想小说，他探身向窗外张望，外面漆黑一片，他颓然地坐下，重又偎在被子里。

他在等儿子谷仓。

谷仓是傍晚回来的，话没说一句，扔下公文包就跑到村主任宝东家喝酒，这都半夜了，还没回来。

就在谷子青昏昏欲睡时，哐当，门被撞开，谷仓踉踉跄跄走进堂屋。一股冷风从门缝涌了进来，谷子青正准备撑着身子下炕，听到谷仓走到了卧室门口，却不进来，只站在门外醉醺醺地嘟囔："你说，我咋有你这么个爹呀，这回你满意了？糊涂啊，糊涂啊……"声音越来越小，不大一会儿，西屋传来沉重的打鼾声。

是啊，目的达到了，谷穗不仅写了小说《枣林湾》，并且擅自做主，由市规划局调回了县里做驻村第一书记。

听着谷仓痛苦的呻吟，谷子青心里充满愧疚。自己做错了吗？他一再追问着自己。他知道穗儿是谷仓的骄傲，谷仓最开心的两件事都和穗儿有关，一次是谷穗考上大学，一次是谷穗考进市规划局。从谷穗工作以后，谷仓回村，不再火烧屁股似的一路风驰电掣，而是一到村边，别克车的车窗就落下来，逢人就笑着打招呼，遇到在田里耕种的同乡，还会停下车，走到地头递一根烟，聊几句和庄稼有关的事，然后在貌似不经意间说出谷穗的工作，再假意抱怨一声："这孩子是给国家养的，不如在自己身边得济。"

谷仓媳妇说他显摆，他腾一下火了，说这是素质，闺女在市里工作，咱不能丢孩子的脸。

其实谷子青也觉得他是显摆——虽然自己有着同样的心态。他原以为过去这股子新鲜劲，谷仓也就没耐心继续装下去了。没想到，他真和"素质"较上了劲，不仅一进村和老庄乡嘘寒问暖，就连对自己商砼厂工人的态度都有了转变，无论是谁，逢着父母的生日，他会让人乐颠颠地送上一个大蛋糕，年终，居然还捧回一个"纳税先进单位"的奖牌，要知道，当初他选会计最基本的一条就是要会偷税漏税。

谷子青是被酥麻的腿疼醒的,他发现,自己居然坐着睡了一夜。天色阴沉,雨还在下,他侧耳听了听,西屋传来窸窸窣窣的声音。他忙穿鞋下地。他要给儿子准备一顿丰盛的早餐弥补愧疚。唉,自己该早起来熬小米粥,黏黏糊糊的,正好暖暖儿子被酒折磨了一夜的胃肠。

谷子青推门,刚好谷仓也正走出屋。谷仓倦怠地看了谷子青一眼,没说话,一屁股坐在堂屋的木连椅上。

谷子青便往厨房走,刚走两步,听到谷仓嘶哑着嗓子说:"爸,你坐下。"

谷子青站住,看看谷仓,有心让他坐到沙发上,看他颓丧的样子,便没开口,自己挪步坐到沙发里——沙发垫太软,人老了,坐一会儿,腰背酸疼。

一想到谷穗,谷子青身子骨变软,背愈发地驼了。他沉默着,搜肠刮肚找不到一个合适的话头。

他忽然想起老伴舒文,如果她在,通过她就能把想说的话说了,可现在,只剩下两个大男人坐在这里面面相觑。

风很大,两个空易拉罐被从墙根底哗啦啦刮到屋门前,黄狗虎子忽地追了过来,没等叼住,易拉罐又哗啦啦地被刮跑了,虎子急得汪汪叫两声,又追了过去。

"真是条傻狗。"谷子青说着,用力撑着沙发扶手,费力地站起来。虽然嘴里说它傻狗,但他知道它不傻,自己只是想打破这凝滞沉闷的气氛。

"爸,"谷仓犹豫一下,终于开口说道,"你稀罕地,我知道,如果不是因为你要种地,当初咱从东北回来也不至于在村上落脚。我也知道,你不待见我,可你得承认,我给你的钱够买几十年粮食了吧?好,就算你不为了钱,不为粮,就是稀罕地,可土地能长久吗?现在都在提倡城乡一体化,土地都会流转到合作社采用机械集约化管理,也就是说你手里的地根本不需要自己来种,你说,穗儿回来有啥必要?再者说啦,她还是个孩子,懂什么啊,头脑一热就做决定,你有啥想法倒是先和我说啊,你这不是毁她一辈子吗?"谷仓越说火气越大,噌地站起身,像一条被踩了尾巴的猫,在谷子青眼前来来回回地踱步。

在高大的谷仓面前,谷子青显得那么瘦弱,他心里一阵苍凉,为衰老,为一去不复返的时间——自己曾经健壮的身体哪儿去了?

刚站起来走了两步的谷子青又踉跄着退了回来,一下跌坐在沙发里,针刺一样的疼痛从后背左肩胛传来。

谷仓继续激愤地说:"不用说地,就连你这房子以后都保不住。"他用幸灾乐祸的目光从谷子青身后的墙扫向堂屋的房梁,又落到堂屋的北墙上,那里挂着舒文的大幅照片。他有些不安,眼神飘忽,从上面迅速跳过去又落在谷子青身后的墙上。

谷子青能理解他的失落甚至是愤怒,但他不允许自己的儿子有恶毒诅咒的心,无论是对自己,还是对其他人,在谷仓想继续往下说的时候,谷子青吼道:"你放屁,土地流转,都流转了老百姓吃啥?房子拆了,住哪儿?这么好的地,傻子才会同意流转。哼,就算地都没人要了,俺要,俺种。"

谷仓见谷子青发火,情绪冷静下来,把心里的怨怼换成揶揄的语气说:"你放心,都同意,谁又会不同意呢?就像你这样种地的老把式,一年到头一亩地能捞点啥?去了种子、化肥乱七八糟的费用,加上农业补贴,也就剩一千多块钱,还不够我给你一个月的生活费。人家流转不用投资出力,直接给你小麦、玉米两季的粮食收益,这样的好事,不同意才是傻子呢。"

"你是嫌俺活得长是不?你要气死俺是不?你个王八犊子。"谷子青气得手撑沙发想站起来,手一哆嗦,胳膊一软身子又跌了下去,他左右踅摸,猛地看到倚在沙发后的笤帚,一下抄在手里向他扔了过去,大声喊道,"你给俺滚。"

谷仓身子一闪,躲过笤帚,嘴里气鼓鼓地说着:"滚就滚。"走到门口,犹不甘心地回头冲谷子青说,"你就倔吧,我妈要不是你……"

谷子青愣住了,直愣愣地看着他,等待着,等待着他说下去。谷仓却长叹了一口气,把剩下的话咽了回去,转而说道:"唉,真是老糊涂,家里好不容易有个出息的,你还拽回来,咋说你好呢。"

说完,他一摔门,冲进雨里,随着虎子嗷的一声疼痛的惨叫,传来汽车发动机沉闷的轰鸣,一阵车轮尖锐的摩擦声后,谷子青知道,谷仓走了。世界重新安静下来。

谷子青颤抖着身子,挪到八仙桌前,直视着挂在墙上微笑着的老伴,想着谷仓刚才说过的话,心口一阵发酸。"老伴儿啊,是因为俺你才走的吗？老伴儿，是吗？是俺做错了吗？"谷子青心里想着，嘴里不由嘟囔出声来。

这套房子，是谷仓成立商砼厂的第三年盖的，堂屋空间很大，声音在房间里发出嗡嗡的回响，仿佛老伴儿在回应一样，谷子青的泪不禁哗地流了出来，眼前的一切，在患过白内障的眼睛里模糊成一团迷雾。八年啦，他从没像此时此刻这么想念老伴，他感觉自己就是一块被遗弃的破抹布，遭人厌弃。他跪在椅子上，眼泪在眼眶里打了个旋儿，溢出来，填满沟壑一样的皱纹。他伸着胳膊，用手轻轻划过老伴笑眯眯的眉眼、鼻子，和她六十六岁大寿时买的红底青花袄，然后颤颤巍巍地挪进里屋，偎着堆在炕头的被窝垛，继续翻看谷穗写的小说……

二

整个早春，谷子青沉迷于《枣林湾》手稿里，等他走出院门的时候，杨树已经吐出了毛茸茸的嫩芽，墙根下，金灿灿的迎春花呼啦啦挂满枝条。

他首先看到的是院墙上一个大大的"拆"字，被刻意但显然并不成功的椭圆形白粉圈框着。

谷子青并没觉得它意味着什么。自家的房屋临街，青灰色外墙上时常会出现各种匪夷所思的标语，甚至根本不知道是做什么的，一夜醒来，或红或黑的字已经被喷在上面："打110不收费"，"神州行，我看行"……他觉得这个"拆"字和以往一样，和他并不相干，反倒由此想起蛮卡屯马屯长家的一件旧物件——他祖上留下的一件官袍，胸前一个靛蓝色补丁，上面绣着一只鸟，所不同的是，那补丁是方的。

绣的是一只鹤，还是一只雁呢？谷子青逼迫着自己用回忆对抗衰老的意识，越想，脑子越乱，一只白鹤和一只大雁好像插上翅膀，在狭小的脑海里互相追逐，打起仗来。他很沮丧，本就驼的背不由又向下塌了一下。他不怕死，怕衰老，怕自己像老伴儿一样躺在床上一动不动，空转着两只枯井一样的眼睛却表达不出任何内容——从眼角流出两滴硕大的泪滴后，她的眼睛不再转动，直勾勾地盯着天花板——她已先于死亡到来之前放弃了自己,只有氧气瓶咕噜咕噜的声音和轻微起伏的胸口,证明她还活着。

没拐过墙角,谷子青就听到金属尖锐刺耳的摩擦声。他紧走两步一看,是邻居谷茂林老汉,他正拿着一把铁锨,使劲在红砖墙上蹭。仔细一看,蹭的也是一个硕大的"拆"字。

"茂林,你这是做啥?"谷子青凑过来问。

茂林气哼哼地说:"做啥,你没看到?这不是要拆房子嘛,俺不拆,本乡本土的往哪里去?说住楼,搞啥新农村建设,扯淡,没有草没有树,住在光秃秃的楼上就是新农村啦?"

谷子青慌了神,使劲眨了眨患轻微白内障的眼,忙过来端详这个"拆"字,嘴里嘟囔着说:"俺咋不知道,俺咋不知道。"又转过头来对茂林说:"这个白圈圈的字就这么厉害,凭它就拆了房?"

"这是先给个信,敲山镇虎,先摸摸人的动静,哼,问俺的意见,这就是意见。"说着,茂林举着铁锨气哼哼地继续铲墙面,被风雨腐蚀成粉白色的红砖粉,像下雪一样,扑簌簌地往下掉。

谷子青一头雾水,但看下去又感觉没趣,刚想转头离开,背后传来茂林的声音:"大哥,你真不知道?"

谷子青转过身。茂林停住手里的活,似乎为刚才的态度有些过意不去,语气和缓地说:"前些日子村里开会,号召土地流转搞新农村建设,你家谷仓去的,他替你拿主意了。唉,俺比不得你,俺儿玉民两口子在外打工,把两个孩子扔在家里,一年回来也待不了三四天,这要拆了,可住哪儿啊。"

谷子青一听,火气一下蹿上来:"他替俺拿主意?用不着他。"扔下这句话,扭身气哼哼地往回走。

不管谷子青用不用得着,谷仓还是给他拿了主意,并且第一个在土地流转协议上签了字。在电话里听到这个消息,谷子青气得浑身发抖,颤着声音说:"你要不想看见俺死,立马给俺滚回来。"说完,一下跌坐在椅子上,头仰靠着椅背呼呼喘粗气。不知过了多久,喘气声平缓下来,他的头低垂着,脸埋在凌乱的花白头发里,看不到表情,但整个人流露着迟暮的颓丧和悲凉。

谷子青自认是一个不肯屈服的人,面对命运,他努力过,抗争过,但现在,他终于在时间面前败下阵来。阳光透过窗棂,撒下春天稀薄的暖,

第六章

谷子青盯视着那道从门缝里挤进来的光爬上西墙，一点一点地缓慢攀上屋顶，眼看它要拖着昏黄的影子从门缝里恹恹无力地溜走时，忽然想到自己承包的那片盐碱地。他像被石头击碎的水面，一下子活了过来，他不想等待，他要再次抗争，这个念头仿佛是一场战役的冲锋号，促使他精神抖擞地站起身，快步走出家门。他走得很快，快得可以用"矫健"这个词，全然看不出这是一个年过古稀的老人。

谷子青直奔位于村东的村委会，去找村主任田宝东，他要撤销那份流转协议，如果宝东不同意，他就要好好捋扯捋扯，这是谁的地，这是谁的房，最主要的是那片长满苦楝树的盐碱地，他可是打算将来要埋在那里的。

村委会位于枣林湾最南边，一溜五间平房，被蓝白相间的栏杆围着。原来这里是一片荒地，随着村里人口增加，新宅基地统一划归在这里，高大的院落，青灰红瓦，棕红色两米宽的大门很是气派，就是路不好走。

农村有个说法，盖房不能被压梁，也就是左邻右舍的房子不能高过自己家房屋的屋脊。为此，各家各户盖房的时候没少吵架，都使劲抬高自家地基，总怕被后盖的房子压了梁，压了好运气。这样一来，街巷胡同变得低洼不平，遇到阴雨天，满是积水，泥泞不堪，找不到一块可以落脚的地方。这个村委会是前年秋后刚盖的。原来村委就在宝东家，大喇叭就放在他家卧室窗台下的桌子上，有卖种子、化肥、农药的找到宝东，宝东就从炕上一骨碌爬起来，扯过话筒跑到门外便吆喝几句："有来卖化肥的啦，有买的抓紧，那个田昌，你头晌不是还念叨吗，这就送家门来了，快点来啊，晚了人家可就走了。"

喇叭在哪儿，村委会就在哪儿。那时，宝东家就是村委会。

谷子青不喜欢宝东，但不妨碍宝东对谷子青莫名其妙的好感和敬重。那年，谷子青刚回到枣林湾，宝东刚二十出头，他不知从哪里听来的，觉得东北是一片充满传奇的地方，整天追着谷子青问："您老咋就敢闯关东呢？听说那里有土匪，还能淘金，您给俺说说，啊，给俺说说呗。"赶上谷子青心情好，就顺着他的话茬，说书一样侠肝义胆地胡乱说上一气，宝东为此佩服得五体投地。谷子青原以为宝东是孩子脾性一时兴起，却没想到把他的话当了真，热情得像一个站不稳的陀螺，帮人挑水，打场，调解纠纷——虽然没人听他的，但并不妨碍他有做大事的志向。

那是个星月皆无的黑夜，宝东提着一把镰刀，从墙头翻进老支书的家，指着老支书的鼻子让他让位放权，说自己要带领全村人发家致富——那是八十年代末，正是农村改革意识初兴的时期。结果，老支书的权没放，他被拘留了十五天。

那几天，他仿佛消失了一样，被关在一道石墙里面，没人知道发生了什么，就连他娘也没能见到他一面。回来后，他性情大变，不再毛躁，也不再热心，用比石头更冷的沉默在村里无目的地游走。没多久，支书家养了五年的狗失踪了。狗失踪的第三天一早，支书家的黑漆木门上满是血渍，村里老人说，那是狗血。

老支书找到谷子青，说："不干了，干不了，让给年轻人吧。"

谷子青知道，他是想让自己把话传给宝东。这让他感到委屈，好像宝东持镰刀威胁、杀狗报复都与自己有关似的。他为此很生气，甚至恼恨宝东，但他百口莫辩，在那些隐晦的话头里根本没有解释的机会。他想把满腹怨怼撒在宝东身上。宝东用一双哀怨的眼睛一下看透了谷子青的心思，闷声不响地脱掉绒衣，背上露出几道被鞭子抽打出的伤痕。谷子青心疼得再说不出一句话来。一周以后，宝东走了，像谷子青当年一样，不辞而别。七年以后，他回来了，开着面包车，带着老婆孩子，拉着满满一车厢天津大麻花和狗不理包子，逐家送，包括在任的老支书。据说他在天津某个区做早点，后来又开豆腐坊，他说半个城区的餐馆都用他做的豆腐，俨然一副小老板的派头。

半夜，支书敲开谷子青家的门，执意要谷子青劝说宝东回家当村主任。昏黄的光晕里，他垂着花白的头发只说了一句："你看看田里的草哇，比苗长得都高，再这么撂下去，地都废了。"

谷子青一下就想起那片盐碱地，一年四季生长着一人高的红柳，不时有刺猬、蛇出没，远远看着就瘆得慌。他二话没说，天不亮就找到宝东，对他说："回来吧，挣得再多也就是钱，可村里的、田里的是事，是关系家家户户、子子孙孙的事。"

宝东沉默着，不说话。谷子青继续说："古往今来，自己日子过得好是聪明，是本事，但总要有一些侠肝义胆的人临危挽澜，比如说岳飞，与金人对战沙场，比如说袁崇焕戍守边关，比如说杨靖宇……"

谷子青说到第三个比如的时候，宝东媳妇从屋里走出来，不耐烦地说：

第六章

"叔，你别劝了，你看村里还有几个年轻人，地里一年的收成还不够交公粮的，谁还会愿意种地，我们事业刚有点发展，宝东是不可能回来的。"

炉子上水壶在吱吱地叫，宝东媳妇把水壶提到炉沿，猛踩下炉子风门。桌上孤零零一把敞着茶盖子的扁肚茶壶，像一张干渴的嘴。谷子青知道，他是等不到水喝了。

"可是都不种粮了，人吃啥？是钱能吃，还是房子能吃？人误地一季，地误人一年，地再这么荒着没人侍弄，就都成村后的盐碱地了，那时候，就是人想种点啥，也长不起来啦。"谷子青停顿了一下，继续说，"俺知道回来宝东亏，可也就宝东的心气能想出法子，能成事。"

宝东媳妇是天津人，几天的农村生活让她厌烦到极点，尤其是上厕所，绿头苍蝇比蜜蜂都大，嗡嗡地雨点一样扑面砸过来。更恼人的是厕所男女不分，有次，她正想心事闷头往里走，猛地发现眼前蹲着一个人，是她公公，臊得她一天不敢抬头。如今谷子青劝说宝东留下，心里怎能不恼？再说出话来，就带着火星子："要说能成事，你家谷仓兄弟也是在外谋事的人，又没离开过，对本乡本土的事更清楚，不像宝东，离开这么多年，对农村的事早就不了解，现在别说是当村长，你就是让他自己犁个田播个种，他都不见得会。"

"你懂个啥，谷仓是粮站干部，不是咱村里的人，也就不能管村里的事，快回屋睡吧，这没你的事。"宝东眼睛一瞪，呵斥道。

"侄媳妇，"谷子青一下来了精神，大声说，"虽然谷仓户口不在咱村，但如果需要他帮忙出力，他一定不含糊。"

宝东媳妇并不看谷子青，使劲瞪了宝东一眼，一撩门帘进了里屋，随后传来两声鞋子狠狠摔到地上的响亮声音。

"妈，咋啦？"

"没事，快睡吧。"

一时，屋里屋外都沉寂了。

不知是因为谷子青的说服，还是宝东骨子里的家乡情结，他就这样留了下来。

每个人都是矛盾的，每个人也是特别的，都在从各自潜意识与环境的暗示中构筑梦想，作为自己人生路上孜孜以求的目标。宝东以超乎想象的热情履行着村主任职责。他用半月时间了解各家土地种植情况，随后决定，耕种自愿，不想种地的农户，可以退地给村里，相应地，也就不需要缴纳农业税，也就是公粮，这些闲置的土地由村里统一对外承包。这个决定获得村民大力支持。庆裕儿子保成当即把家里的八亩地退了出去，用他的话说，在巧克力厂做一个月的包装工，比地里一年的收入都多。谷子青承包了那片盐碱地。宝东找到他，说村里那么多好地任他选。但谷子青执意要那块荒地，并坚持承租五十年。村里人都知道，谷子青对那片盐碱地有着莫名的感情，没事就钻进芜杂的草丛里，在盐碱地中间凹陷的坑边坐着，谁也猜不透为什么。他自己的解释是那里清静，但没有人相信，村南的老槐树林更清静，咋不去？

三年后，天津食品质检提高了行业标准，豆腐生意不好做，宝东媳妇把房子一退，也跟了来。她不再抱怨农村的脏乱和粗陋的生活方式，学会了每次进厕所之前先大声咳嗽两声，以探知里面是否有人，也顺便轰散雨点一样的苍蝇，而且，她骂起人来，比一个土生土长的本地妇女更娴熟更泼辣。

村民用质朴甚至宠溺的心包容了她的蛮横，尤其是男人，因为她带来了新鲜的娱乐——麻将，它让枣林湾的灯光不再像从前一样九点熄灭。夜，也不再是空寂的，而是沸腾的、声色的，甚至是暴力血腥的，如果宝东不是村主任，血也许可以从麻将桌流到村前的惠河。

谷子青不懂麻将，但他知道"赌"的厉害。他决定去劝告宝东。

晚上人多，他特意选择白天去找宝东。虽然是大正午，屋里依然开着一桌麻将，宝东端坐在下首。打麻将的人谷子青不认识，看穿着不像是村里人，倒像乡里干部。

"叔，有事？"宝东嘴角叼根烟，乜斜着眼问。

"没事，没事。"当着外人，谷子青不想让他难堪，可是刚进屋，立刻走也不妥，屁股便虚搭在炕沿边，透过烟雾去看那一个个火柴盒大小的方块。

五个人打得很热闹，手里不停摩挲，嘴里荤的素的打趣宝东媳妇："两个男人骂架，一个说，你媳妇是自行车，另一个说，你媳妇是麻将，我看呐，哪里的麻将也不如嫂子这块麻将。"

众人哈哈大笑。宝东媳妇也不恼，不紧不慢地丢出一句："刚赢了十块钱就把你屁眼撑大了。"

众人笑得更猛烈,只有谷子青一头雾水地发愣。宝东讪笑着,一招手叫站着围观的小伙子,说:"来,换你的。"随后招呼谷子青到院子里。

"宝东,打麻将这是赌博,可不能沾,让人查到是要挨罚的。"不知怎么,谷子青觉得自己说话很没底气,眼前这个垂着双下巴、挺着将军肚的宝东让他感觉陌生。

"谁查?"宝东笑了,用教育一个不谙世事的孩子一样的语气说,"放心吧,来查的人都在这儿打麻将呢,你要闲着没事,也来摸两把,输了算我的。"

谷子青气得脸变了色,厉声说:"宝东,你过去可不这样,当初你说带大家伙儿致富,就是用打麻将致富啊?"

"致富?"宝东一肚子怨气,语气比谷子青还硬,他说,"俺咋不想带人致富,当初俺自掏腰包买良种、修路,可谁领俺的情?都忙着自己发财,出个义务工都不肯。现在更难干了,村里年轻人都走了,剩下一帮九九三八六一部队,俺怎么带?能把这些土地盘活不撂荒就不错啦。村上又没资产,招待这些领导还都是俺自己掏钱。"

谷子青顺着宝东的目光,看到屋门旁边一摞白瓷盘,盘子沿印着镇上"食为天"餐馆的标志。

"啥是九九三八六一?"谷子青一脸疑惑。

"就是老人妇女儿童。你看咱村就剩一群妇孺老弱了,能做啥嘛。对了,叔,俺现在弄明白为啥岳飞被杀了,你说他执意迎回二帝,那赵构能愿意吗?这就是不识时务的下场。那时候还觉得岳飞侠肝义胆是大英雄,真是蠢……哎,叔,你别走啊。"

谷子青不等他说完,转身就走。从那以后,他带着农具到了盐碱地,很少再去宝东家,只专心治理那片承租的盐碱地,他让易舟找人咨询了一下,种了毛刺槐和臭椿树,中间塌陷的坑因为地势凹,相对土质好些,种了一片盐角草,一片沙棘树,一到秋天,盐角草变成赤褐色,煞是好看。后来,他还在干涸的坑边盖了一间土坯房,却唯独没有去看看那个洞,那个田禾埋着盒子的洞。

现在,一想到自己精心侍弄多年的林子要被流转,谷子青急躁得百爪挠心。拐进村委会宝蓝色铁门，刚好宝东陪着三四个干部模样的人往外走。古话说"近乡情更怯"，对人也是这样，越是在珍视的人面前，越小心翼翼，顾忌多，现在的谷子青，已经没有当年对宝东情感上的偏爱，所以他无所顾忌，当头就是一句："你吃饱了撑得难受是吧？想起拆房子收地了，告诉你，俺就不拆，就不拆。"

那几个人一愣，接着哈哈大笑，对宝东传递一个会意的眼神。

宝东窘迫地讪笑着说："叔，看你说的啥嘛。你的事咱回头再说，回头再说。"说着，领着人继续往门外走。

"再说就再说，农民自古就是在地里刨食，没了地吃啥？还有那片盐碱地，日本鬼子来的时候荒着，在解放后也还是荒着，俺这承包刚整理出个样子你就要收回？俺可是有合同的，俺不同意。"谷子青很激动，胸脯像拉动的风箱一起一伏，让他涨紫的脸显得有点滑稽。

听他说完，走到门口的一个中年男人停住脚步，从腋下公文包里抽出一张纸，写了些什么，走过来递给谷子青，说："有事给我打电话。"

谷子青打开一看，是一串电话号码。宝东表情复杂地看着谷子青，迷惑、惊惧甚至还有一丝刻意的讨好，这让谷子青心里很不舒服，他宁愿把问题、愤怒暴晒在阳光之下，即便引起激烈的对峙和争吵，也不愿意做隐藏于暗室的事，哪怕只是别人的误解，也会让他浑身不自在，仿佛自己真的做了亏心事一样。这串意外而来的电话号码如同一块引人注目的宝石让他为难，他没想得到它，更无意因它引起宝东无端的猜忌，他想把纸条还给那个人，等抬头再看，那些人早已走出院门。随着汽车一声礼节性的喇叭声，只剩下谷子青和宝东，在院里院外呆站着。

凭时间推算，汽车早已拐出村子街巷，驶向去往乡镇的高阳路。但宝东还在原地站着，眼望着汽车驶离的方向，一动不动。

谷子青见宝东一时没有离开的意思，便率先打破沉寂，边走向宝东，边扬着纸条说："宝东，这是谁啊？"

"哦，"宝东神情倦怠，目光飘忽，低头看着脚尖，说，"他是县委副书记赵槿，也是乡村振兴领导小组组长，你以后可以直接找他反映问题，不用找我啦。"说完，转身就走，顶着风头，从后面看，兜满风的外套使他极像一只气鼓鼓的青蛙。

"你……"本来还心存歉意的谷子青火气一下蹿了上来，看着宝东远去的背影，一股从没有过的屈辱感让他心冷了。"俺就不搬。"他冲着宝东离去的方向孩子气地嘟囔一句，气呼呼地往家走。路上，一块半截瓦片埋在土里，露出砖红色粗粝的断面，谷子青本来已经绕开走过去，偏又退回来，用脚使劲踢去。他本以为那只是一块瓦片，不承想瓦片的大半部分埋在土里，虽说天气转暖，但封冻的泥土还没有真正松软。这一脚，结结实实地踢在瓦片断截面上，疼得谷子青哎哟一声弯下了腰。他忍住疼四下张望，唯恐自己莽撞的举动被人看了去。村巷空荡荡的，堆积在巷口的玉米秸秆垛上传来风吹过的声音。他忙站起身，像一匹跛了腿的老马，一瘸一拐往家走去。

鲁西北平原，平畴千里，静谧的夜，一弯冷月穿破寒云当空悬吊，春露星星点点染肥草木。

谷子青坐在厅堂，神色怏怏地听茂林老汉在激愤地控诉，他没想到，平时言语寡淡的茂林肚子里竟堆积着这么多的怨恨："宝东那小子从小就不地道，哼，还有脸去老支书家要官当，也不看看自己都干的什么狗营生。打麻将，说是娱乐，还不是赌博！输赢他那个老娘们都抽头，凭啥？别人有赔有赚，偏她就是稳赚的买卖。"

茂林老汉越说越气愤，青筋暴露的大手不时拍打着膝盖，无异于一个撒泼的娘儿们。他的声音很大，时常有字句因激动而被吞进喉咙，像贪嘴的孩子慌忙地咽下一块糖一样："你说玉民累死累活这一年，刨除吃喝，啊，刨除吃喝两口子总共才带回来一万五千块钱，这个娘儿们，就是宝东家的死老娘儿们，过个年的光景，连正月十五元宵节都没过去，就把钱全造上了，一分没剩啊，要不是玉民媳妇追得紧，就要去借贷啦，三分的息，大哥，你说说，就是在老社会有三分的息不？这不是要让俺家破人亡吗？所以，正月十五刚过，俺就撵那个不成器的傻儿走了，俺对儿媳说了，明年过年别回来啦，攒点钱给娃上学读书用，别回来填了那帮王八蛋的烂泥坑。"

谷子青曾经听闻宝东媳妇在开设赌局，没想到赌注会这么大。他现在对此并没继续追究下去的兴致，反而对一张纸条上的电话号码所产生的威力和传播速度感到诧异，当时现场并没有什么人啊，村里人怎么知道的呢？

下面茂林该提到电话号码了，谷子青心里暗想。

果真，茂林老汉说道："你不是有上头的电话吗？打电话告他，不能让他在村里一手遮天，不能让他说咋就咋，大哥，你就说你的林子，费了多大心思，又换土又选苗，咋能他说收回就收回，说流转就流转呢？你说对不？"

如果在平时，谷子青一定会积极附和，但今天掺杂了个人情绪的话头，他不想接，他不想成为别人手里的工具，即便在整个事件中他占有主导和决定权。

"哦哦。"他模棱两可地应答着。送走茂林老汉，谷子青忙把门插上，任谁敲门，也装作听不到。

夜里十点多，整个村庄陷入沉睡。谷仓却突然回来了。

就像半夜的电话铃声，谷仓突兀的到来让谷子青很是惊讶，他披着藏青色夹袄，瑟缩着肩，满脸疑惑地看着儿子。

"你没打电话吧？"谷仓说着，回身关上两扇木门，把湿冷的夜风挡在了外面。"你没给赵书记打电话吧？"他面对着谷子青一脸严峻地追问。

"哪个赵书记？"谷子青一脸迷惑。

"在村委会给你电话号码的那个人。"

"哦，没打。咋啦？"

"没咋。"谷仓紧张的神色松弛下来。

谷子青一下明白过来，谷仓急慌慌地赶来是为了什么，一颗惴惴不安的心顿时落了地，随后又有一丝不快，暗想：自己就那么蠢吗，值得大半夜跑来嘱咐？一定是宝东告诉谷仓的。

被轻视的委屈让他心生怨气，他转身，一撩门帘进了卧室。等谷仓跟进来，谷子青已经上了炕，面朝墙，一床红花绿叶的大棉被直盖到下颌。谷仓不用问，就知道爹生气了。

"我去送喝多的朋友，顺道过来给您送药。"谷仓说着，从黑色公文包里往外掏"寿比山""丹参片"等降压、软化血管以及感冒常规药。谷子青的被子往下拉了拉，像一只松弛下来的刺猬。

谷仓看在眼里，手却在黑色公文包里停了下来，里面是一份土地流转协议和一摞厚厚的谷穗写的小说《枣林湾》的新手稿。谷仓不喜欢看书，更没兴趣看谷穗写的小说，胡诌八扯，是以往他给谷穗作品的定义，但这次他看了，看完以后他对父亲、对这个家有了新的认识，觉得这不仅仅是小说，而有了家族史的意味。

突然的沉寂，让谷子青心生疑惑，他扭头的瞬间，谷仓停留在公文包里的手迅速抽了出来。谷仓决定，手稿先不给爹看，而土地流转的事，等以后再说。事缓则圆，他对自己说。

　　这晚，他破天荒地和谷子青睡在了一个炕上。

　　躺在炕梢，谷仓看着谷子青稀疏花白的头发，回味着谷穗小说里的情景，心想：那真是爸的经历吗？他真的辜负了田禾大娘？还是谷穗凭着一时想象杜撰虚构的？唉，人到中年才明白，任他是谁，外表看着光鲜亮丽，回首都是一把血泪史。这样想着，一股悲怆从心口顺着血液在身体里流动。他感到冷，不由往上拉了拉被子，像谷子青一样，将下颌埋在了被子里，如牛反刍，书稿里的情形在眼前渐渐清晰起来……

第七章

临近年关，田野一片沉寂，树枝干枯，河水冻结，麦苗等待着冬雪的来临。这本是庄户人一年中最为清闲的日子，而今，却没了往年的轻松闲适，半年前那场大水的阴影依然盘桓在每个人的心上，似乎每个人都清晰地记得，却又不愿提起，遇到不更事的人偶然提到，旁边总会有人不自然地干咳一声，仰着脸，四处踅摸一番，说今天的天不错，或者昨儿夜里起风了，借此把话题岔开。

大家都用沉默逃避着曾经的不幸，唯有田生焦躁得像一只无头的苍蝇——水仙的儿子向南回来了。

战争结束了，照理，他早就该复员，据说他在抗美援朝的战场上被俘，通过交换战俘归国，之后一直在丹东疗养，现在才正式退伍。虽然不穿军装，但当过兵的人骨子里透着一股子英气，田生一见面就感受出来了。同时感受出来的还有谷子秀的变化，她变得扭扭捏捏，脸羞得像块红布。

田生感觉到了危险。在送向南出门的时候，他提着向南拿来的用柳条串着的几根油条追到门外，推搡着坚决不收，让他带回去。谷子青娘看他们争执，没说一句话，倒是谷子秀忍不住，从田生手里夺过油条跑回屋。

田生傻了。

当天晚上，他支走谷子秀，吭哧半天，和谷子秀娘说自己想娶谷子秀。谷子秀娘心明眼亮，却只装作糊涂，念叨着先办谷子青和田禾的事。田生一拍大腿，说："这有啥难，信都能寄到，人还找不到？让田禾去找谷子青成亲就是了。"

谷子青娘一听，自然非常高兴，却也不忘暗示田生，谷子秀的事，要

第七章

她自己做主。不知是田生真的没听明白，还是胸有成竹，他兴冲冲地一头扎进夜色里，当晚就和田禾商量，让她去找谷子青。

田禾满心欢喜，偷偷去盐碱地挖出木匣，拿出一根银簪子去集市换了彩色丝线，比量着田生的鞋，暗自揣摩衡量着谷子青脚的大小，等到夜深，躲在自己房中偷偷绣起鞋垫来。

就在田生筹划收拾房子，为成亲做准备的时候，在村口，他看见向南又来了，提着一包贴着"禧"字的点心。

当地风俗，只有提亲才会提这种点心。田生心一惊，追着向南问："秀同意和你处对象啦？"

向南不知道田生对谷子秀的感情，一直当他是秀的干哥哥，也没多加避讳，涨红着脸，"嗯"了一声，还使劲点了点头，以确认这件事情的真实性。

田生呆住了。

人都会有丧失理智做出让自己追悔莫及的事的时候，不是吗？眼见爬满山墙的金灿灿、肥嘟嘟的南瓜花却结不出一颗饱满的果实；辛苦耕种，等待了大半年，绿油油的麦田里迎风而立的却不是麦子，而是籽粒皆无的稗子，这时候人都会愤怒的，都会寻找一个让自己心理平衡的缺口，把愤怒、怨怼统统倒进去。

在很长一段时间里，田生都是这样安慰自己。

他把用黄表纸糊的信封撕开，重新摊开谷子青他娘写给谷子青的那封信，目光像犁地的耙子，仔细扫过每一行字，在看到田禾将于五月十一号到达长春时，他心里像被点了火一样，那个"十一"就像那串被柳条枝儿穿起来的油条，而隐在一个一个黑炭头一样的字迹后面的，是向南那张腼腆害羞的笑脸。

他用愤怒的眼神对视着那张脸，渐渐地，纸上的字迹模糊起来，像雨后大地笼罩着的一层白雾，虚幻地遮住那张笑脸。田生愤怒了，他拿起记工分的那只秃了笔尖的钢笔，使劲往墨水瓶里一蘸，毫不犹豫地在"十一"的"十"字上添了两竖，变成"卅一"日。

卅一？接到信的谷子青对这样的日期有点疑惑，因为很少有人这么写日期，一般会写成三十一，但喜悦立刻把疑惑冲刷掉了，这么多年，田禾就像长在手掌心里的痣，不用时常想起，心里已笃定地认定，她就是自己命运的一部分，与自己紧紧连在一起。

田禾也一定会这样认为——对此，他深信不疑。

拿着信，谷子青流泪了。起初，他丝毫没有意识到这会是一场爱情，更没料到，田禾将走进陪伴自己一生的婚姻。他已经习惯了生活中一些人出现，一些人离开，一些人悄无声息地死亡，一些人给予自己没来由的关注或伤害。对于这片土地以及生活在这片土地上的生命来说，他是陌生的，彼此用同样的疏离感在静静地观望、试探，自己就像一只鸽子飞进鸡群，保持着闯入者的怯懦去迎合这粗糙的生活，用和影子一样沉默的方式，直至忘记了飞翔，忘了最初离开时的初衷和梦想——只是为了填饱自己的肚子吗？谷子青想不是，一定还有其他的一些什么东西，促使自己有勇气离开故土。

在这样一个月色清冷的夜晚，谷子青望着拖在身后的影子流泪了，他感激它不离不弃的陪伴，但张了张嘴，却吐不出一个字——他失去了倾诉的能力，听任泪水在脸上恣意流淌。谷子青感到压抑，日复一日，胸口如同垒石叠压着喘不过气来。而田禾的到来，将搬走一块一块石头，用一口爽朗响亮的山东腔，抚慰自己颠沛流离的疲惫。

谷子青感觉自己身心像窗外的冻土，在一点点松软解冻，每节筋骨像漫山遍野的松树，迫不及待地从树眼钻出稚嫩的新芽，染绿一片山峦。溪流里，未及融化的冰块叮叮当当撞击着，像悦耳的风铃，一直传进谷子青的梦里——喜悦的人总是这样，连梦都是快乐的。

谷子青本无心刻意去宣扬自己的快乐，但这样一间简陋的木屋根本没有秘密可言，况且喜悦早已从他的眼睛，甚至是身体的汗液里流淌了出来——不到一天的光景，两亩地被他生生用锄头翻了个底朝天。

晚上，大家照例在谷子青的木屋欢聚。

"看你小子的模样，一定是春心萌动了吧？"马屯长逗弄谷子青，引得大家哄堂大笑。只有舒文，眼望着深陷在幸福里正憨笑着的谷子青发呆，眉宇间渐渐攒成一个愁苦的疙瘩。油灯昏暗，没人注意到舒文的神色，只有谷子青扭动着身子，把她完整地挡在身后阴影里，由此表明他看到了舒文的表情，只是在有意躲避。

我们不是一类人，谷子青每次想起舒文，就用这句话警醒自己——她来自北京，长得漂亮，又有学识——她是个善良的好女孩，每个非分之想都将是对她的亵渎,他不允许自己这样做。

他没想到,舒文竟然去找了申科。

申科穿着矿上统一配发的土黄色工作服,敞着扣子,里面是一件洗得发白的藏青色绒衣,坚硬得如松针一样直挺挺的头发,把绒衣领口磨出一道毛茸茸黑乎乎的边。但显然,这是他这个季节最好的装束。申科很气愤的样子,无视谷子青的解释,不停走来走去,好像急于去往什么别的地方,而这里只是临时居停之所,被突发的事情绊住了脚一样。

"舒文都哭啦,你知道吗?当时俺正准备下矿,她就进来啦,倚着门框浑身发抖,俺想她是在夜里开始走的,才能在一大早出现在俺的宿舍。俺问她怎么了。她只是哭,那种不出声只流泪的哭。你的心是铁打的吗?怎么能让一个姑娘这么伤心,如果有人为俺,啊,只要能为俺走夜路去找俺,那俺一辈子都不让她哭。"

谷子青从没见过申科发过这么大的火,他更没想到舒文会这样做。

"她找你干什么?"谷子青隐约猜到为什么,但他觉得自己还是应该问一下。

"干什么?你不说她早晚要回城吗?她去告诉俺,她的父母已经死啦,她是父亲临死前托付朋友把她带来这里的。她说她不敢对外人说,说了怕受屯里人欺负,可她对俺讲了,就是为了让俺转告你,她不会离开。她还说自己会种地、会放羊、会打猎,还会做饭,哎呀,你不知道,听着她一样一样数落着自己的本事,就像害怕被人嫌弃的孩子一样。"说着,申科流下了泪水。

"俺知道舒文是个好姑娘,可老家给俺找了媳妇……"谷子青话刚期期艾艾地开头,就被申科打断了,"那也不能伤人对吧?不是说她三十一号来吗,舒文说她要一起去接站,她不纠缠,就想见见她是什么样的人。"

还能说什么?谷子青只能用默许代替回答。

就在舒文找到申科宿舍,倚着门框疲惫得说不出一句话的同时,在开往长春车站的绿皮火车上,站着一个同样疲惫不堪的姑娘——田禾。她原是有座位的,后来让给了一个叫丽香的姑娘,她有着一副比五大三粗的男人还壮实的身板,就连垂在腰际的两条麻花辫子,都比田禾的粗一倍。相比于她的身材,脸上的表情满是让人心疼的怯弱和凄惶,也正因此,田禾把座位让给了她。

"姐，你是去东北探亲吗？"丽香带着感激的笑问。

"是呢。"田禾笑着回答。虽然累，一想到谷子青，田禾掩饰不住地欢喜。

"看你男人？"她手掩着口，低声追问道。

"是呢。"田禾几乎要笑出声来，得意地说。

丽香"哦"了一声，若有所思地低头沉默着，等了一会儿，抬头问道："你认得你男人？"

"当然认得。"田禾说完，有些诧异地问，"你也去成亲吗？咋，你不认识？"

"嗯。"丽香说着掏出一张一寸黑白照片，说，"就是他。"

田禾接过来一看，小伙浓眉大眼，一表人才。

"长得挺好，看着挺憨厚老实，他是做啥的？"田禾说着，把照片递还给她。

丽香羞涩地笑了，拿着照片又端详一下，说："小学老师。"说完，愁容又挂在脸上，"可俺们从没见过，也不知道他能相中俺不。"

田禾打量了一下丽香，皮肤偏黑，虽说是单眼皮，但很耐看，菱角一样的小嘴，长得挺周全齐整的姑娘，便宽慰道："放心吧，你这么好看，和他正好般配。"

终于到站了。

眼前的景色是新奇的，但田禾无意欣赏，四天三夜的颠簸以及对未知生活的迷茫让她茫然无措，背包里的三双绣花鞋垫，成了唯一支撑她的力量。她紧紧握着背包的肩带，像一头受惊的兔子，美丽的大眼睛惊慌地四处张望着——虽然几年没见，但她毫不怀疑自己有在人群中一眼认出谷子青的能力，她坚信谷子青也同样如此。

突然，人群里传来一声惊叫，紧接着是号啕大哭。

田禾循声望去，居然是丽香，她蹲在地上，把脸埋在膝盖上的包袱里，哭得像打雷一样响亮。她面前站着一个手足无措的男人，身材瘦小，因秃顶显得额头格外硕大油亮。

田禾迟疑一下，走过去，边拉她的胳膊边问："喂，你咋啦，他没来接你吗？"

丽香扬着一张泪脸，见是田禾，哭得更加委屈。旁边的男人急得满头大汗，也帮着劝慰说："你别哭啊，这事俺也不知道，咋能拿俺兄弟的照片糊弄人呢，你别哭，别哭，你要不愿意，俺现在就买车票送你回家，俺现在就去买。"男人说着，就要往售票口跑。

田禾这才明白，他就是丽香要成亲的男人。她仔细端详一下，眉眼间的确有一点相像，但年龄长相相差太远了。

"你回来。"丽香嗷的一嗓子，那人站住了，丽香止住哭声，使劲抹了一把泪，下定决心似的说："回去？你让俺回去，可俺回去还咋做人啊？"

"嗯嗯，那你就留下吧，你放心，俺一定对你好，一定对你好。"那男人一听丽香话音松动，忙过来扶起丽香，争着把包袱背上。

"你男人还没来？"丽香走了两步，回身问田禾。

"你走吧，应该快来了，快来了。"看着他们二人的背影，田禾感觉世间夫妻般配的事有两种，一种是互补的，就像他们，单凭影子看，丽香就比她男人大一倍；一种是相似的，两人性格、喜好甚至长相都有相似的地方，两个人就像一个人一样，比如自己和谷子青。想到这儿，她羞涩地笑了。

旅客像潮水一样涌出站台，又像潮水一样迅速退去。田禾像一枚孤独的贝壳被搁浅在空荡荡的车站门口。她惊恐地看着眼前的一切，宽敞的马路，哒哒的马车和叮当作响的有轨电车穿过，一排被战火浸润过的俄式建筑，墙体陈旧斑驳，唯有狭窄的长方形彩色玻璃以及高塔式屋顶还透着几分昔日的繁华。

她心里设想过无数次见面的方式，叫名字呢，还是像小时候一样叫哥？要握手吗？如果他来牵手怎么办？来就是嫁人的，人都是他的，牵个手怕什么，让他牵。可是如果不拒绝一下，他会不会觉得俺太随便了？如果拒绝伤了他咋办？以为俺对他不满意，心里存了芥蒂就不好了。

千回百转的心思让田禾变得焦躁不安，她甚至在没想好之前害怕谷子青突然出现。一个小时，两个小时，三个小时，田禾着急了，头脑里一片空白，她焦急地眺望着，甚至不时回一下头，想象着谷子青从某个晚点的火车上急匆匆跳下，从车站里跑出来。

什么也没有，连一个疑似谷子青的人所带来的重逢的激动都没有。也许他忙，他出事了？呸呸呸，田禾为晦气的猜想懊悔，但事实让她又不得不继续按着不祥的方向继续想下去——比方他车子坏了，或者生病，反正是自己来不了，委托朋友来接，而那个朋友是个马虎的人，错过了下车的时间？直到太阳偏过头顶，肚子咕噜咕噜响作一团的时候，田禾不得不承认，谷子青不会来啦。

泪在眼圈里打了无数个旋儿，也有星星点点的泪挂在脸上，但她咬着牙，怀着最后一丝希望张望着。

有个中年男人迎着她走过来，田禾的希望瞬间被点燃，她攥紧背带，把放在地上的包袱重新提在手里，目不转睛地看着来人一步一步走近，只需要一句话，哦不，只需要三个字"谷子青"，她立刻跟他走。

那人走近："老妹，你在这儿干啥呢？"

田禾一下泄了气。她一言不发，她怕一口外地口音暴露了自己的身份，只用犀利的眼神警示对方。

中年男人见田禾一脸厌恶没有回应，悻悻地走了。眼见着那人走远，田禾才发觉自己在浑身战栗，她双腿一软，一下蹲在地上，眼泪哗哗地流了出来——她后悔，只说是谷子青来接站，为啥没带着那封信，至少自己可以按着信的地址找到他，可自己只记得是由一个煤矿的人转交给谷子青，但那个人叫什么，她忘得一干二净。

家中没人知道田禾在接下来的十几天里经历了什么，她就像断了线的风筝，随风飘荡。她游走于大小各个煤矿，见人就问谷子青。

其实她也曾到过申科的煤矿，甚至和申科擦肩而过，只是当时申科正因为舒文陷在沮丧的情绪里，一副对谁都爱答不理的样子，让田禾放弃了对他的询问，而仅有的几个认识谷子青的人，下矿的下矿，离开的离开，没人知道谷子青这个人。

申科是从两个新来矿工戏谑的调侃里知道有人来找谷子青的。

一个人说："多好看啊，水汪汪的眼睛，那小腰，一晃悠和绳子一样软乎，她反正也没处落脚，你干脆留下得了。"

另一个憨厚些，说："什么话，人家千里迢迢来寻亲，咋能干那缺德事呢，那还算是个人嘛。"

"谁啊？"申科懒洋洋地问。

"有个女的，来找他男人成亲，忘了地址了，结果到了车站却没人去接，只说在煤矿，你说咱这几家煤矿几十万号人，这可上哪儿找去。"一个人回道。

"也好找，叫啥名，去工资科一问不就知道了嘛。"申科说。

"也对哈，刚才咋没想到呢。"那人说着，趿拉着鞋想往外走，嘴里说着，"我去把她叫回来，领她去工资科问问有没有叫谷子青的。"

"谁？"申科噌地坐了起来。

"谷子青啊。你认识？"那人站住，问道。

"啊？"申科一愣，忙摆手说，"不认识不认识。哎，你别去了，俺刚好去劳保处领手套，俺去问问吧。"说着，拿着件外套往外走。

"看来申科哥想留下。"另一个人嘻嘻坏笑着说。

"滚你娘的，找揍。"申科骂着，快步走出宿舍。

申科至死没明白，自己为什么这样做。细究起来，只有一个原因：为了舒文。在面对田禾孤苦无助的眼神时，他满脑子是舒文那天清晨顺着门框滑落瘫软在地上的样子。

申科远远看着，田禾走了，拖着疲惫的脚步走了。

谷子青娘给的钱花没了，自己带的钱也花没了，田禾卖掉了带来的大枣，卖掉了衣服，还是不够还住旅店的钱。旅店老板姓李，是个五十岁左右的单身男人。他已经催了田禾三回了，不知为什么，这两天他反倒不催了，田禾回来，还会给她煮个鸡蛋、准备一碗热乎乎的玉米楂子粥。

今天依旧如此，老李把粥放在窗边，关心地问："还没找到你男人？"

田禾摇摇头，又点点头。

老李笑了笑，就着窗沿磕鸡蛋，放在手里呼啦哗啦揉去皮，举到田禾嘴边。田禾一扭头，躲过他伸来的手，抿了一下凌乱的头发，对老李说："大爷，谢谢你，俺明天就回山东。你放心，欠你的钱，俺回去就给你寄来。"

"回去？寄来？不用寄不用寄。"老李和颜悦色，往田禾跟前又走了两步，沉吟了一下，继续说，"我看你也不用回去了，回去你也说不清，你想啊，你来寻人成亲，回去算是黄花闺女啊，还是小媳妇啊？"

田禾的脸腾地红了。

老李看在眼里，手脚开始不老实，几乎要偎在田禾的身上。田禾感觉不对，身子便顺着炕沿往里挪。

"我老伴儿死了有几年了，虽说我年龄大点，可知道疼人啊，这个旅馆虽然小，从上到下就我一人，可也归公家管，我也算是拿工资的人，你要是跟了我，绝亏不了你。"老李说着，手搭上田禾的肩膀。田禾想躲，可已经退到墙边，再已无处可躲。

田禾把老李的手打开，站起来，哀告着说："大爷，俺念你的好，可俺家里还有哥哥、大娘，俺一定要回去。"说到哥哥，田禾忽然哭了起来，她突然发现自己在这个世上是如此孤单，居然没有一个亲人。

"回去？没那么容易。"老李说完，用力把田禾推倒在炕上。

田禾吓得腿脚捣蒜一样，几下退到炕里，想从炕里往外跑。没想到没容得田禾转身，老李已一踩炕沿，恶狼一样扑了过来。

"大爷，大爷，求你……"田禾跪在炕上哀告着。

老李狞笑着一把扯下田禾的衣服……

田禾咒骂着，挣扎着，用胳膊肘狠命地抵住老李。突然，她用力挣脱，纵身一跃，抓过窗台上的白瓷碗狠命一磕，握着碎瓷片朝老李脸上用力划去。老李吓得一声号叫，田禾趁机夺门而逃。

一切都安静了。

北方的夜幕，在这陌生的城市降临了。

田禾拖着疲惫的影子在夜色里踯躅独行。去哪儿？她不知道，她只想离开。她冷，血液凝固了一样彻骨地冷。她裹紧失掉两粒扣子的衣服，继续走。路边的窗户渐次亮起，昏黄的灯光流到空旷的街道上，让人感到家所特有的温馨和暖意。在这份暖意里，田禾愈发感到寒冷，她抖作一团。

不知走过了几条街，走，仿佛是命运给她的指令，她机械地走着，走着……

"姐，真是你啊，姐。"田禾努力睁眼，模糊中看到一张熟悉的脸。

"丽……"一句话没说完，田禾瘫软在了地上。

是丽香，去裁缝铺做结婚衣服回家的路上，发现了游魂一样的田禾。

一声汽笛鸣响，火车车轮开始缓慢启动，田禾怀揣着给谷子青绣的三双鞋垫坐上了回程的绿皮火车——这是她从旅馆跑出来唯一带着的东西。

也许就在同时，在谷子青那间木屋前面的空地上，一把篝火刚好点燃，舒文抱着口琴，神情郁悒地吹奏着俄罗斯歌曲《红河谷》，申科夸张地扭动着四肢配合舞蹈。

　　这是为了纪念谷子青最后一个单身之夜，大家用手撕着烤好的鹿肉，大碗大碗喝着地瓜酒，互相大声祝福，又发出啧啧啧的叫好声，萨满的鼓声和舒文悠扬的口琴完美融合在一起。很快就有人醉了。罕见的是，最贪杯的申科早早回了矿里——他换了夜班，为了第二天陪谷子青和舒文去接田禾。谷子青知道，他不放心舒文。看着郁郁寡欢的舒文，谷子青心里隐隐作痛。我还能怎么样呢？他抬头望向夜幕，我也许需要一点信仰，以寄存和摆脱自己因摇摆不定所造成的罪恶感，他想。

　　第二天一早，申科没有如约出现在老街口，这让谷子青很为难，舒文紧跟在谷子青身后，就像守护着即将失去的宝贝。虽然寸步不离，但她目光飘忽游离，偶尔与谷子青视线碰撞，就像打通了泪腺，眼睛顿时湿漉漉的，弄得谷子青内心乱作一团，只得慌忙闪躲开。如果没有申科，他不知该怎么对田禾介绍舒文，更不知道舒文见了田禾会有什么样的反应。他有心让舒文回去，只看了舒文一眼，她已仿佛看透了谷子青的心思，眼眶泛红，眼泪雨点一样滴答滴答往下掉。

　　谷子青哪里还敢开口，只闷头在前面走。

　　从清晨，一直等到太阳偏西，谷子青用比田禾更加焦虑的心情在车站等待着，直到马屯长急匆匆赶来，告诉他，申科出事了。

　　"出什么事？严重吗？"谷子青虽然这样问，马屯长那张哭丧的脸已经说明一切。他心在一点点下沉。

　　"现在还不知道。但他是在作死，好好的迷上赌，还是和山里的猎户赌。那是些什么人，成天和狼、熊瞎子打交道的人，野着呢，都是不见血浑身刺痒的主。"马屯长喜欢申科，看来对猎户这群人也无计可施，否则不会这么远跑了来。

　　"现在怎么样了？"谷子青边问，边向站台张望——又一波旅客到站了。

　　"来的时候在赌衣服，你快回去看看吧，真是邪性，咋劝也劝不住，看这架势，是要赌命。"马屯长拉着谷子青就要走。

　　"赌命？不可能吧？"舒文失声喊了出来。

　　最后一个旅客也走了，空荡荡的站台让谷子青心慌，田禾去哪儿了？怎么还不到？

　　其实，谷子青有着和舒文一样的疑惑，赌博？不就是打赌嘛，还至于堵上命？但看马屯长惊慌无措的样子，应该很严重。他看看舒文，无奈地说："你先回去劝劝申科，俺再等等，要是你劝不住，再来叫俺，千万别让他继续赌啊。"

舒文看着谷子青，又看看马屯长，不舍地说："那俺去了。"

看着远去的舒文，谷子青暗想，凭申科的性格，宁肯赌博也不来车站？实在是反常。

天色暗淡，一天马上就要过去了，蛛网一样交错纵横的铁轨，静静地伸向远方。谷子青站在空旷的站台，向家乡火车驶来的方向眺望，载着幸福到来的将是哪一双铁轨啊！

夜晚，谷子青孤独地在车站徘徊。他不知走了多长时间，身边不知经过了多少旅客，使他活下去的念头，放弃生活的瞬间，以及在想象中愈发丰满的记忆，都在他脑海中一一闪过——已经是六月二日了，田禾依然没有来。

第八章

一

田禾从东北回来就病了,她脸色蜡黄,蓬头垢面,干瘦得像一副被啃净的骨头,仿佛刚经过炼狱一样,拖着仅剩的半条命逃了回来。她躲在屋里,拒绝与任何人说话,谷子青娘和秀几次试图询问,都被田生挡在了外面。

十天后,田生和田禾结婚了。没有举办什么隆重的仪式,在田生的坚持下,田禾申请了几尺布票,做了一件大红上衣、一条深蓝色裤子,一张大红的双喜字剪纸贴在窗户上,点燃一挂鞭炮,用噼噼啪啪的爆竹声告诉全村人,他们结婚了。在结婚的前一天夜里,田禾把给谷子青的三双绣花鞋垫放进小木匣,里面留了一封信,重新放回"红房子"的那个洞里。从此,那个木匣子,再也没离开过那儿。

田禾结婚四个月后的一个夜里,没有月亮,几颗寥瑟的星星敷衍地挂在天边。田禾出来泼洗脚水,在她回转身的时候,感觉南墙根底下的鸡窝旁有着隐隐的骚动。她扶着门框,站定身,屋里灯光刚好打在她饱满的乳房和隆起的小腹上,勾勒出一个圆润饱满的剪影——她怀孕了。她仿佛听到一声叹息,有股说不出的熟悉气息在吸引着她。迈进门槛里的脚退了回来,她小心试探着向南墙走。突然,那里站起一个人,听喘息是个男人。

两个人直愣愣地站着，过了一会儿，那男人又一声沉重的叹息，转身往院外走去。

田禾傻了，她准确地断定那就是谷子青。那人转眼拐出了院门，田禾失了魂一样在后面紧紧跟着。村庄静寂，偶尔几声鸡鸣狗吠，星光微弱，朦胧夜色里，男人垂着头，一副形色委顿的样子。他也许一心沉浸在自己的悲伤里，丝毫没有感觉到身后跟随着的田禾。

走出巷子，东拐，走过两户人家，进入另一条巷子。

入冬的夜风大了，吹得杨树叶子海浪一样哗啦哗啦地响，淹没了两个人轻巧谨慎的脚步声。那个男人在谷子青家门前站住了，院墙不高，他踮着脚往里张望了一会儿，深深叹了口气，腰身有些佝偻，头也愈发地垂落。

田禾更加确认，那个男人就是谷子青。但她并不声张，也不躲避，只在后面静静地跟着，看着。他抬头看看天，继续往北走，走过巷子，绕过村后小池塘，过了马颊河桥，后面就是一片开阔的田地了。

"小禾，小禾。"是田生的声音。

前面走的人猛地站住了。他回过身，看见马颊河对岸站着一个女人，凭感觉，他知道那是谁。俩人像池塘边生长了千年的老树，直挺挺地站着，看着。不知是谁先发出哽咽声，然后是抑制不住的抽泣。田禾猜得没错，那人是谷子青，他接到家里的信，得知田禾和田生结婚后，他蒙了，立刻买票赶了回来，等到天黑进了村，蹲在田禾家的鸡窝旁等着。

他不知自己在等什么，在火车上的几天几夜里，他不吃不喝，整天昏昏沉沉地守着一个念头——我要见田禾，我要见田禾。至于见到她做什么，他没想过。

收到娘的信，知道了田禾结婚的消息，谷子青不甘心，他要亲眼看到事实。直到田禾出来泼水，看到她微微隆起的小腹，谷子青愣了，他的心被掏空了似的，整个人空荡荡的，头脑却一下变得清醒。离开，马上离开，他告诉自己。他曾想过回家看看娘，但一想起丢粮的事，他放弃了。此时，两个人隔水相望，谷子青的眼泪哗哗往下流。

"小禾，小禾。"田生招呼的声音越发近了。

谷子青转身，头也不回地往北跑去，转眼消失在茂密的玉米地里。

二

申科死了，一个用饱满热情去拥抱生命的人，却过早地被生命抛弃了。

其实悲剧在几个月前已露端倪。那天舒文跟马屯长赶到蛮卡屯，在北山护林员废弃的小屋里，申科正拿一把剔骨刀架在左手小指上，在和一个围着鹿皮护腰的男人各拿一张骨牌对峙着，见舒文突然出现，他有些吃惊，迅速把刀藏到身后，装作若无其事的样子瞅着舒文傻笑。

舒文狠狠瞪了他一眼，一摊手，盛气凌人地说："别藏了，交出来吧。"

申科被施了咒一样，顿时蔫了，老实交出锋利的月牙形剔骨刀，嘴里嘟囔着："不是去车站了吗，咋回来了？"

"还有。"舒文呵斥道。

"没有了。"申科愣了下神，看了一下舒文，明白了，乖乖把手里的骨牌递到舒文手里。

舒文啪一下，扣到屋当中的木板上。红八点，是人牌。

屋里几个粗野的男人，连同马屯长都看傻了。鹿皮护腰的男人直愣愣地问申科："你媳妇？"

申科不正面回答，只嘿嘿笑着，一副美滋滋的欢喜模样。

"哈哈，你媳妇救了你的手指头。"他说着，也啪一声把牌扣到桌上，红两点，地牌。

屋里人登时一顿叫好声。难怪两人一再加筹码，谁也不服输，果真都握有好牌。

"以后不许你赌，也不许你和他们玩，走，回去。"舒文说着，抓起申科的胳膊就往外拉。

"哈，快回去吧，免得晚上饿着你。哈哈。"鹿皮护腰的男人也不恼，反倒打趣起申科。几个人跟着一起哄笑起来。美的东西向来受人怜惜，更何况舒文这样娇小秀气的姑娘，对居住在深山老林里，终日和豺狼虎豹打交道的人来说，就像逗弄一只小白兔一样有趣。

对他们粗鲁的调笑，舒文并不介意。马屯长反倒对他们的关系感到蹊跷，一路偷眼好奇观察，发现舒文出了门就和申科拉开了距离，一脸正色，时不时说几句训斥申科的话，申科像做错事的孩子，低着头，只抿着嘴傻笑。

马屯长一下明白了，心想，舒文这个傻姑娘啊。

到了蛮卡屯，舒文对马屯长说："谷子青可能还在车站，俺给他送点吃的去。"话音刚落，申科的笑在脸上僵住了。

对于舒文，谷子青谈不上爱，他不得不承认，这是趋利的选择，他内心的得意与自责也由此而生，从老家回来后，被田禾抛弃的巨大失落造成情感的缺失，爱情本该有的执着、坚守、纯粹在他心里轰然坍塌。

他和舒文漫步在山脚下，衰草遍野，溪流清冽，树叶隐秘的律动散发出莫名的气息，黄昏即将来临，内心的忧伤伸向远方。辽阔的寂静正垂下一根宿命的腰带，将他们环绕——不用开口，彼此已然明白接下来该做什么——两只手自然地握在了一起。

"申科。"舒文突然指着远处。

谷子青顺着舒文所指方向看去，见申科已穿过草地，快到森林边缘了。他知道申科对舒文的感情，慌忙松开手，喊道："申科，你去哪儿？"

"俺去北山，明天早上就回来。"申科回了一声，又招了招手，头也不回地走进黑松林。

"准是找猎户去赌博。"舒文轻声说。她隐隐有些不安，想喊住申科，又怕破坏这甜蜜的氛围，心想，赌博就是讨个乐子，他明天就会回来了，那时再劝他戒赌也不迟。

可惜，申科走进森林再没有走出来，而是被带鹿皮护腰的男人扛回来的。那晚申科是幸运的，他几乎赢了所有人的钱，但他并不开心，愤怒叫嚣着，讥讽、贬损每一个手下败将。他内心很清楚，妒忌和占有欲让他痛苦不堪，他无数次试图把舒文从脑子里赶走，但都失败了。他崩溃了，他不想破坏舒文的幸福，也不想破坏和谷子青的友谊。他的苦说不出，有一头困兽在内心里折磨、撕咬得他伤痕累累。

他发泄着内心的愤怒，喝得酩酊大醉。第二天，为及时赶回矿上，他在抄近路时落入捕兽的陷阱，意外身亡，被鹿皮护腰男人在巡查陷阱和铁套子的时候发现，背下了山。

第八章

谷子青一见申科尸体大放悲声,是的,赌博是申科的错,但谁能否认申科带着忧伤死去不是因为舒文和自己呢。

再看舒文,像一只受惊的小鹿,目光呆滞地偎在一颗白桦树下,矿里把丧葬费、工资等都交到申科的堂叔和谷子青手里,谷子青原封不动地寄给了他家里人,为此,申科的堂叔还老大不乐意。

经过和申科的堂叔商议,申科的骨灰由堂叔带回老家埋葬。在北山,离自己住所不远处,谷子青选了一处青草丰茂、溪流淙淙的向阳空地,做了申科的衣冠冢。

失去了申科,不可避免地,巨大的失落感让他感觉自己迅速老去,像失去水分的庄稼,凭着筋骨仅有的一点硬度,支撑着疲乏的身体屹立不倒。

事实上,现实也容不得他多做思考,丢了魂魄一样的舒文让他忧心忡忡——申科的死,仿佛同时带走了她的声音,她一言不发,要么愣怔着发呆,狠命地噬咬着已经光秃秃的指甲;要么无声地哭泣,双手交替揉着红肿的眼睛,任泪水从指缝里流出,濡湿棉衣袖口。

这应该是初冬的第一场雨夹雪,像申科的死讯一样突如其来地降临。漆黑的窗外看不见道路,也看不见田地和菜园。他从窗外收回目光,有想冲出门外去做点什么的念头,他担心菜地被雪冻住,担心墓地挖得不深,风雪会在荒野里湮没申科,而可怜的申科却无能为力,无处躲藏,想到此,他心更疼,好像看到申科真的在这样一个雨雪夜里冻得瑟瑟发抖,他甚至听到了门外传来申科压抑的啜泣,那种孤苦无依的悲伤让人战栗。

没有恐惧,谷子青怀着与申科重逢的喜悦,含着眼泪打开门,风雪一下涌了进来。借着微弱的灯光,谷子青看到门外果真有人,蹲伏着,像一头可怜的小鹿躬身背向雨雪。

那人抬起头,是舒文。她缓慢站起身,直盯着谷子青的眼睛,忽然,舒文一声歇斯底里的嘶喊,痛哭着向谷子青扑过来。

没有哪一场雨可以与舒文的眼泪相比,她扑在谷子青的怀里,紧紧抓住谷子青的胳膊,像个受了天大委屈的孩子,哭得撕心裂肺,哭得酣畅淋漓,她仿佛要把一生的眼泪哭完,嘴里反复呢喃着一句话:"别离开我,别离开我。"谷子青的眼泪也一下涌了出来,两个人像被遗弃的孤儿,拥抱在一起痛哭不已。

在这样一个漆黑的风雪夜,在这样一个空寂无人的山谷,谷子青感受到一种融入血液的温暖。谷子青拉舒文进屋，安置她坐到床上，她始终抓着他的衣服不放。

在谷子青这一生中，再没有比这一夜的变化更惊人、更突然的了。清早起来，屋子里还有不久前的惊慌忙乱的痕迹，他俨然已是一个全新的男人，当然，还有身边睡梦里都要紧紧抱着他胳膊的一个全新的女人。

"我把所有都给了你，你有什么舍不得给我的吗？"舒文忽然轻轻地问道。

"没有，"谷子青立刻回答，"什么都舍得。"

不知为什么，她仰着头，不相信似的一直盯着谷子青看。

"好吧，"谷子青清了清嗓子，好像喉咙里隔夜的黏痰拖住了想要说的话，"也许是土地吧，因为咱们要指望它活下去。"

舒文虽然内心期待的是一句谄媚到虚妄的誓言，但她还是很满足，至少他没撒谎。

结婚九个月后，在谷子青的木屋里，蛮卡屯的所有萨满都聚集在床边，马屯长左手执抓鼓，右手执鼓鞭，扭动腰肢，腰铃哗啦啦响作一团，像和一个真正的恶魔争斗一样激烈胶着，在抬鼓和其他乐器的配合下，跳得大汗淋漓。躺在床上的舒文，同样大汗淋漓，一张惨白的小脸痛苦地扭曲着，像被水淋过一样，汗津津的，头发被濡湿成一绺一绺，耷拉在枕头上。

在一阵紧似一阵的鼓点声后，一场仪式宣告结束。马屯长气喘吁吁地对谷子青说："没事，孩子保得住。"随后又用责怪的语气说，"让你搬到屯子里，你就拧着不搬，深山老林里什么山神仙家的没有啊，还是到屯子里的好，有人气。"

谷子青顾不得应承，几步跨到舒文的床头，问道："还疼？"

舒文忍着疼，艰难地咧了咧嘴，摇了一下头作为回答。

夜幕很快降临，马屯长使出浑身解数，可舒文的疼痛似乎没有得到丝毫的缓解。谷子青送他们离开的时候，一个手拿面具寡言的中年女人故意落在后面，避开人群对谷子青小声说："我看她的情况不太好，她的骨盆狭小，子宫收缩明显，当然现在还不能下最终的定论，一切还要看她的肌肉紧张程度，如果到下半夜，她的痛感不再加强，而渐渐减弱，那孩子还有希望。"谷子青不明白一个蜗居在偏僻蛮卡屯的萨满怎么懂得医学术语，但

第八章

他没心思过多考虑——不可思议的事太多了，他现在更关注舒文和她肚子里的孩子。

那女人说的没错，从半夜开始，舒文的疼痛像潮水一样往上涌，疼得她大张着嘴，说不出一句话来，浑身像浸泡在水里，天色微亮的时候羊水破裂，舒文发出令人心碎的叫声，仿佛被压在车轮之下失去半截肢体的人发出的哀号。谷子青几次要去市里找大夫，都被舒文拦住，她紧紧抓住谷子青的手，仿佛他就是生命的源泉，离开他会立刻死去一样。剧烈的阵痛一直持续到早晨，疼痛终于停止。

孩子死了。

挨着申科的墓地，谷子青挖了一个坑，用舒文的围巾铺好，埋葬了他早夭的孩子。坑不大，无须消耗很多力气，但他却感到异常疲惫，那个不及一块砖大的血肉抽走了他所有的力量，他感到疼痛，却找不到痛点在哪里。他坐在树下，看着申科的墓地愣怔了很久，心想，如果申科活着，自己和舒文会是什么关系？绝不会是现在这样，对此，他很确定。他感觉舒文就是申科的影子，善意地留下来陪伴他，而自己可能并不爱舒文，只是基于对申科的怀念和不知所措的怜悯而接纳了她。

在很长的一段时间里，谷子青陷入深深的自责，他觉得自己是一个不祥的人，竭尽所能，却还是辜负和伤害了身边的人。他学会了抽烟，学会了娴熟地把干枯的烟叶捻碎，填进随手可得的一页纸张——哪怕是曾经的记事本或者家里的来信，然后用手慢慢摩挲。他学着马屯长的样子蓄起了胡子。舒文觉得，他是想让自己看起来更成熟，而实际上谷子青只是想让日子留下痕迹。这真是个可怕的念头，他每天像被无形的绳索捆绑着，神情凝肃、沉重，时常失神地陷入自己的世界里发呆。舒文眼睁睁看着他与自己日渐疏离，却又无能为力。

这样的状态一直持续到第一个孩子降生。在孩子降生的前五天，娘和姐姐来了。

从接到娘和姐姐要来的信后，谷子青变成无头的苍蝇，屋里屋外不停地走动，一刻不能安静。谷子青的焦虑舒文看在眼里，隔着窗子，她看见谷子青呆站在丝瓜架底下，失神地撕扯着叶子，等他再回转身的时候，叶子已成一溜细密的流苏。舒文理解他，却不知道怎样安慰。

"娘要来了，是盘一个火炕，还是给娘打一张床呢？"舒文问。

她想给他找件事做，转移一下注意力，否则这样每天失魂落魄的，真猛然见了面，紧绷的神经很容易崩溃。

谷子青看看木屋，一张火炕已经占了三分之一的面积，剩下的狭小空间，除了做饭、待客，也只能放下一张床了。

"那就打张床吧。"谷子青说。

第二天，天刚蒙蒙亮，谷子青就提着斧头上了山。舒文起来时，看见矮饭桌上摆着一碗已经温凉的水炒鸡蛋，她甜蜜地笑了。

打一张木床并不是件难事，一棵树，截成两米左右长，剖成一样厚度的木板，用铆钉连起来，再用几块枋子木前后架一个床头、四个床脚，一张床就基本完成了。况且，谷子青觉得，爹会做木匠活，那自己骨子里也应该遗传有这种天赋。但真正做起来，谷子青才发现工具的重要——没有刨子和锯条。当发现这一点时，已经是第二天中午，他大汗淋漓，呆站在木屋前，守着一堆凌乱的残枝败叶发愣，他觉得，自己笨得就像眼前这根直挺挺的木头。

他感到一阵阵燥热，虽然是夏季，但他知道，燥热绝不仅是季节带给他的。他再次向四周看了看，铁锹、锄头，甚至挂在门柄上的锁头都是铁的，却没有什么可以帮到他。他又看了看窗户，他知道舒文不在家，她带了两只巴特叼来的野兔去了屯子里。她要用野兔换点棉花，给即将出世的孩子做两件包裹褥子。他从没意识到自己对舒文的依赖，但他还是习惯性地朝窗子里张望了一下，期待舒文能走出房门，轻声劝慰一句，他的汗就会像被截流的小河，心也登时会清凉、平静下来。

太阳偏西的时候，屯长赶着马车沿小河过来了，车上不仅坐着舒文，还有一卷芦苇草编的床垫，松软、厚实。更让他惊喜的是，舒文手里拿着的一把弓锯。以后的几天里，谷子青和舒文坐在树荫底下，守着那根粗壮的黑松，一左一右，扯着弓箭一样的锯子剌啦剌啦地忙活着。

这真是一段美妙的时光，多年以后，两人不约而同地发出同样的喟叹。

谷子青像第一次见到舒文，或者，眼前劳作的舒文是崭新的。他知道舒文漂亮——水汪汪的大眼睛，鼻翼上有几粒俏皮的雀斑，两根乌黑的麻花辫垂到胸前，露出宽阔光亮的额头。看着劳作的舒文，谷子青忽然感觉到一种温暖，一种融进血肉里的疼惜，让他竟萌生一股原始的冲动。他燥红着脸，眼睛不由痴迷地看向舒文。

舒文仿佛一下就读懂了他的意图，脸一红，羞涩地避开他的视线，找个借口，扭着笨拙的身子闪进屋里。谷子青便在后面嘿嘿地笑，拿起一块枋子木，一刀一斧地雕刻床头。

三

娘来的日子终于到了，和所有久别重逢不同的是彼此异常的平静。谷子青设想过很多次见面的情景，抱头痛哭是不可或缺的一幕，直到火车进站，他的眼睛还是汪着满满的泪水，可当姐姐搀扶着娘下车的时候，他哭不出了，眼睛紧紧地盯着娘——娘老啦，花白的头发在脑后梳成一个发髻，用掌心大小的黑网子套着。

几天几夜的颠簸，让娘疲惫不堪，浑身像蒙了一层灰。她看到谷子青的刹那，有些恍惚，随后眼神猛地一亮，脸上焕发出明亮的光彩。她开心地笑了，一把抓住谷子青的手，另一只手颤抖着抚摸谷子青的脸："长大了，长大了。"娘嘴里嘟囔着，手筛糠一样愈发抖得厉害，眼睛专注地盯视着谷子青，从额头移到长满胡楂的下巴，一个斑点、一条皱纹都不舍得放过，她仿佛要在上面寻找什么，希望过去这些年里儿子度过的每一天都是平安和顺的。

谷子青终于忍不住，嘴哆嗦着想喊一声"娘"，口张了两下，没等"娘"字出口，泪已哗哗地流了下来。

姐姐在一边，拽着谷子青的一条胳膊早已哭成一团。反倒是娘冷静了下来，抹了一把眼睛，像小时候一样牵着谷子青的手边走边说："回家，咱回家。"话刚说完，她猛地停住了脚，把谷子青的手举到眼前，这是一双什么手啊，伤痕累累，干硬粗糙。

"没事，没事，"谷子青说着牵起娘的手，说，"给您打了一张新床，刻刀不小心划的，没事，真没事。"

谷子青娘抹了一把眼泪，叹口气说："唉，和你爹一样。"

见到那张床，谷子青娘才知道，谷子青和他爹不一样——那张床保留着原木的奶白色，床头雕刻着栩栩如生的喜鹊和梅花，取喜上眉梢之意。马屯长带着一些人在整理房前房后，还有几个女人或是铺床，或是和面准备蒸黏豆包，见谷子青娘来了，争相围拢过来问好，指点着新床夸谷子青孝顺、有本事。反倒是舒文，躲在屋角怯怯地望着，她为自己的处境感到难堪，在挤满人的小屋里，她忽然觉得自己成了孤独的局外人——娘会喜欢我吗？会认为我是个卑微、愚笨的女人吗？她看着谷子青娘暗自揣测着。

　　一阵阵忧郁的情绪并没有妨碍她脸上的笑。她百无聊赖地捅几下灶台，扽扽炕单，拿着笤帚清扫地上的碎纸屑——她等待着有人唤她，那人最好是谷子青，把她推到娘的跟前，说，这是您儿媳妇。但没有，一群人把谷子青围得紧紧的，说着祝福的话。舒文有些惆怅，手里的活计有一搭无一搭地慢了下来。这时，谷子秀过来，一手揽着她的腰，一手塞给她一把红枣。舒文看看姐姐，再回头望向娘，透过人群缝隙，发现娘也正看着她，眼睛里满是疼爱和慈祥，舒文心里一热，嘴里不由嚅嗫着喊了声："娘。"

　　娘不仅带来了养月子的红枣，还给孩子做了两床花被子，暄暄腾腾的，像装进了一个大太阳。人逢喜事，日子不觉就过得快，巴特似乎也感受到喜悦的气氛，连着两天送猎物，一次居然是一只很大的刺猬。刺猬被谷子青挖个坑埋了。

　　五天后的晚上，舒文终于临盆。谷子青眼睛紧盯着接生婆的手，看着她拿布在那团血肉上轻轻擦拭，露出一个白白胖胖的婴儿，是个儿子！舒文得意地看着谷子青。谷子青咧着嘴嘿嘿笑了，感觉心咚地落了地，扭身出了门。

　　送走接生婆，谷子青没有急于回屋。黎明还没有到来，一层清白在夜色里浮动——是星光，满天的繁星挂在当头。

　　谷子青在这辽阔苍茫的气氛里感受到一种震撼。窗外栽种的玉米探出了润湿的长着淡褐色毛须的头，晶莹的花序和花穗仿佛涂了油似的。远处大片大豆茁壮生长着，像墨色的海浪随风翻滚。在方正的田畦边上，一排金黄挺拔的向日葵凝视着远方。沐浴在月光里，谷子青有种奇妙的感觉，仿佛命运在向他传递出某种温馨的暗示和慈祥的爱抚。就在这神奇的澄澈清朗的静谧里，一个悦耳的声音从屋内传出，谷子青不需要辨识，就知道那是娘的声音，带着欣喜和一种疼爱到不知所措的谨慎。偶有几声婴儿的哭声，不等响亮，就传来满足的呻吟，和小猪一样贪婪地吮吸奶水声。

谷子青感到由衷的满足。娘的到来，让他知道错失接田禾的日期，但他记不得是自己记错，还是信里写错的，因为信早已经被卷成烟卷，消失了。他随手拿把锄头垫在屁股底下，偎着窗根，欣赏夜色中静谧的山谷。挺拔高耸的黑松林把天际分割成锯齿状，像山海关连绵不绝的城墙头，松林下蓬草葳蕤。溪流在月光下闪着一道道金属质感的光泽，间或传来几声慵懒的鸟鸣，像一个困倦的孩子，在酣然的睡梦里发出愉快的梦呓。

一个月前，舒文在院子的东南角搭起了一排鸡窝，从屯里买来几只金黄色毛茸茸的小鸡仔，养在大簸箩里，现在，小鸡终于长大了，却都往草丛里钻，没有一只愿待在鸡窝里。前两天娘又念叨着养一只母山羊，预备给舒文下奶。

鸡群里响起一阵不安的躁动。谷子青知道，是巴特来了。他知道它只是逗弄这些呆头呆脑的鸡鸭，并不会伤害任何一只——这两天忙着照看舒文，想必巴特寂寞了。

正想着，一个黑影一步一步向谷子青走过来，是巴特。借着窗口流出的微光，谷子青看到它嘴里叼着一只野兔，像个受了委屈的孩子，走走停停，极不情愿的样子。谷子青伸出手，刚想亲昵地抚摸它，屋里婴儿一声尖锐的啼哭，吓得巴特扔下猎物，转身就跑，不一会儿，从遥远的山里传来一声狼啸，声音尖细怪异，像是有意在模仿婴儿的哭声，谷子青禁不住笑了。随后，大地重新陷入一片沉寂里。

取个什么名字呢？谷子青想。

"叫谷仓吧。"娘说。好像这个名字在她的心里存了很久，不等谷子青开口，已迫不及待地说道，"俺和你爹早就合计过，手中有粮，心里不慌，咱家祖上赐给咱这么好的姓，咋能白瞎了呢。你这辈排'子'字，你爹原想给你起名叫谷子仓，俺说，饿得就剩下一肚子瘪下水，哪还有啥'仓'。你爹回说，等到了风调雨顺的日子，还愁没有'谷子仓'？俺们就商量啊，等以后有孙子了，就叫谷仓，生孙女呢就叫谷丰。"

"行，就叫谷仓。"谷子青说。

"你说行不？"娘说着，把脸转向舒文，用征询的语气问道。

"听娘的。"舒文莞尔一笑，羞红着脸温和地说。谷子青忽然发现，一夜之间，舒文变得沉静、宽厚，脸上仿佛闪耀着某种说不出的诱人光亮。

当了娘的人，果真不一样，谷子青想着，心不由怦然一动。

四

对于黑土地的肥沃,娘惊诧不已,籽粒饱满,植物的叶子永远泛着亮晶晶油光光肥厚的墨绿光泽。但她还秉持着在老家的习惯——玉米饭蒸到五分熟后,把半生不熟的玉米捞出来再磨,然后兑水继续蒸,这样每斤米可以多出一斤到一斤半来。

在某个秋收的下午,玉米已经被收回家,玉米秆也被刨了一半,谷子青站在地里,看着一棵棵干枯衰败的玉米秆和漫山苍翠的森林,忽然领悟到,自己之所以选择山林里的农耕生活,并不是生活所迫,而是自己潜意识为了解开大地独特美妙的谜语,并试图叫出每一种蓬勃生长的事物的名称来。如果自己不能胜任,那就凭借着对生活的热爱去繁衍后代,让子孙替他完成这项事业。是的,他不懂什么自然法则,但与土地上所有动物、植物和睦共存是他的事业。事实也如他所愿——谷仓三岁五个月的时候,舒文又怀孕了。

"娘要走了。"这天舒文拿着一封信对谷子青说。

"是秀寄来的信,她说向南哥因为曾经在朝鲜战场被俘正在接受审查。"

他原打算死的,谷子秀在信里写道,他在牢狱里喊口号、绝食进行抗争,他亮出在战俘营里遭受折磨的证据,脊背上一道道鞭痕触目惊心,可审查的人不管这些,还不知从哪儿拿出一张照片:一群战俘晒着太阳,捧着碗,蹲在地上吃饭。照片里的人笑呵呵的,一副幸福满足的样子。那么小的照片,哪看得清是谁啊,可举报人就一口咬定里面有向南,这是他投降的罪证。向南已经被关在黑磨坊里七天了,也不让家人看望。找田生,他一直推脱说这是上面的意思,自己管不了,再问举报人是谁,他一副讳莫如深的样子说:"保密。"

谷子青见信纸上隐约有打湿过的痕迹,心疼地问:"娘知道吗?"

"只是叹气,没说一句话。"

"俺了解向南哥,他不是软弱的人,绝不会做出投降当叛徒的事。没事,俺给田生写信,让他照应着点。"谷子青还不知道田生和姐姐的事,娘

第八章

也从没和他提过。

田生怎么可能帮？也许整件事的背后，就有田生的指使，谷子青娘这样猜想。她担心秀，这孩子心实，性子又直，别闹出什么事来。她日夜挂着，几次想说回去，可看看日益茁壮的谷仓和舒文日渐隆起的小腹，又不知如何开口。

收到信的第三天，矿里的老路来了，后面跟着一个十七八岁的小伙子。他们顺着小河边走来，那曾是林子里野兽越过沼泽和草地走出的路，谷子青来了以后，来去便沿着这模糊的小路行走，后来进山的人多了，这里便形成一条小路。

老路满面红光，比先前胖了很多。他一身干部装束，列宁装领子直挺挺的，卡在满是赘肉的下巴上，勒出一道清晰的印痕。他一会儿滔滔不绝地做着谁都不曾要求的自我介绍，一会儿又毫不在意似的提出一连串无须回答的没有任何意义的问题。

一路行走，让老路疲惫不堪，也让他对这趟行程充满信心——这荒凉的地方，就不是人待的地儿，他使劲啐了一口痰，自己嘟囔着，对泥水弄脏涤卡裤脚很恼火。因此，当他站在谷子青面前的时候，俨然是救世主的样子，大声地对谷子青说："回矿上吧，工资每月四十一块五，你去整宣传。"说着，特爷们地跷起大拇指，使劲往矿上的方向指了指，一副江湖大哥的派头。

"整宣传？咋整？炖啊，还是煮啊？"看着他走近，谷子青不满地看着他来时的路，仿佛他来，是那条路的错。但老路一张口，他心情好了点，便有心想逗弄一下他。

谷子青回头，透过敞开的窗子，可见到娘晃动的身影，听到仓儿不时发出的咯咯的笑声。钱是诱人的，但他瞧不上老路趾高气扬的劲儿，尤其是诬陷他偷钱的事，让他心存芥蒂。他说完，继续埋头剥手里的玉米皮，刚巧是一个籽粒稀少不成熟的玉米棒子，便赌气似的，随手扔进鸡群，惊得鸡一哄而散，随后又是一阵哄抢。

"真是山东棒子，脑子不转弯。黑土地养人，可也就是够吃。你花啥？老的、小的穿衣生病哪个不要钱？孩子大了还要上学吧？这荒山野岭的哪有学校？"老路语气和缓了些，一屁股坐在玉米堆上，捡一个大个玉米，像打鼓一样闲适地敲打着，继续说："你不比从前，一个人吃饱全家不饿，现在是拖家带口，想想，啊，为老娘还有老婆孩子想想。"

老路的话带有几分显摆，但也有道理。谷子青考虑的不是孩子上学——孩子小，不足以忧虑，他考虑的是娘和姐姐，还有身后这个默默跟着自己从不抱怨的女人。宣传不过是写个标语、讲话稿，要不先去看看，家里有舒文料理，大不了不行再回来，他想。

他答应考虑一下。

晚上，一家人合计，决定娘带着谷仓回老家枣林湾，等姐夫向南的事审查清楚再回来。

送娘走的前一天夜里，山里下了一场可怕的暴雨，狂风咆哮和暴雨轰鸣交织在一起，雨水倾泻在屋顶，随着风向的转变砸向窗玻璃。黑暗里，谷子青摸索着给娘掖了掖被子，然后在娘的脚下沉默着，听着远处汹涌的水流从山上一泻而下的轰鸣。他很忧伤，说不出的悲伤在心里翻腾。

"孩子啊。"娘说话了。

谷子青忙迎过去，见娘撑着胳膊要坐起，忙伸手扶着娘倚靠着床头坐好。娘习惯性地捋了一下头发，压低了声音说："娘给你讲个故事吧，还是你姥娘讲给俺的。从前啊，有个做泥人的，做了三个泥人，一模一样，可价格有高有低，有个人不服气，指着泥人说他骗人钱。他也不反驳，拿起一根稻草插入第一个泥人的耳朵里，稻草从另一个耳朵里出来了，他又插入第二个泥人的耳朵，从嘴巴里出来，只有第三个泥人，稻草掉进了肚子里，什么响也没有。泥匠说，知道为啥价钱不一样了吧？孩子，稻草就是粮食，就是委屈，就是命。孩子，你爹走得早，难为你了。"娘说着，声音哽咽，一滴滴豆大的热泪落到谷子青手背上。"娘不求你大富大贵，只盼你平平安安的，外面再好，也不如一家人守在一起。孩子，在这儿待够了，咱就回家，有道是杀人不过头点地，谁还没犯过错？错了改了就行，欠的粮食，咱慢慢还，不丢人。"

谷子青心里一惊，忽地想起粮食掉进冰河里的情形：麻袋滚落，水面浮起一串嗝一样的咕噜声。他曾用遗忘的方式逃避，并在无数的夜里，发誓那一切从没有发生，只是一个噩梦。娘的话惊醒了他。是的，土地不会移动，山村不会消失，但在这静止不动中，我们遇见的，是永在生长、永在变化又捕捉不到具体转变过程的生活和变迁。这些，组成了人一生的履历和声望，而自己带给娘、带给这个家庭的无疑是羞辱，它玷污和践踏了娘苦苦支撑的门楣名声。

"娘。"谷子青颤抖着声音叫了一声。

"孩子啊,娘愿那根稻草也掉进你肚子里,踏踏实实的,不愧心,也不为难自个儿。"

"娘。"谷子青的泪流了出来。

"睡吧睡吧,明儿还要早起。"说着,娘重新躺在床上,像一下就入梦了一样,屋里重又陷入寂静,平和的鼾声湮没在嘈杂的雨声里。

泥土潮湿的土腥味渐渐平息了谷子青内心的伤痛,一股重生的力量从土地里钻出芽,一寸一寸地在身体里蓬勃生长起来。

五

八月的时光已经过去,九月也到了末尾。北方的秋天短暂得像烟火,转眼冬天来临了。这期间老路又来过一次,工资从四十一块五,涨到四十五块。谷子青不知道矿里为什么这么迫切需要他,但他知道,自己迫切需要这笔钱。

谷子青选择在十月的第一天上班,便于工资结算。对于这份工作,他想与周矿长的关系一样,既不想占便宜,也不想吃亏,意识里始终保持着一种戒备与疏离。

谷子青从黎明出发,站到矿场门口,已经是天光大亮的上午。从申科死后,谷子青没来过这里,此时,他仿佛站在一个陌生的地方,房屋、树木没有一点变化,但就有种他说不清的无形压力,像火山喷发裹挟的气浪倾轧而来。厂区的大铁门四敞大开,凭嵌在地上的弧形铁轨的锈迹来看,门至少有一年不曾开关过,即便如此,走进厂区,谷子青还是被惊呆了。路边两排平房的屋顶插满红色旗帜,墙上贴的是一层摞一层的标语,路上走过的年轻人昂首阔步,意气风发,走起路来脚下像踩着弹簧一样。谷子青被一团如火的嘈杂喧闹包裹,虽然他知道这股如火热情并非为他而来,但依然感受到了某种快乐的渲染。

这是个尴尬的季节——生火炉太早,不生火炉又太冷,只好用厚厚的棉衣把自己包裹起来，感觉每个人在瞬间变得丰满起来，像一个个圆滚滚的土豆。老旧的窗框，绿漆斑驳，玻璃上落满尘垢，黄褐色光线落在砖地上，透着一股阴森森的冷。一路被满腹心事抻着，谷子青没留心天气，等踏进矿办的门，他才发现阴天。

"你来啦。"老路的声音。眼睛适应了屋子里昏暗的光线以后，谷子青不禁暗暗后悔——来得真不是时候，因为他看到了周矿长。他侧坐在靠墙的办公桌上，一条腿耷拉着，手里举着一张《人民日报》。

"真会挑日子，选国庆节这天上班。"周矿长眼睛始终朝着原来的方向，对谷子青连看都没看一眼。谷子青对此并不在意，反倒感到轻松。他觉得，一个小人物最安全的生存方式，就是隐藏。

"你就是谷子青？来来，坐，坐。"周矿长对面坐着的一个陌生人站起来，迎着谷子青亲热邀请着。一个中年女人不情愿地从椅子上站起身，抓了一把瓜子，挨着周矿长倚靠在办公桌沿，匕斜着眼，用蔑视的眼神看着谷子青。

容不得谷子青迟疑，那人已握着谷子青的手，一把将他按在椅子上。谷子青感觉他的手很软，不像矿上干粗活的人。老路跟过来，殷勤地介绍："老谷，这是市革委会的霍主任，写的文章被称为'千重锦'，就是比芦花鸡还花哨还漂亮。"

大家哄地笑了。

周矿长跳下桌子，扯过一把椅子从背后跨坐着，笑骂道："瘪犊子，说过多少次了，不会夸人就别夸，把你家的芦花鸡都整出来了。"

霍主任和大伙儿一起笑着，嘴里说道："你的文笔不错嘛，情绪饱满真挚，虽然是简单的家书，还是打动了我。"

谷子青心里一惊，困惑地看着他，心想，自己的信他怎么看得到？原来是申科负责邮寄，即便矿里也许有检查的可能，可申科已经死去好几年了。

老路的眼神闪过一丝恐慌，但也就一瞬间的事，他嘴角向右使劲咧了两下，脸上紧张的肌肉变得松弛。不久以后，谷子青就知道，这是老路心里紧张时的习惯动作。霍主任看了老路一眼，老路立刻把手里的《人民日报》摊在谷子青旁边的办公桌上，霍主任翻弄一下，指着头版头条说："在这儿。"上面一行黑体大字写着"贯彻执行毛主席文艺路线的光辉样板"。

第八章

谷子青困惑地看着霍主任。

"没明白?文化冲锋的号角已经吹响,而我们还躲在角落里沉睡,这怎么行?虽然我们地处天寒地冻的北方,但不能阻止我们火热的心要燃烧。我这次深入下来,就是要打造一部样板戏,展现我们工人阶级艰苦奋斗的精神风采。"霍主任踱步到房屋中间,挥舞着手臂,像站在台上演讲一样充满激情地继续说,"我们革命者抛头颅洒热血,为了啥?为了祖国不受敌人欺辱,为了老百姓过好日子,这些人、这些事不大力歌颂赞扬,那什么需要赞扬?在祖国最危难的时候,是谁站了出来?是伟大的革命者。"他激动地在房间里踱步,走得急,发现他有点轻微的跛脚。他感觉到大家的目光,蹲下身,边撩裤脚边说,"你们看,这就是受欺辱的见证。"

谷子青凑过去,看到霍主任的脚踝比正常人宽大很多,踝骨前面有明显的凹陷疤痕。霍主任指着那块触目惊心的疤痕说:"我生在太行山区的大山里头,小的时候,被汉奸领的鬼子抓住,要我带他们去找八路军藏的物资,我不说,他们就绑住我的双腿,用石头砸我的脚踝骨。"

谷子青心里一疼,再看霍主任时,眼神里有了敬重。

霍主任放下裤脚,继续说道:"这是一个崭新的时代,我们每个人都要行动起来,用自己的专长做出贡献,要像雷锋同志那样,哪怕是一颗螺丝钉,也要发挥最大的能量。你说你,"他手指向谷子青,用痛心的语气说道,"躲在山里?你知道你这是什么行为吗?想学陶渊明隐居起来吗?那是什么时代,啊?对当代不满才有这样的行为,而你呢?对现在还有什么不满?"

谷子青吓坏了,紧张地看着霍主任,又看看老路,连连摆手说:"没有不满,没有不满,俺是为了谋生。也不是,俺喜欢种地,俺就是种地的命。"

霍主任很满意谷子青的表现,他的慌乱,让自己油然而生一种优越感。这种优越,不是权力带来的,而是语言引导精神、左右情绪的威慑力,尤其是发生在有些才气的谷子青身上,这让他不免产生惺惺相惜的好感——同样的话,周矿长他们是不会懂得的,当然,自己也不会说——这样想着,他再看周矿长和其他人的眼神,已经带着一股轻慢的意味。

周矿长不知道陶渊明是哪个矿区的,他也不想知道,但他准确看出霍主任对谷子青的欣赏,他瞅准时机,忙接茬说道:"什么叫命啊,你这是迷信,我们要翻身闹革命,做主人。今天霍主任就要给你改变命运,从今天起,你负责全矿的文化宣传,工资定九级。咋样?"周矿长话虽冲着谷子青说,但脸却是朝向霍主任。

霍主任对周矿长的反应很满意,但对谷子青的安排有些不悦——都安排好,自己怎么赢得谷子青的感谢呢?他嗯了一声,略一沉吟,说道:"还有房子问题。他搞创作,需要独立空间,不能住宿舍,还是要考虑找一套房子,老婆孩子来看望也有地方住。"

"对对,"周矿长应道,"我住的那一排最西边还有一套房,原来是一个老右派住的,现在放杂物。老路,下午领几个人去清理出来。"

老路答应着,赔着笑说:"领导们,要不咱边吃边聊?革命工作要谈,肚子也要照顾哦,它要闹起革命来可够受的。"

谷子青瞅瞅窗外,太阳刚爬到房顶,大约也就是十一点左右。霍主任抬手看了一下表,说:"时间还早,这样,我们先去看看老谷的住处吧,我也顺道给他说说想法。"

六

晚上回到家,谷子青躺在床上回想这一天的时候,脑子里就剩下一个词——混乱。

被命运青睐的感觉也不过如此吧,他想。与从前被当做"贼"赶出来相比,今天的待遇反差太大了,谷子青脑袋晕乎乎的,就像中午周矿长家的院落,白雾腾腾,弥漫着煮猪下水的香气。

他从没见过这样的场面,两口大铁锅支在院子当中,砖垒的灶台下面,柴火正旺,有个人正把几根松木桦子从三个方向往锅底下添。锅里白汤沸腾,像一个个泉眼,从猪的大棒骨和下水的间隙汩汩地向上翻涌,勾得谷子青的胃痉挛一样地疼——多久没闻到这么香的肉味了!置身在雾气缭绕中,他有一种强烈的幸福感,这一切让他全身酥软,有种想融化其中酣睡不起的冲动。

三间北房,宽阔敞亮。霍主任继续着激昂的演讲,传到谷子青耳边,声音早已模糊成一团嗡响。他眼睛的余光禁不住地直往门外瞄,这让他感到羞耻。为此他更加局促不安,像个受气的小媳妇,无论别人说什么,只是红着脸应承着,而具体是什么内容,他早已无意辨别。

午饭是从一声清脆的招呼声开始的。周矿长老婆陈菊提着一竹簸箩馒头,人未见声已到,"哎哟喂,一定是霍主任到了,真该死,也没在家沏好茶候着,真是失礼啦。"声音清脆得像清晨窗口的鸟,搅得霍主任心里喝了蜜一样甜。顶着一头雾气和香味,谷子青看清了陈菊的模样,端秀的大脸庞,两条浓密乌黑的发辫交叉盘到头顶,美,一种说不出的异域美。老路捅捅谷子青胳膊肘,附在他耳边说:"蒙古族。"并诡秘地挤了下眼睛。

老路诡秘的举动,无异充满歧义,这让谷子青对眼前这个女人产生了戒备,觉得她的美也含着魅惑。

一人一大碗猪肉粉条。一块骨头落肚,说不出的失落感涌了上来。是肉不好吃?显然不是,是什么呢?谷子青边嚼边想。是感觉,他想,是期待已久的感觉落地后的空茫。

谷子青忽然对周围的一切感到索然无趣,他甚至为自己在等待煮肉过程中所表现出的惴惴不安而羞愧——难道自己竟然抵挡不住一顿食物的诱惑?他对自己产生了怀疑,这种怀疑,不是内省,而是严苛地充斥了自责和懊恼的成分。他情绪更加低落,无视周矿长的不断暗示,兀自把高粱小烧一杯一杯往肚里灌。老路踢踢谷子青,示意他给霍主任敬酒,被霍主任制止了。霍主任认为,谷子青的举止是文人的自由不羁——有多大脾气有多大本事,这证明了自己眼光不错,编剧选对了。

在霍主任的心里,仿佛舞台厚重的帷幕即将拉开,掌声、鲜花以及各种赞美在等待着他。他脸上焕发出兴奋的光彩。谷子青看在眼里,心在一点点下坠,他有种预感,觉得自己就是锅里的肉,未来的一切都是雾气,不管怎样诱人终归要消散,留下一地狼藉的骨头,再也拼凑不出一个完整的自己。他不想这样,但又能怎样呢?他不经意地瞥了一眼霍主任,发现他笑得狡黠,再偷眼看桌下,霍主任的脚已经和陈菊的脚紧紧勾在了一起。

当然,这些事谷子青不会和舒文讲,说不出口。

这一夜,他俩安静地平躺在床上,对不可预知的未来展开各种想象,每一种结局迎来的都是一声轻微叹息。舒文屈着双腿,侧身蜷缩着面向谷子青——从娘带谷仓走了以后,她经常是这样的睡姿,仿佛冷,自己必要抱紧谷子青取暖才成。

"以后怎么办?"黑暗里,舒文问道。

"还能咋样,先这样干着吧。"谷子青沮丧地说,"你在家,万一不行咱也有个落脚的地方。"说着,谷子青胳膊一弯,把舒文搂在了怀里。舒文的手放在小腹上,她忽然感觉自己丰盈得像丰收的九月,饱满、殷实。

有谷子青在,未来还有什么可畏惧的呢?想到这儿,舒文笑了。

第九章

一

对《枣林湾》的回味,并没有惊扰谷仓入睡,他有些失望。"一夜无梦,无异小死一回",谷仓感叹着从初醒的混沌中清醒过来,随后闻到一股韭菜盒子的馨香味道。

他看看身边,爹的铺盖整齐地放在炕角。伸手去撩布门帘,透过缝隙,谷仓看见爹正蹲着往灶口续柴火。燃气灶买了几年了,爹还是喜欢用灶火做饭。爹说,灶火有烟火味。谷仓倒没觉得,什么火不是为了做熟饭菜?要的是高热温度,难道食物还能分辨出什么火?可谷穗也跟着爷爷说灶火蒸的馒头好吃。想到谷穗,谷仓心里就发躁,感觉身子底下热腾腾地难受。窗外依然白雾缭绕,但灼热的炕头让谷仓感觉自己像一块面,被蒸得暄乎乎地发胀。看着爹垂在额前花白的头发,谷仓决定,放在包里的小说稿先不拿出来,他想自己先看完再说——对于眼前这个步履日益蹒跚的老人,他了解得太少了。

谷子青不太会做饭,自己爱吃的几样面食,还是老伴舒文临去世的前几个月逼着他学的,而最拿手的就是韭菜盒子。这时节,韭菜是稀罕物,过年的时候谷子青埋在地窖里一捆,他现在只取了一半,另一半准备留给谷穗——她喜欢吃韭菜饺子。

"协议俺不会签的。"谷仓吃到第二个韭菜盒子的时候，谷子青气冲冲地说道。

谷仓停了一下，继续把盒子塞进嘴里，青绿的菜汁从嘴角流了下来。他看了看爹，用舌头把菜汁舔进嘴里，没有说话。其实他想说，不签也行，自己也没打算真让爹搬家，他知道爹的脾气，如果要搬早就搬城里去了，还用在家翻盖这样一栋房子？但他不想开口，看着爹惴惴不安的样子，他有种报复的快感。为谁报复呢？为娘？但更多的可能是为自己，这个一意孤行倔强的人也有软肋，也有被恐惧折磨得焦躁不安的时候——虽然对亲情而言，存在这样的心理很不道德，但他无法抑制内心挑战权威的酣畅满足感，为此，到了嘴边的话，又咽了下去。

看谷仓神态自若的样子，谷子青很恼火，要放在年轻时候，即便不年轻，即使老伴舒文活着，他也早一巴掌扇过去了。可现在不行，他知道，自己需要谷仓，如果想要留住房子的话。

谷子青感到悲哀，他想起一句老话：人这一辈子，老一次就够了。是啊，比起死，谷子青更怕老，先是身体机能衰弱，再就是人失去了话语权，变得不再重要，家里外面大事小情离自己越来越远。是人愚蠢了？当然不是，而是周围主事的人都是年轻人，少了沟通交流。都说人老了性子好，性子不好还能咋？气死？什么解决不了，还干生气，没意义。看着闷头吃饭的谷仓，谷子青又看了看墙上老伴的照片——她要在，自己会借着老伴和谷仓说话，或者从他们娘俩儿唠嗑里知道点讯息，现在剩下两个男人，唉，屋里一下没了热乎气，气氛总是那么清冷寡淡的。

第二个盒子没吃完，谷子青已经把第三个放进谷仓的碗里。这是谷子青惯用的示好举动。

谷仓心中不忍，说道："爸，你去过其他村或者乡镇吗？不用去家里，就说地里的庄稼，你去看过吗？"

谷子青搞不懂这和拆他的房子有什么关系，瞥了谷仓一眼，没搭腔。

似乎谷仓也没期待他能回答，继续说道："你在地头还看不出来，用航拍看得会很清晰，地界把大片的土地划分成一块一块的格子，有的麦苗茂盛，有的杂草丛生，甚至有的像癞痢头少皮没毛的，看着就可怕。当然，现在比前些年好很多，以前人都出去打工，地成了累赘，没人种，更没人承包，因为谁承包谁就要负责拿公粮，弄得田里一片一片地撂了荒，咱家

第九章

那片林子不就是那时候承包的吗？一年一百块钱，现在再看，和白捡的有啥区别。爸，你别拾掇了，先把锅放在那儿吧，一会儿我刷，你快吃，凉了就不好吃了。后来有了粮食补贴，国家又成立储备库开展收储业务，大家种粮积极性才好了点，但比起其他的产业，种粮总归是不赚钱的，对吧？所以说把地腾出来干点别的不挺好嘛，上马加工产业，村里年轻人在家门前就能打工，还能照顾老人，多好。"

"加工厂随他怎么建，拆俺房子干什么？"谷子青坐下来，语气平和很多。

"工厂要生产产品吧，就咱村的羊肠子路什么车能走？只能修路。我们家门前的路要拓宽，所有临街的院落都要缩进五米，修成两车道的路。"谷仓擦一下沾着菜汁的手指，在桌子上比画着。

谷子青沉默了，陷入思考中。他现在考虑的不是院子被拆，或者工厂进出产品的事，而是本村年轻人打工——如果家里有活，就不用离家百里千里地跑去大城市，把老人孩子丢在家里没人照管。像马古村卖了一辈子豆腐的老朱，孩子在外地打工，自己点卤水，不小心一头栽进豆花池里，五天后才被人发现，想想当时的情景心就打战。

谷子青看看门外，院子缩进五米，刚好到老枣树底下，唉，这个老树怕是保不住了，但他还想再争取一下，便试探地说："这个厂子做啥营生要这么宽的道？这棵树可是你老爷爷亲手种的，是个念想啊。"

谷仓也不由转头看向门外，心里有些疼。他没见过爷爷，更别提老爷爷了，但微妙的血脉传承牵系着他的心。

那是回迁山东后的第一个春节，相比于妹妹谷丰，谷仓对新环境更加叛逆、满腹怨言，但初二祭祖过后，兄妹俩态度发生了大逆转。

那天，天还没亮，娘就把谷仓喊起来，换上新衣服，收拾齐整，让他跟着谷子青去祖坟祭祖。争强好胜的谷丰一看哥哥出门，自己慌忙穿好衣服，不顾娘的劝阻，一路小跑地在后面追。追到通往村外的路上，她看见一群一伙的人扛着长杆，挎着放满烟花、炮仗的竹篮，手里捧着祭香，穿过冬晨缭绕的薄雾，从不同巷子里走出来，在村口汇集在一起，庄重地往村外地里走，偶尔听见远处有二踢脚在半空炸响，便有老人低声催促道："快点走，别让老祖宗等烦了。"于是，人群流动的速度加快起来。

谷丰迈着细碎的步子，边跑边哭边喊，谷子青一行只好停下。"你来干什么？回去。"谷子青呵斥她。

"我也去。"谷丰一歪脑袋，半倔强半撒娇地说。

"俺们去祭祖，不是闹着玩，快回去。"谷子青赶苍蝇一样不耐烦地扬了扬手。他很少用这样的语气对女儿。

"就不。"谷丰拖着哭腔说。

"丫头，快回去吧，你看看哪有女人祭祖的？你呀不是这庄子的人，快长大吧，嫁了人去婆家祭祖。"路过的人调笑道，众人哈哈哄笑起来。

谷丰变得沉默，而十六岁的谷仓仿佛一夜之间长大了，他第一次感到自己要维护这个家的利益以及为家人、家族的荣誉、尊严而战。此刻，他看着那棵树皮斑驳的老枣树，想到自己对父亲进城居住这件事之所以没有坚持，骨子里一定有着某种割舍不掉的故土情结。父子二人在这一刻达成一致，投射在老枣树上的眼神，有着同样的忧伤与惆怅。

"我会想法让他们把树留下。"谷仓收回目光，把最后一口韭菜盒子塞进嘴里，端起桌上的醋碗，一仰头，喝得一干二净。

谷子青知道，自己儿子有着超强的交际能力，用女儿谷丰的话说，"'万能胶'的绰号不是白叫的"。谷子青觉得，这个绰号还是片面，只说明了儿子人缘好，而没有概括出儿子身上的那股子劲。是果敢、决绝或者倔强？他说不清楚，感觉他就像刚出锅的馒头，看着暄暄腾腾人畜无害的淳厚下面，透着踏实担当——2005年粮食体制改革，一千八百名干部职工，他是粮食系统最后一个签离职买断协议的，也是全系统第一个也是唯一可以不买断的中层领导主动签买断协议的人。

领导挽留他，问他为啥，他说，在他负责包片的企业里有位四十几岁的大姐，干了一辈子粮食保管员，没有拿过一粒粮，没有错过一个数字。当她拿着笔在离职协议书上签字的时候，整个身体抖成一团，眼泪豆子一样啪嗒啪嗒往下掉，嘴里一直嘟囔说"我以后怎么办？我该怎么办？""我很明白，任何时代的洪流中裹挟而下的都是泥沙，只有礁石屹立不动，却少有人记得，而恰是泥沙深厚的积淀，才是保证礁石屹立的根基。他们，没有经验，没有资源，更没有启动资金，对于年龄大的人，重新学技术很难，而现在科技日新月异，将逐步实现无纸化电子办公，他们走到社会上只能做最简单的体力劳动。我虽然没有多少资金，但我有经验、资源，更重要的是我有多年粮食经营的经验,当那位大姐和我们粮库的员工找到我,哭着说要跟着我干的时候,我没有选择。"

结果,他领着十几个下岗职工成立了"良友粮食购销站"。

刚开始粮食购销站还好,大家齐心协力,走村入户去收购粮食,谷仓负责外销,由于粮质好,讲信誉,不到一年的时间,已远销到京津冀和东北三省。到了2006年,国家出台小麦最低保护价收购政策,国有粮库收购资金由农发行足额贷款,谷仓购销站为此受到了冲击——他缺少资金,而农民要求现钱交易。

来自同行掺杂着嫉恨的打压在丰收的六月末开始,一直延续到九月底保护价粮收购期结束。谷仓被逼无奈,邀请好友易舟和几个朋友入股,采用股份制形式筹措资金,才勉强收购了六仓两千多吨小麦入库。剩下的时间,他在等待希望,等待来年开春三月,面粉厂麦子库存短缺的时候抛售。

2007年,真是一个里程碑式的年份,股市一跃成为全国妇孺皆知的名词。那一年,上证指数暴涨到六千点以上,一波又一波勇士像乘着钱塘江大潮,在一夜之间叩响了财富之门,也就在这一年,站在股市顶峰的易舟看中了房地产——多年以后,易舟说自己落下了一个毛病,提到2007年心就打战,全身像被喷了冰,从汗毛孔里透着寒气——自2003年北京诞生九亿地王以后,2007年山东出现了过亿地王,他笃定地对谷仓说,未来经济是房地产的天下。易舟看得准,但判断失误了,他认为股市将会与地产成正比增长,却没想到从2007年开始,股市持续下跌,而房价一路飘红,沉在股市里的资金被一路套牢,根本没有解套的机会。

根据国家政策,易舟三年下海经商期限已满,必须回单位任职,而此时,股市已跌破三千点。他找到谷仓,说要把所有的基金、股票兑现出市。理由是,房价将持续走高,而股市必将在低位持续徘徊,至于何时再涨,涨到什么程度,用他的话说,人不可能吹出一模一样的肥皂泡。

谷仓知道,易舟商量的目的是要抽回入股资金。此时粮油购销站也陷入了困境,周转资金短缺,效益持续萎缩,人性的弱点在利益面前暴露无遗,短秤、亏库、掺沙子等等老毛病都出现了。谷仓开始还动之以情地打感情牌,后来他伤心绝望了,和易舟一商量,把良友购销站转给粮食贩子周军,自己和易舟坐在粮仓前面的水泥晒场喝了一夜的酒,分别骂了一句"狗日的股市"和"狗日的粮食"以后,抽回资金,成立商砼厂,投身房地产建筑业。只是从那以后，谷仓的心肠变硬了，整天冷着脸，小眼睛凉得像冰，看不出一点秘密。

谷仓把目光从老枣树上移了回来，说道："厂子是我同学兆泓引来的。"说完，抬眼疑惑地问谷子青，"你不认识了？就是和人打仗用砖砸坏对方眼睛的那个。"

谷子青使劲回忆，还是没想起来，因为谷仓的朋友实在太多了。

谷仓看到了谷子青迷茫的眼神，不解释也不追问，继续说："他们准备在这儿建个塑化加工厂，我和他说说管用，其实最早兆泓看中了你那片林子，和我商量我给否了，人家给我面子，咱也要给人家面子，这个拆迁协议的手续还是要按流程走完，并且你还要带头签。"说完，他从卧室包里拿出两张纸放在方桌上。

谷子青视力不好，但还是看了。

"赔偿一万。赔偿款您要用不着就拿给小丰吧。"谷仓说。

"咋？她着急用钱？出啥事了？"谷子青着急地问，"你妹从过年就回家一趟，俺这心里一直不安生，她咋啦？"

"没事，老师的活儿还不就是那样，从早到晚哪有一点闲空儿，我是觉得她日子挺紧巴，孩子又刚上初中，用钱的地方多。我想给，又怕陈浩嘟囔，你又不是不知道，别看陈浩长得五大三粗的，心眼比针尖还小。"谷仓说。

谷子青点了点头，心里有些怅然，女儿谷丰打小性格爽直，嫁的男人却是一个"事儿妈"，平时闷声不说话，开口就是指责抱怨，不知是出于嫉妒还是什么心理，尤其对谷仓是一肚子不满意，导致谷丰也跟着变得畏首畏尾，处事像个揪着心的小媳妇，和哥哥也越来越疏远。

谷子青不知道，谷仓让这个项目落户枣林湾也是因为妹夫陈浩。想到妹妹，谷仓心里隐隐作痛，他使劲整理两下头发，露出几丝醒目的白发。谷子青看在眼里，暗暗心疼，儿子也是四十多岁的人啦，在那一刻，他所有的怨怼一下消散了，拿起笔，毫不犹豫地在协议书空白处签下自己的名字。

二

拿着协议，谷仓沿村前惠河边往宝东家走。河边的枯树散发出苦涩的气息，还夹杂了许多其他的气味。谷仓把霜打的枯草、吹落的枯枝、冰冷的潮气和发白的晨雾混合而成的浓香，贪婪地吸进肺里。脚下踩着在寒夜中变硬的车辙，他第一次感受到鲁北平原寂静空旷的美，远处，惠河上空白云缭绕，高筑的堤坝若隐若现，像两条蛟龙在穿云越雾，嬉戏飞舞。据说在古时，此地景致曾有"渔歌唱晚、龙岗晴岚"的美誉，谷仓想，其实现在景色也好，只是人们疲于生活，欣赏景致的心淡了，或者根本失去了欣赏美的能力。

人啊，活着为了啥嘛！唉。谷仓感慨着。不知怎么，从今年开始他忽然有种沉重感，睁开眼，就像上紧弦的发条，为老的、少的几十口人的生计忙活，等到自己累了，满世界却找不到一个可以依附的人。想着，他摸摸上衣胸口处，那里有个内兜，里面放着一个小小的葫芦形药瓶——速效救心丸。

谷仓心脏没事，偶尔心脏早搏速度快，也是因为酒拼得太厉害的缘故。可妹妹谷丰看到同事在学校跑早操猝死以后，立刻请假买了一瓶速效救心丸，风风火火地给谷仓送到公司，蛮横地说，必须每天带着。谷仓问为啥，她理直气壮地抛出一个让人啼笑皆非的理由：他和她死去的同事同年。谷仓疼这个妹妹，也爱逗她，便故意沉着脸说不吉利，这是在咒他。没想到谷丰竟抽抽搭搭地哭起来，像他真有什么病一样。七年过去了，每一年谷丰都会给哥哥买一瓶新药——她怕药效过期。

这瓶药是三个月前买的。当时谷仓开车在路边找停车位，看见一个女的弓着腰，裹着肥大的黑色羽绒服在前面缓慢蠕动。他很急，不耐烦地按了两下喇叭，那女人一回头，谷仓惊住了，脚下猛地一踩刹车，胸口砰地撞到方向盘上——那女人居然是谷丰，一个春节假期，她仿佛被雪藏在地窖里，浑身灰蒙蒙的，表情呆滞，小脸枯黄干瘦。

谷仓跳下车，一把扯过她问："咋啦？瘦成这样。"

谷丰神情恍惚，使劲眨眨眼，脸上有了点神采，咧咧嘴敷衍地笑了，说："没事，我在减肥呢哥。"

"真的？"谷仓满眼疑惑。

"嗯，现在不都流行骨感美嘛。"谷丰笑得很疲惫。

谷仓从包里掏出八百元钱塞给她，指着路边一个服饰店说："去，先买两件合体的衣服，穿的什么呀这是，能装下你俩。以后别瞎减肥，瘦得像吃不饱的受气包。"

谷丰拿过钱，转身呼呼往对面药店跑。过了一会儿，她又匆匆跑了回来，手里拿着速效救心丸，低着头闪躲着哥哥的目光，抓过谷仓的衣服，塞进他衣兜里，再看眼睛，红红的，显然刚刚哭过。不知是被刚才方向盘撞的还是怎的，谷仓胸口很闷，眼圈忍不住泛潮。他怕自己控制不住，故意粗声粗气地斥责妹妹："不许再减肥，马上给我胖起来，去，马上去买身衣服，看你这个样子，真给我丢人。"说完迅速钻进车里。

车重新启动，从后视镜里，谷仓看见妹妹缓慢地蹲下身，把脸整个埋在了手心里。谷仓的心，被针扎一样疼。

"你这样做值得吗？"宝东说着，打开柜门拿小罐茶。茶是当初谷仓拿来的，有求宝东帮忙的意思。宝东曾坚辞不收，由衷地不想要——自己可以说是看着谷丰长大的，和自己妹妹没有什么区别，遇到这样糟心的事心疼得不行，咋还能收东西呢。

"过两天好日子就作妖，这种人，依我年轻时候的脾气，早提着棍子敲折他一条腿，要不找个劁猪的？"滚烫的水冲进壶里，宝东随手撕片卫生纸开始擦杯子。

"什么破主意。还劁了？还是把他拢在身边好些，再者，也是帮帮他，这些年在仕途上没有什么发展和晋升的希望，可能心里憋屈才从外面找慰藉。"谷仓说。

"你确定他来跟这个项目？"宝东问。

"确定。我和赵书记沟通了，这是企业落户村里的条件之一。条件之二就是修路，我来负责，也算为乡亲们办点好事。"谷仓沉吟了一下，说，"那个女孩需要有人去谈一下，我不想把窗户纸捅破，还是要保全陈浩和我妹的脸面，尤其是孩子，刚上中学，知道了怕影响学业。"谷仓说。

第九章

"交给我吧,我想办法。她还在原来那个花溪售楼处吧?"宝东话没说完,他媳妇走了进来,冲谷仓敷衍一笑,忙追问宝东,"什么售楼处?你说谁在售楼处?"

"说谁你认识吗?"宝东瞥了谷仓一眼,色厉内荏地说,"我们说原来乡镇包片的老黄,内退了去售楼处打工了。"

"老黄啊,嘿嘿,我还以为说女的呢,你们坐啊,你们坐。"宝东媳妇嘿嘿笑着,从里屋拿着一盒麻将走了出去。

"还打麻将?"谷仓问。

"管不了哇,讲起道理一套一套的,说跟着我跑到这穷乡僻壤的农村,再不玩麻将日子就没法过了。唉,女人嘛,总要有点事牵着。"宝东无奈地说。

"行,那我安排人这几天就动工,你也催着临街的几户早些把协议签了。"谷仓说着,站起身。

"再喝口水吧。"宝东也跟着站起来。

谷仓端起茶杯,对着宝东示意,说:"那个女孩的事多费心,拜托啦。"说着,将茶一饮而尽。

事情进展得比想象中迅速,小麦抽穗的时候,村西头开始搭建钢架工棚,等到小麦灌浆月季花开,谷子青家的新院墙已经搭好了。路并没有像谷仓说的那样往外延,而是把那棵老枣树向北平移了两米,刚好在南墙根下。

谷仓说移树的时候,谷子青以为是使用挖掘机把树连根挖起,移栽在新的地方,没想到是在院里挖了一条深沟,里面铺置与树根同宽的钢轨,用液压机牵动包裹好的老枣树根,平移到院里。

那天很热闹,村里人当新鲜事瞧,家里人也借此机会聚聚。谷丰像渲染了一身春色,脸色红润,也胖了一些,只是本性的锋芒不见了,人变得沉默忧伤,对谁都报以怯生生谦卑的笑,好像自己做错了什么,看着让人心疼。

"小丰怎么了?看着怎么像变了一个人。"谷仓从屋里走过,他媳妇端着蒜白子凑过来说。

"谁知道,许是单位事多累吧,你多宽慰宽慰她。"谷仓走过去,又回头嘱咐道,"你多干点活,她上班很累了,让她多歇歇。"

"知道啦。"谷仓媳妇故意噘着嘴逗他,然后又小声嘀咕,"哼,她累我不累啊,好像我不上班白吃饭一样。"见谷仓佯怒的样子,忙嗔笑着说,"知道啦,知道啦,快去吧。"说完,转身进了厨房,看谷丰在切肉馅,便凑过去亲密地说,"嗨,她小姑,小脸红扑扑的,挺滋润啊,也不像你哥说的你工作多累啊。"

"嫂子,"谷丰不好意思地喊了一声,辩解道,"什么滋润不滋润的,陈浩每天盯在这里,忙得回家的空都没有。"

"也是,看她姑父是真瘦了不少,人也变得沉稳多了。"

"嗯。"谷丰附和着,随后又说,"其实人吧,都是心累,有人说,人一生最持久的战争,就是和自己较劲。取舍之间都是痛苦,反不如放下,无论什么结局,只要自己心里接受认可,就坦然面对现实。"她笑了一下,说,"最熬人的不是最坏的结果,而是权衡的过程。"

"哎哟她小姑,你说的怎么像出家人,满口参禅悟道的箴言偈语,受啥刺激啦?"她继续调笑着。

"不理你了,就知道编排人,快切菜吧,小心一会儿我哥训你。"

"哼,我怕他?那是给他面子。"

"到家再说。"两人异口同声地说道,然后相视哈哈大笑。

中午蒸的茄子肉包子。谷仓让宝东领着工人去镇上饭馆吃饭。不到一个小时的空儿,宝东又回来了,抓起两个包子拉着谷仓就往外走。

宝东显然饿急了,刚来到巷子口拐角,咬了一大口包子,瞅瞅四下没人,压低声音说:"坏啦坏啦,我遇到田川啦。"他见谷仓面无表情,继续说道,"你忘了那个女孩吗?跟你妹夫陈浩的那个小米,我说交给我,其实我说给田川了,你知道的,田川这家伙长得魁梧帅气,嘴又巧,又有钱,打小就有女人缘。其实,我只是露了点意思,寻思他和女人好沟通,让他劝劝那个女孩和陈浩断了,谁知道他去根本没提陈浩,去售楼处看了两栋别墅,结果别墅没买,被那个叫小米的女孩黏上啦,整天追着田川打电话发信息。刚才田川说,那个女孩追到煤场去了,他只好躲出来。可这也不是办法啊,万一让他媳妇知道了,还不把他给剁了。你忘了,几年前他帮女同学运东西回来晚了,他媳妇抬手就是一菜刀,擦着耳朵过去的,肩膀现在还留道疤呢。看他吓的,还真不是撒谎的样儿。"

第九章

谷仓挺意外，最近一直拉着陈浩修路、落实项目，看陈浩失魂落魄的神色，应该是和那女孩断了，但他没想到会牵扯上田川。

"他秉性犯桃花，我们能怎么办？"谷仓装作心不在焉地说。

"你不能这么说，总归是因为谷丰才接触那个女孩的呀，咱不能不讲道理。"宝东有点急。

"那你说，这男欢女爱你情我愿的事，我能怎么办？"谷仓笑了。

"你推得倒是干净，这叫什么？转移，嫁祸。"宝东突然扑哧一下笑了，说，"你还别说，摆脱这种事对田川倒也没什么难度，不过他提出一个条件，要参与塑化厂经营，参股做副总都行。"

谷仓惊讶地问："为什么呀？煤场他不干了？"

看谷仓的表情，宝东也很意外，问道："你不看新闻啊？现在新闻、网络最热的是啥？空气污染啊，北京的钢厂都外迁了，田川估摸的也许没错，他家的煤场没准哪天就不让干了。"

"空气治理是早晚的事，但不让烧煤不可能吧？冬天取暖咋整？还有，要真是那样，塑化厂也有污染，不是更不能经营嘛。"谷仓对宝东的说法并不认同。

"嘿，"宝东乐了，笑着说，"你俩还真是冤家，他一猜你就会这么说。他说如果你不同意他去塑化厂，就和你搭伙做生意。"

"和我？什么生意？"谷仓问道。

"承包土地，做粮食种植产业公司。我也很纳闷，谁不知道种粮食利润小、周期长，他这么精明的人怎么会想起做农业？不过他说了，如果你不答应，就把我找他的事告诉陈浩，那个女孩可把什么事都和他说了。"宝东忧心忡忡地说，"我倒没啥，大不了陈浩不搭理我，工作配合上给找点别扭，就怕他把气撒到谷丰身上，女人摊到这种事难保出啥事。你说呢？"

谷仓没说话，表情凝重，仰着脸盯伸出墙外的槐树枝条上的叶子，一会儿，脚下堆满星星点点的绿。他双手交叉抱在胸前，沉默着。忽然，他用手指指自家院落，说："谁不知道两个老爷子有过节，就是我愿意，他们也不会同意啊。"

"我也是这样和他说，可田川说，冤家宜解不宜结，反正他家老爷子没问题。说到底，他爸管不了他是真的。"宝东开始咬第二个包子。

"这样吧，你先答应他，但有个前提，让他找各家各户商量承租土地的事，凭我的猜想，这家伙不是真想种地搞农业，他背后一定有什么想法。先把这事拖下来，等陈浩彻底把这事放下了，就是那个女孩再纠缠，陈浩认清女孩朝三暮四的本性，对家庭稳定也不会有多大影响。"谷仓说。

"行。我觉得他拉上你，就是自己资金不足。先让他签吧，凭他爹的信誉，签承租协议就能拖几个月。"宝东说。

"路修好了，这几天塑化厂开始进料营业，据说塑化生产气味比较大，你多盯着他后期污水处理，虽说里面没有我的股份，终归是我牵线来的，要对得起老庄乡啊。"

"放心吧。"宝东说完，顿了一下，说道，"你和老爷子一样，做人，没得挑。"

"嗨，人过留名雁过留声，活一辈子总不能落个让人戳脊梁骨吧，就是死了，后辈都嫌丢人绕着坟走，没意思啦。"谷仓说完，两人不约而同看向村南的那片槐树林西边的土丘。

土丘不很高，也不很大，那是几十年前惠河清淤留下的，上面杂草丛生、灌木林立，时常有蛇、獾子从里面蹿出来，唬得人一怔。等回过神来，魂已掉了一半，煞白着脸，轻着身子晕乎乎地飘回家，睡上三天三夜才能清醒过来。据说前些年有个走夜路的人在此经过，围着土丘整整转了一夜。天亮以后，被人发现倒在灌木丛里，四肢疯狂扑腾，像快要溺亡在水里一样绝望地大声喊着："呛死人啦，哎呀，水来啦漫过河堤啦，房子塌了快跑啊，别拽我，快跑啊。"哪里有人拽他，不过是衣服下摆挂在灌木枝上，轻轻一扯就能断开，后来他家里人把他强绑到车上拉走了。

村里老人偷偷说，那人说话的声音、语气和田生爹一模一样——田生爹就埋在那儿。

第十章

一

　　田生和谷子青的友谊，从他和田禾结婚开始已经宣告彻底结束。但谷子青心里没有太大波澜，甚至毫不悲伤，只能称之为惊愕，或者一种有气无力的感伤，当他站在一片狼藉的宿舍中央，他为没有连累田禾与自己受苦而感到某种慰藉。从那以后，他习惯把一切悲喜都交给时间——没有什么时间带不走的，无论曾经多么刻骨铭心。

　　老路已经找人把屋里存放的器材工具搬走，只留下前任屋主人居家的零碎儿散落一地。墙上挂有一张泛黄的单人黑白老照片，显然曾经一直被什么东西遮挡着，没有沾染太多尘土，崭新如初。

　　谷子青确信不认识照片上的人，但却有某种亲切的熟悉感，让自己不由自主地走近它。谷子青专注地望着他的眼睛，心里说，在这个人的目光深处似乎还有另一个化身，可以看到藏在他心中的思想，对爱人的眷恋和燃烧的欲望。可突然之间，这个人消失了，只剩下犄角旮旯里堆放的一些书籍、笔记残页和画报图片，以及隐在这背后的秘密。谷子青不是好奇的人，但他还是细致地捡起与照片上这个人有关的一切东西，抚平褶皱，保存起来。他有种预感，这个人某天会以某种无法预知的方式前来与自己见面。

在太阳落山之前，小屋终于被收拾干净。按霍主任吩咐，谷子青晚上照例去周矿长家吃饭。走进院子，看见老路在厨房忙着褪鸡毛、洗土豆，周矿长爱人在餐桌旁边，正抱着一罐子黄豆酱往碟子里倒，准备拌凉菜和蘸葱用。

吃饭的还是上次几个人，菜以小鸡炖山蘑为主，搭配辣椒炝白菜心、咸黄豆粒和大葱蘸酱。霍主任举着半盏高粱小烧说："来来来，第一杯，我们预祝小谷写作顺利。"

大家齐声附和着，预祝成功，圆满成功。

谷子青轻呷了一口酒，放下酒杯，满腹心事地说："霍主任，周矿长，很感谢你们信任俺，但俺真的没有底，这不是推脱，首先对矿区工作不了解，再者俺对矿区的人也不了解，俺怎么写？没人物支撑，剧本怎么立得住嘛。"

"你看，这就是内行人说的话。"霍主任用筷子点着谷子青，对周矿长说。

"是是是。"周矿长连声应着，转而对谷子青说，"怎么可能没人物可树呢，你这句话就反动，摆在眼前就一位。"他用手一指霍主任，说，"霍主任从省城下到矿区，就是深入支持群众工作，就是摆在眼前的落实践行中央路线精神的先锋模范啊。"

谷子青知道这话的严重性，忙低下头不再说话。

"哎，别乱扣帽子啊，看把小谷吓着。"霍主任佯做愠色地对周矿长说，"我还用树吗？要树基层典型，他们是典型是模范，不也证明我们工作做得彻底吗？"他转头对谷子青又说，"你说的我考虑到了，这样，我们几个领导都在这儿，就给你一个特权，人员、地点随意采访，工作时间不限，但你要在三个月内把稿子拿出来。好吧？"

"三个月？"谷子青没想到这么快，脱口问道。

"对，三个月。"霍主任语气坚定地说。

这一天谷子青心情极其暗淡。他躺在床上，尘土浓郁的腥味让人烦闷，虽然洒了两遍水，依然无法去掉累年积尘特有的潮霉味。为了呼吸顺畅，他坐了起来，透过窗子，衬着灰蒙蒙的夜空，一株相当鲜明的大枣树出现了，它沉甸甸地垂下被雨打湿的叶子，在雾霭中微微摇曳——那是老家院子里的树。谷子青忽然发现，人一生看似艰难，其实不过是几个节点的选择而已。他觉得现在就是关键的节点，他明确知道这很重要，却不知如何走下去。想要面面俱到处处保全是不可能的，就像人们都知道生活跌宕艰辛，依然为新生命的到来而心生欢喜，全然忘了被大风裹挟而落的叶子与枝蔓分离时的痛苦。

谷子青想起怀孕的舒文，心里更加焦躁不安。生活资料越来越匮乏，这次回家看舒文用黄豆酱和盐熬制酱油，心里很不是滋味。肥皂早已没有了，舒文每次洗头只湿着指头蘸一点碱面，头发干燥蓬乱，有次居然摸出个肥虱子，舒文看着它在手指尖蠕动，惊恐地望着谷子青不知所措——谷子青让她用猪油熬一块肥皂用，她就是舍不得。

矿里应该配发劳保用品吧？谷子青责怪自己脸面薄，居然没问。可怎么写呢？他打开灯，随手拿起枕边的散章——白天整理的前任屋主人残缺的笔记，上面写着：

按照当前的理解，历史是从夏商开始的，一部《史记》就是依据。那么历史又是什么呢？历史就是要确定世世代代关于死亡或消逝的解释，以及对如何战胜它的探索。为了这个，人类发明了乐器——编钟，因为缺乏一定的热情是无法朝着战胜死亡前进的，它需要精神的储备。对亲人的爱，也是生命力的高级表现形式，它充满人心，使人不断寻求着出路。又比如，作为一个人必不可少的两个组成部分：个性自由和视生命为牺牲的观点。从这个意义上讲，远古是没有历史的，商纣的暴虐和可耻的淫乱，只说明了人具有动物性，验证了奴隶制愚蠢的忠诚，而人性的良善像粘在烙柱上的人皮，被丢在历史里风化成粉尘，存续在永恒的宇宙中。广阔的空间和漫长的时间拼成一个完美的十字架，当然这与宗教无关，我们站在相交的节点上终老于自己的历史，死于辛勤的劳作，死于为之献身的事业。

但愿我心中的黑暗等同于光线照亮的整个夜晚。

散页上写得洋洋洒洒，谷子青看得似懂非懂。困意袭来，谷子青倒头就睡，在陷入深度睡眠之前，他对这一摞单薄而残缺的纸张充满感激。

二

  三个月期限，像锁链套在谷子青脖子上，让他焦虑。

  大清早，他便起床，独自走在矿区的路上。他四处张望，微张着口，准备随时向人请教。可惜的是，偌大的矿区空荡荡的，没有人，机器停滞，小山一样的煤堆落了一层灰。在煤堆不起眼的角落有几个崭新缺口，显然是住在附近的人家偷煤导致的。他仰头对着挂了一层白霜的老杨树做了几个深呼吸，清冷的空气忽地钻进喉咙，落进空荡荡的心里。

  原来忙碌喧嚣的情景哪去了？谷子青充满疑惑。

  哐啷哐啷。隐约有机械摩擦的声音。谷子青连忙闻声寻找。

  声音是从矸石山南面的井道里传来的。他守在井口，过了一会儿，一列破旧的载煤小火车哐啷哐啷驶了出来。开小火车的人看到谷子青也吓了一跳，一拉车闸，小火车停了下来。

  "你来干啥？"那人探出半个身子问道。他穿着一身脏兮兮的靛蓝色帆布工作服，一脸煤黑，看不清模样，好在有一双猫头鹰一样的大眼睛，神经质似的声音里明显充满敌意和戒备。

  "俺随便溜达溜达。"谷子青原本想迎上前，现在停住脚步，谨慎回答。

  "看着也不像矿区的人，你是干啥的？"他追问道。

  "俺不干啥，就是瞎逛，听到这里有动静就过来看看。"谷子青觉得，如果不赶紧解释清楚，那人很可能会伸出一只拳头，狠狠地砸向自己。

  那人盯视着谷子青好一会儿，相信了谷子青，绷紧的肩颈放松下来，他放下手刹，小火车又哐啷哐啷地走起来。

  "喂，你等一下。"见那人要走，谷子青忙在旁边追赶着喊，"俺问一下，这里的人呢？这么大的矿区，俺怎么看不到人，不是都下井了吧？"

  "你见人干什么？找人吗？"那人大声说着，小火车继续哐啷哐啷往前开。

  "俺是来写剧本的，没人怎么找典型，怎么写啊？"谷子青已经被甩到第二节敞篷车厢后。火车颠簸，不时有煤块从车厢上掉出来。

第十章

谷子青小跑起来,他不想放弃,他觉得这不仅是单纯偶遇,更是一种象征,自己未来生活的象征。他从没像现在这样执拗,他想起了娘,想起儿子谷仓扒着火车车窗哇哇的哭声,想起舒文隆起的肚子,为了他们,自己已经选择对生活妥协,而妥协的背后,就要倚靠自己的不妥协来支撑,他不能放弃,他奔跑起来,仿佛在追逐着工资背后的花布、白面、坐月子的红糖和鸡蛋。

哐当当,又是一阵急刹车,因着惯性,后面一节一节车厢接连撞击在一起。那人跳下小火车,叉着腰站在路基边,等待着气喘吁吁奔跑而来的谷子青。

走近了谷子青才发现,那人上身长,实际身高没有坐姿那样高大。等到近前,谷子青故意躬了下腰身,以避免俯视给对方带来的不快。

"老话说,无利不起早,你这么没命地追到底想干啥呢?"那人问道。

"这,这,这是,这是俺的工作。找不到,找不到人,俺完不成任务。"谷子青呼哧呼哧大口喘息着说。

"你的任务是写剧本?"显然他听到了谷子青刚才喊的话。

谷子青点了点头。

"老霍交代的?"他对霍主任并不太尊敬的称呼让谷子青有些诧异。

"典型?树谁?你看看这像坟场子一样连个人毛都没有的地方,还想树典型?"他气呼呼地说完,停了一会儿,好像在给谷子青喘息休息的时间。

谷子青心想,没有人毛?那你是啥?

那人语气缓和些,继续说:"今天开群众大会了,人都在会场,矿区里你找不到别人啦。你一定会问,我为啥不去。因为我们井长是老叶,你不认识?全矿区没有不知道他的,人好,心眼儿实,脑筋活络,你看这井口了吧?别的矿像这样的斜井都是人工推车皮,你想,冒尖的煤压在车皮上该有多沉,推起来多累人,可一般小火车动力不足,爬不上斜坡,嗨,他就有法子,加用绞轮,一下就省了大力了,产量也上来啦。"他顿了一下,继续说,"现在可好,上面号召抓革命促生产,到了实际上,大家都借着'抓革命'的由头偷懒,哪还有几个人想生产的事。你看那片煤山了吗?"他用手指了指西南方向,那里有两座闪着黑晶石一样光泽的煤山。这是本地特有的优质煤,易燃,热量高,但很难发现和挖掘。他继续说:"那些煤今晚一汽就来人运走,别人抢都抢不上,物资太短缺啦。老叶说,革命要抓，生产也绝不能停。也是，马上就立冬啦，这天放在往年，矿区哪家不早点上炉子准备猫个暖和和的冬，可煤区都不产煤冬天点啥取暖？你说是不？"

谷子青在听到"绞轮"两个字的时候，忽然想起了父亲，想起父亲在水塘里架起的水车。他感觉沉闷的心裂开了一道缝隙，阳光穿透红绒衣而入——父亲说过，无论什么时代、什么境遇，人心还是向善的，只有正义的，才是经得起时间检验的——他有种预感，老叶就是他要找的典型，并且从对方的语气来看，采访到老叶不是件困难的事。但想到刚才自己的狼狈样子，谷子青动了小心思，不动声色地说："你说的有点道理，但上级要求也要执行啊，革命思想不端正，生产干劲就不足，还有，老叶是你的井长，难免会偏心袒护，别人未必这样认为。"

"你……咳咳。"那人个子小，却是个急脾气，对谷子青的质疑很气恼，但又不知如何反驳，气得猛地咳嗽了两下，呸，一口混合着煤渣的黑痰被啐到地上。仿佛那口浓痰熄灭了怒火，他平静地说："你不是不信吗？老叶就在会场，我现在就带你去。"说着，紧走两步，一抬腿跳上小火车。

小火车只有一个位置，谷子青看看后面堆满煤的车厢，不知自己该坐在哪儿。还跑？他是不干的。

那人看看谷子青，一耸鼻子，把屁股往一边挪了挪，头一摆，用一副自得的神情示意谷子青坐在旁边。

"我叫袁开春，正月生的，我妈说生我的时候家里已经断顿好几天了，一家人都盼着早点开春，泥土解冻，好耕田点种子。你呢，你叫啥？"他问道。

谷子青回答道："俺叫谷子青。你说的老叶叫啥？"

"他叫叶子厚。我先把小火车停到煤场。"他说。

"叶子厚，叶子厚。"谷子青喃喃自语，感觉他的名字不是用嘴说出来的，而是随着小火车的颠簸，配合着呼吸节奏从心里跳出来的。

会场位于矿区正南，一座典型的中国北方建筑。没有多余的设计，就是一个规规整整的长方体，中间起屋脊，红色瓦当，两扇绛红色大木门，木门上方正中位置雕刻着一枚鲜红的五角星，会场西墙临近主席台位置，有一道只容一人进出的窄门，旁边是几个一尺见方的大字，写着"堵不住资本主义的路，迈不开社会主义的步"；"无产阶级大革命，促进思想革命

第十章

化",整个建筑除了比民居房更长、更宽、更高以外,再没什么特别之处。

没等走近,谷子青已感到一股热烈沸腾的燥热,这让他感到莫名的恐惧。谷子青看看开春漆黑的脸,看不出表情,但他的步速在放缓,距离会场大门不足百米的时候,隐约听到里面传来厉声的训斥和海啸一样整齐划一的口号声。

"我去洗把脸。"开春说完,不等谷子青回答已经转身跑开了。

谷子青站在空地上,看着会场,又看着开春奔跑的背影,一时不知所措起来。

谷子青想,对生活的唯一支撑就是我已无路可退。他盯着紧闭的绛红色木门,像盯视着觊觎已久的猎物,一步一步走近。嘈杂的声音越来越大,训斥的内容越来越清晰,前面是八级台阶,他不确定自己是否有勇气踏上它,并去推开那扇厚重的大门。他怕了,他从未这么恐惧过,他不知门里是怎样的世界,迎接他的又是什么。我该怎么办?谷子青内心忐忑起来。

咚咚咚。急促奔跑的脚步声。

谷子青的心都要兴奋地跳出来——自己终于可以有放弃的理由了。他忙回头,是一个俊秀的年轻人。

"走啊。"他见谷子青愣怔不动,扯着他袖子说。是开春?谷子青一怔,其实自己本可以凭着衣服认出他,真没想到他竟然长得这么清秀。

人天性对美存有好感,无论是同性还是异性。谷子青轻松地拍着开春的肩膀,毫不掩饰内心的惊喜说:"原来是你啊,没想到还是个小生,俺还以为你是黑脸李逵呢。哈哈。"

开春领着谷子青走向通往后台的侧门。他先打开一道缝,人体的热浪和扩音器刺耳的杂音扑面而来,谷子青感到头皮发紧,耳鼓肿胀,忙跟着开春站在金丝绒帷幕后面。

透过帷幕,谷子青看到台下乌泱泱的一群人,他们挥舞着手臂,情绪激昂。再看台上,一个人高高地站在凳子上,凳子下面摞着椅子,椅子放在桌子上,围着桌子的是几个男人,其中一个拿着扩音器,正激愤地训话。谷子青听不清他说的内容,强烈的耳鸣让他的头有种撕裂的痛。忽然,一个年轻人抬起脚,朝着桌子上的椅子狠狠踹过去,站在上面的人扑通摔倒在地上。全场一片哄笑。谷子青惊呆了。他看看开春,开春也正咧着大嘴哈哈大笑。

不能被疯狂的氛围感染,必须要离开这里。谷子青对自己说。

"那就是老叶,叶子厚。"开春捶了一下谷子青的胳膊。谷子青仔细看,原来在台侧还站着一排人,胸前挂着木牌,其中一个写着"叶子厚"。

"他为什么也挨批斗?"谷子青很诧异地问。

开春不以为然地回道:"他是陪斗的,要净化思想就要挨斗。"

"站上去。"这时,扩音器里传来犀利的训斥。跌下来的那个人浑身颤抖着站起来,带着满脸血迹,艰难地往桌子上爬。

"老叶人好,就不会这样对他。"开春说着,再转回头,已经不见了谷子青的身影,只剩下一道白光从侧门敞开的缝隙里流进来。

很久以后的一个夜里,谷子青随手翻开那本残章,看到其中有一段话,让他郁郁不得解的心结豁然开朗:

恶的化身未必是狂魔,如果缺乏思考能力和判断力,每一个普通人都可能成为恶的代言人,这就是"平庸的恶",它造成的灾难可能要比纯粹的恶还要严重。唯有保持辨别善恶的能力,坚持倾听内心的道德律令,个体才有可能抵御这种恶。思考需要很大的能力和勇气,比如,当你做出的判断与大多数人的想法相抵触,你如何继续思考下去?这会造成道德和意志的极大负担。

表达力的匮乏恰恰与思考力的缺失密不可分。

如何才能避免陷入集体之恶?这个问题很难回答,大致有道德内因和外因两个方面,重点在前者。一方面坚持知善行善的原则,另一方面也了解知善并不足以行善的现实。欲知善行善就需保持判断和行动的极大独立性。

当恶行的链条足够长,长到看不到链条全貌时,每个环节的人都有理由觉得自己很无辜。

三

剧本写得很顺利,叶子厚用最恰当最准确的表述方式讲述自己的事迹,以至于谷子青怀疑在自己提问之前,叶子厚已经提前打好腹稿,而自己只

第十章

需要记录下来。直到有天，两人谈到剧本公演后对叶子厚的影响，他毫不掩饰内心的激动，深情地说："人一生能有多少次站在时代转折的关键时刻？我能有幸参与其中，并为某一领域起到一点点推动作用，我就死而无憾了。我信奉一句话，就是不要问人民给了你什么，而要想自己做了什么。我把它记在心里，无论对人民、工作还是与人相处，都用这一条来衡量。"

如果没有看到会场那一幕，谷子青会被这番话感动到流泪，但现在听了，他想到的唯一的词就是"虚伪"，尤其是看到叶子厚挂着满脸谦卑的笑从霍主任办公室出来，谷子青更加确信自己的判断准确。

不过，虚伪也好，城府也罢，并不妨碍谷子青文思泉涌。这是工作，是工资，并且它已经变成小花褥子、甜菜种子以及汇给娘的全国粮票。这已经足够了。更何况他在这儿找到了开春这样的伙伴。

信任是敞开胸怀的钥匙，谷子青把对申科的感情寄托在了开春身上。

有人总是有着异于常人的天赋，开春就有着一张与年龄毫不相称的油滑的嘴，凭着这张嘴，从下井口那天就从没干过挖煤的苦力。不是他懒，是他脑子转得快，嘴更快。从他到了叶子厚的井队，全队从未出现矿灯电量不足，或者洗澡断热水的事，就连分冬储大白菜，他也能哄得物资处的大姐多给几棵。按说这样的小伙子挺招人喜欢，但他却一直单着，一提给他说媳妇，头像拨浪鼓一样摇，问他为啥，脸憋得通红，说不出个子丑寅卯来。众人闲了聚在一起，总会有人开玩笑说："春，这儿有毛病吧？"说着，一只手作势往他裆下探。开春连忙闪过，指着开玩笑的人笑嘻嘻地说："要不我和嫂子试试？"众人哄地大笑起来，开玩笑的人反臊得满脸通红。

和开春开玩笑，讨不到嘴上的便宜。

这天下午谷子青在屋里，正琢磨着怎么对叶子厚的形象再拔高，开春突然脸色青白，气喘吁吁地跑进门，一屁股坐到床上，喘着粗气说："太虎啦，这哪是女人，一句话不合心思，抡起扁担就往人头上削。"

"谁啊？还是那个老姑娘？"谷子青倒了杯水递给开春，笑着说："你也没娶媳妇，人家又对你痴心一片，干脆娶了算了。"

老姑娘是下乡的知青，叫安冉，是十里八乡女知青里的"元老"。半个月前，矿区食堂老王病了，安冉领着人来送菜，老王闲着没事，顺口问了句："结婚了没啊？没结我给你介绍一个。"也巧了，开春刚好进门，老王便指着开春说："他行不？"开春听了下句没听上句，油嘴滑舌的毛病上来了，天南地北一顿胡扯，没想到把安冉真说动了心思，一心要嫁给工人老大哥，吓得开春像只老鼠东躲西藏。

  安冉在军管农场，负责"社会主义大集"物资调配，是多少人梦寐以求的肥差。不知是权力膨胀造成的，还是本性就如此，她的性格尤其刚烈跋扈，下班就来矿区堵开春，塞给他三五个煮鸡蛋或者几根黄瓜。开春躲在工友宿舍，她就在外边等，招呼打得比亲人还热闹，没几天整个矿区都知道安冉是开春媳妇。开春没辙，今天当着工友的面，直接拒绝了安冉，没承想她性子这么暴，抡起扁担就打。舍不得打开春，而是朝着围观的工友打，还指着劝架的老王威胁说："你们还想吃菜吗？还想菜里见荤腥吗？"

  开始霍主任很气愤，站在自己办公室门前对周矿长说："这叫什么事啊，打到门卜来逼婚？"说着，准备喊人去驱赶安冉。

  周矿长忙紧走两步，附在他耳朵边嘀咕了几句。霍主任带着一副心犹不甘的表情，扭身进了门。周矿长想到家里咕嘟咕嘟煮得正欢的猪下水，便一招手，把老路喊了过来，大声说："看什么看，你们真不想见荤腥啦？还不快去让开春这小子跑，先把这个老姑娘引走。闹哄哄的，什么样子嘛。"

  于是，开春一路狂奔，跑到了谷子青这里。

  "她虽说年龄大点，好歹也是读过书的，再说凭她的条件，你还不成天躺在肉里泡着啊，想想，那该是多好的日子啊。"谷子青双手抱在胸前，倚着桌沿打趣开春。

  "我不是嫌她老，也知道她对我好。这么说吧，就是换成天仙我也不要。"开春沮丧地垂着头。

  "为啥呢？你爸妈不着急抱孙子啊？"谷子青问道。

  开春低着头不说话。

  这时只听大门哐当一声被撞开。安冉拎着扁担冲进了院子，隔着玻璃看到开春，把扁担往地上哐啷一扔，麻花辫子使劲往身后一甩，腆着胸脯气冲冲地站在屋门口，用身子挡着屋门也不进来。谷子青瞅着屋里好不容易烧起的热乎气溜出去很心疼，但看安冉的架势，又不敢去拉她，只能一个劲地往屋里让："进来坐进来坐，门口冷，来，进来坐。"

  安冉用脚使劲向后一钩，门关上了。

  她想坐到炕上，见开春抬屁股想往里面躲，便扯过凳子坐下，直接问

第十章

道:"你跑什么呀?我哪对不住你你把我扔下?你也不怕那些老爷们儿打我。"

"打你?谁敢打你啊,你问问整个矿区谁敢招惹你?"开春用挖苦的腔调说,声音虽然很高,但明显底气不足。

"我怎么了?我是凶神恶煞吗?我就是喜欢你怎么了,男当婚女当嫁,不偷不抢有啥丢人的。"安冉说着又站了起来。

谷子青一看势头不好,忙过来劝慰安冉:"有话好好说,有话好好说。"

安冉胳膊一抬,怕谷子青碰到似的,站到一边。

谷子青尴尬地站着,好像自己真的意图不轨冒犯了安冉。谷子青有些不知所措,他恍惚觉得自己曾置身在相似的氛围里,就像一股熟悉的味道,在面前飘过。是什么呢?他忽略了开春和安冉的存在,使劲在记忆里搜寻着。

"这是谁?"安冉问。

谷子青没听到。开春看了看,墙上挂着一幅泛黄的老照片。

安冉端详着照片,沉吟了一会儿,提高了音量又回头问:"这是谁啊?"

谷子青被猛地惊醒:"啊?你说什么?"

安冉指了指照片。

"哦,俺也不认识,搬来就挂在那儿。俺看这人慈眉善目,又穿着长袍马褂,想必是这屋主人的长辈,也就没动。"谷子青说。

安冉听谷子青说完,也不说话,搬过板凳,站上去就把照片摘了下来,看着照片说:"你别挂啦,让别人看到不好。"说完,也不等谷子青反应过来,扯下几张稿纸裹住照片,四下看了看,低头塞进炕上的褥子角下面。

开春先于谷子青之前明白了安冉的用意,对谷子青说:"破四旧,还穿着长袍马褂咋行。"

谷子青恍然大悟,心里不由惊出一身冷汗。他暗自庆幸的同时,不由感激地看着安冉,连声道谢:"幸亏你觉悟高,幸亏你,要是换了别人看到跑去举报,后果不堪设想,不堪设想。"

安冉莞尔一笑,看了看开春,开春也刚好望向她,两人四目相对,视线相遇的瞬间开春慌忙闪躲开。谷子青一下想起了给书申大爷帮工的那个中午,田禾送给他葱的时候有着和现在类似的情境。

回忆让谷子青有些惆怅。

"你回去吧，俺再劝劝他。"谷子青以一个过来人的经验判断，开春这头倔驴正在被慢慢驯服。

安冉看开春一直低着头，没说什么转身走了，走时还特意看了看谷子青空荡荡的铁锅。

除了去周矿长家商量剧本吃顿肉，这个屋里就没见过油星，在锅的四周，已经起了一层干巴巴的白碱。真是个细心的女人，开春找到她也是福气，谷子青想。

谷子青目送她走出院门，回过头，发现开春还在失神地望着已经紧闭的院门。

"多好的姑娘啊。"谷子青重坐回凳子上，说道。

开春收回目光，看了看谷子青，想要说点什么，话到嘴边又咽了回去，重又垂下眼睑望着笨重的大头皮鞋。他沉默半天，憋出一句："我不能。"

"为啥？"谷子青追问。

开春继续低着头，粗黑的头发垂下来遮住额头，紧抿着嘴唇，眼泪流了下来。

"开春。"谷子青心疼了，惊呼着站起身走过来。就在他的手即将触摸到开春肩膀的时候，开春猛地吸溜了一下鼻涕，几乎在发出哽咽的同时跑出了屋门。

四

沐浴在月光中的夜色是奇妙的，尤其是清冷的冬季，望着它，仿佛置身于温暖的馨香和爱抚中。在这样梦幻般清明澄澈的宁静中，耳边传来爱人熟悉湿热的呼吸，真是太美妙了，这简直是活下去的唯一理由。

"他一定有着说不出的痛。"舒文说。

谷子青随口嗯了一声，只是为鼓励舒文继续讲下去，但至于讲的内容，他并不在意，他此刻深陷在耳边划过的幸福里。

"如果他喜欢那个安冉，却一再拒绝，那他的痛苦一定来自他的妈妈。他妈在哪儿？"舒文问。

第十章

"死了。"谷子青像个冷血的人，懒倦地吐出两个字。

"生孩子死的？"舒文追问。

"不知道。"

"他妈一定是难产死的。"揣测让舒文兴奋，两只眼睛在月色里星星一样熠熠闪烁。她继续说，"红糖是他给的吧？一个没结婚的男人，怎么知道女人月子里的事？一定是见过，最可能的是他作为孩子，见过母亲生产。"

听到"难产"二字，谷子青警觉了，他小心地抚摸着舒文圆鼓鼓的肚子问，"还有几个月？"

"没事，还有三个月呢。只是家里的田不知什么时候能种，还有抓走的鸡鸭不知啥时还。"舒文愁闷地说。

谷子青的心情也沉重起来，把手缩回自己被窝，说："俺找过老霍，他说先别种了，现在都在割'尾巴'，让人抓住后果可就严重了。你知道的，因为剧本，老霍对俺几乎是有求必应，看来政策真不允许，要不，马屯长也不会亲自带人来。"

"嗯，好吧。"舒文抱着肚子，翻了个身，背向谷子青。

谷子青知道舒文不高兴，好不容易养的鸡鸭一下被抓走，换谁心里也不舒服，但自己能有什么办法。大牌子挂在胸前，纤细的铁丝深深勒进后脖颈肉里，血珠子混着汗水咕噜咕噜往下滚，谷子青怕啊。他伸出手掖了掖舒文的被角，轻声问道："巴特最近来过吗？以后只能靠它多抓几只兔子开开荤了。"

"别提了，"舒文回过头说，"上次马屯长带革委会的人来收鸡，正赶上巴特叼着一只野鸡下山，有个人刚好带着把猎枪，对着巴特就打，幸好巴特机灵才躲过去。可后来几天，北山上经常传来枪声，我怀疑是围猎巴特的。"舒文说着，头又转了回去。过了一会儿，舒文恨恨地骂道，"这帮王八蛋强盗。"

谷子青的手停在半空，一时忘了收回来。他想，巴特不捕食猎物，舒文的营养怎么办呢？

不久以后，舒文就找到了办法。她戴着用兔子皮做的围脖，手里拎着盖着红底白花手巾的篮子，像真正来接送亲人一样，站在站台，不时眺望着火车即将驰来的方向，眼睛里流露出焦灼不安的神情。

和她有着同样神色的女人发现了舒文脖子上的围脖，锐利的眼睛一亮。

她看了看两侧，确认没人注意自己，快步走到舒文跟前，把棉衣的衣襟掀开，飞快地喷着热气悄声说："看看这是什么，肥皂、红糖，还有盐。"

舒文被最后一个字"盐"吸引住了，她想到埋在雪里的兔子肉。

"我要你脖子上的围脖。我男人是赶车的，我想给他做两副手套，快点，不然会被没收的。"

看着掖在棉衣里的东西，舒文觉得他男人不是赶车的，更像是做采购的。

交换成功，双方都认为自己占了便宜，对方吃了亏，舒文为此感到羞愧，觉得自己愚弄了这个可怜的妇人。那妇人对这笔交易很满意，招呼一个同样完成交易的女伴，踏着雪地踩出来的一条小路，回家去了。

忽然人群一阵骚动。

"哎呀，这不是卖的啊，是给出远门的儿子带的东西呀。"一个老太太紧抓着一位戴红袖箍的男人的袖管在呼喊。

"你儿子呢？"男人扬着胳膊，篮子被高高举在半空。

"哎呀，他上车了呀，我只是忙着舍不得他走，却忘了让他带着东西了呀。"老太太焦急地辩解，张着双手去够篮子。

啪嗒。篮子摔到了地上。鸡蛋液流到了篮子外面。

人群迅速散去，一会儿工夫，偌大的站台变得空荡荡的。舒文顾不得细看，匆匆离开这是非之地，只听见老太太苍老的哭声从身后传来。

五

舒文猜得没错，开春妈妈果真是难产死的。

"我从没见过人流那么多血，像决堤的河哗哗地往外流，我奶奶一盆一盆地往外泼，最后我妈像放没了气的气球，浑身青白青白地躺在床上。"开春边说边哭。他喝醉了。"我不娶媳妇，就是不想再有女人像我妈一样。"

巴特彻底消失了，不知道是逃进密林里，还是死于猎枪下，从此再没在木屋附近出现。安冉和舒文成了朋友，时常带几两猪肉或者豆腐给舒文。舒文舍不得吃，把豆腐切成火柴盒大小码放在坛子里，一层豆腐，一层盐，然后密封腌制,等待发酵成臭豆腐带给谷子青做咸菜。有谷子青和舒文撮合,开春和安冉也不咸不淡地处着,不再剑拔弩张地争执。

剧本草稿终于在新年来临之前完成。用霍主任的话说,这是矿区向祖国的新年献礼。他特意嘱咐周矿长弄了一桌子菜,还拿出从省城带来"柳泉"酒,执意要为谷子青庆祝。谷子青也非常高兴,两杯酒下肚,嘴皮也利索了很多,对霍主任、周矿长一再表示感谢,就连对出差没来的老路,他也自罚三杯,权当给老路敬酒。没等到黏豆包蒸熟,谷子青已经一头趴在桌子上,醉得一塌糊涂。霍主任很贴心地把剧本留下,说谷子青最近太辛苦,让他好好休息,剩下的修稿、校对以及誊写由他来做。这让谷子青很意外,这么厚的一摞稿子,别说改,单誊写一遍就要好几天工夫。

回到房间,谷子青倒头就睡。他梦见漫天飞雪,黑松、落叶松挂满水晶一样的长冰凌,溪流封冻,岸边开满蓝色鸢尾花,是的,漫天飞雪,但花在盛开,盛开在被洁白的雪覆盖的大地上。

置身在空灵的世界,谷子青欢快地奔跑着,感觉自己化身为一片雪花在空中舞动。他挥动胳膊,仰着头,让冰凉的雪落进嘴里。巴特?巴特从密林中窜出来。它还是谷子青初次看见它时娇小的样子,它四蹄飞腾,扬起的积雪在身后形成一道白色旋风。谷子青欢呼着。巴特迎着他迅速跑来。就在他张开双臂等待巴特扑进怀里的时候,谷子青忽然脚下一沉,整个身子坠进冰冷的雪里。他冻得瑟瑟发抖,试图用力挣扎,发现身体已经和积雪融合在了一起,他仿佛听到血液缓慢凝滞的声音。他感到恐惧,想迅速逃离这冰冷的地方,但每一次用力挣扎,都引起撕裂的疼痛,咔咔的声音随之也越来越大。

没有任何征兆,谷子青睁开眼,听到咔咔咔的声音并非是梦,而是真实存在,还在延续的,就是冷。他发现屋里温度接近于零度,连同被窝也是塞满冰碴一样。他想起身去看,却头疼欲裂,只好把头埋进被子,用心辨听声音的来源——劈引柴的声音——从门缝里,一股木头燃烧的烟味飘了进来。

哗啦两声,煤块被填进灶膛,随后门被推开,开春走了进来,见谷子青醒了,便走到炕边对他说:"我要不来,你可能就要冻死信不?屋门四敞大开,自己脱个精光还不盖被子。"

谷子青顺手一摸，可不是嘛，自己赤条条的。他痛苦地皱着眉，揉着额头说："喝多了，真喝多了，啥都不记得了，做个梦掉进雪窟窿，这才冻醒，幸亏你来，否则就窗户外这嗖嗖的'小刀子'也得把俺冻死。"

开春厌弃地扭了一下头，躲过隔夜酒熏人的恶臭，神色诡秘地说："老谷，老路去山东了，你知道不？去山东做你的外调了。"

谷子青愣了，他很清楚，只有重点提拔或者有政治问题的人才会被做外调，而自己似乎和这两者都不沾边。

"你听谁说的？"谷子青边穿衣服边问。

"老叶。老路家地窖塌了，想从五井队找人给他修地窖，为讨好老叶偷偷说的。老叶让我告诉你，好有个准备。"

"一定是听错了。"谷子青神经松弛下来，轻松地说，"俺昨天还和老霍喝酒呢，再说剧本还没最后完稿，怎么可能搞俺的材料。山东啊，几千里地呢，俺不值得下这么大的血本，一定是你听错了。"

直到谷子青被派往思想宣传队下乡，他也没想明白为什么搞他的外调。但这件事确凿无疑地发生了。

老路龇着牙花子说："你娘包的猪肉大葱馅的包子真好吃。"

谷子青愣怔了一下，但也只是愣怔了一下，他内心没有愤怒，虽然那顿肉包子可能耗尽娘半年的积蓄。他漠然地看着老路，没有爱也没有恨，而是出于对奴性和卑微的深刻理解。所以，他没有说话，甚至没有问娘和谷仓的情况，他觉得自己置身在一股暗流涌动的漩涡里，正被一点一点拖向黑暗的深渊，但那股暗流来自哪里，他不得而知。

剧本完成，霍主任也已经返回省城，谷子青变得更加谨慎、沉默，除了偶尔和开春聊几句，基本不和外人过多接触。

舒文预产期在春节期间，安冉为她准备了鸡蛋，又熬了一大碗白脂玉一样的猪板油。谷子青回家取衣服的时候，她们正准备熬糖浆，没想到开春也在。

谷子青接替舒文，蹲在灶口烧柴，开春切甜菜条，安冉兑水下锅，一会儿工夫，一大锅甜菜就咕嘟咕嘟地煮成一锅粥。安冉拿一块纱布，裹住捞出的甜菜渣在锅沿挤压，浓郁的浆汁流进锅里。反复几次以后，锅里的甜菜渣滓已经打捞干净。谷子青换成小火熬制，直到浆汁变成黏稠的赤褐色。

这时，安冉用筷子向锅里用力一挑，拉出一道金黄色丝线，她开心地说："糖浆熬成了。"然后指着舒文对谷子青说，"你放心走吧，家里有我和开春，等你春节回来，我们四个人一起迎接你。"安冉说着，用目光俏皮地扫视着舒文的肚子。

安冉说得坦然，开春却在一边涨红着脸，一副害羞的样子。

谷子青发现，一向伶牙俐齿的开春在安冉面前变成了闷葫芦，只笑不说话。有些人，只有在爱里才能被重新塑造，就像开春，已经变成一个也许连自己都彻底不认识的陌生人，假如有面可以记录他温顺神态的镜子，他看到一定会惊讶得跳起来。

临行，谷子青检查好门窗，劈好引柴，把破损的鸡窝简单修理了一下——安冉答应给舒文抓几只鸡仔来养。舒文还心存疑虑，谷子青说不用担心，马屯长偷偷告诉他，现在派系斗争激烈，这里偏僻没人会顾及。况且，谷子青上次回家，就看见有两个父子一样的男人在小河边脱坯，这次回来，空地上有两间房子已经垒到膝盖高。这已经是第三户搬来山脚下的人家，没人知道他们从哪里来，但从他们谦和有礼的微笑里，谷子青判定，这是些和自己一样老实本分，敬畏土地，甘愿一生向土地辛苦讨食的人。

六

思想宣传队分为三个队，谷子青一行五人作为二队被派往双乳山北麓。

双乳山属长白山脉，因为有两座形似乳房的山峰而得名，他们要翻过八百米高的山垭口，去往山那边的三个县区进行宣传。

宣传队员来自不同单位，主要任务是宣传政策思想、慰问"精简退职"人员。谷子青负责墙体标语，唯一的女性叫王瑛，来自话剧团，负责文艺表演。

开始，王瑛没有提及自己的身世，随着时间的推移，她开始营造父亲的神话，在她的描述下，她的父亲俨然是一位无欲无求不食人间烟火的圣人，父亲脑子里哪怕闪过一丝的私念都要自责。他是如此完美，集聚了几乎所有的美德，正如他飘忽不定的职业。如果有人追问，她脸上会泛起病态的潮红，支吾着，证明了自己是个说谎者。

　　漂亮的女孩大都虚荣吧。在一片鄙夷的目光里，谷子青给予王瑛近乎宠溺的宽容——帮她背行李，挑脚上磨起的血泡，或者把碗里仅有的两片薄薄的白肉夹到王瑛碗里。大家都以为谷子青被王瑛编纂的身世蒙蔽了，因为每个队员都心知肚明自己为什么来到宣传队，她当然也不会例外。没人知道，谷子青的举动，与舒文肚子里的孩子有关——也许是个女孩吧。

　　他们一路颠簸，穿过白雪皑皑的密林，翻过寒风肆虐的山垭口，沿着大路一直前行。终于在三月的最后一天，他们结束了所有屯子的思想宣传工作。屯子为了送别宣传队，特意杀了一头猪，召集屯子里的大姑娘小媳妇组成秧歌队，还有锣鼓队，虽然这个时节北方依然寒冷，但猫了一冬的人们兴致高昂，腰系大红、大绿的绸带跟着一起踩高跷、扮媒婆、扭秧歌。晚上，大家守着一锅热腾腾的猪肉粉条，一手抓着带冰碴的冻山梨，一手端着火辣辣的高粱烧酒，兴高采烈。一想到即将回家，大家兴奋不已，王瑛也喝了两碗小烧，她一脸醉态，从炕上溜下来，爬到椅子上，执意要给大家表演朗诵：

　　"你是个纯正的人。这是你的美德也是你的缺点。你自己有纯正的品格，便希望全部生活都是由纯正的现象组成，而这是不可能的。你看不起社会服务活动，希望凡事始终要有目的性，这也是不可能的。你还要求个人的活动总是目标明确，爱情与家庭生活永远统一，这又是不可能的。生活的一切妩媚多姿，一切的美都是由阴暗面和光明面组成的。"

　　队员小杜捅了捅谷子青的胳膊，说："她朗诵的是外国小说。"

　　谷子青不明就里，心想，其他人想必也是一样，况且也没人欣赏她朗诵的内容，甚至根本没有欣赏的意愿，大家已经醉了，只一味疯狂地鼓掌。王瑛先前还用播音腔慷慨激昂地说着，后来忽然声音哽咽，失声痛哭，指着众人大声骂着："你们这些卑鄙可耻的人，道貌岸然掩盖不了你们肮脏的内心，撒谎吧，欺骗吧，用冻梨封住你们的嘴巴，冻僵你们豆汁一样浑浊的脑子……"

　　大家很诧异，但并不介意：喝多了嘛，女人嘛，能和女人计较？能和酒鬼计较？屯长忙让房东大娘扶王瑛回去休息，大家继续狂欢。

　　当晚，王瑛失踪了。

房东的女儿战战兢兢地哭着说:"她就像个疯子,指着我骂骚货、荡妇、不要脸。我一生气去了邻居家睡,到半夜不放心,回来查看才发现王瑛不在。"

女孩说的没错,王瑛真疯了。

谷子青找到她的时候已快黎明,借着青白的晨辉,他隐约看到王瑛坐在草料棚子里,一件一件地脱衣服,叠好,然后又一件一件地穿起来,反反复复,嘴里念念有词,却听不清说什么。

当谷子青出现在她面前的时候,她迅速裹紧衣服,双手抱在胸前,惊恐地看着他。从此,王瑛不再开口,像个聋哑人,瞪着两只受惊的眼睛一言不发。

谷子青向屯子借了爬犁,和队员小杜一起把她送回话剧团。在经过话剧团排练厅的时候,谷子青惊讶地看到排练厅前面的告示牌上写着今日排练曲目居然是《学习楷模——叶子厚》,再看编剧:霍连成。霍主任?!谷子青顿时脸色青白,像王瑛一样,一言不发。

在回家的车上,谷子青掏出随身带的那本残章,上面有一段话,写着:

我讨厌永恒的美,嗜好瞬间消失的音乐和枯萎的插花,偶尔深夜无眠,也绝不是因为思考,而是为了寻找明月照耀的瞬间。为什么会这样呢?我时常问自己,因为美可以委身任何人,但又不属于任何人。它就好比一颗智齿,疼痛波及舌头,人忍受不住痛楚就会把它拔掉。当它以别样的形态存在的时候,你会怀疑自己当初的判断:是这样的吗?它原来是这样的啊。

这不应该是称其为美的全部。对于我来说,美必须是这样的东西:它从人生中保护我,又从人生中疏离我。要发自内心地把虚假变为真实,把黑夜看成白昼,把月光变成日光,把所有夜间质朴的阴湿变成白昼亮闪闪的嫩叶在摇曳,让灵魂在彻夜不眠的道德谴责中痛哭流涕,从晦暗的感情里获取生的力量。

我期待完美,或者某种流畅美好的仪式,而我实际呈现的,缺乏自然性,也缺乏端庄的美,可以说,它是一种痛苦的痉挛,而我却被它深深吸引,迷失了方向。

我知道,一边谈人生,一边谈永恒是一件多么荒诞的事。但尽管如此,行恶就是应该的吗?

夜幕降临,谷子青到达矿区。他没有去单位直接回了家。穿过林间溪流，谷子青发现两家新来的人家房子前，用树枝围起了一个大大的四方形的篱笆院子。远远地，他看到自家门前也同样架起篱笆，院门是用松木板条做成的，还散发着浓郁的松香味道，一个皮套松松垮垮地挂在两扇木板门中间。谷子青在摘皮套的空儿，屋里传来婴儿响亮的哭声。谷子青咧嘴笑了，干裂的嘴唇渗出细密的血珠。想到剧本，他决定在家休息几天——被欺骗的心是需要时间抚慰的，他觉得自己有必要，也有资格休息。

第十一章

一

万物终有时，无论曾经多么珍惜，该来的总会来，而该走的也会走。比如叶子厚，在成为楷模，到处被邀请进校区、厂矿宣讲先进事迹一年后，被调离了，去一个区县任工业局局长。

他曾拿着一摞事迹材料找到谷子青，面带难色地对他说："我也没抢修井漏险情，井下如果发生漏水，基本面临坍塌的危险，那可是安全事故，不是一个人能解决得了的，还有，我也不可能给生病的老婆提前做好几天的饭，并写好遗书离开，虽然你那封信写得很感人，我都看哭了，但我真的没做，再说，事故还没发生就写下遗书，也不符合逻辑啊。"

谎言说多了就成了事实。现在，叶子厚已经对戏里所讲的内容深信不疑。他神情自若侃侃而谈，甚至会被自己感动得流下眼泪，他确信，那个高尚的人就是他，只是一直被庸常的日子所淹没，他甚至还为自己曾经被埋没被辜负而生出一些委屈来。

虽然演出地点巧妙地避开了叶子厚所在的矿区，但谷子青依然听说话剧演出很成功。

这件事像长在谷子青心里的一根刺。懦弱、愚蠢——很长时间，他在失眠的夜里反复给自己打上这样的标签，深陷在自我否定、自我质疑的沼泽里纠结、挣扎。当他看到叶子厚一脸惶恐有意回避的神情时，谷子青释然了：他是个好人，具有好人该有的质朴诚实的品质，就凭这点，署谁的名已经不再重要。

他在接到调令之后，找到谷子青，说让他和自己一起离开。"树挪死，人挪活，人是需要走出去的，只有改变才有希望。"叶子厚环顾一下谷子青简陋的家，语重心长得像一位真正的领导干部。

"俺就这样了，上有老下有小，睁开眼都是向俺要吃要穿的人，不敢有闪失啊。"谷子青说着，看了看坐在毡毯上的女儿谷丰，嘴角不由堆起笑意。他为自己拥有一个女儿而感到幸福。

男孩和女孩差距真是太大了，谷仓调皮，谷子青一脚踢过去，他骨碌翻个身，站起来拍拍身上的土，该怎么玩还怎么玩，兴致一点不受影响。女儿就不同了，还没等谷子青开口训斥，脸刚一阴沉，她的小嘴已经紧紧抿起，眼泪汪汪地看着你，弄得谷子青很有罪恶感，忙不迭语气轻柔地哄，晚了，女儿的眼泪滚珠子一样哗哗往下掉。

几次以后，谷丰尝到了甜头，本来自己撒了欢地正跑着，一见到谷子青，小手往他身上一搭，像得了软骨病似的，整个身子往地上出溜。谷子青不抱，那是谁也走不成的。此时，她正和一只布老虎较劲，眼看老虎的一条腿快保不住了。

"要不问问开春？"谷子青说，"当初还是他力荐采访你的呢。这小子性情爽快，做人诚实……"

提到"诚实"，叶子厚的脸红了，目光开始游离闪躲。

从一次开春醉酒痛哭，谷子青知道了开春与叶子厚之间关系疏离了，但他只认为开春耿直，见不得虚假，没想到两人之间嫌隙这么深。谷子青自知失言，忙把下面的话咽了下去。即便如此，空气中依然浮动着某种说不清的尴尬。

"不用了。"叶子厚说。

俩人一时沉默，约定好了似的，共同把目光投向谷丰——她继续在用力撕扯着可怜的布老虎的后腿。

"这孩子。"谷子青讪笑着说。

"孩子嘛。"叶子厚也讪笑着。

"让弟媳带着孩子回关里呆段时间吧。"叶子厚迟疑了一下，忽然很正色地说。

"为什么？"谷子青一愣。

"别问了。没事再回来呗。"

"会不太平？"谷子青又问。

"也不一定，回去看看也好，万一呢，别让孩子受惊吓。"

"领导之所以透着一股子胸有成竹气定神闲的气度，并非他天生具有这种本领，而是他先于大多数人掌握了更多信息资源。"送走叶子厚，谷子青用这番话说服舒文，让她同意，带着孩子回关里。

等到了车站，舒文相信了。车站内外人头攒动，从高处望下去，就像面对着一片密集的高粱穗子，挤挤匝匝密不透风。远远听到火车进站的鸣笛，人们潮水一样涌向站台，每个人只有一个念头：上车。至于对号入座，那是做梦都不敢奢望的事情，如果碰巧有个座位，那真是三辈以上积攒下的好运气。谷子青好不容易把舒文和谷丰从车窗塞进车厢，刚想嘱咐几句，火车已经开动，他小跑着追着火车喊："抓紧孩子，抓紧孩子。"等火车加速后，他停了下来。吭哧吭哧，火车发出不堪重负似的叹息。谷子青望着绿皮火车蛇一样逶迤的影子，忽然有种轻松感，仿佛肩负的所有沉重，都已经被火车带走。

假如男人都是独身一个人，无牵无挂，无所畏惧，还有什么不能做不敢做的事呢！

二

"现在还不是谈婚论嫁的时候。"

开春说这句话的含义安冉几个月后才明白，它就像一句谶语，不仅涉及自身的婚娶，也适用随之而来的一系列变化。后来，在新婚之夜，开春躺在谷子青曾用于创作的宿舍里，看着曾经挂照片的地方的晦暗阴影，仍无法理解一系列微妙又无可抗拒的偶然事件是如何发生的。

叶子厚走了，并没有引起他太大的震惊，而更是一种沉郁的愤怒——人怎么会变成这样？经过时间磨砺，这种情绪渐渐转变为寂寞消极的挫败感——他接受了安冉——如果人本身具有不确定性，那又何妨尝试呢？他也由此更深切地了解了谷子青，得出一个新的结论——人也可以是那样的。

"为什么？"谷子青倚着被垛，摆弄着破旧的二胡弓子。这二胡是谷子青从杂物里找出来的，想必是前屋主人留下的。

"她太冷漠了，你没瞅见她对她妈的态度。"开春盘着腿，一副苦大仇深的模样。

谷子青知道开春去见了安冉的母亲，因为安冉找过谷子青，让他做开春的思想工作。

"我爸快死了，"安冉对谷子青说，"他想在死之前见到我要嫁的人才安心。其实，与其说让他安心，倒不如说我想用他的死趁机逼开春结婚。别这样看着我，"安冉发现了谷子青错愕的眼神，继续说，"我知道变换一下理由，一切会涂上一层温情的色彩，但我不想那样，至少在你面前不想。我见多了伪善的假慈悲，并因饱受其害而对其深恶痛绝。你知道我为什么抓住开春不放吗？因为他人好，心底干净，睡在他身边，我永远不会为自己梦中无意吐露的话而担惊受怕，就像我的爸爸，幸运的是，我那机智过人的妈恰逢其时地和我爸离了婚，可以让他心无旁骛地陷在物理的世界里享受科学的快乐。现在我妈想把我调回去，我拒绝了，不和她在一起，所有我所鄙夷的罪恶行径将与我无关，而我的理由就是嫁人。我妈的要求就是要见到我要嫁的人，所以，开春必须要和我去见我妈。"

现在看来，这次见面并不愉快，至少开春的感觉很糟糕。谷子青拧了几下弓弦，用目光示意他说下去。

"你看安冉粗野得像个假小子，她妈可不一样，安静优雅，像你家篱笆下面的太阳花，在安冉面前像个孩子，小心翼翼地瞅着她的脸色行事。你说，本来是她拽我去的，坐了七八个小时的车，到家反倒冷着一张脸没有一点笑模样。"开春猛地前倾着上身，凑到谷子青面前，惊奇地说，"哎，你猜她家住哪？庭院种着树的小洋楼，门把手都用金黄的铜皮包着，木门上面还刻着花纹，像你做的那张床一样漂亮。还有，我们临走的时候刚好遇到她爸，她理都不理。"

"她爸？"谷子青惊讶地问。

"对啊,她妈告诉我的,说她爸工作忙,很抱歉没陪我。"开春说。

谷子青知道,那显然不是安冉的亲爸爸。可安冉为什么不对开春说实话呢?谷子青想不明白,但基于做人的品质,他决定保守秘密,便劝慰道:"这很正常,你想啊,安冉家里这么舒适,自己却生活在几百公里之外的矿区,心里能不抱怨嘛。"

"可是,哪有不爱儿女的父母啊,况且还是自己的妈。我觉得她太自私。"这个结论让开春很沮丧,他怏怏无神,颓丧地倚靠着墙,抠着脱落的墙皮。

想象着那颗在爱的漩涡里正苦苦挣扎饱受折磨的心,谷子青不禁同情地看看开春,扯着弓弦拉了两下,二胡发出嘶哑的吱呀声,毕竟是废弃多年的物件,但这依然给谷子青带来很大惊喜,他兴奋地说:"哎,你听你听,像不像杨子荣《智取威虎山》的调门。"

开春瞥了二胡一眼,嘲弄地说:"我看像鸭子挤到了门。"

"哈哈……"谷子青和开春同时笑起来。

三

四月的关东,正是玉米播种的时节,空气中弥漫着雨后泥土的腥香。被犁耙翻耕后的松软泥土像一块深棕色的地毯,袒露在苍穹之下。天很高,云很淡,风带有一丝清凌凌的薄凉,一道道玉米垄,随起伏的地势波浪一样荡漾开去,视野的尽头是一轮温润的湿漉漉的落日。

开春用力把铁锹插进土里,躺在丝绸一样柔软和沙沙作响的草地上,透过树叶的缝隙,欣赏阳光绚丽的光斑。在半梦半醒之间,他一时有种恍惚感。

就在开春昏昏欲睡的时候,老路带人正打量着谷子青的院子寻找开春。无疑,这是一个精心打理洁净的院落,泥坯垒成的羊圈,外面封着一层白色桦树皮,一行行木头样子被截成一样长短,整齐码放在窗根底下,没看到鸡,鸡窝干草上却有一只白皮的蛋。

老路四下里寻摸着,终于看到远处树下的开春,便领着人继续顺着小路往前走。羊靠在白杨树干边撒尿，狗把残枝败叶刨得翻飞。老路回头看了几次，坏笑着，拾起一块干瘪的松塔扔了过去，狗稍一愣神，立刻呼呼地追了过去，发现是个骗局，朝着老路一行人的背影不满地狂吠起来。

谷子青把玉米种子收进袋子，正准备沥干煮熟的土豆，狗的叫声让他抬起头，隔着窗子，看到老路，仿佛大难临头的黑云压了过来，忙大踏步跨出木屋，招呼着把客人往屋里让。

老路并不理会，继续径直往前走。

"就是他。"开春被这句话惊醒，他睡眼惺忪，发现老路站在树的后面，身后还跟着三个统一穿藏青色中山装的人。

迎着开春诧异的眼神，老路下意识地往人后面躲。他身子晃了一下，但也只是晃了一下，又忙站定，讪笑着说："春，这几位同志找你了解一下情况。"

"了解啥情况？啊，老路，咱进屋说吧，行不？进屋说。"谷子青说着，试图来拉老路的袖子。

老路胳膊一甩，躲开了。

那三人板着脸，一副公事公办的模样，中间为首的人自我介绍说："我姓胡，是调查小组组长，请你们回避，我们要单独了解情况。"

谷子青犹豫着，一步三回头地和老路走到一棵黑松树下，疑惑地问："他们是哪里的？来干什么？"

老路也一脸茫然，说："省城来的，嘴像上了锁，啥也不说。不过，看周矿长慌乱的样子，事情不妙。"

谷子青回头张望，看见开春像夯了毛的驴在地上来回踢腾，两只手愤怒地在空中挥动着。

他们什么也问不到。以对开春的了解，谷子青肯定地得出这个结论，他对此很确定，但也正如此，他为开春捏了一把汗。

果不其然，胡组长面红耳赤，几次意欲安抚开春的手被打开。谷子青害怕开春做出过激举动，忙迎了过去，远远听见胡组长故作镇定地说："这个问题很严肃，不是你不说就能掩盖过去的。"

"不知道也不能胡说八道吧？"开春扯着嗓子喊。

"你……"胡组长瞬间变脸了。

谷子青猛地想起他姓胡，可能会对所有带有"胡"字的贬义词心存忌

第十一章

讳,忙疾走两步,伸手揽住胡组长的胳膊往家里劝,边走边说:"别和他一般见识,小孩子不懂事,进屋喝口水,喝口水。"

想必开春强烈的反应超出胡组长预期,他有点蒙,嘴里反复怒斥着:"这是什么态度,啊,什么态度。"等快走到院门时,他回过神来,猛地站住,说,"我们还有事,要回去了。"

谷子青忙取下挂在篱笆上晾晒的两串山蘑,往胡组长手里塞。

"我们大老远是为了一嘟噜蘑菇来的吗?"伸过来的手被胡组长推到一边。谷子青只得转身,把山蘑递给老路,说:"你替拿着。"

胡组长脸色缓和了一些,走了几十米,忽然指着散落在林间草地上的房子问:"这都是些什么人?"

谷子青惊讶地发现,家家罕见地门窗紧闭,屋外空寂无人。谷子青回道:"都是附近屯子里搬来的,山里野货多,一场雨过去,猪耳朵一样肥厚的木耳嗖嗖地往外冒。"

胡组长瞥了一眼老路手里提着的山蘑,没再说什么。到小河边的时候,胡组长回过头对远远跟在后面的开春大声说:"你再想想,别犯急,我们还会再找你的。"

"再找我也不知道。"开春不满地嘟囔着。

无论多么诚实、率直,依然逃不掉被人欺骗或诽谤,让你对人的信任和友善,在一夜之间被摧毁。回矿区的路上,开春沉默着,一副怅然若失的模样。

"没什么大不了的,知道就说,不知道也不能瞎说。"谷子青说。

开春看看他,眼睛里充满疑惑,他急于要解开谜团,一口气已经提到胸口,皱了一下眉,终于还是没有说,化作一声深深的叹息呼了出来。从老路他们走了以后,开春变得沉默。看他满怀心事的样子,谷子青很心疼,心想,如果深谙世事是成长的标志,那代价就是不快乐,可怜的开春懂得隐忍和思考了,只是从他讳莫如深的神情看,难道事情与自己有关?谷子青不想失去好兄弟,更不想让莫名的误会造成二人的隔阂,便问道:"春,你有事就说,有不明白的就问,俺虚长你几岁,经历得多点,也许能给你出个主意啥的。再说了,咱们是兄弟,是兄弟就要坦诚,你说是不?"

开春直视着谷子青的眼睛责问道:"你为啥举报叶子厚?虽说他后来咋咋呼呼的挺张扬,可他总是干点事的,总比不干事的强吧?人做事要摆在太阳底下，偷偷摸摸的算什么，耗子啊？"

"啥？"谷子青愣了。

"人家来问叶子厚事迹的事，说矿井泄漏的事是假的，来让我当证人。"开春越说越激愤，把脱下来搭在肩上的草绿色外罩猛地一甩，拉链刚好打在谷子青的脸上。

谷子青的脸顿时涨红了，他又急又气，拽着开春不断挥动的衣服说："你听俺说，你别动，你听俺说行不？你总不能听他们一面之词不给俺解释的机会吧？"

开春的情绪稳定了一些，手一松，抓在手里的罩衣掉在地上，谷子青忙一抬胳膊，把衣服抱在怀里，跟在开春后面继续说："俺和你说过吧，剧本署名不是俺，是省城的霍连成，既然不是俺写的俺凭什么举报叶子厚？如果说俺要举报，也是举报老霍啊，再者，如果是俺，俺说的是如果，就算是匿名，也会透露蛛丝马迹吧，以便调查组找到俺来落实这件事，否则查下来都像你一样说不知道，那举报还有什么意义？你说是不是这个理？"

开春不说话了，若有所思地踢着路边的石子。

谷子青继续说道："每个人都有自己的行事原则，别说叶子厚还算是厚道人，就算有些小恶小错也是人之本性，没必要揪住不放，人活着都不容易，没必要拆别人的墙垒自家的院，甚至自家的院垒不成也去拆台，这是见不得人好。俺们不可能流芳百世，更不可能遗臭万年，都是普通老实人，有安稳日子过就念阿弥陀佛了，哪还有闲心找事去。"

"那是谁说的呢？"开春嘟囔着，"姓胡的说有人举报，叶子厚伪造先进事迹，窃取胜利成果。"

"那为什么一定要找你？"

"叶子厚说我在场。"

谷子青心中暗想，看来叶子厚遇到麻烦了，在关键时候他还是最信任开春的，他没有看错人。"你仔细想想，你们井队发生过矿顶渗漏没有？"谷子青问，他觉得，叶子厚知道开春的性情，不会无缘无故让他作证。

开春站住了，想了一会儿，说："倒有这么一次，但不是矿顶渗漏，因为那样会坍塌，造成很大的矿难事件。有一次下暴雨，你知道，这里不比南方，很少有暴雨，所以井下排水系统也就疏于维护，偏八月里的一天夜里，天像捅漏了，暴雨哗哗地整整下了一夜，是叶子厚带着我们几个人下到井下疏通排水管道的。"

"这就行啊,你就可以这么说的。艺术高于生活,类似事件不过被人为艺术地拔高,换了一个更紧迫的表现形式。"谷子青轻松地笑了,拍了拍开春的肩膀,继续说,"你看,人家找你也算是对的,以后说话别像吃了枪药似的,一样的话,好好说多好。"

开春不好意思地理一下头发,等谷子青走近,伸手来拿自己的罩衣。谷子青朝他嗔怪地笑着,一抖右肩,肩上洗得发白的帆布包滑落下来,递给开春。包里是舒文做的臭豆腐和酸瓜,带给安冉的,若在往日,开春早背着了。

臭小子还是嫩啊,需要一个女人来归置归置,就这躁脾性,早晚吃亏,谷子青想。可自从开春见过安冉母亲以后,对安冉的态度一直很冷淡。安冉也失去了从前的热情,她像是经过长途跋涉一样疲惫无力,对人对事熟视无睹,既不热情也不排斥,每天像一个失了心在梦游的人一样。

四

胡组长没有食言,在第三次找到开春的时候已不仅仅是调查,而是盘问。谷子青隐约感觉事情远没想象中那么简单,当然也不可能像预想的那样,轻松地用一场"暴雨"替代"渗漏"。周矿长交付给谷子青一项任务,监管开春,以防他"畏罪自杀"。谷子青知道开春"没罪",更不会自杀,但即便没有这项任务,他也在陪着开春,每天给他送饭,陪他受审——一个在屋里,一个在屋外,晚上一起瞪着眼睛瞅着天花板发呆。他们琢磨不透这到底是怎么回事,成天反复问一个问题:矿顶渗漏是不是真的?叶子厚是不是弄虚作假?

开春瘦了,脸上胡子拉碴摺了荒,眼窝塌陷,变成两口深邃的枯井落满灰尘,可怜巴巴的眼神里一片迷茫——他彻底蒙了。开春的行动变得缓慢呆滞,谷子青有时喊他两三声他才能听到。谷子青急得嘴上起了一层燎泡,他忽然觉得周矿长"监管"的决定是有道理的,不是"畏罪",但他真的怕开春自杀。

"再吃一点。"谷子青递给开春一个玉米饼子。

开春没有反应,一双筷子举在半空,眼睛呆呆地看着炕桌。

"春,再吃点啊。"谷子青把炒白菜推到他筷子底下。

开春还是没有反应。

"明天俺去,俺去找胡组长,俺就说一切都是俺瞎编的,都是假的。"谷子青眼窝一热,把筷子往桌上一拍,拉着哭腔说道。

"啊?"开春被惊醒似的,茫然地看着谷子青。

"俺明天去找胡组长,你快吃饭吧春,没事的,有俺呢。"谷子青说着,终于没忍住,在眼泪流出来之前,忙低头往门外走。

"不行的,不行的。"身后传来开春怯懦的声音。

"凭啥不行?"门猛地被撞开,是安冉。

许久不见,安冉憔悴了,头发蓬乱,黄白的小脸瘦成黄瓜条。谷子青一见安冉进来,自己闪身躲了出去,坐在门外灶台旁边一堆码好的木头桦子上掉泪。

屋里一时没有动静,只听见抽抽搭搭的哽咽。谷子青无心辨别是谁的哭声,也无意去想屋里发生什么,他在琢磨用怎样的说辞才能让胡组长相信,他是这起谎言的始作俑者,而与开春无关。难道是霍连成出事了?还是叶子厚?否则为什么揪住这些事不放?而确定这是一起欺诈的结果,利益直接受损的就是这两个人。不想了,只要把开春解脱出来就行,自己皮糙肉厚扛得住,这孩子再这么折腾下去指不定出什么事。用什么办法他们才相信呢?谷子青正在用心琢磨着,忽然听到屋里传来争吵声。

"不要试图用你的心去揣测别人,恶意如此,所谓的善意更是可恶。想妄图以悬殊的差距表现你的灵魂高尚吗?去你的吧,如果你想以道德卫士的身份在我面前自居,我马上就可以放弃你。不要依仗着我对你的爱,就可以为所欲为地对我横加指责,你不行,任何人都不行,我不允许,我用自己的磊落有权利、有资格这样要求。因为你不了解我所受的磨难和比死亡还要绝望的痛苦。"安冉咆哮着,像一头愤怒的雄狮,她抹了一把眼泪,继续说道,"世界上已经有千百种让人发疯的理由,可她还嫌少,处心积虑地用所谓的关怀,用所谓的拯救,把一个已经病入膏肓的人折磨成神经病,她警示他,说我的思想存在严重误区,使他因为担心自己心爱的女儿落到与他同样的下场而发疯,对这样的人,还要我怎样?我恨她,阻止我杀了她的唯一办法，就是永远不见她，如果你认为这有悖于你的善良，那好，我可以离开。"安冉的声音。

"走吧，路一直在你的脚下，你随时可以离开，走吧，反正我也给不了你什么，但你也没必要把借口推到别人头上，你说我故意对你指责，我说的是事实，如果你说我不了解你所受的苦难，那你了解我的经历吗？"开春青筋暴起，神情激愤，但眼睛里满是悲伤的哀告——别走。

"我怎么不了解，我知道你心疼我，碰都不敢碰我，可你不能永远生活在你妈去世的阴影里啊。如果杜绝一切意外出现的唯一办法就是拒绝、逃避，那世界还有存续的必要和可能吗？"来回躁动踱步的安冉坐了下来，继续说，"你认为只有死亡是最悲惨的事吗？是，死亡是很悲痛，但她留给你的是爱，你为此变得温情和坚定，不恐惧。而让人绝望的是自己置身在一个骗局里，用自以为是的关爱和真理包裹着自己，当忽然有一天你发现一道微小的裂缝不停推敲时，你所构建的美好顷刻轰然倒塌，你会变得迷惘、绝望，对这个不确定的世界充满恐惧，即便给自己披上长满刺的盔甲，但在刺向别人的时候，自己更疼。你说我自私、心肠狠毒，你知道我为什么会这样？父母是原本陌生的两个人组成的词汇，但对孩子而言，那就是天，是对这个世界最踏实的依赖啊。是的，我说是我的妈。她跑去告诉我爸，说我带着你去看望她，并且想回到她身边去，她以一个胜利者倨傲的面孔证明着自己当初离婚的决定是多么正确，而我的站位，是最好的佐证。呜呜呜，我爸疯了。我成了不折不扣的帮凶。"安冉呜咽着说完，猛地趴在炕桌上号啕大哭。

"别哭啦，"开春轻抚着安冉的肩头，"我错了，这段时间我心里憋屈，你也不来，我以为你不要我了。"说着，也抽抽搭搭地哭起来。

谷子青隔着玻璃看到这儿，眼里含着泪，抿着嘴笑了，转身，推开院门走了出去——他要继续琢磨该怎么和胡组长说。

清晨，矿区笼罩在黎明的曙光里，一只流浪猫轻轻探着毛茸茸的脚掌小心地走出杂物间，它竖起尾巴，肚子干瘪，慢慢穿过院子，纵身一跃跳上院墙，消失在远处。

开春沉睡着，酣畅淋漓的痛哭让他疲倦而轻松，他睡得很甜，嘴角不时露出几分笑意。谷子青站在屋门前，脚步踌躇徘徊，是主动"交待"还是被动等待呢？最后，他决定等待胡组长来找自己。

一天，两天，三天，胡组长失踪一样没有消息，开春如坐针毡，不停问谷子青咋回事。谷子青也摸不清原委。"想必是事情搞清楚了不需要调查了。"他安慰着开春。无事一身轻，开春当真丢下这桩事，一心和安冉缠绵起来。

没有什么事是时间解决不了的，回头看看，惊心动魄也变得云淡风轻，甚至成为某种阅历，偶尔拿出来调笑一下别人或者自己。就在谷子青即将淡忘的时候，老霍带人又回到了矿区，这个人是新任矿长，而周矿长站到了会场的主席台上，桌子上摞着椅子，他带着木板做成的牌子，上面写着"诽谤、诬告坏分子　周传海"。谷子青惊讶地发现自己这么久，竟然第一次留意周矿长的全称。周矿长被推搡着往椅子上爬，刚抬起一只脚，鞋掉了。牌子太大，他像个瞎眼的乞丐，用一只脚摸索他的布鞋，就在脚快要接近鞋时，旁边有人伸腿一踢，鞋掉到了桌子底下，全场响起一片哄笑。他绝望地放弃了寻找，赤着一只脚爬了上去。谷子青知道，接下来就是踹桌子，继续踹桌子，他不明白这样简单拙劣的把戏为什么大家都乐此不疲。他不想看下去，推门走了出来。在门口，他遇到了开春，两人对视了一下，不用说什么，已心照不宣地洞知彼此的心情。他们沉默着并肩走着，没人说去哪儿，只想迫切地离开这里。

"又让你写批老周的文章？"开春问。

"嗯。"

"你愿意？"

谷子青用陌生的眼神看了开春一眼，算做了回答。

"我想回山里，不干了。"谷子青说。

"别啊。"开春着急地说，却发觉自己也没有更好的办法，便忧伤地继续沉默了。

街道上空荡荡的，锈迹斑驳的铁门敞开着，两道车辙笔直地伸向远方。风很大，路上铺满黑色煤尘，掠过繁茂的杂草和一排毛白杨，在墙角堆成一座黑色小丘。在走出矿区大门的时候，谷子青忽然隐约看见周矿长的爱人陈菊怯生生地躲在一棵大树后面，看见有人来，急急走远了，只剩几只麻雀惊叫着飞向空中。

五

已经等了一周了，安冉还是没有来。

这将是生活所迫做出的第二次妥协吗？谷子青想。

也许再过三五年以后，会发现妥协并非贬义，它更是一种理性的审视，权衡利弊，为了生活安逸而做出的更为稳妥有利的选择？曾经的深信不疑在动摇，谷子青变得怀疑，眼前的人、事物以及未来，像隔了一层浓雾，变得不真实，他为此惆怅失落，为自己曾经无所畏惧的激情和天马行空的梦想——那时苦，但有期待，即便遭遇一百次挫折，自己也会第一百零一次爬起，去创造终将属于自己的世界。他相信梦想，相信付出总有回报，他不怕失败，不怕挫折，他害怕的是这种怀疑磨灭了他追求梦想的热情，失去爱和被爱的能力，变得冷漠、麻木，成为一个戴着伪善面具的阴冷的人。

谷子青对妥协给予了充分的理解，他感到无限伤感，虽然他不得不承认，妥协是保持生活平静的一种方式。但一潭死水似的平静，是自己想要的生活状态吗？唯利是图的从众如流是自己想要的人生态度吗？人生如海浪起伏不定，但一定是公平的，谷子青决定不再等待，他把残章塞进行李，端详着舒文的照片，不时亲吻着，为当初给她幸福的承诺落空而愧疚。

"我们对调工作吧，这样你可以逃避受良心谴责的工作，也方便我以后的生活，反正我和开春等分到房子就准备结婚。"安冉临走时说。

谷子青对她的提议不抱幻想，对调工作哪那么容易，况且她是物资调配处，多少人虎视眈眈盯着的岗位，怎么可能？他已经做好最坏的打算，提前买好了菜种准备回家再开垦几分地——吃饭是没问题的，只是孩子上学让人头疼。要不索性再盖一间房子，给舒文教学生用，也方便自己孩子学习？谷子青很激动，他有意夸大自己的力量，把这个念头用放大镜无限扩张，让蠢蠢欲动的激情重新从身体里快速萌生。

他打开菜橱，拿出半块凉饼子放到嘴里，用唾液濡湿嚼碎，吐到破了边的茶碗里，端给不知哪里来的栖身在储物间里的猫。

那是只两个月大的小猫,黄白相间的条纹,毛发软软的,像孩子的胎毛。谷子青很喜欢它,常抱着猫笑着逗开春说:"一年以后,全城任何一只母猫都无法抵抗它的魅力。"

开春笑嘻嘻地回道:"你首先要保证它活过一年才行。"

谷子青推开储物间的门,发现猫不在,前天放的猫食还在原来的破瓷片里。

这两天心思都在自己的事上,没注意猫的行踪,看来它已经两天没回来了。谷子青有些怅然,就像落在霍主任身上的目光被轻飘飘地躲开一样。这次霍主任回来很冷漠,甚至没有和谷子青说过一次话,露过一次笑脸,仿佛谷子青是空气一样,但谁都知道,让谷子青写批判文章的指令就是他下的。周传海为什么诽谤、诬陷?谷子青搞不懂,也不想搞懂,他感觉自己同周传海手持同一件工具在较量,难分伯仲。最可悲的是,作为交战的对手,接受的却是来自同一个人的命令,对此,谷子青不能接受。

又过了两天,安冉依然没有来,开春也像失踪了一样不见踪影。

这天时近午夜,传来哐哐哐的打门声。

谷子青为方便开春回来,院门一直虚掩,只插了里屋门。谷子青赤着身子打开门闩,见老路披着雨衣湿漉漉地进来,门外,一条条细密的雨丝形成雨幕,闪着清凉幽微的光。

谷子青一缩肩膀,先于老路之前跑回屋,钻进被窝,静待着老路抖落一身水渍,进来讲述悲惨遭遇和为此所受的委屈。老路过了许久才走进来,他拨撩着湿淋淋的头发,任雨点溅到谷子青的脸上、被子上,慢条斯理地说:"老谷,真没想到你的能量这么大,说走就走。"

谷子青心里暗喜,又不敢确定,故作不解地问:"你说什么呢,什么大不了的事要大半夜跑来?"

老路不急着回答,慢悠悠地扯过搭在椅背上的秋衣,去抹湿淋淋的脸,然后褪下黑色短筒雨鞋,两腿一抬,一屁股坐到炕上。接到谷子青的调令,老路莫名地焦急躁动,嫉妒之火烧灼得他不得不半夜冒雨跑了来。看谷子青惊讶的表情和整齐码在地上的行李包,老路心里踏实了,他卸下一贯的迎合虚媚,慢悠悠往炕里挪动他湿漉漉的屁股。"你调去轻合金加工厂了,下班后接到的调令,你知道,那可不是一般人能进的地方。"老路把冰凉的脚伸进被子里。一阵刺心的凉从腿上传来,谷子青下意识地把腿一抽,身子往旁边躲了躲。谷子青听说过轻合金加工厂，也知道和安冉对调，但没想会是这样的结果，他一时没反应过来。

"你有酒吗？"老路说。

谷子青朝着窗台努了努嘴。老路探身从窗台上扯过瓶子，仰头咕嘟咕嘟灌了两口，神情颓然地说："唉，俺总嘲笑你永远别想从这里脱身，这次当真要走了。俺看你行李已经收拾好了，急于动身啊？别以后有人要问'老谷，你认识老路吗？''老路是谁？俺想不起来了。'"

"怎么会呢？"谷子青坐了起来，拾掇着穿衣服。

窗外雨声窸窣，灯光昏黄，一片宁静，在怡然自得、充满幸福和散发着甜蜜生活气息的寂静里，两个相识多年的男人，因离别而变得亲密无间，彼此第一次敞开心扉真诚地向对方表达着让人慵懒安逸的关怀，直到黎明，两人已经酩酊大醉，相拥着躺在炕上沉睡。

安冉用谷子青雕刻的技艺说服了她的继父，让他用手里的权力清除对调工作的所有障碍，轻合金加工厂正需要模具制造技术人员，谷子青幸运被选中，虽然他根本不知道怎样生产模具。房子顺理成章地成了开春的婚房，谷子青搬离的时候，安冉要去了曾挂在墙上的那张照片，她说像她的父亲，她要在这张泛黄的照片里寻找父亲曾经的儒雅沉郁。

婚后的安冉变得嗜好甜食，用她的解释就是：生活本身不能再制造甜蜜了，我的血液和组织细胞缺少糖分。而那个让她生活不再"甜蜜"的男人开春，只剩下嘿嘿嘿傻笑的份儿，眼神像一束追光，时刻追随着安冉不肯离开。

"你的'甜蜜'都被开春吃了。"舒文笑着打趣这一对新人——谷子青去轻合金加工厂工作不久，舒文就从山东回来了。

第十二章

一

谷子青决定在河边的空地上建一个滑冰场,为儿子谷仓和他的小伙伴们提供一个撒欢的地儿。

这不是件困难的事,虽然那儿是一块公用区域。在这七八户的杂居村落里,作为最早的原住民,人们对谷子青保持着应有的礼貌和尊重。他具有很高的威望,比如,他提议称这里为"和平里",不久,一块写着"和平里"的木牌果真立在小溪边的路口。当然,这里面有舒文很大的功劳,她以自己温顺的性情,把顽皮的孩子们吸引在身边——她开了一个免费的学堂。

谷子青很奇怪,这些来历不明的住户,居然有着良好的品德和修养。"我们在河边喝咖啡"——这个让舒文失踪一下午的理由,让谷子青迷惑不解,他用了很长时间才明白:"喝"这个字,不仅是解决干渴的动词,还是一种优雅的生活方式。

他开始行动了,先是把河里封冻的冰凿开,踩着咯吱咯吱的雪,一担一担往坡上挑水,然后,顺着地势倾斜着把水泼出去,一会儿工夫,空地便冻成一面光洁的镜子,一个天然滑冰场就做成了。

第十二章

在铺撒第二层冰面的时候,老金挑着水桶过来了。谷子青不喜欢老金,他的来路不明。

"你是嫉妒。"舒文说。

谷子青对这句简短直接的判断很恼火,他发现舒文回来后变了,虽然语调依然柔顺温和,但在她流转的目光和词句的余音里,谷子青清晰地捕捉到有一根倔强生硬的刺扎进她的身体里。她为什么会这样?难道感觉我没有保护她和孩子的能力?谷子青很困惑,很苦恼。他更加积极地表现自己,比如奋力举起一块没有必要搬动的石头,或者耗费一整晚的时间去做一只精致的鸟笼子,他竭尽所能地想用力量和智慧赢得自己女人和孩子的仰慕,为此他忽略心心念念的田禾,甚至没有过多询问老家的情况。这个睡在自己身边的女人和拔节庄稼一样疯长的孩子让他恐慌,他仿佛坐在一辆失控的马车上,缰绳紧握在手里,但他心里很清楚,自己已渐渐失去了掌控能力。但至于说对老金的反感出于嫉妒,谷子青不认同。

老金应该是个商人,并且是成功的商人——他用山林里的木材换了此刻身上穿戴的貂皮帽和狗皮雪地靴。当然不仅这些。在谷子青看来,老金的所有行为背后都有着深远的思虑,比如现在,他参与做冰场,是因为他有三个比猴子还精的臭小子,他们同样需要冰场,更需要上舒文的免费课堂。诡异的是,对于老金偷伐木头,人人心知肚明,却都像约定好了似的统一保持着沉默,老金没有受到任何阻止。

透过玻璃上斑驳的冰花,隐约可见一个沉思的影子在远远望着谷子青。

他开始变老了,几趟水挑下来腿已经开始打晃,隔着窗子,舒文看得有些心疼。她爱那个男人,多年以后她看到一本书,上面有 38.6℃ 理论:哈佛大学心理家潘多拉教授说,男女第一次见面体温维持在 38.6℃,一见钟情的概率为八成。她觉得自己完全符合。从开始,她就知道彼此之间盘桓着一个女人,叫田禾,她以一个局外人的身份小心翼翼地呵护着、观望着,直到得知田禾要来,自己即将失去他的那天,崩溃了。

一直以来,她感觉自己就像大海上的一块浮木,身不由己,在被命运随意抛弃的任何一个地方努力生存,但那一刻,她忽然决定要抓住谷子青,这不是她最后一根稻草,是她向命运发起的第一次反抗,她成功了,如愿嫁给了谷子青。但她心里依然惴惴不安,每当谷子青沉默不语或凝神发呆的时候,无名的醋意让她发疯,仿佛那个隐匿在角落的女人真实地站在眼前,无视她的存在。

她厌倦了和一个影子作战,她迫切想见到那个女人。在刚回到山东老家的最初几天,她用最贤淑的微笑款待着每一个到家里来探望的女人,但随后她陷入了无形的网里,到处都是窥视的目光和模棱两可的话,每一根线都像蛛丝一样,一扯,线便断了,但要试图挣脱这个网,却只能被它缠得更紧。向南被关在潮湿的黑屋里两个月后,那条受伤的腿瘸了,谷子秀自顾不暇。娘每天上工劳作,不肯歇息一天,即便这样,也挣不够烧火的柴草。舒文第一次对谷子青抛下娘和姐姐擅自出走而心生怨恨。她每天洗衣做饭,甚至想剪纸去卖,虽然谷子青寄来的钱可以买到足够的粮食。她为谷子青赎罪似的,竭尽所能地寻找着事情来做。

在老路带人做外调的时候,她意外地见到了田禾,确切地说,是从那女人的眼神里一厢情愿地判断那应该是田禾,当然,她猜得没错。

田生按捺不住内心的激动,颤抖着声音对田禾说:"谷子青这个王八蛋倒霉了,有人来搞他的外调,给你出气的时候到了。"

田禾二话没说,抄起窗台上的鞋,啪啪对磕两下打落尘土,穿上鞋去了街上,把老路从大队部请到家里,让田生守着她的面记录材料:

"他祖上行医。"田生说。

"不收一分钱。"田禾补充。

"他爸做水车砸死的,用的是队上的木头。"田生说。

"是为了全村人抢水浇地,为了全村人。"田禾补充。

"他娘据说是地主家的闺女。"田生说。

"要饭来的,教大家伙儿认字。"田禾补充说。

田生气得火冒三丈,但看着她圆鼓鼓的肚子不敢发一点火。田禾寸步不离地跟着老路,直到田生在外调材料上盖上红彤彤的公章,并看着送老路的马车拐上去往县里的马路。

就是在回家的路上,舒文遇到了她。俩人对视了好一会儿,谁也没说什么,但彼此心知肚明,也就在那一刻,舒文心冷了,她在田禾的眼睛里看到的满是羡慕、心疼和爱,而这心疼和爱全部得益于自己身后的男人——谷子青——田禾比自己更爱他。

夜里,舒文辗转难眠:如果没有孩子,自己是否愿意把谷子青还给她?

第十二章

望着身边孩子稚嫩的小脸，精巧的鼻翼随呼吸一张一弛均匀地扇动，她难以平静，一想到爱将失去唯一性，她就难以平静，即便谷子青对此浑然不知。自己是这两个孩子最后的依赖，她感觉到一股母性强硬的力量在体内涌动，她要让自己变得独立强大。她不知道，自己的这份担当在无形中成为困扰谷子青的因素，让他在这个家里变得无所适从。

"让仓儿跟俺去区里读书吧，凭你教的知识，他可以直接插班三年级。"谷子青说。

舒文沉默着，继续缝谷仓的冰刀鞋、绑腿带子。

"区里教育终归好些，去年三月五号厂办小学举办少先队员入队仪式，孩子们都激动得哭了，每天争着抢着做好人好事，厂办来打扫卫生的学生是一拨连着一拨，擦玻璃、扫地、抹桌子，要是会使唤机床，怕是连俺手里的活都抢了去。"谷子青讨好地笑了笑继续说，"设计室老张的老娘从青海来，小脚老太太，每次出门都是被人扶回来的。"

"你说的有道理，可你忙起来没黑没白的，我怕你照顾不好孩子。要不让他自己做决定，如果他不同意就等明年。"舒文说。

"让他做决定？这小子玩疯了，怎么可能去。"谷子青笑着说。

谷子青说的没错，从谷仓后来写的一篇回忆性作文，可以看出他当时野蛮生长的自由状态：

我的故乡在东北的山里，从小，我就是个药罐子，需要经常躺卧在床上，天气好的时候，我会坐在门槛上晒太阳，看眼前的植物，从一枚枚坚实的种子破土而出，蓊郁葱茏，到籽实丰盈，再到枯黄委顿，于某个夜里被寒风冷雨撕裂，腐烂在泥土里消失殆尽。我便想到自己，想自己是处在植物的某个时段，衡量着与死亡之间相隔的距离。那时我禁不住想，这些玉米、大豆、白菜都是季节美丽的装饰品，直到我将近六岁，才知道这些都是实用品，为此，内心不仅感到沮丧，还为自己身处这种简拙的生活环境感到大失所望——这不应该是我活着的目的，我对自己说。

此外，我从没有尝过饥饿的感觉。这并不是说我的家庭生活多么好，我说过，我住在山里，我也不是愚笨的人，但我真不理解饿是什么，即使我没吃一点东西，也丝毫没有感觉。当然了，我拥有的东西不少，有着冰天雪地寒冷的冬天，叮叮咚咚流淌不绝的小溪，山脚下漫无边际的草地，当然还有庄稼，至于是玉米还是大豆全凭妈妈的意，反正到秋天都是一片黄澄澄的丰收。山上是浓密的林子，大都是黑松，间或有几行白桦、毛白杨。白桦树深得妈妈的喜爱，一下雨，妈妈便提着篮子进林子采蘑菇。黑松树密密匝匝，像妈妈不小心点多的玉米种，挤挤挨挨都是它，冲着天，笔直地生长，没有一点旁逸斜出的枝条。动物就更多了，松鼠、狸子，还有一只叫巴特的狼，遗憾的是它后来失踪了，听妈妈说，大片的黑松林被砍伐，它要来，需要穿过一大片开阔地带，那里时常潜伏着两杆自制的砂弹枪。它吃过砂弹的亏，后腿像被一双钉子跑鞋恶狠狠地踩踏过，满是砂子。后来，父亲在深山里遇险，是巴特救了他的命，但那已经是很久以后的事了，父亲说它老得像一个偎在墙角晒太阳的邋遢鳏居男人，如果不是后腿一块一块砂弹留下的秃斑，都认不出它了。

当巴特消失以后，我幻化成了它，用一只狼的视角占据着那片自由的领地，为此，当我决定想做某件事情的时候，会自问一句，如果是巴特会怎么做？是的，这样的结果总是美好的，我像风一样和伙伴刮过整座森林，在某个不被人知的山洞里找到几只蛋，并残忍地逐一击碎。当我在酷热的正午，把癞蛤蟆粘在河边的卵石上暴晒致死的时候，我会想起妈妈教的三字经"人之初，性本善"，内心充满罪恶感，但这并不妨碍我再次把它放到火上烤着吃。也正因为这儿，我对所谓的善意充满怀疑，反而对五月端午戴在手腕上的五彩线，和妈妈悬挂的艾蒿心存敬畏，同时也成了我任意闯祸的借口——反正每年端午可以驱邪辟祸洗刷掉所有的罪恶。

不久，因为一只熊瞎子，谷仓结束了他自由的生活。他始终弄不明白，熊瞎子一般只在三四月份以后才出没，怎么在寒冷的二月就出现了呢？

那天大雪，他和金家三小子在雪地上发现有两行野鸡的脚印，他们寻迹追踪，越跑越远，却没想到妹妹谷丰跟跟跄跄跟在后面，等他们听到熊瞎子的嚎叫躲藏起来时，才发现身后惊魂动魄的一幕——笨拙的熊瞎子正穿过黑松林，而谷丰正从远处低着头踩着谷仓的脚印往这边走。

熊瞎子对谷丰而言是陌生的，她并不觉得多可怕，她站住，似乎无意打扰它，希望双方两不惊扰地擦身而过，她甚至还试图侧身给它让路，没想到熊瞎子一声嚎叫迎着她走过来。谷仓急得想从老树根后面跳出来，被金三一把拉住。等谷仓再抬头，发现谷丰已侧身一倒，趴在雪地上，熊瞎子围着吓晕的谷丰转了几圈，居然走了。

谷仓一再求告妹妹保密，结果谷丰没说，反倒是金三当做历险炫耀地讲了出去。谷仓在结结实实地挨了一顿暴打之后,听任爸爸的安排,去了区里小学。

第一天,他就在班里一个男生身上把那一顿揍找补了回来。没想到的是,那个小子一贯霸凌同学,谷仓无意中做了件大快人心的事,受到同学们的追捧,生活反倒比之从前更风生水起地滋润起来。

二

在最后惶惑的几年,和平里,一个崭新的村落被环抱在田野和菜园之中。美丽的风景和大片丰饶的黑土地吸引着逃荒及蛮卡屯的人在此从事农耕。后来房子多了,流动的人也多了,就有人开始对外租赁土地或棚屋,串乡的货郎、裁缝或者酿酒的手艺人便留了下来,村里也就有了杂货铺和酒馆。每逢哪家添孩子娶媳妇,酒馆就挤满了人,随便是二胡还是院子里的柳条叶,甚至是一段不完整的口哨,都能引来一场荤素搭配的二人转。这里仿佛被世界遗落了,而这里的人,也乐得被空间和时间抛弃,吮吸着松脂香味,怡然自得地快活生活着。

"老谷,什么时候再轮到你添娃啊?"每个遇到谷子青的人都会这样问。

"快了快了。"谷子青快乐地回答。

谷子青的快乐真实而满足,他没有把这一切归功于自己的勤奋,而模糊地想象为虚幻的运气,甚至当夜深月圆的时候他会对自己所拥有的一切陷入某种不真实的怀疑里。他虔诚地感恩这份好运气,让他有一双可爱的儿女,一份安稳的工作,而现在,给予他好运气的舒文又将带给他第三个孩子,这让他满心欢喜。但他又能做什么呢?除了每次回家买几斤厂办罐头厂剩下的苹果核。好在只限内部购销,削果工人下手轻薄,虽然是核,其实果肉还有很多,这也是谷丰最期待的美味,以至于谷丰从此养成咀嚼苹果核、梨核的嗜好。

许是老了,谷子青对着镜子拨弄着两鬓隐约可见的白发感叹。人老了,心就软了。生谷仓、谷丰的时候,谷子青还年轻,正疲于奔波谋划家里的生活,没有太多心思在孩子身上,可现在不同了,生活稳定得像他手里所做的军械磨具，一道道螺纹有条不紊，盘旋而上。每次他双手触摸舒文的肚子，感知里面小生命的蠕动时，谷子青的眼神会因惊喜、诧异而变得呆滞，继而像做了错事的孩子一样嘿嘿傻笑着，更加殷勤细腻地服侍着舒文。

终于到了预产期，舒文娴熟地准备着新生婴儿所需的物品，静静等待着生命降生之前的风暴来袭。没有撕心裂肺的喊叫，一阵成熟女人在隐忍疼痛发出的沉闷呻吟之后，孩子出生了。谷子青走进屋，看见舒文疲惫不堪，浑身冒着热气，正享受经过痛苦折磨以后的休息，像一艘历经风浪的船，把一个灵魂送到彼岸，此时正抛锚停泊。她需要歇息，同她一起歇息的，还有精疲力竭的神经，以及渐渐消逝的记忆——她睡着了。

"你知道俺有多爱他吗？"谷子青见舒文醒来，趴在婴儿旁边对舒文低声说。

当晚，他在日记里写道：

从看到他第一眼开始，天都亮了。写到这儿，我又忍不住回头去看他，他就睡在我旁边，洁净的脸，像羽毛一样轻盈的鼾声，偶尔还会发出心满意足的叹息，是的，叹息应该是惆怅的、悲伤的，但他是欢喜的，就像吃饱饭打嗝一样。我真不敢想象，我真的拥有了他。我无数次幻想守着他、牵他的手，为此，我愿意做他身上的毛发，或者指甲缝里的泥土，这样，就可以守护着他，和他亲密相处。哦，天啊，我居然拥有了他，却又嫉妒他的梦，天马行空的梦里，他去了哪儿？可是远离了我？

谷子青看着他甜美微笑的脸，为无法确定自己是否在他梦里而忧伤起来。

"为什么叫天赐？"舒文失声喊道。

她知道，谷子青喜欢这个孩子，虽然不知道什么原因，但这个明显有别于前两个孩子的名字让她震惊。她有种不祥的预感，看着偎在怀里粉团一样的婴儿，一种似曾相识的感觉让她心悸——她想起了第一个死去的孩子。"绝不，"她语气坚定地说，"这个名字太大了，孩子压不住，我们不过是草木俗人，还是给孩子添点烟火气的好，'天'字，太大了。"

"有什么啊，名字不过是标签代号，哪有那么多说法。俺是觉得从你怀孕以后，日子平顺，孩子听话，猪羊像稻谷粒一样壮实丰满，他就像一个好运带给俺们安稳舒展的生活，难道这一切不该感谢老天的恩赐吗？你不是也时常感念老天对孩子们的眷顾吗?"

"还是叫他谷满或者秋实的好。"舒文继续坚持。

"还是叫天赐,或者暂时做乳名,长大上学时再定。"谷子青也没有妥协的意愿。

一旦念头萌生,名字后面的不祥像只蚂蚁,日夜噬咬着舒文的心。她用少有的固执坚持称呼"秋实",而谷子青已经通过一场酒馆狂欢,把天赐这个名字送到每个认识或有意结识他的人耳朵里。

五个月后,当天赐一如每一个普通的婴儿一样,既没有更早也没有更晚地从粉嫩的嘴里吐出"妈妈"两个字,舒文改变了主意:两个名字太分裂了,总归还是一个的好。于是,在一个周末,一家人都聚在一起的时候,她对谷仓、谷丰试图解释弟弟名字的含义,消除兄妹因此对弟弟产生的排斥或者嫉恨。没想到,还没等自己吃完饭,谷丰早已把自己的碗洗好,抱着高尔基的《人生》跑去灯光下读了起来——她最近迷上了小说,借的,着急还。而谷仓则是一副心事重重的样子,完全没有对话题继续聊下去的意愿,至于趴在妈妈怀里咕嘟咕嘟喝奶的弟弟叫什么,他完全无所谓。叫什么都可以,只要别打扰他,此时,他正深陷在青春期朦胧的情感里无法自拔——他爱上了教自己语文的苏老师,她的手一碰到他,他便感到从脖颈到脊梁骨涌起一阵甜蜜的颤抖。

谷仓不确定这种异样的感觉是从什么时候开始的,但他清楚地知道自己正饱受思念的折磨。他从没有把语文作业痛快地交到课代表手里的时候,总是借口忘记了,然后自己急匆匆跑去苏老师办公室,亲手交到她手里,以期在作业本传递时感受指尖触碰的战栗。更多时候,苏老师会让他放在办公桌上,他会忽然情绪低落,怅然地离开。去的次数多了,他发现苏老师有男朋友,一个比数字1还羸弱的会计,有着一双惶惑的眼睛和病态的白皮肤。他为此伤心绝望,失去了生活的兴趣,甚至想到了死亡。

"人会绝望到死吗?"他喃喃地问苏老师。

浑然不知的苏老师尽职尽责地劝慰他:"为什么绝望呢?总有一件东西是值得留恋的不是吗?哪怕是一只猫,或者一只狗,雨后河水漫过的草地,或者挂在松树梢迟迟不肯落下的太阳都值得我们留恋,不是吗?"

还能说什么呢,谷仓只好躲在校园大门前那棵古老的合欢树下,偷偷看着会计接苏老师回家。他不配,他心里呐喊着。一想到他惨白干瘦的手指将握住她的手,他就感觉到愤怒和耻辱,忍不住想要做些什么伤害他的事。

最后,舒文的郁结,在安冉那里得到了消解。

安冉说:"每个孩子的名字都是大人的心结,只是角度不同。当地有句老话,叫'大孙子、老儿子是男人的命根子',男人都这样,"随后,她指着在院里撵得鸡疯跑的女儿说:"她的名字简单,春旭,其实本来叫春冉,取他爸和我各一个字,我爸死后,我将她的冉换成了旭,冉冉,总是感觉那么缓慢,慢得连死都成了一件漫长得令人不耐烦的事。"

"你爸死了?"舒文很诧异。

"是,"安冉神色悲戚,"他在医院一间偏僻的平房里死去了,他独自在那里住了六年,不能见人,任何人,也不能听到声音,人的声音,否则就会像只受惊的猫,追着自己尾巴一样地转圈,然后突然直奔一个方向冲过去,即便那是堵墙,为此经常撞得头破血流。我妈找人把他安置在那儿,这也许是她作为妻子做的唯一一件符合我爸心思的事。我爸在那儿过得很安逸,很享受,每天只专注地做一件事:扫地,便一天都在扫;擦玻璃,便一天都在擦;思考,便一天坐在院里海棠树下望天,势必要穿透云层看向天外一样地执着地望,疾病把他的性格表现得极致而准确。在弥留的时候,他直勾勾地看着窗外。院里海棠花开了,很美,我便觉得他清醒了,被美唤醒了正常感知,不再受控于脱了轨的神经。他无视我的存在,僵硬得像一截木头,安静地望着,喘息着,仿佛空气是有限的,他小心谨慎地喘息,每一次呼吸都仿佛是最后一次一样地珍惜、悠长。他这样持续了一周的时间,让每个守候的人因无聊和疲劳而产生了厌倦,包括我,乃至于对他的死生出了盼望,盼望自己和他都能早点解脱。

"别这样看着我,真的,当时我就是这么想的。后来妈妈来了,她推开门,满树灿烂的海棠花让她由衷地发出感叹,'花开了?真美啊。'显然我爸也听到了,他忽然笑了,脸潮红得像个激动兴奋的孩子,急促喘息了几分钟之后,他死了。至今我对我爸临死之前的兴奋不能理解,对于我妈——他曾经的妻子,他是爱还是恨呢?"

"还是爱吧。否则他不会听从你妈的安排,脸也不会出现潮红。"舒文安慰道。

"潮红也许是计划得逞后的兴奋,他以死作为对妈妈的惩罚。"安冉神情索然。

"人都死了，就别把人想得那么阴暗复杂，尘归尘，土归土，都过去了。"舒文说着，伸手轻轻拍了拍安冉的肩膀。

安冉苦笑了一下，两颗硕大的眼泪滴落下来。

三

日子过得很快，大豆结荚玉米黄穗的时候，天赐已经一周岁多了。他乖巧懂事，小嘴甜得像抹了蜜，跟跄着追在舒文的后面"妈妈妈妈"叫个不停。舒文偶尔回想起曾经的担忧，除了念一句自己真蠢之外，一切仿佛隔山隔水一样遥远了。

该去派出所给孩子申报户籍了。辖区派出所一排五间房，坐落在半坡东侧，古老粗壮的老杨树分列道路两旁，远远看去，像一个挂在树枝上的鸟笼子。派出所院里空荡荡的，几辆永久牌自行车整齐排列在墙根底下，推开门，一个小警察正埋头写着什么。

"俺给孩子报户口。"谷子青说。

"哦，你等一下，区里领导来检查工作了。"他头也不抬，心不在焉地回答，又一指墙边排椅，说："先坐会儿啊。"说完，拿起一摞纸去了另一间屋。

谷子青闲着无聊，从立在办公桌旁边的报架上取下《春城日报》打发时间。

低头看报的时候，不知是出于什么暗示，他感觉自己并非独处一室，也许听到一声轻微的吱嘎声或者一声叹息，而更为可能的是，他感受到了一种被人偷窥的不适。他抬起眼睛，四下察看，发现在办公室里面还有一间房间，门玻璃框上映着一张女人的脸。她看到谷子青看自己，便推门走了出来，神态自若地坐在办公桌后面。

她是个美丽的女人，梳着少见的精致的盘发。她的头习惯性地后仰，因为挺括的衣领抵到脑后的发髻而不时扭动一下脖颈，这让她优越感里有了倨傲的成分。

"你不认得我?"她问。

谷子青听她这样说,便有意仔细辨认一番,感觉眉眼似乎在哪里见过,但越仔细看,越感觉陌生不敢确认,便迟疑着摇了摇头。

"土门岭车站,在二十年前。"她用审视的目光打量着谷子青。

谷子青愣怔地看着她,在记忆里努力寻找了一遍之后,确定没见过这个女人。但是土门岭车站,名字怎么那么熟悉?他疑惑地点了点头,又摇了摇头。

"你真不认识我了?火车,绿皮火车,压死一个人,被压成两截。"她继续提示着,为他居然忘记自己感到着急。

谷子青猛地想起了,是啊,在树林里,一个踉踉跄跄的男人,绿皮火车从山坳开过来,忽然,他眼前猛地出现一条红格子围巾,以及覆盖在它下面的一张残缺扭曲的脸。是她?那个小女孩?不会这么巧吧?他狐疑地看着她。那个女人看穿谷子青心思似的,笃定地点了点头,以确认他想的没错。

"就是我。"她说,"我中学毕业就在这儿工作。你呢?"

她是个克制的人,谷子青从她眼里能看出老友重逢的喜悦,但脸上却是漠然的,仿佛被覆盖了一层薄膜,看不出任何表情。

"我在轻合金加工厂,就是废弃的西街花园旁边。"谷子青说,原本兴奋的欣喜在她的目光下渐渐冷却。"对了,俺叫谷子青,来给儿子上户口。"谷子青补充说道。

"哦,我叫易容华,把户籍簿给我,我给你落户口吧。"谷子青忙站起身,掏出黄纸壳封面的户籍簿递给易容华。易容华翻到空白页,问谷子青:"叫什么名字?"

"天赐,谷天赐。"谷子青带着甜蜜说出他的名字,脸上露出难以自抑的笑意。

容华露出惊异的表情,翻看了户口簿前两页,看到了谷仓、谷丰的名字,问道:"这是第三个孩子?"

谷子青点点头,连声说:"是啊是啊。"

"琉璃易碎彩云易散,太宝贝的东西都比较脆弱。"易容华说完,显然觉得不太合适,便又笑着说,"又不是第一次当爸爸,怎么这么欢喜?"

谷子青牵动嘴角勉强笑了笑,心里却旋起一阵风暴,他想起一句话,

第十二章

担心是最大的诅咒。舒文、开春以及老金都和他说过类似的话,他从没往心里去,今天却不知怎么,易容华的话像一道闪电刻在了他心上。他开始重新审视这个颇遭争议的名字,感恩、炫耀哪个成分更大?他不确定,因为哪个都不足以完整表达他的情感。他沉默着,带着凝神思索后的冷峻回到家,再听舒文"天赐、天赐"甜腻宠爱的呼喊,谷子青的耳边像铺撒了一层苍耳,每一声都裹着刺传进大脑里,扎得他心神不宁。

傍晚时分,鸡叫了两遍,其意味让人无从得知。微风拂煦,又渐渐止住。谷子青端着碗往橱子里放,橱门敞开着,他用膝盖抵着一扇,蹲身往里放的时候,一只狗在山坡后吠叫,另一条狗回应它,谷子青失神的片刻,抵着的门弹了回来,刚好打在手里托着的碗上,只听一阵稀里哗啦,碗摔落在地上。他本能地回头,看见舒文疼惜地看着地上的碎片,怀里的天赐反倒镇定自若地望着谷子青,仿佛他早已预见到了这场意外,除了对一只碗的惋惜还有对谷子青的同情。从天赐漆黑的眼睛里解读出这些含义后,谷子青不再镇定,他想起易容华说的"琉璃易碎彩云易散",心里陡然升起莫名的恐惧感。

第二天,他匆匆离开,罕见地带上足以换洗一个月的衣服——从前他可是每周都要回来的。

从未像现在这段时间这么难熬,谷子青像一只惊弓之鸟,每一个陌生的声音都会让他心头一颤,他备受炼狱之火的煅烧,日夜担忧噩耗会插上黑乌鸦的翅膀突如其来地降临。他时常手握锉刀,眼望门的方向,像一个猥琐的偷窥者一样不时瞥上一眼,为此,他左手被锉刀划破过,螺纹钢断裂过。长久的等待让他变得烦躁焦虑,当那天老金匆匆推开门,拖着哭腔喊出他名字的时候,他居然有种如释重负的轻松感。

他像一个局外人一样,慢慢摘下手套,把图纸抹平叠好放进抽屉里,而实际它并非属于机密。老金把这一切归因于被巨大悲痛冲昏心智的表现,不是吗,最心爱的儿子死了,掉进冰冷的菜窖摔死了,虽然外表完好如初,像每个酣睡的深夜一样安详,但折断的脖子却让他再发不出一丝一缕的呼吸。

远远地,谷子青看见木屋前面的空地上站满了人,脸上像蒙了一层土,像畦沿上没来得及拔掉的野菜秧子,挂着一层干涩的赫黄,在风里静默而缓慢地徘徊着。在众人齐刷刷投射来的目光注视下，谷子青微微战栗，下眼睑如同失控的马达抑制不住地跳。太安静了，山、房子、人、摇摆的白桦树……谷子青感觉眼前一切清晰可见，却又是那么模糊，他仿佛置身云端，又好像在梦游。他心里明知道发生了什么，却依然摆脱不了眼睛里的困惑——一切太不真实了，离家的时候天赐还奶声奶气地呼喊："爸爸，造地（早点）回来。"

平坦的院落，没有任何磕绊，谷子青腿却忽地一软，一个趔趄跌倒在地，自行车哐啷一声被甩了出去。老金大汗淋漓，紧蹬着自行车追过来，气喘吁吁地喊："傻了吗？来个人扶着他啊。"

开春一愣神，被惊醒了一样忙跑了过来，扶起瘫软的谷子青往家里走，边走边抽泣着说："嫂子原以为孩子睡着了，就去地窖拿东西，没想到孩子醒了，到处找妈妈，不知道怎么就走到地窖口，一脚迈下去就……"开春呜咽着，说不下去了。

谷子青加快了脚步，众人自发闪躲在两边，让出一条道路。一进门，一口小木匣摆在当中——开春和屯子里的人已经将天赐安顿好。东边炕上，舒文低垂着头，嘴唇干裂，嘴角挂着一抹白色唾液的干痕，像一堆破败棉絮偎在安冉怀里。看见谷子青进来，舒文倦怠地抬了一下头，失神的眼睛登时燃起一丝亮光，随后又迅速地熄灭了，重又垂下头，眼睛再次埋进额前凌乱的头发里。

空气里不时流动着隐忍的啜泣声。

谷子青两步跨到小木匣前，一下扑倒在棺木上，从胸口涌起一股热浪直冲喉咙，他呆张着口，像一只被踩住脖子的公鸡，发出含糊不清的唔唔声，眼泪哗哗哗地滚落在棺木上。屋里的啜泣声大了起来。

老金、开春忙过来拉起他，问道："现在不是哭的时候，该怎么办啊？"

谷子青紧咬嘴唇，勉强站住，用手使劲掐了几下太阳穴，拖着鼻音说："埋了吧，再放下去你嫂子受不了，让安冉把孩子的东西都包起来，一起埋到山里去吧。"

一听到"埋"字，舒文哭喊着往地下挣扎，嘴里哭喊着："孩子，我对不起你啊孩子。"安冉和马屯长媳妇也哭泣着，架着她的胳膊，把她又按在炕上。舒文像刚认出谷子青似的，对他哭喊着："他每天中午都会睡一会儿的，我想他睡着呢，我以为他睡着呢，我想去菜窖拿点东西，是的，我想拿几个土豆，蒸土豆，蒸熟碾碎做土豆饼。土豆生芽子了，没有一点水分，我总要挑拣吧，啊，我总要挑拣吧。我在挑拣土豆，在一堆土豆里挑拣好点的土豆，我为什么要挑呢，早晚都是要吃掉的我为什么还要挑拣呢？我真蠢，我真该死，我以为他在睡，我慢慢挑拣，不急不慌地哼着歌慢慢挑拣，我居然在哼着歌，哼着哄他睡觉的歌，然后，然后，"舒文瞪大眼睛呜咽地指着地上说，"他就到了窖口，他喊了妈妈，我听到他喊了，他以为像每一次一样，奔跑着在跌倒之前我会抱住他，他以为这次也是这样，他在空中喊着'妈妈，妈妈'，可我来不及啊，我在哼着歌，我在拣土豆，我听到他喊我，我听到了，我也转过身去抱他了，我转过身，我想伸出胳膊，我想伸出胳膊去接他，可我还没来得及做，我什么也没做，什么也没做，他已经躺在我身后了，太阳光打在他脸上，我觉得他睡着了，虽然我明知道不是，但我觉得应该是，不是吗？他应该睡的呀，每天中午都是在睡的呀。"

舒文挥舞着双手，不停地说着，反反复复不停地说着，仿佛停下就要死掉一样。

谷子青看着悲伤欲绝的舒文，试图走近去安慰她，刚迈出两步又站住了，转头对开春说："走吧。"

谷子青谢绝了他人的陪同，只带着老金和开春，一个提着铁锹，一个抱着孩子的衣物玩具，谷子青抱着木匣，走向埋有申科的山坡。他缓慢地走着，忽然想起，这不是第三个孩子。他忽然无比想念第一个连名字都没有的孩子，并为自己的遗忘愧疚。

他抬头看看天，阴天，橘黄色的太阳像一枚腌透了的鸭蛋黄，挂在西边黑松林上方。他很难过，说不出地难过，像一锅煮沸的水被锅盖紧紧地压住，栓塞着身体每一条流动的血管。他把木匣紧紧抱在怀里，仿佛抱着最心爱的儿子天赐，细微的喘息和孱弱的心跳像火车进站的嘶鸣一样在厚重的浓云之中回响，在这振聋发聩的声音里，他不断暗示自己：这是梦，一场噩梦。他不敢低头，他怕怀里的木匣消失，怕自己拖沓的脚步被现实的草梗绊倒，失去哄骗自己的借口。

这段漫长痛苦的路程，很快就走完了。

谷子青看到申科的坟上已经是杂草丛生，人怎么可以如此健忘呢？再回想，曾经刻骨铭心的兄弟情谊竟变得云淡风轻。唉，谷子青想着，围着申科的坟墓拔去荒草，又擦了擦立在坟前的墓碑。

木匣就放在一边，谷子青躲避着不想去看，仿佛不看，一切就不曾发生。墓穴已经挖好。坟上的草也拔干净了。谷子青再找不出躲闪的理由。他终于把目光投向木匣，愣怔地看了一会儿，仿佛很诧异它突兀的存在。他坐下来，继续愣怔地瞅着木匣。

"封上吧？"开春拿着锤子和钉子在旁边说。

谷子青没说话。推开木匣上面的木板，乖巧粉嫩的天赐出现在了眼前。他煞白着小脸，依然保持着酣睡的状态，因为一路颠簸，两条小腿扭向一边。谷子青眼眶一热，眼泪涌了出来，在泪水坠落的瞬间他忙用胳膊挡住——当地风俗，眼泪落在死者身上不吉利，会扰得死者灵魂不安宁——他解开包袱，捡了几样天赐喜爱的玩具放在棺材里。包里有一本《枫林湾》图画本，谷子青撕开一页，抽泣着左折一下右折一下，然后从地上捡起一根草梗串上，很快，一枚风车做好了。他把风车摆在天赐的脚下，又撕下一张纸，继续叠起来。

谷子青边叠风车边抽泣地说："俺答应给他做彩色风车的，俺答应过他的。"

低垂着头一直流泪的开春终于控制不住，从胸腔里发出野兽一样的呜呜，跑到白桦树下，搂着树放声大哭。

老金抹了一把脸上的泪，一屁股坐到地上，跟着谷子青一起，撕下图画纸叠风筝。

七颗铁钉，一块木板，把谷子青和天赐今生的父子缘分斩断了。一铁锹一铁锹的泥土落在棺材上，谷子青抟挲着手，颤抖着声音对开春说："轻点，轻点，他还小，别压疼他，别压疼他啊。"

开春的动作慢了下来，铲半铁锹土，像撒花瓣一样轻轻地撒落在棺材上。谷子青弓着腰，身体随每一铁锹泥土的落下起伏着，他细腻地捡起每一块板结的泥土在掌心揉搓成粉末，再用力撒向棺材。渐渐地，黑色泥土封住了棺木，眼见着一个崭新的坟丘即将隆起。

突然，谷子青向前猛地一扑，张开双臂，整个身子压在了坟上，脸深深埋在泥土里，一动不动。世界一片静谧，忧伤像纷纷的细雨洒落下来。谷子青忽然大放悲声，惊得一群麻雀从林子里仓皇飞出冲向空中。开春和老金愣了一下，忙上前拉谷子青。等把他拉起，谷子青已经是满头满脸的

第十二章

黑泥，嘴里还衔着几棵青草，他呜咽着，咀嚼着，生生把草混着泥与泪咽了下去。

痛苦抽掉了谷子青的筋骨，他瘫软着，无力行走。为了缓和谷子青失控的悲伤情绪，他被架到老金家。

老金和一般人家不同，三间北房改成了客栈，自己一家人住东边两间偏房。

老金打好水，谷子青把脸浸在盆里憋了好一会儿，感觉心神稳了些。他长舒一口气，把脸使劲揉搓了几下，郁气渐渐疏散，气从喉咙慢慢落到了心口。

"唉，命啊，都是命。"老金说。

他的话像道灵光，谷子青一下想通了，可不就是命嘛，名字、担忧、甚至天赐异于常人的乖巧和聪明，似乎都是命运早已安排好了的，注定他来世上遭此一难，而自己呢，命里注定遭此一劫，谷子青这样想着，心里舒服了很多，是啊，谁能抗争得过命运呢。他愿相信这是命运的事，相信了，心里就不再纠结，就放过了自己。

他打起精神，端起水盆去院里泼水，在往回走的时候，听到北屋一阵骂声："不是说打过电话了吗？怎么汇票还没到，啊，扯谎对你没好处知道吧，我们说话算话，只要你汇票一到，我们立刻发货，四方松木，车皮都不用你找，运费算我们的，咋这都不满意？啊？"一声巨响，什么东西砸到桌子上的声音。

"满意满意，兄弟别着急啊，俺再去城里打电话，放心，汇票可能在路上呢。"一个操着山东口音的男人急促地回答。

谷子青知道，最近几年木材紧俏，很多骗子充当起了中间人，指着一片林子许愿，其实那林子和他们没有一点关系，当然，他们顺便也干点偷伐的事。谷子青转身往屋里走，这时听见那个人继续说："哥几个想想，山东多远啊，路上总需要几天时间的吧？别着急，啊，别着急。"

"山东。"这两个字一下钻进了谷子青的心里，他站住了。

"住的是什么人？"谷子青哑着嗓子问老金。

"山东一个农场的，来采购木材，遇到赖三被骗到这儿来了。"老金撇着嘴，"操，他也真能扯犊子，二道岭那一片老黑松林，百年老树了吧，他说是他们的，这不扯吗？"

"他就信？"谷子青问。

"鬼才信。可不信又能咋？弄不好拖到山里，哪道悬崖下面没死人，也不多他一个，就算老家来人也找不到，哪儿找去啊，这漫山遍野的老林子，就算找到也早成了白骨，不知便宜了哪个野物的肚子。"老金说着，接过水盆，进了屋。

谷子青回头瞅了瞅，一个四五十岁的男人刚好跨出北屋门槛，身后跟着人高马大一脸横肉的赖三几个人。那人显然心是慌的，出门的时候一个趔趄，后迈出的脚尖刚好绊在门槛上，他哎哟一声单膝磕在地上，就在他起身时，抬头正看到谷子青回头看过来，绝望的眼神瞬间闪过光亮，忙用期待的目光向他发出求救。

谷子青觉得他有些眼熟，但也只是一闪而过，转头便进了屋——没人愿意得罪赖三，一个心比狼还狠毒的人。

四

天赐就这样走了，用一场哭泣为短促的生命画上了句号。一切又恢复了平静，谷子青用宿命论说服了舒文。她想想也是，人生不过是两场哭泣，一场生，自己哭着来；一场死，在别人哭声里去，这都是人生来必经的路，不过是早晚而已。她止住哭泣和自责，先于谷子青之前摆脱了这场悲痛，至少表面看起来是这样。但莫名的忧伤依然像水雾混杂在空气里，充斥着这个家的每一个角落。

谷丰用积攒的零花钱买了十块咖啡方糖送到天赐坟前。在她看来，世间最美味的就是它了，带着炭烤的烟熏味道在口腔里滑过的瞬间，仿佛漫山遍野的杜鹃花开放了，满心的姹紫嫣红。她在坟前哭得十分伤心，为弟弟没有品尝到这样的美味就死去而难过。而谷仓，则陷入了持久的沉默，仿佛受到死亡的惊吓而封闭了对外敞开的心扉，他变得神情凝重，经常刚举起筷子，便被施了咒一样悬在半空，或者面对一堵空荡荡的墙落泪。

"这孩子怎么了？"谷子青对舒文说。

"唉！"舒文叹了口气，手在裤兜里搓弄着。

第十二章

"这样不行啊,每天失了心似的还怎么学习啊?"谷子青眼瞅着舒文说。

"唉!"舒文叹了口气,手继续在裤兜里搓弄着。

"唉!"谷子青不觉也叹了口气,他感觉自己像一只漏气的车胎在一点点萎缩,一样的房间,一样的家具摆设,一样的亲人,怎么突然觉得房间变得大起来,空荡得让人心冷。他看看窗外,阳光和煦,草木葳蕤,一切那么安静祥和,可屋里怎么那么冷,他情不自禁地打了一个寒战。他看看舒文。她低着头倚着被垛,手继续在衣兜里搓摸着。谷子青心里堵得更厉害,便站起身对舒文说:"俺出去转转啊。"

"唉!"舒文又叹了口气。

站在太阳底下,谷子青还琢磨不透刚才舒文的一声"唉"是叹息还是回答。他抬头看看太阳,感觉到苍老。"草芥之人,草芥之人。"他嘟囔着,拔下一株狗尾草衔在嘴里,苦涩的草汁让他心神安定。去哪儿呢?谷子青环顾四望。没想去哪儿,脚下却已经迈向去往老金家的小路。

这条路是新近刚踩出来的,因走的人少,小草依旧蓬勃,远远看去,像无意中被火燎出的一道痕迹。草可以春风吹又生,人呢?一朝离世灰飞烟灭,任白云苍狗世事变迁再与自己无关。眼前又出现天赐的模样,谷子青使劲摇了摇头,竭力把他甩出脑海。

未及走到门口,就见老金着急忙慌地从院里走出来。看到谷子青,慌乱地摆着手紧走几步迎过来,贼一样低语着:"快走快走,躲远点,赖三又造孽啦。"

"怎么了?"谷子青也紧张起来。

"那个山东人一早被带到林子里,可能不太好啊。"老金说。

"不是为了要钱吗,不是等汇票吗?"谷子青问。

"唉,也该着他倒霉,赖三逼着他给单位打电话,谁知接电话的是个傻狍子,山东人咋暗示对方也听不懂,直截了当地说汇票已经邮寄,马上就到。这人一想汇票到手还有他的好吗?昨晚上就想跑,没想到早被人盯上,这不一早就拉山上去了。唉,凶多吉少啊。"老金痛心地说。

"赖三每次不是只为钱不下狠手吗?"谷子青问。

"这人好像是哪个农场管事的,业务数额太大,足够公安立大案的,赖三也害怕了,有可能灭口。"老金说。

谷子青跟着老金转身往回走,随口问道:"农场?哪个农场?"

"好像是万捷农场……"

"万捷"两个字像一块布，瞬间抹去时间的尘埃，清晰的记忆呈现在眼前，他忽然想起为什么看那人眼熟，卢春，谷子青确定没错，他就是卢春，在农场时候的二组组长，那个把最轻省的活计派给他的老大哥。

"他们去了哪儿？"谷子青焦急地问。

"二道岭的黑松林。"老金看谷子青脸色不对，追问道，"你咋了？"

谷子青知道二道岭，那里林密山陡谷深，北山有一道峭壁叫老鹰嘴，被灌木遮掩着，不熟悉的人很容易从那里跌下去。

"没事，没事。哦，俺先走了。"谷子青含糊地说完急匆匆往回走。

谷子青没有回家，他躲开老金的视线，穿过大片草地，绕过白桦林，直奔二道岭走去。

谷子青不信任老金，包括所有需要交换的商业关系，他觉得人心承受不住利益的撩拨，而自己又无意也没有足够的利益去做交换。

二道岭位于北山北麓，中间相隔一条马蹄形山谷。就是这条山谷，使两座山山势截然不同——北山坡道低缓，一个个山头如圆润的馒头，而二道岭的山峰却如直挺的笔架，高耸险峻古木参天，即便太阳晴好，走在林中也会感到阴冷恐怖。而此刻，谷子青却走得大汗淋漓，在农场的情形、卢春求救的眼神、被推落悬崖的惨叫不断在脑海里呈现，谷子青扶着一棵黑松老树，用力昂着头寻找太阳，以此辨识方向。

太阳当空悬挂，肚子咕噜咕噜传来饥饿的肠鸣，谷子青稳了稳神，再有不远应该就到老鹰嘴了。老鹰嘴——附近的人都知道那儿，因形似鹰嘴得名，人走在上面觉得甚为平缓，但那只是探出来的山体，下面是悬空的山谷，稍有不慎跌落下去必死无异。

人远不如一棵树长久啊，穿行在林子里的谷子青想，人人都为百年计，几人又能到百年呢？

"站住，你去哪儿？"

谷子青吓了一跳，抬头再看，一个面目邪恶的男人从黑松林后面闪了出来。再往远处看，竟然已到了老鹰嘴，有三个人正往"鹰嘴"位置走。谷子青一眼认出赖三，并不理眼前问话的人，直冲着赖三大声喊："赖老弟，是俺啊。"说着，疲乏的谷子青蹚着草丛擦过那个男人的肩膀，踉跄着往前紧跑了几步。

第十二章

前面的人停了下来。赖三认出了谷子青,勉强堆着笑脸迎过来,问:"这荒山野外的,你怎么跑这儿来了?"

待俩人走近,谷子青一脸愁容地叹了口气,说道:"唉,别提了,你也知道,你老侄子没了,心里总缓不过劲来,这不想来林子里散散心嘛,谁知道在家门口还能迷路,也不知道怎么就走到这儿了。"

赖三回头看看,剩下的人还在原地观望等待,心里便有些不耐烦,朝地上使劲啐了一口唾沫,抬手指着一个方向,说:"朝那走,一直走就能走出林子。"

谷子青装作不经意地扫视过几个人,目光落在卢春身上,见卢春正呆望着自己,惊恐的眼神里充满疑惑,想必他对谷子青也有种似曾相识的感觉。为了防止别人看出端倪,谷子青收回目光,装作无助的样子说:"老弟,这也快到下午了,俺怕自己又迷路了,这次运气好遇到你,下次就难保了,俺们还是一起回吧。"

赖三乜斜着眼盯着谷子青看了好一会儿,试图寻找出令他生疑的蛛丝马迹。悲苦和疲劳分散了谷子青内心的惊慌,他用一脸无辜来回应着赖三的审视,直到他眼神飘忽着移开。

"你等一下。"他说着开始往回走,和等待他的人低声耳语了一阵,又转身返回来,笑着说:"行,我们一起走,不过你也走累了吧,我们去那边歇一会儿去。"话音刚落,已不由分说地抓起谷子青的胳膊,用力拉扯着往"鹰嘴"走。

谷子青心里暗暗叫苦,后悔没叫老金一起来,万一自己葬身鹰嘴谷底,舒文和孩子怎么办?他们就是想找也没地方找去啊。想到舒文和孩子,他百爪挠心,责怪自己一心沉浸在失去天赐的痛苦中而忽略了身边的亲人。但事到如今已经无路可退,那个一脸邪恶的男人就跟在身边,保持着戒备。谷子青一摆胳膊,挣拽开赖三的手,顺从地跟在后面。有赖三遮挡,谷子青趁机传递给卢春一个会意的眼神,卢春瞬间明白,紧绷的神经松弛下来,互相用目光在空中达成某种默契。

谷子青知道,赖三之所以拖延不走,一定有其他目的。他只听说过有在此谋财害命的,却不知用什么手段,谷子青心一横,心想,总该不会光天化日之下动手吧?况且有外人在。

一切很正常,甚至有几分空谷幽兰的情趣,大家微笑着点头致意,仿佛被深邃空旷的山谷所吸引，一时陷入沉寂，只听到各种不知名的鸟鸣从高大的树冠中传来。

赖三指着"鹰嘴"对面的树林对卢春说："发完这两节车皮你就信任我了，到时你再来，你看那边，有整座山最好的落叶松，还有难得的水曲柳都给你留着。"

"好好，谢谢兄弟，谢谢兄弟。"卢春唯唯诺诺地应承着，竭尽全力表现自己的真诚和信任。被困十几天了，如果不是自己设法拖延汇票过期，恐怕早就遭遇不测，虽然还不知道不测具体意味着什么。钱不到，人是安全的，但这次单位重发汇票，结果就很难说了。他下意识地看看谷子青，这个人似乎在哪里见过，从眼神看是善意的，但在没有弄清他的动机之前，还是多加防范的好。

这时，赖三相从的几个兄弟去了林子，不一会儿，或拖着挂满松子的枝条，或兜着满满一大捧野葡萄、山里红等野果子回来了，大家围坐在一起吃野果充饥。就在大家忙于充饥的时候，忽然厚密松软的草丛里传来声音。谷子青转身一看，顿时惊呆了，一条扁担粗的蟒蛇正仰着蛇头吐着猩红的芯子看着他们。只听卢春发出一声嚎叫，站起来拔腿就跑，两个男青年紧随其后，蟒蛇在草皮上呲呲滑行紧追不舍。

突如其来的意外让谷子青有点蒙，但他很快冷静地看透了事情的本质——他们动手了。

那两个男青年引着卢春往"鹰嘴"崖上跑，谷子青佯作受到惊吓在后面紧追，嘴里喊着："救命啊，啊，救命啊，往这里跑，别停，往这里跑。"

听到喊叫的卢春折头往谷子青这边跑来。

赖三一见恼羞成怒，追上谷子青，先一脚把他绊倒，然后紧搂着他的腰把他压在草丛里，威胁他说："别动，山里蛇有毒，你一吵会追上我们，你不想死吧？"

谷子青又听到卢春的尖叫声，声音离他越来越远。等自己站起来，卢春一定已经消失了。赖三的话谷子青并不怕，他知道，蟒蛇很少有毒，并且从不轻易攻击人，而人比蛇毒得多，便歇斯底里地喊道："别停，往这里跑，往这里跑。"

赖三一听，立刻用肘部堵住谷子青的嘴，眼冒凶光低声说："你想死吗？"

第十二章

谷子青说不出话了,眼望着天,绝望地看乌鸦嘶叫着飞过天空,看风追逐着流云飞快地滚动。等待吧,在最无能为力的时候,把一切交给时间吧,耐心地等待,发生的和将发生的都会过去,不管结果如何,都会过去的。

这时,忽听一阵穿越草丛灌木飞速而来的嘈杂声,谷子青猛地看到一只苍老的狼脸出现在赖三的肩头上遮住了天空。谷子青脸色大变,想呼喊,喉咙却被赖三的胳膊紧紧扼住,只能眼睁睁看着那只狼张开大口朝着赖三的肩头狠狠咬了下去,赖三一声惨叫滚到一边。谷子青想挣扎站起身,两腿已经软到没有一点力气。再看旁边,赖三仰躺在地上双手护头疯狂翻滚,一只毛发干涩苍老的狼在旁边寻找缝隙,准备发起攻击。

谷子青艰难爬起身,看见卢春几个人在不远处,像蛮卡屯里的布库汉子一样,张着双臂,弓着身,正和一只健壮的灰狼对峙。

见谷子青站起来,那只老狼停止攻击,转身向谷子青走来。谷子青眼看着老狼惊慌后退。突然,他感觉老狼很熟悉,而老狼也全然没有凶狠攻击他的迹象。谷子青趁机仔细打量,见老狼身上毛发斑秃,尤其是后臀部位,一块一块的毛发已经全无,露出沾满污垢的灰白老皮。

"巴特?"谷子青试探着喊了一声。

那老狼眼神温柔。

"巴特,巴特,巴特。"谷子青边轻声叫着,边探出一只手迎向它。老狼喉咙里发出呜呜的撒娇一样的声音,也一步一步向谷子青走来,走近了,把头伸到谷子青张开的手掌下任谷子青摩挲着。

果真是巴特?!

谷子青惊呆了。比他更惊呆的是赖三和卢春几个人。那只健壮的灰狼已经飞速跑到巴特后面,用警惕的眼神盯视着谷子青,准备随时飞身一跃咬住他的咽喉。

"巴特,真的是你!"谷子青俯下身,把它紧紧抱在怀里。灰狼发出警告的低吼。巴特回应了几声,灰狼安静了。谷子青抚摸着巴特斑驳的皮毛百感交集,心疼得流下了眼泪。赖三早已爬起身,趁此机会带着手下仓皇往黑松林里跑去,剩下卢春站在原地不知所措地看着谷子青。

太神奇了,谷子青在瞬间明白了生的意义,那就是可以随时迎接命运玄妙神奇的事发生,而死,将失去这些震撼的感受,无论是悲喜交加的哭着笑，还是久别重逢的笑着哭。抚摸着巴特陈旧的疤痕，谷子青明白了为什么在生活最艰难的时候，它不再送猎物，想必那时它已经遭受了伏击。

谷子青猛地想起蟒蛇，他不明白为什么忽然蟒蛇不见了，难道那是赖三一贯玩弄的伎俩？为了卢春免受伤害，他朝卢春招了招手，卢春怯懦地走了两步，灰狼再次发出警告的低吼，卢春站住了。

谷子青拍拍巴特的头，用脸使劲蹭了蹭它说："真难为你，受了这么重的伤还能挺过来。俺要走了，如果有时间，俺再来二道岭找你，但你千万不能去家里啊，现在的人心坏了，险恶得很呢，你可要防着点啊。"

说完，喊上卢春，朝赖三相反的方向走去。谷子青知道，穿过二道岭的林子就是湖岭镇，那里有去往城里的班车，到了城里就好说，可以直奔火车站找警察帮忙买票回家。现在最要紧的是要躲避赖三的追赶。

出了黑松林就是白桦林，谷子青走了将近三个小时，巴特跟在后面送了他三个小时，当谷子青走到山下空旷草地时，巴特和灰狼几声长啸之后，迅速消失在山林里。

走得焦急，加上惊吓，一路两人并没有说太多话，到了车站等车时，谷子青翻遍口袋掏出所有的钱塞给卢春。卢春红着眼睛哽咽地说："俺积了德了，俺祖上积了德了，让俺遇到你，俺怎么报答你啊。"

谷子青警觉地四处打量着，说："这是你应得的，你帮过俺，俺都记得。来了车咱们马上上车，到站你自己直接去火车站，先找铁路警察，让警察陪你买票或者上车补票，如果被人追上就死定了。"

"嗯嗯，"卢春紧张地答应着。"回老家吧，"他继续说，"现在山东发展挺好的，回老家吧，至少有亲戚朋友可以相互关照，回去吧。"

谷子青想了一下，说："现在不比从前，老婆孩子一大帮，回去？哪那么容易啊。"

"现在回去你还能做主，如果孩子大了结婚了，你更走不了啦。"卢春说。

没待谷子青细想，公交车来了。车上人很多，两人急忙挤了上去。

车开了足有三四百米，司机车速忽然减了下来，大声吆喝："后面怎么回事？"

谷子青和卢春回头一看，惊出一身冷汗，是赖三，他在前面跑，身后跟着四五个弟兄，边招手边大声喊叫着，引得路人纷纷侧目而视。

司机显然被他们恶狠狠的样子震慑住了，打开转向灯准备在路边停靠。谷子青想，如果他们上来不仅卢春难逃毒手，就是自己和家人也会受到牵连，不得安生。想到这儿，谷子青灵机一动，对司机说道："那是俺朋友来送俺，想和俺说几句道别的话。"

那司机一听，不耐烦地说了句："怎么想的，让一车人等你道别。"说完一踩油门加快了车速。

谷子青心中窃喜，却不敢过于表露，转身朝着窗外挥手喊道："别送啦，回去吧，这一车人还要赶路呢。"

车速越来越快，虽然赖三他们在后面紧追不舍，但距离越拉越大，他们不得不停下来，呼呼喘息着跺着脚地大声咒骂。

送走卢春，回到家已是深夜。看着漆黑的窗口，他忽然为这一家人的安危担忧起来。

借着月色，谷子青看到舒文依然倚在被垛上，保持着他离开时的姿势。

"睡吧。"谷子青打开灯，去院里打水洗漱一番后感觉精神好些，进了屋，看舒文依旧低着头不言不语。

"睡吧。"谷子青又说了一遍，然后铺好被褥，过来拉舒文。

舒文目光呆滞地看着他，手依旧在衣兜里搓弄着。谷子青忽然感觉事情不对，忙伸手去拉舒文的手。舒文倒也不抗拒，顺从地拿出来，手里居然攥着一把纳鞋底的小锥子，锥子尖上满是鲜血。谷子青慌了，三下两下褪去舒文的裤子，发现她大腿上满是针眼和渗出的血迹。谷子青惊呆了，顺手抓起枕巾裹住她的腿，心疼地责问："你疯啦，你疯了吗？"

看着血渍，舒文呆滞的目光有了一些光泽，居然扯了扯嘴角笑了笑，说："没事，这样我会好受些。孩子没了，你不责怪我，但我放不过自己，日日夜夜都是天赐的影子，都是我的错，我要赎罪，我要赎罪。"

谷子青把舒文紧紧揽在怀里，在她耳边轻轻说："他不是咱们的儿子，他是来讨债的，想开点，忘了他，好好过日子啊，咱们都好好的，咱们还有仓和丰呢，你也是他们的妈啊，为了他们你也要好好的啊。"

提到谷仓和谷丰，舒文如同大梦初醒，哇的一声痛哭起来。

这间房子、院子到处都留有天赐的痕迹，让舒文忘记的确是件困难的事，要不回去？谷子青忽然想起卢春的话。可这拖家带口的怎么走啊？谷子青屋里屋外扫视了一下，曾经千辛万苦一点一点置办起来的小家如今却成了最大的羁绊,哪个物件都舍不得抛弃。唉,再等等吧。他想。

第二天天不亮,谷子青便叫谷仓起床,让他和自己一起骑车回区里上学。

叫了几遍谷仓还磨叽着不起,谷子青一气之下就要动手掀被子。

谷仓有气无力地说:"我病了,真不能上学了。"

打开灯一看,谷仓的确病了,脸烧得通红,眼皮像打不开的帘子一个劲儿往下耷拉。

怎么就病了呢?站在屋当中的谷子青看看东边,又看看西边,两个病人疲倦地躺在床上,他有种从没有过的无力感,他觉得累,只觉得身心被灌了铅一样疲惫不堪地往下坠。

"那就养着吧,俺去给你老师请假,别忘了一会儿叫妹妹上学。"谷子青说着走出家门。

看着爸爸微微驼起的背,谷仓心里一阵阵发酸,大颗大颗的眼泪静静地从眼眶里溢了出来。他感觉满心满腹的愁淤积在小腹,说不出的肿胀感在全身乱窜,弄得自己心绪不宁没着没落的,需要用一场痛哭来舒缓一下。

哭是哭过的,在校门前粗壮的合欢树后面,看着苏老师窗口的灯,谷仓不止一次默默流下眼泪。他摸摸左臂,伤口已经结痂,没有了痛感,但疤痕一定会留下来。但愿像朵梅花,谷仓想。后悔吗?他想起苏老师问他的话,感觉很好笑,挂着泪的脸不由露出羞涩的笑。怎么可能会后悔呢,虽然一切发生得出乎他的意料。

当看到那个怯懦得像葛朗台一样的会计进了苏老师的办公室,每分每秒对谷仓来说都是钻心的煎熬,他在做什么?在用肮脏的嘴亲吻她?还是用惨白的手指触摸她丰腴白皙的肌肤?或者,他正强行把她抱在怀里?而她呢,安静得像只兔子,还是在奋力挣扎……任何一帧想象的图景都是残忍的折磨,谷仓浑身颤抖,慌乱中摸到口袋里的烟和火柴——校规禁止吸烟,但没有烟的爱情怎么算忧伤呢?——他拆封,取出一支叼在嘴角,猛吸了两口,黑暗里这只猩红的"眼"让他不再孤单,他重新想象着办公室内发生的事,便觉得心疼。

月牙在合欢树上空升起,在教室、树梢和东边阴影迷离的山峦上洒下苍白迷蒙的光。他倚着树身坐在树底下,看着广袤苍穹里的星光,他觉得自己是如此渺小与卑微,这让他在心疼之余又添加了强烈的孤独感,他猛地撸起衣袖露出左臂，狠吸两口烟，然后将炽烈的烟头一下摁到左小臂上，随着"呲"的一声，一股焦肉的味道在夜风里飘荡。

小会计很快走了，时间快得不足以做完谷仓想象中的任何一件事，但他觉得小会计已经把所有的事都做了一遍。无论怎样，他走了。谷仓平静了。手臂上已有两个伤痕，平静下来的谷仓再没有勇气烧出第三个，他躲在树影里等着送小会计回来的苏老师。

"你跟我来。"路过合欢树，苏老师没做任何停留径直往回走，仿佛那句突兀的话只是自言自语。

谷仓乖乖地跟在身后，忘记了把左臂的袖子放下来。

"你过来。"苏老师坐在椅子上说，却不回头，埋头继续对付着办公桌上一摞摞的作业本。

谷仓站在办公桌对面。苏老师的脸淹没在书本的阴影里，看不到一点表情。

房间陷入沉寂，只听见墙上钟摆摆动和钢笔尖摩擦纸张的声音。足有五分钟，在这漫长的时间里，谷仓拘谨的神经变得松弛，继而有种被甜蜜突然击中心脏的眩晕感。

"你知道大学吗？"苏老师抬起头问道。

谷仓茫然地看着她。

苏老师继续说："你知道我等待中断了十年的高考有多辛苦吗？你现在有这么安逸的学习环境和公平的上升通道，为什么不好好学习？你要知道，所有的情感都有期限，只有独立的思想和精神才能给你不死的梦想，才是抵御叵测命运的唯一支撑。"苏老师紧蹙着眉头，在光影下，谷子青发现她脸上居然有那么多细密的皱纹和浅褐色的雀斑。真美。谷子青心里由衷地赞叹着。

"哎呀，你胳膊怎么了？"苏老师一声惊呼唤醒了他。

"啊？"谷仓一愣，慌忙把手背到身后。

"伸出来，我看看。"苏老师命令道。

谷仓伸出胳膊一看，左小手臂已经一片红肿。隔着桌子，苏老师用手轻轻触摸他红肿的肌肤，痛惜地说："很疼吧？明天就会起水泡了。"谷仓紧张地屏住呼吸，涨红着脸不敢抬头，耳边只听苏老师痛心地说："唉，你去档案柜后面拿瓶紫药水来。"

谷仓如得了大赦一样，迅速跑到档案柜后。站在黑暗的阴影里，他竭力平复急促的心跳，耳朵敏锐地捕捉着档案柜另一边苏老师的动静，他怕她过来，而自己更没有勇气走出去，对他来说，怜悯比拒绝更为可怕。他很清楚，如果她对自己表现出同情和歉意，他会控制不住放声大哭。他没有办法控制自己的眼泪，那样，一切都会结束，他的世界会跌进无尽的黑暗。

黑暗？是的，他决定冲向黑暗，只有黑暗才是最安全的。他转身迅速走向门口，逃到夏夜那带有月光的黑暗之中。

他无法面对苏老师，无法面对手臂上膨胀的水泡，每每想起自己曾经辗转反侧难以入睡的思念就会脸红，他甚至没有勇气走进阳光里。体内炽烈的火焰烧灼着他，终于，一场病解决了他所有难以面对的问题。他为此欢喜，同时为人生第一次爱恋无疾而终感到惆怅。

五

回家的念头一旦萌生，就在心里扎了根。谷子青想，要不先去派出所问问户口手续怎么办，也许没有自己想象的那么复杂。

周四的下午，谷子青去往派出所。易容华不在，只有上次遇见的那个小警察，不知怎么，谷子青竟暗自有种躲过一劫的轻松感。

小警察告诉谷子青，十一届三中全会过后，户籍管理有了依据，但也不是很好办，首先要找好接收单位，然后由派出所报公安局领导审批。调入城市需符合等级规定，如省会城市可以调入省会城市，或者省会以下城市，而乡镇或小城市则不能调入大城市。谷子青对他说自己想回农村。小警察笑了，说这可是最低的标准了，其实都不用办调动手续，直接回去落户就行。随后，他很严肃地提醒谷子青，非农业户口可不是闹着玩的，放弃容易，想恢复就没希望了，并且是否是非农业户口，对子女就业起到决定性影响。

小警察的提醒谷子青并没放在心上——只是咨询，又没有具体打算，既然这么难办理就不调动。但他对自己没遇到易容华产生的轻松感很不解，

第十二章

她并没为难过自己不是吗？为什么会有躲避她的念头？谷子青一边骑车一边想着，不觉走了神，到厂区内往宿舍拐弯的街角，竟直冲冲地朝着红砖墙撞了过去。摔倒在地的谷子青想，哼，晦气，想到她就出事，难怪心里想躲开她。

显然易容华并不这样想，一周以后，她直接找到合金厂模具车间，面对谷子青一张颓丧的黑脸，她用惯常冷峻的语气对他说："你听着，把你的卡尺、刻度板全部放下，你做的这些没有任何意义。没人再需要武器，子弹将作为历史陈列在博物馆里，因为，在未来相当长一段时间内，将不会发生战争。世界已经满目疮痍，就像大兴安岭的东北虎，搏杀之后需要疗伤、休整，而我们，面临的将是这样的和平时期。"

"战争还是会有的，历史总是惊人地相似，不是吗？美好的愿望并不能改变灾难的降临，无论你是多么不情愿。当然，你说得很对，就像海浪起落，也许某段时期会风平浪静，但事物从不以人的意愿为转移，避免战争的最好办法，就是要具备随时迎接战争及赢得绝对胜利的实力。"谷子青端详着手里的螺纹钢，继续说道："不要用不屑的眼神看俺，纷争源自人性的恶，而这种恶，从没有阶层、肤色、种族之分。"理论学习是军工厂的必修课，这些词汇谷子青并不陌生，他面带卖弄的自得，边说边挑衅似的吹了吹扳手上的铁屑。

"你的思维一贯如此，还是生活磨砺限制了你的思维方式？如果你走过小水坑，并被它绊了一跤，你会为停止前行的脚步而大动肝火，或者为此去架构一座桥梁吗？当然不会，如果你够睿智，未来也足够诱惑，没人会顾及脚下的一点坑坑洼洼。听着，这儿很快就会发生难以想象的乱子，它会忽略'法理'这个词的意义，用远超过你可以承受的后果，以期在未来相当长一段时期内起到强大的震慑作用。我们无力阻止，就像日月恒升，我希望你无论如何在出这场乱子之前把易舟带走。"

"什么事也不会发生，你夸大了事实。何况俺想回迁的地方是农村，俺想老了，埋葬在自己故乡的那片泥土里。"谷子青说。

"太好了，我果真没有看错你，在土门岭车站的时候，我一眼看出你是一个善良的人。你还记得那个被火车撞死的人吗？你不要用惊诧的眼光看着我，是的，他眼角下的滴泪痣让见过他的人无法轻易忘记。多年以后，当母亲告诉我那就是我们要去投奔的舅舅的时候，我也是用同样的眼神看着她，但我马上就理解了——她装作不认识舅舅只是为了自保。我们落户在这里，像所有外乡人一样在这片黑土地上与过去的生活彻底切割，用平静遮掩布满荆棘的过去。所以，我愿意让易舟同样沉潜下去，而农村是最好的选择。

"你可以继续用砂纸打磨，如果你认为这很重要的话，机械的动作不会影响你思考和倾听。我想和你说说我弟弟易舟，在土门岭车站，我们同在火车上，只是他还在妈妈的肚子里。他是个感性的男孩，你知道的，经历过苦难的人难免对亲人会产生宠溺、保护的心理。他的观念和我截然不同，他追求个性，爱出风头，穿着喇叭裤，他从没想过有一天自己会为此付出代价，生命的代价。"

"严打？"谷子青问。

"是的，你说得对，是严打。一群青年在郊外，也就是北山林场一个废弃的看林员的棚子里喝酒、跳舞——鬼知道他们怎么跑到那样一个地方——结果被举报，说有伤风化，有个女青年担心被家长责骂，谎称说被逼的。这性质就不一样了，事情越挖越深越混乱，最后李政委的儿子李肖被判刑。幸运的是那天我妈生病，易舟在医院陪护，否则他也难逃干系。易舟认定是女青年害了李肖，每天晚上去人家窗根底下吹口琴，吹李肖最爱的一首《喀秋莎》。后来被人打了一次，不长记性，坚持说李肖冤，你说冤字怎么写？不过是一只躲在窝里的兔子嘛，还想咋？李肖入狱就在这几天，女青年家人也找过我，说如果易舟继续纠缠，就告他耍流氓。"

易容华越说越激动，一不小心，挥动的手臂打在墙边展架上，一堆钢管"哗啦"一下滚落下来，她慌忙说道："哦，对不起，我不是有意的。我像一个怨妇一样啰嗦这么多话，是因为我知道这其中的利害。昨天夜里，我整整一夜没睡，心事压得我直不起腰来，但我不敢和人吐露一句。易舟必须离开，这是我在天亮之前做出的最后决定，而你是最值得托付的人。你回迁的所有手续我来办，但你要答应我带他走，以外甥的身份落在你的户口上。如果村里接纳你，你可以转为农业，也就是农村户口，但你的孩子和易舟不能转，因为这关系到你们的定量口粮和孩子就业。"

"以后呢？"谷子青问道。

"剩下的就看易舟的造化了。现在是社会发展调整时期，就像一个人在冲刺前要养精蓄锐，它一定会随着民众的意志奔涌向前，仿佛一股阻滞的气流一下顺畅了，每个人、每件事物都将苏醒，获得重生，一切将发生彻底变化。那时，每个人都将经历两种革命，一种是自身的，一种是社会的。我无法揣测未来农村会发生什么，但农村封闭的环境和滞后的生产力有利于平静生活。对于未知，我始终持怀疑的态度，至少现在来看，随你去是最好的安排。"

"你为什么信任俺？"谷子青问。

"你是我在困苦境遇里遇见的最有良知的人，你的善良值得别人信任和托付。再者，易舟本身像饮马河底下的黑胶泥，至于做一只温顺的羊，还是一把锋利的剑，全凭他的意愿，很难有人可以改变他，所以我很放心。"

谷子青看着眼前这个躁动不安的女人，再次萌生调回老家的念头。

第十三章

一

当谷仓看到《枣林湾》中易舟出现的部分，他对这本书以及写作者谷穗有了重新的审视和定位——凭他对父亲的了解，并不认为易容华与谷子青充满哲思和预见的对话是真实发生的，但不可否认，谷穗是在认真冷静地追溯一个时代、一个家族的历史，并以此验证或者探求人的善恶观在面对人生拐点时所起的作用，这让他不得不谨慎思考起和田川合作的事。

田川发现自己对小米产生影响后，便不自觉地开始利用这种影响。在交往了三个月后，他更加确认把握住了她蛮横任性的性格。那时，小米已经知道自己疯狂地爱上了田川，她深陷在自己的情感生活里别无选择。

曾经看着男人在自己面前痛哭流涕地哀求，小米有的只是反感、厌恶，而现在，她自己在这种恼人而刺心的苦闷面前屈服了。她伸着寂静的耳朵，从窗外杂乱的声音里捕捉微弱的脚步声。当一脚轻一脚重略带拖沓的声音第一次从她房间离开的时候，它就深深刻在了小米心里，像拿刀子在血液里划下了专属于田川的标志性密码，可悲的是，破解它的唯一方式就是等，她无数次站在窗前，透明的窗玻璃被她焦灼的呼吸蒙上一层水雾。

街上空荡荡的，几片法桐叶子正从枝条上飘落下来。

第十三章

"不能这样继续下去了,想想看,我为了你已经改变很多了,对你家里承认了吧,虽然你有家庭,但我们相爱啊,难道相爱的人就要遭受屈辱吗?"这段话已经在小米心里存了很久,每次想起,羞愧和愤怒都让她脸色绯红。

但她很清楚,自己不敢说。那个带着痞气、满眼不屑的男人随时可以转身走掉,只要她开口吐出一个抱怨的词汇,甚至仅仅是怨怼的语气,他便会闭口不言,消失得无影无踪。她想起田川上次对自己说的话,让她继续和陈浩联系。

"为什么?"小米红了脸焦急辩解,"都已经过去了,我们再没联系过。"

田川用余光瞥了她一眼,揶揄道:"联系,有很多种,不是哪种都和床有关。"

想到这儿,小米再次涨红了脸。她背转身,倚靠着雕花大理石窗台环顾了一下眼前的两室一厅,心里不得不承认,这窗纱、墙纸、枝型水晶蜡烛灯以及每一个工艺摆件,哪一样不与床有关?但有什么办法呢?如果想享受这样的生活,除了这种途径,在这个城市里,单靠自己在超市或纱厂打工,十年也做不到。小米满腹委屈,想到自己躺在美容院丝滑的床上,被同龄人艳羡的目光划过皮肤的感觉,她觉得一切都值得。

小米不明白,为什么田川让自己和陈浩联系,但她没有问。原来爱一个人可以如此卑微,可以把他视为天上的太阳,不敢直视,只配匍匐于地听从指令。人的一生,总要为爱愚蠢一次的,小米想到此,便没有了屈辱感,反倒觉得自己献祭式的牺牲让这段感情变得纯粹、圣洁,并由此心生感动。

谷仓敷衍的态度田川看得很清楚,这原本在他意料之中,但他既不着急,也不恼火,一副胸有成竹的样子。是的,他在等待,像一头猎豹躲在阴影里,伺机等待猎物露出软肋,然后一击致命。

因为,他早摸清了谷仓的软肋:那是在麦收时节,乡村公路上铺满了晾晒的麦子,金灿灿的路面上,落满了叽叽喳喳的麻雀。田川搭乘谷仓的车回家。车开得很慢,每隔一会儿,谷仓鸣几声喇叭,轰飞那些贪食的麻雀。有两只,聋了似的,任车越开越近,喇叭声越来越响,就是不飞,依然自顾自地啄食。田川笑着说:"'鸟为食亡'还真对哩。"没想到谷仓停下车,跑到车前,嘴里喊着,像撵鸡一样赶飞了麻雀。看着谷仓嘴角憨憨的笑，田川想到一句话：慈不带兵，义不养财。谷仓能够发迹，纯属是运气——田川始终这样认为。

田川就不同，用他娘田禾的话说，"太奸猾"，却总忘记后面还有两个字"不好"。

那时他还小，刚刚分田到户，每个人像上了化肥一样干劲十足，一遍水，两遍水，磷肥、氮肥，只要对庄稼生长有力，甘愿汗珠子比雨点还要稠密地落在土里，只可惜机器太少，而农时又不等人。尤其是麦收时节，正值仲夏，天气比脸翻得都快，刚刚还艳阳高照，回家吃饭的空儿，碗还没端牢，咔嚓一声霹雳，豆大的雨点啪啪地落到地上，砸得浮土上一片片麻坑。这时候，轧场的拖拉机就成了众人争抢的宝贝。它比不得浇地的抽水机，能点灯熬油大半夜蹲在田里守着，这轧场只能趁麦子黄尖那几天，太早了，麦粒不成熟，会轧瘪；太晚了，炽烈的太阳底下多晒上了两三天，干裂的麦穗就会爆开来，稍有颠簸，麦粒等不到进晒场就会掉在路上，所以麦收，也俗称为"抢收"，一到这个时候，村里人基本吃住都在晒场上，而谁能先抢到拖拉机，就意味着谁保住了一年的好收成。

这时，就是田川露脸的时候了。他总有办法抢到一辆拖拉机，或是从路上，或是从邻村场院里，坐在拖拉机手旁边，趾高气扬，像只小公鸡，在满村人羡慕嫉妒的目光里驶进自家的晒场。

"你瞧瞧人家。"听到这句话的孩子只能老老实实地低头干活，用比平时更卖力的干劲平息父母的嫉妒之火。

其实田川也没什么诀窍，就是一个字，赖。

他身形瘦小，像猴子似的到处乱窜，偏又长了一副顺风耳，拖拉机突突突的声音会以比风更快的速度灌进他的耳朵。他循声寻找，然后躲在一边安静地看拖拉机一圈一圈驴拉磨一样地轧着麦子。当麦子主人拿着木杈抖落最后一遍麦秸的时候，他会趁拖拉机还没停稳的空儿飞快地跑过去，爬上拖拉机车轮保护罩，死死抓住驾驶员椅背，任谁劝也不下来。有生气动手去拉的，他张口就咬。还能怎么样呢？前后村相隔不过三五里路，亲戚连着亲戚，谁也不好意思做得太过分，只能嘟囔着骂上一句"和他爹一个德行，随根儿！"然后，沮丧地回到自家的晒场，看看日头，继续翻晒摊开来的麦子，心里默求老天再晴两日。

也有等不及的人家，会寻亲奔友地寻来一头老牛或驴，拉着石头碾子轧麦子。老牛走得慢,干脆的麦秸堆里噼里啪啦断裂的声音像极了爆黄豆,于是扯着缰绳站在晒场中央的男人便馋了,大声吆喝一声"他娘,晚上烙点葱花油饼吃"。拿着木杈跟在碾子后面翻晒麦秸的女人此时是最温柔的,看着太阳底下赤裸着上身被晒得黑红的男人满心的踏实和幸福,她会清脆地"哎"着,继而盘算着做几样可口的配菜,犒劳一下眼前这个男人——除了过年,麦收时的伙食是每家每户最好的。

延续了千年的镰刀割麦、晒场轧麦的麦收场景以联合收割机的出现而结束。

谷仓见过晒场麦收紧张热闹的场景,却不知道田川"风光"的样子——他从东北回来的第一个麦收,易舟已经以"司机"的身份,在场院上驾驶着那辆全公社唯一的吉普车轧麦了。

"你家的麦子有股好闻的汽油味。"有人会捧着轧好的麦粒羡慕地对谷子青说。

谷子青便一脸窘态,不知如何作答。反倒是易舟和谷仓,会得意地一挥手,说:"连同你家的麦子一起轧了。"那家人便欢喜起来,男人会对女人低语几声,女人便走开了。男人拿着木杈迅速翻晒,一大群孩子像点燃的炮仗,嗷嗷嗷地叫着追在车的后面。等轧完场,女人也回来了,一手推着载重自行车,一手扶着后座上一捆哐当作响的啤酒。男人接了啤酒,搬到垒麦秸垛的谷子青跟前。

"这是做啥呢?这是做啥呢?"谷子青惊慌地推让。

"给孩子当水喝,当水喝。"男人扔下啤酒转身就走。

易舟和谷仓的酒量就是这么练出来的。在谷仓拿起一瓶啤酒仰头痛饮的时候,有一双眼睛始终在人群里安静地看着他,那就是田川。在此后的日子里,田川像影子一样暗暗模仿着谷仓的言行举止。以合作者身份平等地站在谷仓面前,是当时田川最大的梦想,为此他忍耐着、等待着。现在机会终于来了,他却在谷仓不屑的眼神里觉察出自己的渺小和卑微。无论怎样,至少谷仓没有拒绝。田川感觉自己像一个围棋手,冷静地布局,试图把每一枚棋子都以稳妥的方式放置在最恰当的位置。

让小米重新与陈浩联系,只是给谷仓施加压力的一个手段。他知道,要想取得与谷仓分庭抗争的资格,首先要与他合作,从社会站位高度上与他并肩而立,而流转到大片的土地承包经营权是合作的根本前提。

他决定围绕着自家五亩地周围租赁，都是地界相邻的庄乡，平时收割、耕种、浇个地啥的都互有帮衬，有个情分在。当然，他做这一切都瞒着他爹和他娘。

他首先找到田昌家。

"啥，每亩三百块？"田昌媳妇桂珍盘腿坐在炕上，显然对这个价格很不满意。她撇着嘴角表示不满，手里的梭子继续不停歇地在白丝线堆里急促穿梭——她在加工渔网，每张渔网五元。她闺女倚着窗沿也拿着梭子在织，她织的是装西瓜的网兜，线粗，网眼大，加工费也便宜，五毛一个。

田川有点恼火，别人家嫌价格低也就罢了，至少一年辛苦下来两季粮食的收成比租给别人收入高，可桂珍有什么资格嫌弃，撒下种子就不管了，蒿草比麦子长得都高，收成好坏全靠老天爷赏饭。幸亏有个机灵儿子，每次回家来，先背起喷雾器去田里转一圈，农药狠狠打上一遍，灌溉渠里花花绿绿的农药瓶子扔得到处都是，弄得土壤板结硬化，没有一点松弛性，由此，她家的苗子也就总比别人家晚六七天才能破土发芽。

原来交公粮的时候，她会把晒场最后一遍麦粒反复清扫，连同别人家扬出来的麦糠，夹杂着泥土一起直接装编织袋。一袋麦子，有一半的杂质。她知道，这样的粮，粮库当然不会收，但她不着急，只在家里等，等到交公粮只剩下她家最后一户，等到乡里、村里的干部一遍一遍地上门催缴，这时，她才会指着编织袋说，就这样的粮，爱要不要。村里人还好，低头不见抬头见，碍着面子不好说什么，乡里片长可不愿意了，钻进仓房去寻摸，空荡荡的四面墙一目了然，问她："你家头遍麦子呢？"桂珍倚着门框满不在乎地说："卖了，换西瓜吃了。"

一个缴了公粮只能换西瓜的收成还嫌三百元承租费少？田川一听气不打一处来。但他也只能忍着，堆着笑说："嫂子，咱可是没出五服的一家子啊，你想我能骗你吗？这是最高的价了。"

"做买卖是你情俺愿的事，你说价高我说价低，就好比是喜鹊遇到乌鸦，本来就不是一绺子活儿，实在不行那就算了，马颊河水能撒了欢地淌，枣林湾可就巴掌大的地儿。"桂珍说着，一把掳过织好的网，向前一探身，麻利地绾在脚前的板凳上，然后伸腿一蹬，继续手不停歇地在一堆白丝线里穿梭。

第十三章

这种半胁迫的话让田川很愤怒,他一下从椅子上站起来。

桂珍惊诧地看着田川,她忽然意识到眼前的田川不是那些与自己毫无瓜葛来追缴公粮的人,好歹他也是老板,手下还有三五个工人,不说别的,单是自家婚丧嫁娶的大事就少不了需要他来张罗。这样一想,桂珍心慌了,停下手里的活计,扭头对田川说:"房子、地的事儿哪是女人家做得了主的,要不我等你哥回来商量一下?"

田川笑了。他一贯这样,心里越是生气,脸上的微笑越亲善,一副弥勒佛的样子,但熟悉他的人都知道,他笑得有多甜,由不满转化为仇恨的程度就有多深。他见桂珍语气松软,便顺水推舟,说道:"那就等田昌大哥回来再说。"

扭着身子刚走两步,田川忽然又回头问道:"你儿子山坡呢?咋感觉有一两年没见他了,据说他在石家庄混得不错,上次过年回来还给你和他姐买了两个名牌包。"

桂珍愣怔地看着田川,微张着口,舌头被线拴住似的吐不出一个字来。

这正是田川想要的结果,他满意地笑了,决定再给这个不识抬举的女人添点"颜色",便用亲密的语气说:"我那儿也有几个朋友,怎么说呢,就是那种借钱不用打欠条的关系,你和山坡说,有什么事就找我,老话说得好,一笔写不出两个田字,你说是吧嫂子?"

"是呢是呢。"桂珍脸色煞白,忙从炕上爬起来,垂着两只黑黄的大脚在炕沿边荡来荡去地找鞋。在田川即将踏出屋门的时候,桂珍的一只脚终于套进了鞋里,转头看田川已经迈出了门,光着一只脚就追了出来,讨好地说:"兄弟,不再坐坐啦?你看嫂子都傻了,也没给兄弟倒碗水喝,哎,兄弟,再来玩啊,我和你哥商量商量啊。哎,兄弟,慢走啊。"

桂珍突如其来的热情,让田川很奇怪,但他心里是熨帖的,村里人都知道,桂珍嫂子当家主事,她家的地与自家紧搭地界,如果她要不同意还真是件麻烦事。

二

谷仓身上的变化让易舟很惊讶，那个善良沉稳又幽默的人，如今变得满脸阴郁，眼睛透着犀利焦躁的光。

从易舟调整到邻县做领导后，谷仓轻易不来找他，一是易舟工作忙，二是避嫌。

秘书关上门出去以后，易舟用眼神示意谷仓喝茶，问道："为谷丰的事？"

谷仓摇摇头，随即又点点头，说道："虽然不是直接关系，但也和她有关。"他呷了一口茶，沮丧地说："其实我心里也明白，这感情的事啊是勉强不来的，如果心真的不在一起，就算今天没有小米，明天也会有别人。可到了自己人身上就做不到理智对待，难怪说医生不给自家人动手术，敢情感情这东西还真他妈的揪心。"

"谷丰也是我妹妹，说说，什么事？"易舟倚靠在椅子上，追问道。

"你还记得田川吧？田生的儿子，他在处理陈浩的事，效果也挺好，可他提了一个条件，要和我一起承租流转土地做生意。你说，我怎么能和他合作？"谷仓恼怒地一拳捶到桌子上，茶水随之荡起一层波纹，"你看这个疤。"谷仓撩起前额的头发，额角露出一道醒目的三角形疤痕。

易舟知道，这道疤是多年前田川用石头砸的。

"当时要不是看在他妈的份儿上，我一把火点了这老王八犊子。我原寻思，凭田川的品性谁会放心把地交给他啊，他家煤场公然放着一座矸石山堆，专供给单位锅炉房，你想谁会放心？可哪知道猫有猫路狗有狗道，这家伙还就当真办成了。据说他总结了五种办法，分别叫拉拢、攀比、利益诱惑、封官许愿、恐吓，都说这小子做事不择手段，你说我该怎么弄呢？拒绝吧，他一定会把一切告诉陈浩，那谷丰可就没好日子过了。答应他？我还真受不了和他共事，咋弄呢？"谷仓烦躁地拨弄着头发。

易舟看着谷仓隐约露出的白发很是心疼，目光飘忽着，落在下意识敲击桌面的食指上，想了一下问道："田川我也算了解，他不是肯吃亏的人，怎么想起做农业了？他不是不知道这个产业赢利很难啊。这不符合他一贯的行事风格。"

"我也奇怪呢。他不会有别的意图吧？"谷仓焦急地问。

"瞧你，慌什么，一个田川能把你打蒙了？"易舟笑着安慰他，"两个猜想，一是他心理的，他想和你平起平坐，但按照现有实力他远达不到这个标准，唯一的办法就是和你合作项目。二是利益的，流转承租的土地合同签订三十年，随着时间推移，人们会淡化土地的归属性，这时他完全可以改变土地属性，从种植改为房产或者园林，如果出了问题可以推到你这个法人身上。"

"我也有这种担心呢。"谷仓说。

易舟拿起电话，按几个号码，对着话筒说："你帮我找出葛平博士的名片，对，法国的。"

放下电话，易舟对谷仓说："我给你介绍一个人，我在东北时的高中同学，法国农业土壤学博士，现在专做大陆移民旅游接待工作。前年过年我回家刚好遇到他，他有意回国发展农业，苦于没有平台，我们可以把田川流转的土地交给他来做，这样首先规避改变土地属性的风险，再者给葛平一个研究的场地，也算学以致用报效祖国了。"

"人家是博士，会到咱农村吗？"谷仓有些担忧。

易舟笑了，说："每个人的信念不一样，如果人人都为自己着想，那誓把牢底坐穿的革命者又是从何而来呢？总会有去私欲求真理为国家筹谋的人。"

谷仓羞赧地笑了。

易舟笑着继续说："等他来了，你准备一坛老白干，三杯酒下肚他保准开始哭，掏心掏肺的心里话拦都拦不住。唉，国内的人都往国外跑，岂不知到了国外，看着光鲜，内里糟心着呢。"

"看时差，现在他应该还在睡觉，等晚上我打电话给他。"易舟抬手看了一下表说道。

谷仓舒了口气，神色松弛下来，话锋一转，沮丧地对易舟说："你说谷穗咋整啊？每天往村里跑，弄得灰头土脸的，哪像一个闺女样子嘛。"他抬起屁股，指着窗外广场激动地说："你看原来，在市府办公大楼上班，多威武啊，咱先不说行政楼有多恢宏气派，就是门前那两个站岗的武警就让人脸上有光彩。你说，那里可是一般人能进的？多少人从那儿走眼珠子都羡慕得发红。可她偏到村上，和泥土打交道，唉，愁死我啦。"

易舟笑了，顺手拿起签名笔指着谷仓笑着说："别拿孩子说事，是你自己面子挂不住吧？"然后把笔往桌上一扔，身子往椅背上一靠，闲适地继续说："你想想我们在穗儿这个年龄都做了啥？哈，你我做的荒唐事比她有过之无不及。你要理解她对这个世界迸发出来的激情，她这样选择，证明她的人生是积极的、利他的，而不是精明地守着自己的小窝自我陶醉，我们要支持她才对。"

"不是，你是不知道她有多辛苦，"谷仓急了，连忙辩解说，"整天在村里窜，谁家穷往谁家跑。你说哪个村里没个穷苦的，那是人家的事，对吧，就是想管你也管不过来啊。她就不明白这个道理，下一次村，哭得眼睛肿得像个铃铛，你说，从小咱可舍得让她委屈让她哭过没？"说着，谷仓的眼睛红了，"还有一回，我去桥头堡村主任金彦家喝酒，他说先陪上面扶贫的领导去贫困户家调研走访，我心想，谷穗每回哭得稀里哗啦的，我倒要看看别人扶贫是啥样，我就让人领着去了。领我去的人说贫困户是个瘫子，十几岁得了类风湿，在炕上躺了二十几年，整个身子像根枣木棍子直挺挺硬邦邦的，被家里人安置在一间土坯房里，身上盖着一层一层看不出颜色的被单子。隔着窗子，我看见几个人围在炕边，瘫子被翻过来，露出后背上两个茶碗口大的褥疮，那白胖的蛆啊，看着就让人恶心，有人还拿着镊子往外捏，你猜那人是谁？"谷仓眼睛湿润了，"是穗儿。"

易舟沉默了，低下了头。

谷仓抽了一下鼻子，哽咽着说："她还是个大姑娘啊，守着一个赤裸上身身体变形的老男人，他妈的旁边还有一帮男人居然就这么围着看，多脏啊，啊，在家她是多爱干净的人，我冲进门对着金彦就骂上了。"

易舟伸手从盒里抽出一张纸巾，递给谷仓，又抽出一张按在自己鼻子上。

谷仓抽噎一下，说："她白天忙，晚上还熬夜写小说。"他看见易舟错愕的眼神，叹了口气解释道："唉，其实细究起来，一切都是我爹造成的。"他吸了一下鼻子，继续说，"我爹和谷穗不知说了些啥，谷穗对工作和生活的态度一下就改变了，现在又写什么破长篇小说《枣林湾》，你说白天上班够累了，晚上还熬夜写这破玩意儿，身体能受得了吗？看着她小脸刀削似的瘦，我心都疼。她让我把写好的小说给他爷爷，我也没给。"谷仓说完，气呼呼地撕扯着被泪濡湿了的纸巾。

"小说？"易舟问。

"就是我家那点破事，哼，烂脚后跟踩进泥里，有啥好扒究的。"谷仓怨怼地说。

"你别瞧不上谷穗做的事，"易舟一下来了精神，说，"原来我以为穗儿要求下乡是心血来潮，现在看来，这孩子有想法，你瞅着，这丫头能折腾点事出来，你一定要支持她。你让她放心大胆地干，我会找人关注她的。"

一阵手机铃响，谷仓刚接通电话，对方就咆哮道："二哥，咱们不能说是和尿泥长大的，也算是交心过命的朋友吧？你刚从东北回来那会儿，在学校打篮球和人干起来，是我替你挡了那一刀子吧？啊，虽然只是划破棉衣没伤着人，可你也看见了，那白花花的棉花像白肉一样翻着，我对你够朋友吧？可你怎么能干这事呢，我……"

谷仓和易舟面面相觑，他们知道，但凡叫谷仓二哥的，基本是从易舟这里排大小，不是外人。当谷仓听出是桥头堡村主任范金彦时，就恼了，大声呵斥道："谁踩着你尾巴了，有话不会好好说啊？"

对方显然愣住了，顿了一下，语气缓和了很多，细声说道："行，你是哥，你说咋就咋，也怪我是猪脑子，上次侄女谷穗来扶贫，我做的是不对，你骂得对，你走以后，我马上就把我堂弟的低保转给了瘫子，我真不知道那是侄女，你不是一直说她在市里当干部吗？"

谷仓不禁脸色一红。

金彦继续说："我还以为她和原来扶贫的一样，拿一桶油几斤面，拍几张照片做个宣传就完事。当然也怪我，你在家等我喝酒，我心里着急，谷穗侄女又特别认真，我当时心里还犯嘀咕，拍两张照片就得了呗，就是演戏走过场，拿我当傻子耍呢。心想，你要往真里演我就看着你演，谁知道侄女真给那瘫子消毒，当时我真感动了，真的，侄女流泪，我们陪着的人也哭了，就在我想替她捏蛆的时候，你进来了。我错了，我真错了，改天我专程给侄女道歉去。我是真心的，咱关起门来是一家，我错了就错了，可二哥你也不能这么整我啊。"从金彦拖着的哭腔里，谷仓可以想见他愁眉苦脸的丧气样。

"怎么整你啦？你说明白。"想起当时的情景谷仓就烦，没好气地问道。

"今天侄女来了,在村里待了一上午,她要发动村民民主选举,你说,这不就是针对我来的吗,啊?"

谷仓一下明白了,安慰道:"你怕什么,好像你这个村主任是捡来的,那不也是村民一张票一张票投来的吗?"

"二哥,你这不是笑话我嘛,那些选票是咋来的你不是不知道,你拉来的两万多块钱的酒,你忘了?"从谷仓的话里金彦听出他并不知情,便恢复了惯常的亲昵语气。

手机话筒声音大,易舟听到这儿,不耐烦地朝谷仓摆了摆手。谷仓心领神会,说道:"我回去问问啥情况,你先别着急,我这儿还有点事,再说吧。"说完,迅速挂断,然后指着手机对易舟说:"你听听,谷穗这不是找事吗?哪个村选举是消停的,谁都知道里面的猫腻,偏她逞能去蹚这浑水。"

易舟摆了一下手,制止住谷仓,严肃地说道:"看来谷穗是真想在农村干点事,好样的,我可警告你,你别挡她啊。"说完,自己居然低头笑了,嘀咕着说:"这个丫头,和我年轻时的性格挺对撇子。"随即对谷仓说,"这件事你别管啊,这两天我给谷穗打电话,约她吃个饭。"

"你和她吃饭?你忙得都不管我饭,你还约她个毛孩子吃饭?"谷仓愤愤地说。

"行啦,快回去吧,还有一大堆事等着我呢。"易舟说着,拿起电话,对秘书说:"让他进来吧。"

不一会儿,一个怀抱一摞材料的男人推门走了进来。谷仓满腹疑惑,虽心有不甘,但也只好站起身告辞。

三

田昌和桂珍走进煤场的时候,田禾一如往常,坐在地磅小屋的门前纳鞋底。

十多年了,她还继续捕捉着谷子青的各种讯息,用耳朵,用眼睛,或者自己敏锐的第六感。如今,她又纳起了鞋底,用这样一种古老的方式,磨练自己的耐性,尽力把脱缰的心思在针线一起一落的机械运动中打发掉。她开始怨恨,怨恨自己的健康和漫长的生命,让她滞留在缓慢的煎熬当中,偶尔,她会抬起迟缓的双眼,平静地看向天空,是的,明天太阳还会升起,这种周而复始让她厌倦。

欲望是滋生一切力量的源泉,桂珍顾不得和田禾打招呼,迅速穿过煤场,奔着三间孤零零的红砖房匆匆走去。

虽然预料到桂珍异乎寻常的热情背后一定隐藏着什么,但当田昌说完,田川还是心头一惊。村里年轻人在外做各种营生,但他独没与新闻报道的"飞车党"联系在一起。

"抢包?那不就是抢劫吗?"田川惊呼着脱口而出。

"你说这个也不对,抢劫是奔着钱去的,抢包就不同了,谁知道包里有多少钱?对吧,他就是稀罕包。"跟在田昌后面默不作声的桂珍不同意了,忍不住开口说道:"其实也怨俺两口子,孩子小时候穷,别的孩子上学都有新书包,就山坡还用她姐姐的花布书包,四个角都磨破了,破烂的课本露在外面像遭猪啃的一样。孩子就是落下病了,就稀罕包。"桂珍肯定地做出结论。

田川蔑视地瞥了她一眼,心想:骗鬼呢?为了包?为了包咋不直接抢卖包的?当然这话不能说。他转头问田昌:"山坡现在在哪儿?"

田昌佝偻着身子,一脸愁苦地说:"在城西拘留所呢。前几天通知我去,是带我去山坡的出租房搜查。"

"搜出啥了?"田川问。

"还能有啥,全是女人背的包,堆在一间空屋子里。"田昌说。

"啥一间屋子都是,有多少包能填满一间屋子?你就是棒槌,你儿子山坡就随你,一对憨货,这些包留着做啥?啊,你说!"桂珍面向田川数落着丈夫,"你说他不该扔了吗?任哪条河哪道沟随便一扔,上哪儿找人去?偏还留着,再新也是用过的包,能卖什么钱,啊,这可倒好,说不清了吧?"桂珍又转向田昌,在他眼前焦急地拍打着手掌,仿佛不反复做这个动作,巴掌就会落到田昌的脸上。

田昌吓得头不停地向后仰去。

"行啦。"田川烦了,终归都是田姓人,看着田昌的窝囊样田川打心底来气。"嫂子,别怪我说你,你一溜五梁四柱的大瓦房是谁盖起来的?还不是山坡出去赚回来的。你现在埋怨山坡，当初要不是你整天骂田昌哥窝囊废，山坡能去干这个？"

提到儿子，桂珍一下蔫了，嘴里继续嚷着，但语气明显弱了下来："嫌我骂，那他倒是出去干活赚钱啊？人家顶不济还能在建筑上干个小工，推个水泥搬个砖，可他倒好，在工地上没干满三个月，试用期还没过就从钢架子掉下来。你说那么多钢架子，咋偏你踩空了？要不是安全网护着，小命早没了，就这样，小腿骨还摔成好几截，在病床上一躺就是三个多月，一家人吃啥花啥？又正赶上过春节，那些挨千刀的工厂怕工人过完年不回厂子干活，硬扣三个月工资年后发，可家里还有千万处等着使钱的地方，你说山坡不做这个做啥去？"

听着桂珍的抱怨，田川瞅了一眼田昌的裤管。田昌耷拉着眉眼，用胯斜抵着炕沿，左脚虚立着——它使不上劲。田川干过建筑工，知道打工的苦，但又一时想不出让桂珍信服的说辞，便指着窗外偌大的煤场对桂珍说："嫂子难得来一回，也不去看看你大婶子去？"

桂珍以为田川在给自己解围，便顺坡而下，说："是有阵子没来了，你们哥儿俩先说，我去陪陪大婶子。"说着，从怀里掏出签好字的土地租赁协议书放到桌上，一撩门帘走了出去。

田川有点恼火，刚才一番话原本是出于公心，桂珍的一个举动，仿佛自己是冲着眼前这一纸协议书来的，显得自己那么下作。

田昌反倒舒了口气，屁股往上抬了抬，终于坐到炕沿上。

自打从九楼钢架上摔下来，田昌就认了命，他搞不清自己怎么会从钢架上摔下来——出了简易升降机就是楼层，在仅有不足一米宽的空隙里，他居然拉着小推车掉了下去，更诡异的是居然没死。从那起，他对自己的生命无比珍惜，他觉得自己活着的每一天都是赚的，捡了天大的便宜，所以他最大的事就是打理自己一身日渐衰老的皮囊，并无意违拗自己的意愿，甘愿做一枚风中的落叶无怨无悔随风而动，就像此时，他平静且包含同情地劝慰着田川："这次山坡是躲不过去了，那么多包，一个包就是一桩案子。唉，警察让我看了监控，一个女的挎着包骑着电动车，山坡坐在同伙摩托车后座上，从后面一下捋过肩包带子。你说摩托多快啊，那女的被肩包带子使劲一拖，一下就摔倒在地上，看验伤图片，哎呀，鼻青脸肿，满脸是血，门牙都被磕掉了。唉，造孽啊。"

田川看着他痛心疾首的样子，恍惚面对的是受害人的父亲。他看看眼前的田昌，又望望窗外正从煤场走过的桂珍，某种相似的遗弃感让他心里顿时涌动起一股酸楚的味道。一定要想办法帮帮山坡。田川想。

四

美容院、足疗馆是信息传播最为迅速的地方。两天一夜的时间，小米已轻易打听出山坡案子主管人孙警官的关系脉络，其中一条线连着易舟。

村里人都知道易舟和谷子青家的关系，本来，田川可以让桂珍去找谷仓帮忙，但他不这样做，偏让小米去找陈浩，由陈浩出面去找易舟疏通关系。小米不理解田川的意图，一再委屈地辩解，称自己与陈浩已经断掉了一切联系。但田川很坚决，他确信自己不是嫉妒，也不是虚荣，在利益面前，田川从不会因为任何矫情的理由来为难自己——他只是想试探，试探一个女人对他的忠诚度——都说男人靠征服世界来征服女人，反过来推理，如果征服了一个女人，是否也验证了自己征服了一个小世界呢？这是他对小米的解释，而实际上，这是他向谷仓施压的一种手段。

谷丰记得奶奶曾说过一句话：铡刀落在自己脖子上最重，落在别人脖子上最轻。她每想到这句话，就预感到厄运像一把呼啸而来的铡刀，容不得拒绝，甚至容不得掩耳盗铃式的自我逃避，事实就已经冷冰冰地出现在眼前。

吃午饭的时候，陈浩接到一个信息，谷丰随口问道："谁啊？"

"啊？你哥。"陈浩回道。

谷丰知道，因为塑封厂的事谷仓经常打电话给陈浩。

后来她时常在想，如果陈浩编造别的谎言，或者下午没有那么巧，刚好遇到谷仓，生活是否依旧像一幅《清明上河图》，继续演绎着一派太平祥和的景象？但该发生的还是发生了——谷丰刚好遇到了哥哥，在车窗即将升起的时候，她随口问了一句："你找陈浩做啥啊？"

谷仓很奇怪，落下车窗玻璃回道："我正因为谷穗闹心呢，哪有空找他啊。"

谷丰愣了，含糊地打发走哥哥，自己再度跌进了冰窟。

到了晚上，谷丰特意做了四个菜，还准备了几听德国黑啤，边往酒杯倒酒，边装作不在意地笑着问陈浩："哥找你什么事啊？"

"哦，"陈浩顿了一下，继续说道，"也没啥事，还是问塑封厂排污的事。"

"他们对污水怎么处理的呢？"谷丰问。

"还能咋样，上一套污水处理设备几十万，哪个老板舍得？好在现在产量不大，用沉淀池和化学药剂处理，如果产量大了就不好说了。"一杯酒下肚，陈浩神色松弛惬意，拿起啤酒给自己倒满。

"你和哥在哪儿见的面？"谷丰眼望着一盘素炒山药，从中夹一片葱花放进嘴里。

"啊？哦，在他厂里，我从那儿走顺便见了个面。"陈浩拿起酒杯抿了一口。

"我看看哥发给你的信息。"谷丰抬眼看着他。

"我删了。"陈浩有些惊慌。

"我见到我哥了，他根本没发信息。"谷丰神态自若，筷子继续在菜里翻腾，却再没心思夹起一口菜，哪怕是一片葱花。

"你想说什么？成天疑神疑鬼的，神经病。"陈浩恨恨地盯视着谷丰，一仰头，一杯啤酒灌进了喉咙。

"好啊，"谷丰装作没看到，筷子继续在盘子里翻动着，"那我给我哥打电话核实一下好了。"说着，谷丰拿起手机就拨号码。陈浩噌地站起身，隔着餐桌一把将手机握在手里，怒斥道："不许打，我记错了，不是你哥发的信息。"

"不是？那是谁。"谷丰也紧握着手机，对着眼前那张因恼怒扭曲变形的脸怒问道。

"我不愿告诉你。"陈浩坐回椅子上，继续慢条斯理地喝着啤酒。

"你必须告诉我。"谷丰大声喊。

"哼，那就是条系统信息，可能是天气预报，也可能是垃圾信息，我不记得了。"陈浩一脸无赖的样子。

"嗯，好吧。"谷丰没有再说什么。

吃饭、洗碗，一切收拾妥当以后，谷丰平心静气地说："天凉了，去学校给孩子送两件厚衣服吧。"

　　偎在沙发上看电视的陈浩没有回答,眼睛继续盯着电视屏幕。谷丰忍着怒火,把刚才说过的话又重复了一遍。

　　又等了一会儿,陈浩懒怠地站起身,也不看谷丰,慢条斯理地换上鞋子自己先走出了门。谷丰见状,抓起衣服赶紧追了出去,对已经坐在驾驶位置的陈浩说:"你喝酒了,我来开车。"

　　人心开始都是善良的,被伤害多了磨成了茧子才变得冷漠尖刻,在车拐上国道的那一刻,在对面急速闪过的车灯光影里,谷丰的神情变了,她冷峻地目视前方,脚下油门轰轰作响。

　　"你这是去哪儿?"陈浩发现路不对,连忙问。

　　"去死。"谷丰轻轻地吐出两个字。陈浩再看谷丰的眼神,害怕了。

　　"现在说吧,那个女的是谁?"谷丰目不斜视,平静地问。

　　"什么女的?神经病啊你。"陈浩生气地说。

　　"哼,"谷丰笑了,说,"快说吧,难道你真想把她带进棺材里?"说完,一踩油门,只听发动机嗡的一声,车身嗖地蹿了出去。陈浩上身猛地一晃,慌乱中忙一把抓住车门扶手。

　　"我已经忍你很久了,我早和你说过,不爱了可以告诉我,我绝不会缠着你,但我不允许你欺骗我,当我是傻子,这不行,知道吗?你没有自己想象中的那么好,我也不是离不开你,坦诚一点不好吗?告诉我,虽然我知道她是谁,但我要你自己说出来,这是对我起码的尊重。从今夜开始,从你说出她开始,我保证还你自由,与你再无瓜葛。"谷丰说。

　　"你疯啦,我们还有孩子,做事哪能那么草率,过过脑子行吗?"陈浩咆哮着。

　　对面射过一道强光,显然是一辆大货车。

　　谷丰嘴角一抿,仿佛带有几分羞涩的歉意说:"你看到对面的车了吗?如果你不说,我们将同归于尽。不过,据说司机都有自我保护的本能,在最后一刻我可能做出意外的选择,这样也好,你的痛苦会小些。"说着,谷丰踩油门,超车,迎着对面炽烈的灯光撞去。

　　对方货车响起一阵急促的喇叭声。

　　"疯子,疯子。"强烈的光线下,陈浩惊惧地睁大双眼,嘴里不住地辱骂着谷丰,"你这个疯子,啊,我说,我说,啊……"陈浩恐惧地闭上了眼睛。在最后关头，谷丰猛地一打方向盘，车身偏过货车车头，紧贴着车厢擦身而过。

随后一阵剧烈的晃动，陈浩睁开眼，眼前一片漆黑。

"说吧。"车速减慢，谷丰平静地说。

"她叫小米，"陈浩惊魂未定，颤抖着声音说，"她原来在售楼处，现在好像和一个做实体企业的人交往。我们其实不联系了，最近她又三番五次地找我，才又联系上的。"

"你们几年了？"谷丰问。

"没多长时间，我又没钱没势的，她看不上我。"陈浩带着一点沮丧。

"但你喜欢她？"谷丰说。

陈浩沉默了。因他的沉默，谷丰心情反倒好受了些——谁能保证一生只爱一个人呢？爱不合时宜地来了，人又有什么办法呢？——总归有爱的成分，还不至于那么龌龊。

"她住在哪儿？"谷丰语气平和地问。

"香格里拉花园。"陈浩嗫嚅着，像个不情愿的孩子。

谷丰一转方向盘，车驶向香格里拉花园小区的路。

"她还小，你别……"陈浩求饶似的哀告。话未出口，看着谷丰铁青的脸，剩下的话生生咽了下去。

谷丰当然知道他想说的是什么，其实她也根本无意做什么，毕竟夫妻一场，好歹也是孩子的父亲，也曾有过耳鬓厮磨的好时光，怎么可能伤害他心爱的东西呢，哪怕那是个往她心上捅刀子的女人。想到他第一次用乞求的语气和自己说话，却为保护另外一个女人，谷丰心如刀绞。

陈浩沉默着。

在窗外不断呼啸而过的噪音里，传来一阵隐忍的抽泣声，借着迅疾闪过的车灯，谷丰发现陈浩居然哭了。

半个小时以后，当两个人重新坐回车里，禁不住面面相觑，为刚才那场悲切的哭泣感到莫名其妙。

事情发展就像一部粗劣的喜剧电影，跳跃、荒诞、匪夷所思，但却真实地发生了。一路上，谷丰预想了千万种情形，搜肠刮肚准备了一整套动之以情晓之以理的说辞，计划从伦理、道德甚至女性情感等不同角度来劝小米放弃这段感情，离开陈浩。没想到，他们二人刚进屋，小米就大呼小叫地嚷着要出门,说她男朋友在等她出去吃饭。还没等谷丰质问,她早已一口一个"姐姐"地连声道歉,说自己就是狐狸精,是自己主动勾引陈浩的,还板着小脸煞有介事地对陈浩说:"我是绝不会嫁给你的,真的。"谷丰手足无措,稀里糊涂地跟着小米下了楼。

最要命的是,谷丰临上车,还问小米:"你男朋友还没来,要不要送你去饭店?"

蠢货,车启动后,谷丰心里骂了自己不下十个"蠢"。

小米楼下的绿化带里,种植着翠绿整齐的冬青,还有一颗粗壮的泡桐树。树影里,一个郁郁寡欢的男人,站在被刷成了白色的树干后静静地看着他们。他就是田川。

第十四章

一

通往盐雾乡的路曾经是一条古老的驿道，据史志记载，这条路当时是商贾要道，因为濒临渤海湾，盐商私贩络绎不绝，驿马奔驰尘土飞扬。驿道有很长一段路可通往滩涂，那里生长着一片广阔的野生芦苇荡，秋天风起，芦花如飞雪一般波连天际，伫立于此，在感叹白云苍狗天地苍茫的同时，不得不为"人"独立于天地之间的孤苦感到悲怆。

穿过田野，驶过一条迤逦于广袤盐碱地上的空旷道路，易舟见到谷穗的时候，心里只剩下疼爱。

"真难以想象你会在这样的地方扎下来，并且还乐此不疲。你看，你的脸都黑了。"易舟说着，四处打量着房间。

"是吗？"蹲在地上煮方便面的谷穗故作惊慌，调皮地跑到镜子前，那是一张肤色暗沉、粗糙的脸。

"唉，这就是放任自流的后果啊。"谷穗夸张地感叹一声，随后咯咯咯地笑起来。

这是一排普通的红瓦起脊平房，谷穗住在平房最西边续建的一间房子里，门前有两棵老榆树，树下停着一辆废弃的手扶拖拉机。拖拉机的车胎

第十四章

早已爆裂干瘪,铁质零件上蒙着一层鱼鳞似的铁锈,想必搁置时间不短了。旁边一溜办公室,从门框的木标牌来看,是诸如司法办等部门。

屋里倒也清简,一桌一椅一张单人床,一顶浅绿色的吊扇吱吱呀呀地在床顶转着。床单、窗帘是她喜爱的雪青色、紫色,这是丁香花含苞未放的颜色,也是她最好的一条真丝长裙的颜色。看到她依然保持着少女烂漫的纯真,易舟感到些许安慰。

"穗儿啊,你到各村走了一趟,有什么感触?感觉农村怎么样?"易舟问。

"这可说来话长——电锅热得快,如果不费事,请大伯递给我一只热水瓶,就是桌子上放着的那只,我再添点水。对啦,就是那只,谢谢大伯。各个村子的情形不一样,全看村里住着什么人,有的地方老百姓勤快、能干,情况还说得过去,有些村子简直清一色是醉鬼,正值壮年的人,院里墙根底下,酒瓶子摞成一座小山,地却荒着,扶贫人员帮助他们找工作,他们坚决不干,问他们为什么,他们振振有词地说找到工作挣到钱,就没有人给低保了,大伯,你想想多可怕。"谷穗说。

"自古农民是社会薄弱阶层,农村教育、基础设施等条件具有局限性,更不用说普遍的开拓、创新意识。你说的懒汉现象在农村是有的,有些人习惯了被领导、听招呼,只想倚靠亲属、政府,等、靠、要,混天度日,所以提出'扶贫先扶智,扶贫先扶志'嘛。"易舟说着,从绣花方巾下面抽出碗筷递给谷穗。

泡面熟了。

谷穗把方便面挑到碗里,撒上各种调料,逼仄的房间里顿时充满味精的味道。

谷穗对易舟的话显然很有感触,刚挑起一筷子方便面,又放下了,抬头说道:"确实如您所说,时至今日,还有不少人热衷于描绘中国人初试民主时的混乱和无措,但由此就可以断定农民素质低吗?当然不能。暂且不说从农村走出去的佼佼者,外出经商闯荡的成功人士大有人在,让他们在本村选几个正儿八经替村民做事的人还是可能的,只要让他们意识到选举权利不是摆设,不是要他们扮演预先设定好的'墙头草'的角色,他们还是愿意全力以赴做好这件事的。"

谷穗呼噜呼噜吞下几口面,继续说:"如果我们一直畏首畏尾,让'条件不成熟'成为'条件不成熟'的条件，如此循环往复，恐怕永远没有可尝试的条件，也就永无可期之日了。"

看谷穗激动的样子，易舟收起长辈俯视的心态，认真地说："我指的是懒汉现象。你来不是为了扶贫吗？这个问题想过怎么解决吗？如果他有劳动能力，就是好吃懒做、游手好闲生活贫困，你该怎么办？你总不可能定时供给养着他吧？如果这样的人群解决不掉，那你扶贫的工作完成得可不够彻底呀。"

谷穗紧扒拉两口，听完易舟的话索性把碗放下，一抹嘴说道："其实这种'懒汉现象'不是农村的特有产物，城市没有吗？为什么老人倒了不敢扶？还不是被碰瓷讹人的吓怕了。我从不认为农村是道德坍塌的重灾区，某些人格、品质出现偏差，是需要整个社会负责的事。另外，因为地域和信息闭塞，导致他们在社会分享经济发展的红利时，成了局外人，甚至是利益受损者。压抑已久的爆发是裂变式的，或是一蹶不振的颓废，或者处心积虑地钻营，但这样的后果不该由农民承担，责任更不能由他们来负。不是吗？我去刘谟村看一位失去双腿的残疾老汉，他的儿子儿媳因车祸去世，自己供养着一个十一岁的孙子，当我给他登记档案发放救济金时，他拒绝了。他拿出一幅宽大的十字绣——三米多长的《清明上河图》，他说，自己有劳动能力，把救济给其他更需要的人吧，只请我们帮他卖掉十字绣作品。看着轮椅上开朗的老人，我真想把那个懒汉拽到他面前，让他看看思想的差距。"

谷穗越讲越激愤。易舟饶有兴趣地看着，心里想，年轻真好啊，有激情，有梦想，有敢于拯救一切无所畏惧的勇气，真好。

"是的，决定行为的只能是思想，但思想意识改变又不是一朝一夕的事情，怎么办呢？我思考了很久，单纯针对一个阶层或一个群体进行思想性的影响，是带有歧视的，如果处理不当还会造成逆反心理。古人讲'蓬生麻中，不扶自直'，风气对人的影响至关重要，就像我们窗外的风，"谷穗指向窗外，"如果不是枝叶摇动，怎么能看得出有风存在？如果河水没有荡起一层层的涟漪，又怎么能证明风曾经来过呢？同样的道理，风气无形无状，但它在潜移默化中影响着我们，您说哪个有羞耻感的人会缺失道德？哪个怀揣梦想对未来、对成功充满渴望的人会懒惰成性？我觉得重点还是整个社会风气的导向问题。"

谷穗站了起来，边踱步边继续说："您一定要问，既然风气无形无状，怎么改变或者怎样凝聚好的风气呢？我也在思考这个问题，用制度、规则吗？是，那可以起到一定的作用，就像法律条文，偷盗判处多少年，杀人判处多少年，但它是人的底线，就像一条冰冷的铁锁链把人圈锢在一个范围里。而我们的生活不仅需要规则，还有道德、情趣以及幸福感，这些除了自身修为，更多来自周围的人与环境。世上有三样东西最重要，信念、希望和爱，我始终坚信，爱，是世界上最恒久最伟大的力量。您回想一下，"谷穗停止踱步，站定在易舟面前认真看着他说，"对所遭受的伤害、阻挠甚至嫉恨，您恐惧吗？但如果给予您的是爱，是善意呢？您一定会感动，继而想到回报，对吧？"

易舟稍作沉思，频频点头，暗想：是这个道理。

谷穗继续说："我想从两个方面入手，古人说'不知荣辱乃不能成人'，首先树立荣辱观、羞耻感。人是需要敬畏的，比如父母、自然，甚至是鬼神。大伯，我有时会有这种想法，如果能因基于对鬼神的敬畏，对来世的美好祈愿而能安守住内心的善念，我想也是好的，因为那至少有敬畏，有自我设定的行为底线和标准，最可怕的是无所畏惧，为了达到目的不择手段。曾经流行一句心灵鸡汤，叫'珍惜当下、享受当下'，假如每个人都把每一天当做世界末日来疯狂享受，那谁来为未来负责呢？

"我相信人是趋利的，但我更相信人心是向善的，只要有人引导，营造公义仁善的氛围。人啊，是群居动物，具有从众的心理，有时身边人的目光，胜过法律规则的约束，我想那些懒汉现象会得到遏制。

"第二就是信任、鼓励，古人说'有教无类'。其实人与人之间没有阶层等级之分，无论身处何地，只要爱学习，不断提升自我修为，一样可以成为品行高贵的人……"

吱呀，门被推开一道缝隙，探进一张小心翼翼的脸，是司机小李，他悄声说："易主任，晚上您还有个会，您看这时间……"

"好的，我知道了。"易舟回道。

"你的初衷不是扶贫吗，我看着怎么改成思想教育了？"易舟对谷穗的话并不感兴趣，漫不经心地说，"你要知道，把自己的想法灌输到别人的头脑里很难，反不如先把经济、生活搞上去，这样成就凸显见效快，你爸可是还盼着你早日回到市里呢。"

"大伯，你是我爸的说客吗？我可是一直以您为榜样，觉得您睿智、坦荡、重情重义，如果您也有市侩庸常的念头，我可是很失望的。"说着，谷穗小嘴噘了起来。

"哎，你这个丫头，大伯不是心疼你嘛。你看看这屋子，看看这一圈墙根，都出白碱了，过不了一年，你这屋半截的墙皮都要掉下来。还有，你看这院子啊，和办公区域隔那么远，我观察了，这两个小时就看到一个人，就那一个人也还没走到院子中央就折返回去——想必是走错了路——你是个女孩子，在这么偏僻的地方，我们能放心吗？"

谷穗顿时神色黯然，下意识瞥向东北墙角——那里有个不起眼的洞，一小撮新鲜的黄土堆在洞口。

"我不了解你的工作属性，你是负责一个乡，还是负责一个村的扶贫工作？我这次来一是看望你，二来呢，也是看你需要什么产业，我可以协调一下，用给村民分红的方式尽快帮助你完成工作。"

"我不。"谷穗硬邦邦地说，"《周书》上讲，农民不生产，就会缺乏粮食；工匠不生产，就会缺乏器具；商人不经营，粮食、器具、资本就会断绝。但现在是本末倒置，都在玩资本，玩概念，实体经济在哪儿？对于一个承袭农耕文明的农业人口大国，如果粮食问题失去掌控力，那是极其危险的事情。还有，《周书》只提到工农商，那官员的责任呢？如果官员尸位素餐敷衍了事不作为，那就不是极其危险，而是国家的灾难。其实从商鞅开始，已意识到农业重要性，可悲的是他遭遇了'马尔萨斯陷阱'，秦朝覆灭了。"

易舟敏锐地捕捉到谷穗情绪的变化：我伤害了她的热情？或者她在蔑视我的庸俗？易舟揣度着，他仿佛从慷慨激昂的谷穗身上看到了自己曾经的样子——自己也曾热血沸腾地年轻过，也曾鄙视中年人所谓的油滑妥协——自己怎么活成当初自己鄙视厌弃的样子了？难道这就是所谓的"世事洞明""人情练达"？唉。易舟暗自长叹一声，神色凝肃，听谷穗继续说道："我知道，你会说我书生意气，只会纸上谈兵。一人，一家，一个团体，大凡初时同心协力，没有一事不用心，没有一人不卖力，后来环境好转，精神也就渐渐松懈了。一部历史：'政急宦成'的也有，'人亡政息'的也有，'求荣取辱'的也有，人称这是'黄炎培周期律'。我不信这个邪，我就要做成一点事，哪怕我的力量微弱，但只要能把事情往前推动一小步，我的言行能够影响到一个人，我觉得也值得。"

谷穗言辞越说越犀利，易舟有些坐不住了，多年含而不露一团和气的追求曾被自己认为是阶层素养的体现，如今谷穗一席话，剥去了自己舒适的虚伪的外衣，裸露出生活坚硬的内核，他开始重新审视自己的内心，发现自己内心的怯懦。是的，这么多年摸爬滚打走到今天的位置，自己的棱角已然磨平，对新生代以及新生事物产生莫名的排斥，终日只力求做到一个字"稳"。难道怕被"拍在沙滩上"吗？当然不是，易舟觉得自己并没有丧失前进的动力，而是多了一层顾虑——怕失败。他承受不起失败，为此他甘愿放弃尝试成功的机会。

他如坐针毡，额头沁出一层米粒大小的细密汗珠。他不想再继续这个话题。如何不露痕迹地转移话题呢？

一阵风来，浅紫色的窗帘像鼓满风的帆，呼啦啦，波浪一样撩拨着窗台上两盆吊兰，枕头旁边的一摞白纸也随之散乱成一团。

"你一定说我蠢，我爸就曾这样说我，但我不介意，人蠢有什么不好？假如人人都精于衡量利弊算计得失，那农业就没人做了——一年两季，一亩收益不到两千块钱，还不够在外打工一个月工资多呢，但如果人人都弃农经商，那谁来保证吃饭问题？有人说可以进口，说这话的人无异于卖国贼，这就像把脖子伸到敌人的刀下一样危险……"

谷穗继续慷慨激昂，那些话像秋风卷起的梧桐叶子，在易舟耳边哗啦哗啦地响。又一阵风来，枕边的纸张被风旋起，易舟抢先一步，在纸张落地之前抓到手里。纸上面是密密麻麻的五号宋体打印字。他没等细看，"谷仓""田生"这些熟悉的名字已经跳进眼里。

"这就是你写的小说？"易舟捻着手里的一摞纸，问谷穗。

"是啊。"谷穗说完，又继续补充道，"其实也不是啥小说，就是写给爷爷让他解闷的。"

"你咋知道这么多过去的事，谁告诉你的？"

"大多是我小时候看到，或无意间听你们大人聊天时说的，还有就是问喽，鼻子下面不还有张嘴嘛。"谷穗羞涩地笑着，伸手来拿书稿。

易舟手轻轻一扬，以示拒绝，然后对谷穗说："看来真不能小瞧你们，以为孩子小不懂事，一不小心就把自己丑陋的一面暴露出来，那留下的可是把柄，不得了啊。我先看看吧，也算帮我回忆一下往事，这人老了，记性也不中用了。"说着，不等谷穗反应过来，一把将书稿塞进黑色公文包。

"你说的理论基本成立，把自己的命运交到别人手里是危险的，况且中国从不缺被背叛、被侵略的历史。但再好的理论也要付诸实践，由现实来印证。选举的事怎样了？"易舟问道。

"不太顺利。"谷穗很沮丧地说，"组织了一次，参加的人不到半数，村民说这是糊弄人，懒得参加。后来我了解到，是原来选举流程有问题，代选、贿选是这个村的常态——发下选票，主持人说，同意的把票直接投入选票箱，不同意的来主席台前领笔。您说，谁会去领，那不就是公开反对吗？在农村这样一个相对封闭的环境里，寻求自保是第一首选，再者，一般能够进入候选名单的，要么是村里人口多的大姓，要么是背靠有钱有权的人物，用村民的话说，谁家没个红白喜事要人帮衬的时候，得罪他们不值得。"

不值得。易舟忽然想起谷子青买树的事，没想到过去这么多年，村里还存在同样的风气和心态。

谷穗继续说："我觉得选举是农村发展的第一大事，投票选出来的村干部首先责任心强，能干事肯干事，村民信任度高。下周六我准备做第二次选举，现在自荐和推荐人员有七位，我有信心能做好。"

"好，等出来结果第一时间告诉我啊。如果遇到问题需要协调你就去找王叔叔，我们是多年的好朋友，他会帮你。"易舟站起身，朝门外喊道："小李，小李。"

门被推开，那张小心翼翼的脸重又出现在门口。

"把那个老鼠洞堵上。"易舟指着东北墙角。

谷穗感激地看着易舟，为自己刚才一通口无遮拦的话感到不安。

回去的路上，易舟特意绕道经过桥头堡村。在村口红砖墙壁上，粉刷着几条醒目的白色标语："你有治村抱负吗？那就踊跃参加竞选吧！""群雄逐鹿，大丈夫敢于挑战自我！""村规民约，百姓自治！""小选票决定村庄大未来！"……

真是初生牛犊，连标语都带着火药味，易舟看得心里美滋滋的，呵，谷仓和金彦的友谊小船看来是非翻不可啦。想到谷仓皱着眉头无计可施的样子，易舟扑哧一下笑出了声。

"易主任，你感冒了？"司机紧张地问，并立刻关掉了空调。

易舟不好辜负他的好意，只好"哦"了一声。"阿嚏"，没想到易舟竟真的一连打了两个喷嚏。易舟确信自己没有感冒，他心里暗想，这个臭丫头，一定在心里说我坏话呢。这样想着，他忍不住笑了。

二

转眼暑热的夏季过去了，谷丰的生活随季节一起进入了凉爽惬意的好时节：儿子晓康顺利考上了重点中学励志班，家又搬到了城南新居，在外人眼里，她的一切就像春联里描述的一样：万象更新，诸事顺遂。

而与之相反的是她的精神状态。她头发枯燥蓬乱，脸色蜡黄，眼睛神经质似的飘移不定。她无法面对陈浩，或者说陈浩和小米长达三年的感情就这样波澜不惊地分手让她觉得很不真实——就是个骗局——她时常这样想，并自行脑补各种不堪的场面刺激自己本已日益脆弱的神经。其中最让她不能忍受的画面，就是他们在暗中对蒙在鼓里的她的讥笑，她为此愤怒，虽然明知道陈浩每天谨慎小心按部就班，但她还是抑制不住猜疑。

这天，陈浩蹲在客厅动手组装网购的一张鞋柜。活儿干得很顺利，谷丰看着柜子渐渐成型，忽然心血来潮想来帮个忙。她踩着垫在地砖上的包装纸壳，抬着柜板海绵软垫用力一掀，哗啦，板子散落开来——陈浩只预先放好螺丝，并没有拧紧。

"哎呀，你能不能别瞎掺和？"陈浩责备的声音不大，但瞥过来的眼神比冰还冷。

谷丰顿时恼了，考虑到刚搬新居怕惊扰了邻居，便压低了声音，嘲讽地说："是啊，我不掺和，你多盼着我不掺和啊，我不掺和就坏不了你的好事对吧？你们就能在美丽的香格里拉共度良宵对吧？那你找她去啊，去啊，省得在我眼前晃荡，脏了我的眼。"

"你。"陈浩身子一挺刚要站起来，马上又低下头，继续忙手里的活。

"我怎么啦？我光明磊落无懈可击，我敢摸着良心说话不羞愧，你呢？你做了什么呢，撒谎、欺骗，事情败露只会懦弱逃避，真不知那个王八蛋看中了你什么，要钱没钱，要权没权。哦，"谷丰装作恍然大悟的样子，拖着讽刺的腔调说，"想起来了，你有一张好嘴呦，拌了糖，抹了蜜，轻言细语地哄着，菩萨一样地供着……"

"妈，"晓康突然从里间卧室里冲出来，对着谷丰吼道，"你怎么能说出这样的话？阴阳怪气的，还有没有教师的尊严？我爸犯错是不对，但你可以选择离开啊，如果你不离开，就证明你接受或者原谅了他所做的事，那你就要尊重你的选择，把那些该死的事忘掉，而不是揪住不放折磨别人，也折磨你自己。你这样做，除了让自己像一个令人厌弃的怨妇之外，并不会博得别人的同情，甚至只会给我爸增加一个出轨的理由。我受够你们了。"说完，晓康一把拉开屋门跑了出去。

谷丰愣了，看着还在摇动的门，她困惑地问陈浩："那是晓康？"

陈浩没理她。

"他怎么回来了？今天不放假啊。"谷丰嘟囔着，心却沉到了谷底。为什么受谴责的是我？受伤害的是我啊。谷丰满心委屈。"看他回来怎么收拾他。"她发着狠地说着，给了陈浩一个狠狠的白眼，转身进了晓康的房间。

晓康屋子里乱糟糟的，一股若有若无的轻渺烟味让她心慌起来。她撩开散乱在床上的被子，在枕头底下发现半盒香烟，担心和恐惧忽地蹿到头顶，她拿着烟快步走到客厅。她想责怪陈浩，虽然她本无意挑起事端去争吵，只是那件事像根刺扎在心里让她憋得难受。她把香烟揣进衣兜，想想孩子说的话，再看在客厅忙活的陈浩就不免有些心软，嗔怪道："咋让孩子不换鞋就进屋，看地上脏的。"语气虽然还有些强硬，但仔细听来已经有了撒娇的成分。

陈浩手里的螺丝刀停了一下，头也没回，轻声回道："他急匆匆回来就进了自己房间锁上了门，我忙着取快递忘了提醒了。"

谷丰心里踏实了很多，心想：孩子说的没错，既然是自己选择的，就要接受一切，唉，过去了，该放下了。

心里的疙瘩解开，日子就变得顺畅很多。这天，谷丰买了一束雏菊插在餐桌花瓶里，又特意炒了几个菜，餐盘周边特意用粉色雏菊花瓣做了点缀。陈浩看着她高兴，便拿过一瓶红酒倒了两杯。

灯光昏黄，酒香浓郁，在两只杯子轻轻相碰的瞬间，黏稠的欲望从彼此眼神里流了出来,纠缠一翻后达成心照不宣的共识。谷丰已经很久没有这种感觉,她的脸少女一样红扑扑的,举止竟也羞涩得拘谨起来。

当狂风骤雨过后,陈浩精疲力竭,像一只大章鱼四肢伸展瘫软在沙滩上,而她像一树凌乱的海棠偎在陈浩怀里。先前她是安静的,继而抽噎。陈浩低头吻了吻她的头发,谷丰扬起满是泪的脸看着他,忽然,她身子猛地向上一蹿,扑向陈浩的肩膀,朝着他肩胛骨狠狠咬去。陈浩身子一颤,疼得一个劲直吸凉气。他咬紧牙,用手轻抚谷丰的后背,安抚着怀里已经抖成一团的可怜的女人。

此刻,谷丰原本是要放声大哭的,然后以此作为一个节点,遗忘过去重新开始的节点,就像诞生,就像死亡,她也要以一场哭泣来结束一段记忆,把伤心埋葬。就在这时,陈浩的手机响了。

从几年前深夜接到娘去世的电话,谷丰落下病根,恐惧深夜或凌晨来的电话——没有什么好事。谷丰有种不祥的预感。

果真,陈浩接到电话"啊"了两声,电话掉在了床头,眼睛直勾勾地看着谷丰,说了一句:"晓康跳楼了。"

谷丰一愣,突然大叫,冲出了卧室。

晓康是从学校四楼宿舍跳下的,幸好落到二楼露台上,致使小腿骨折。

"就差半尺,就差半尺,距离露台边沿就差半尺的距离,否则后果不可想象,不可想象。"晓康班主任心有余悸地说。

晓康躺在病床上,对围在身边所有的人视若无物。他沉默着,对所有嘈杂的询问保持静默,他眼神呆滞涣散,灵魂仿佛抽离了他的身体游离在另一个空间维度。

走出病房,陈浩脚步沉重地走了几步,突然扬起手,狠狠地抽着自己耳光。跟在后面的谷丰忙跑过去抱住他的胳膊,呜呜呜地哭起来。

"对不起,对不起,对不起。"陈浩垂着头泪流满脸,哽咽着只重复说着同一句话。

"这孩子摔伤倒不很严重,严重的是心理问题,给他做了各项测试,结果表明他患了重度抑郁,从现在的情况看,他最好选择休学。"医生建议。

"好孩子,你想去哪儿?"谷仓握着晓康的手轻轻地问,"想出国吗?还是去沿海城市住一段时间?"

晓康沉默了很久,回答说:"我想去枣林湾,找姥爷。"

"好，咱就回枣林湾。"谷仓连忙答应。

"我不要见到我爸我妈。"

谷仓强忍着眼泪，笑着对晓康说："好、好，舅舅陪你，我家晓康和舅舅最亲啦，来，臭小子，和舅舅掰个手腕。"谷仓握着晓康的手，佯作要发力的样子。再看晓康，手软软地任谷仓握着，眼睛望着天花板，又陷入自己的未知世界里了。

门外的谷丰和陈浩早已哭成一对泪人。唉，哪个父母听到这句话不伤心呢？谷仓叹了口气，对陈浩说："就依了孩子吧，你们先别打扰他，等过两天我送他回爸那儿，在爸那儿错不了，你们就放心吧。"

回家的路上，谷仓媳妇突然冒出一句："谷丰不会和陈浩离婚吧？"

"不会，那些真正绝情要离婚的人连再见都懒得说，而说'喂，我要走了'的人，并不是真的要走，而是等待挽留。陈浩说对不起不是要离开，而是忏悔。你什么理解能力啊。"谷仓回道。

"啧啧，男人犯这种错的人多去了，偏陈浩落得这样下场。"她继续感慨着。

"什么屁话。多了去了？那我出去试试，让你也尝尝那是什么滋味？"

"你敢！"谷仓媳妇急了，"你要敢动一点心思，我就骟了你。"

"什么玩意儿啊，怎么一说惩罚就说骟了。好了，怕了你行吧，我不敢。你以后多照顾点丰儿，她委屈着呢。"

"好、好。爱屋及乌，为了你，我对你家的狗都好。"她说着，身子偎了过来。

"你说什么呢？"谷仓动了气，再看媳妇正一脸无辜地看着自己，她很认真地又重复了一遍，最后特意加了一句："真的，我对虎子挺好的，你要信我。"

"信你。"谷仓心头一热，伸开胳膊，刚想把她揽在怀里，只听她嗷的一声尖叫："红灯。"

谷仓吓了一跳，脚下猛地一踩刹车——已经晚了，车子早已滑出停车线两米开外。

"蠢娘们，一惊一炸的。"谷仓笑骂着。

第十四章

三

送晓康回来那天，谷子青正在地里撒白菜种——地已经翻耕平整撒好化肥，他挎着放有白菜种子的小笸箩，边走边抓起种子，顺着一垄垄笔直的地沟均匀播撒。

晓康第一次见到种白菜，他用食指指肚捻着一粒芝麻粒大小的种子，迎着阳光看个不停，他无法想象，这样小的一粒种子，会长成一尺多高翠绿的大白菜。

"别琢磨了，这就是每年带给你妈的白菜。来，你种这最后两垄吧。"说着，谷子青把笸箩递给他，继续说："你不是最爱吃炝白菜嘛，过俩月，你就能吃上自己种的白菜喽。"

晓康顺从地接过来，按着姥爷的指点，均匀撒种，再轻轻盖上一层浮土，然后提着水桶沿地垄逐行浇水。

谷仓发现，晓康做农活比自己强——他曾用两个夏天向父亲证明，自己不回家种地不是拒绝或背叛，而是天生如此——他总是能准确地把青苗铲掉，留下一蓬蓬芨芨草，并且他发誓这样做完全出于他贫瘠的植物认知，而并不是有意如此。

"什么抑郁症，就是在鸽子笼里闷出病来了。"谷子青边往地头走边对谷仓说，"你看孩子干得多好。咱家的孩子心眼实，想得多，你放到田川身上万不能生这种病。让他在家跟着我吧，四体不勤五谷不分，韭菜和麦子都分不清，在学校都学的什么嘛。"

谷仓看着爸爸红彤彤的脸上散发着油亮的光泽，忽然觉得他年轻了很多，七十多岁的人了，精神头十足，脾气也越发变得和顺宽容。谷穗忙得家都没空回，却有一点时间就往爷爷这里跑，用她的话说，爷爷身上有股力量，谷仓端详着爸爸的眉眼，实在看不出有什么特别之处，除了雪白的长寿眉又多了几根之外。

"你和田川算是正式合伙了？"谷子青站累了，把锄头横在地头，坐在锄头柄上问谷仓。

"什么合伙,说得像犯罪集团一样,还合伙,那叫合作。定了,今天挂牌子。"谷仓说。其实他也站累了,看看自己笔直的裤线,他放弃了坐下的念头。

为了缓解疲劳,他两腿交替用力,这样站姿就显得有些滑稽。在过去,谷子青会把这种行为看成是对自己的不尊敬,继而暴跳如雷。现在,谷子青面对扭来扭去的谷仓没有一点责难的意思,反倒关心地问:"累了?累了你就回吧。早晨没事俺闲溜达,看见牌子挂上了,上面写着'归园田居农场',田俺知道,取田川的姓,那'归园'是啥意思?你也就在县城住,回老家几十公里的路说'归园'有点过火吧?"

"嗨,您还不了解我嘛,我是那摆谱的人吗?易舟取的名字,说它有两个意思,一个是陶渊明曾经写过一系列诗,叫《归园田居》,寓意这里是世外桃源,还有,就是易舟给我找了一个土壤学博士做技术指导,这个人旅居法国,一直想回国,'归园'为了表示对他的欢迎。我一会儿过去看看安置得怎样了,过几天人家就要来了。"谷仓说。

"土壤学?还博士?"谷子青惊诧地看着谷仓,随手从地上抓起一把黄土在掌心捻搓,嘟囔着,"这土里还有大学问呢?"

"可不咋,"谷仓随手从身后柳树上掭下一片叶子,放在嘴边吹了一下,对谷子青说,"你看你承包的盐碱地,当时种杨树,杨树死,种槐树,槐树死,最后种了沙棘树,哎,还就成了,这是为啥?因为这种树耐盐碱,你再比如眼前这片地,你觉得它就是最好的田了,无论麦子、玉米还是蔬菜,长得都很好,可在葛平博士的眼里,它还能更好。"

谷子青不屑地一笑,说:"还能咋好?麦子九百,玉米一千一,这就是好收成了,人心不足蛇吞象,难不成还想像几十年前说的那样,'花生壳,圆又长,两头相隔十几丈,五百个汉子抬起来,坐上东海游一趟'?"

"爸,您这就是抬杠了,虽然我具体不知咋弄,但易舟说这个人非常了得,还有,人家可是从国外放弃了很高的收入回来的,还是来农村,就是为了发展农业,报效祖国,要没几把刷子人家能回来?这可是人家的事业和梦想。"说着,继续举着树叶在嘴边吹——许久没到田里了,神清气爽,大片大片平整开阔的黄土地看着心里就敞亮。

"两片叶子叠起来吹。"谷子青看他鼓着腮帮子,呜呜呜半天吹不出一个完整音调有点着急。

第十四章

谷仓又重新抪了两片树叶，重叠起来鼓起腮帮使劲一吹，果真，清脆高亢的声音直冲云霄。晓康已经种完白菜，蹲在地头用水和泥巴，听到声音好奇地盯着谷仓看了半天。

"爸，你看，你看晓康的眼神不对劲吧？"谷仓偷偷对爸爸说。

谷子青看过去，晓康已经低下头，手里捏泥巴玩了。

"他不对劲？我看是你不对劲，眼偏，脑瓜仁也偏。"谷子青呵斥道。

"得了，我不碍您眼了，我去'归园田居'看看去，晓康可就交给您啦爸。"说着，谷仓朝晓康喊道："晓康，舅舅走了啊。"见晓康无动于衷，谷仓转过头对谷子青说："爸，我走了啊。"说着，沿着狭窄的地埂往村西走去。

看着儿子远去的背影，看着广袤大地上蓄势待发即将破土而出的麦苗，谷子青由衷地感到满足，仿佛十几天前饱满澄黄的玉米粒正源源不断地从指缝间滑落。还有晓康，看到晓康，他又想起了谷穗，呵，自己多像一粒种子啊，遇到了舒文，呼啦啦，有了儿女，他们又开枝散叶，有了这祖孙三代的大家庭。这样想着，谷子青欣慰地笑了，感觉身心冲了气一样一点一点丰满鼓胀，和脚下这片土壤里播下的一颗真正的种子一起，在享受着阳光、雨露和轻盈的风。

太阳挂在当头，晒得人暖融融的，让人忍不住想打瞌睡。

"该回去了。"谷子青站起身，把锄头拄在手里朝晓康喊道。晓康没听到似的，继续埋头在鼓捣着什么。谷子青索性走了过来，边走边对他说："康啊，别鼓捣了，咱回家，姥爷给你烧面筋吃。"

晓康抬头看了看，继续摆弄手里的泥巴。

谷子青催促道："走啊，咱回家吃饭。"

晓康看了看谷子青，也不说话，高高举起了手里的一个只完成上半身的泥人。

谷子青拿在手里端详了一番，脸色突然大变，他热切地朝着谷仓离去的路上张望，路上早已空荡荡的不见一个人。他低头疑惑地问晓康："你捏的？"晓康望着他没说话。

当然是他捏的，这哪里还有别人啊。

谷子青高举着泥人哈哈大笑："太像了，晓康，太像了，你舅舅吹的两片树叶都捏出来了，厉害啊，你厉害。"谷子青说着冲着晓康不停竖着大拇指:"走,咱回家,明天姥爷就给你盘个窑,咱把他烧出来,哈哈,你舅舅看到一准惊呆了。"说着,拉起晓康,像个打了胜仗的将军,昂首阔步走在前面,旁边跟着提着笸箩的晓康。

"虎子,走啦。"远远地,虎子正在追逐一只田鼠,听到谷子青一声召唤,极不情愿地跑了回来,耷拉着耳朵跟在晓康的后面。

阳光温润,谷子青不时把手里的泥塑举到太阳下观望,橘黄色的阳光给泥塑的脸庞镀上一层金色,连同两枚脉络清晰可辨的树叶。

四

一个月后,就在谷仓的期待同杨树叶子一起开始枯萎飘落的时候,葛平忽然来了。

葛平的形象显然出乎谷仓意料——不足一米七的干瘪身材,一身卡其色休闲装,就连戴的眼镜厚度,也远远配不上一个博士该有的深厚学识。回枣林湾的路上,他忍不住悄声问易舟:"他真是博士?"

易舟读出了他的心思似的提醒他说:"心眼小了吧?凭外貌做出的一切判断都是源自生活的惯性,而非理智。你觉得富豪还需要品牌来衬托吗?真正自信学识渊博的人会在乎饮食穿着?他已经不需要这些来刷什么社会存在感了,他现在关心的事物,已经超出物质本身,根本不局限于他自己或者一个家庭,关心的是整个人类发展。"

谷仓虽没听太懂,但一想也有道理,有道是缺啥吆喝啥,别看田川每天头发锃亮,庄园的人还不都是先向自己请示汇报?看着自己身上特意为迎接葛平博士置办的笔挺西装,谷仓不禁笑了。

面对庄园拱形铁门上硕大的"归园田居"四个大字,葛博士眼睛湿润了。他仔细端详一番对易舟说:"归居好,归居好。活到这个年龄,我才发现自己是多么愚蠢,这么多年一直被虚荣心左右,远离祖国,远离挚爱的专业——你是知道的,我是从山村走出来的,我曾发誓,用自己所学去改变那片贫瘠的土地,让连绵的荒凉山地变得花团锦簇,可我做了什么呢?娶了漂亮的法国女孩,做了赚钱的导游,走了这么久,却忘了自己当初出国的目的。"

他哭了。

他继续说:"我曾经问我的妻子朱莉:'是做一个痛苦的苏格拉底还是一头快乐的猪?'朱莉对我说,当我提出这个问题的时候,快乐已然在选择的痛悟中失去了。是的,我无法抑制自己去做'苏格拉底'的渴望,结果却发现自己只是一头'痛苦的猪',是的,我就是头'猪'。"

葛博士的话让一群来迎接的人瞠目结舌,美女、金钱还有这么高的学历都有了,还自称是"猪",那别人该是啥?

"夹缝中的知识分子,既不敢为真君子,又不甘做真小人。"谷仓脑子里突然跳出这句话,但他想不起在哪儿看到的。接下来,葛博士在易舟的陪同下,围着庄园做简单的参观,谷仓则走到大门外,掏出电话联系晚宴酒店和陪同人员。

心理学说,人的第六感具有非常高的准确性和前瞻性,比如现在,谷仓总感觉有一双眼睛在盯着自己。他四处张望,没什么啊。他灵机一动,在电话聊得正热络的时候猛地回头,果真,在墙角有个探头探脑的人。

"谁?出来吧。"谷仓喊道。

一个二十多岁神情萎靡的青年从墙角磨磨蹭蹭地挪出来。谷仓定神一看,是山坡。他不是因抢劫罪被判五年有期徒刑吗?谷仓顾不得多想,开心地说道:"是你啊,山坡。"说着,高兴地迎了过去。"什么时候出来的?"

当谷仓看见他突然呆立不动、脸色煞白时,才明白自己说了不该说的话,连忙又说:"咋不进屋啊,走走走,进屋去。"说着,来拉山坡的胳膊。

山坡任谷仓拽着胳膊,脚却像被钉住一样站在原地一动不动。

"走啊。"谷仓催促着。

"我,我去过了,见到田川叔了,我就不进去了。"说着,他使劲一挣,扭头往家跑去。起风了,他的两根细腿,使肥绰的裤管显得空荡荡的。

可怜的孩子,谷仓疼惜地往园里走,刚好碰到来寻他的田川,便问:"山坡回来了,来找你什么事啊?"

"哦,"田川心不在焉地回道,"他表现好,提前释放了,想来这里打工,我没同意。"

"为什么?"谷仓猛地停下脚步,看着田川问。

"我不收他不是因为他蹲过监狱,是怕看见他赔着小心的笑,和他爹一模一样。"田川的声音里透着厌恶。

提到山坡的父亲田昌，谷仓没再说话。

田昌是在看儿子的路上出的事。

没等田川找易舟，山坡的案件已经开庭宣判，念他是初犯，认罪态度好，判了五年有期徒刑，关在鲁城监狱。

承租合同签了，钱也给了，儿子却没救出来，桂珍感觉自己上了当，堵着田川的门想骂一顿解解气，却被田川一句话堵死了："虽然判了，但还有减刑，你想儿子快点出来不？"

咋能不想呢，哪个当娘的不想呢？为了儿子，命都舍得。桂珍免不了又是一番哀求，红肿着眼睛，哭泣着回了家。

从枣林湾到鲁城监狱要整整走一天时间。从山南转车的大巴拥挤不堪，刚忙完麦收的田昌疲惫地倚着车门就睡着了，等到了车站，司机一摁电钮，车门打开，还在酣睡的田昌仰面朝天地就倒了下去。也不知怎么那么巧，他的头刚好磕在马路牙子上。当时，外表看着完好无损，只从耳朵里流出一缕细细的血丝，送到医院，就像酣睡一样昏迷不醒了。

儿子在监狱，旁边直挺挺躺着不省人事的丈夫，桂珍傻了似的，直勾勾地盯着医生，医生的话在耳边一个一个炸响：脑干出血，现在处于脑死亡状态，俗称"植物人"，抢救成功率不足10%，恢复最好的状态也只能达到五岁儿童的智商。

"不治。"桂珍态度很坚决，硬得像在啃一块石头，"他活，一家人就没法活。"她像是解释，但更像给自己坚定决心。

白色软管从田昌的喉咙里拔出，田昌起起伏伏的胸口很快趋于静止，谷仓眼睁睁看着死神把生命从那具松弛下来的身体里一点一点抽离——田昌裸露的肌肤在一点点变青，变灰，变紫。

"这……这就死了？"田川急促地眨巴着眼睛，觉得不可思议。

谷仓看着瘫软在地，像河滩上暴晒的鱼一样大口喘息却发不出一点声音的桂珍，第一次对"活着"，这个位于生命临界点的词汇有了更深的理解。他不允许自己眼睁睁看着生命消失却无动于衷，他对桂珍说："嫂子，抢救费我出，如果田昌哥留有后遗症，你别埋怨我，行不？"

坐在地上的桂珍傻了一样愣怔地看着谷仓，突然她翻身而起，头像捣蒜一样咚咚咚地磕在地上。

抢救重新开始。不知是田昌感受到了死亡的恐惧,还是农民骨子里特有的大地一样蓬勃顽强的生命力,他居然活了过来,只是脑部缺氧造成局部瘫痪,嘴角斜吊着,常年挂着狰狞的笑,像一副受了诅咒的面具。桂珍感念谷仓的好,坚持把土地流转给他。地能值几个钱?谷仓索性答应与田生合作,让桂珍以土地入股。

想到这儿,谷仓胸闷得厉害,他使劲挺了挺胸膛,感觉呼吸顺畅了许多。他能理解田川的感受,边走边对田川说:"还是让他来吧,有前科出去找工作也难,在这里起码离家近,既能赚钱也能照顾上他爸,就这么定了,你看着给他安排个活儿。"

"这不是自己找事嘛,偷心成性,他要是来干活,那还要找个看着他的人。"田川很不情愿。

"都是乡里乡亲的,咱不要谁还会要他。"谷仓脸阴沉下来,"如果你不同意,我让他去我的商砼厂,我不怕偷。"

"去你那儿?那桂珍嫂子还不骂死我。好,我让他来,让他来行了吧。"田川嘴里答应着,心里却很窝火,他窝火的不是别人,是自己,他发现自己一见谷仓就像耗子见了猫——犯怵。

晚餐定在云城最大的祥云酒店,为了讨吉利特意选择龙啸厅。易舟又约了几个朋友陪葛博士,其中一位是分管农业的赵县长。他对葛博士超乎寻常地热情,追着葛博士让他发表对本地农业种植的建议,而其他人更感兴趣的是他国外这些年的生活经历。

葛博士起初很不适应这样圆桌围坐、推杯换盏的气氛,他看看左边又看看右边,只一味尴尬地微笑。

一杯当地白酒"渤海春"下肚之后,葛博士神色松弛、脸色绯红,他呼着酒气拉着易舟的手说:"你知道我为啥做导游吗?是,为了赚钱,更是为了说中文,看看和自己一样黄皮肤、黑眼睛、黑头发的人。我做了十五年的导游,十五年啊,一片沙漠变绿洲的时间,你猜我发现什么?发现中国经济发展太快,中国人太有钱了。真的,原来我做商务接待,都是些出国考察经贸的商人或者官员,现在,游学、留学、度假的,找家庭旅馆的,甚至买房子的多了去了。你知道吗?在九十年代,和我同时毕业的本科生每月挣几百块的时候,我能拿到六千,这也是我后来辞职专做导游带团的一个原因。可后来不行了,可能是人老了,心空啊,想家,特别想家,每到周末,三个孩子加上朱莉,英文、法文、西班牙语叽里咕噜地搅成一锅粥,就是没有中文。我觉得这样不行,咱是中国人啊,中国人的孩子不会中文这不是忘本吗?所以我必须回来,以后孩子只要放假就让他们过来。"

大家为他的话齐声叫好,气氛一下热闹起来。

"你呀,就该早让孩子回来,葛大娘多爽利的人啊,还愁教不会孩子中文?"易舟说着,一两的酒杯端起来一饮而尽。

葛博士也抓起酒杯,却被易舟拦下,说:"你酒量不行,慢点喝慢点喝。"

"我喝完这个,一定要喝完这个。"葛博士说着,眼圈红了。易舟觉得不对劲,桌上的人也感受到气氛低沉,惆怅的情绪像黄昏大海边退去的浪潮,裹挟着喧闹消失——大家沉默了,齐刷刷地看着葛博士。

"我妈死了。"葛博士放下酒杯,忧伤地说。

"什么时候?"易舟很惊讶,"前年我回长春还看见大娘在院里埋山核桃呢。"他说。

"去年。"葛博士嘴一撇,差点哭出声来。易舟拍拍他的手背,谷仓忙过来递上纸巾。葛博士接过纸巾,擦了擦眼角,深吸一口气,稳定一下心神。"斯人已逝,生者珍重。"易舟首先打破沉默,对身后的服务员说,"来倒酒,让我们一起举杯,祭奠葛大娘。"

那天,是易舟醉得最厉害的一次,他和葛博士手拉着手,像两个不谙世事的孩子在大街上溜达到子夜,谷仓开车在后面跟着。车窗敞开着,随风断断续续传来葛博士含糊不清的感慨:"'修身齐家治国平天下',这话不对……家国家国,先有家再有国……不对,'皮之不存毛将焉附',没了国,哪来的家?我最有体会,旅居国外的华人最有体会,国家国家,没有国,哪有家啊……"

风大,听不清。

从那以后,谷仓对葛博士有了莫名的好感,感觉他干瘦的身形也似乎魁梧了很多。他发现,父亲谷子青身上有着和葛博士一样的精气神儿,虽然他说不清楚,但由葛博士,谷仓理解了父亲对土地近乎偏执的眷恋,并由此萌生敬意。

第十四章

谷仓知道，土壤研究是吸引葛博士回来的主要原因，他原打算请葛博士做好"归园田居"的农业种植，保本不亏就成，现在看着后座上做梦都笑出声来的葛博士，他决定，为他筹建一个土壤研究所。钱怎么办呢？谷仓暗自琢磨，把商砼厂股份转让出去？他这样想着，车就拐上了去商砼厂的公路。远远地，借着月色可以看到厂门前路边停着一溜水泥车。现在正是房地产上行期，到处都是机器隆隆、塔吊林立，正是商砼厂生意兴旺的时候。谷仓往厂内瞥了一眼，一加油门，车疾驰而过。

转让了吧，假如地都盖了房子，口袋里装满了钱，却没有粮食果腹，人受困在钢筋水泥里，还有什么意义？谷仓拿定了主意。

和他有相同想法的还有金彦，在一个星期天的下午，他拉着忙着筹建检测室的谷仓，找到谷穗。

谷仓对女儿私自调整工作的事始终无法释怀，他端起热茶咕咚一口，抬手一指金彦，板着脸对谷穗说："还记得不，桥头堡的老主任你金彦叔，上次被村民选下来以后自己深刻反省，这不是该换届了吗，他想参加选举。"

金彦忙满脸堆笑地看着谷穗。

谷穗看看父亲，故意用比平时更严厉的表情看着金彦说："你不是出去做生意了吗？记得你当时在大会上说，村主任一年赚不了几千块钱还操心得罪人，早不想干了，怎么又想回来参加选举呢？"

"嗨，那不是给自己找台阶下嘛。"金彦脸上堆着笑，屁股往前一挪，虚搭在椅子边上谦逊地说："我真没想到，大侄女能有这本事，我们村拢共有1127个选民，那天到场了1012人，从分田到户以后，我们村无论大事小情，就没聚过这么多人。村南角上那位七十九岁的五奶奶，多年腿脚不便，头天说好让她在家等流动票箱上门收票，可到了第二天，她竟然颤颤巍巍地赶到会场来投票，说等不及了。

"刚开始被选下来，我心里想不通，觉得自己冤，说句不怕你笑话的话，那些日子我睁开眼就骂，骂村里人没良心，骂和我竞争的马强不地道。"

"那骂我啥呢？"看着金彦憨厚的笑脸，谷穗调皮地问。

"还真骂了，嘿嘿，你也别怪我，连你爸一起，都骂了。"金彦歉意地一笑，说道，"要是别人，我也认了，可你是谁啊，你是我几十年朋友的闺女，栽在你手里我不甘心，连这脸啊也都臊得慌。可经过这两年观察，我发现你做得对，再有钱顾不上村里的事儿也不行。这个马强上来以后，村里喝酒闹事的、聚众赌博的还有不孝顺父母的都少了，为啥，人家天天在村里，哪家什么情况都清楚，能及时解决问题。我呢，再有钱，也不过是应付一下乡里布置的工作，接待上面检查的人，村里人看着我挺忙，可忙的每件事都和他们无关，你说人家凭啥选咱，对不？"金彦说得很实在，句句发自肺腑。

"你一定奇怪我变得咋这么快。"金彦说，"我听过你一次课，在枫桥村，我刚好去村里走亲戚，因为好奇就去了，坐在最后一排，"金彦解释道，"当时你讲到'力量'，我挺感动的，我们都是吃过苦的人，对现在的生活有深刻体会，但我从内心里认为，'那些人是特殊材料做成的'，而我是平凡老百姓，不过是地上的一粒尘土，所以你说的我只是感动，但没有感同身受。后来你讲了一个案件，六个农民设计杀害十一个农民的事，让我非常震惊。都是农民，都在外辛苦讨生活，他们怎么能那么狠心，能把人骗进矿区井下，用石头砸、绳子勒、雷管炸，用各种残忍的手段去杀人，骗取赔偿金？可他们在老家又是老实巴交、孝老爱亲的好人。这是怎么了？人心咋变得这么凶险呢？是的，你就是这么问的，当时全场鸦雀无声。也就是在那时，我理解了你，当然不是因为你流了眼泪。你是真想农村改变，虽然不知会变成什么样子，但至少是越来越好。"金彦说得有些动情。

说到自己流泪，谷穗有些不好意思，又怕爸爸担心，便看了看谷仓说："其实就是有点着急。农村是社会稳定的基石啊，中华千载，罹难无数，多是源自文化理念的差异和缺失，但什么样的文化可以匹配现在的物质生活呢？这是我正在苦苦寻找的。它应该是包容的、深厚的，不仅有历史纵深，还有针对个体的道德、素养以及风骨血性的横向塑造。只是金彦叔，您有把握竞选上吗？现在乡村工作事务可比原来多了很多啊，您在外的生意损失可没处找补去。"谷穗笑着说。

"不管竞争上还是竞争不上，我都要试试，哪怕竞选普通村干部也行。"金彦说。

话说到这份儿上已容不得谷穗拒绝，况且，参加竞选本就是自愿的事。谷穗觉得金彦叫着父亲特意来找自己，绝非只是征求是否参选的意见，便问道："叔叔你能理解太好了，你的想法我很赞同，如果有我能帮忙的，一定会尽全力。"

金彦嘿嘿笑着，把求助的目光投向谷仓。

"他就想问问你，竞选说什么才能吸引村民给他投票，"谷仓沉着脸粗声大嗓地对谷穗说，"你好好琢磨琢磨，是你把村主任的帽子从你叔头上摘下来的，你就得再给他戴回去。"

看着父亲蛮不讲理的样子谷穗觉得很好笑，她狡黠地笑着对父亲说："主意我倒是有，不过需要你帮忙才能成。"

"我？"谷仓愕然。

"是啊，"谷穗郑重地说，"您不是请了一位土壤学博士吗，据我了解，桥头堡村曾有种植中草药的历史，在民国，那里成片种植麻黄三七。爸，您请葛博士分析一下桥头堡村的土壤成分，是否还适合中药材种植，如果适合，竞选的时候，可以让金彦叔以此为主题演讲，我想能得到村民的响应。"

金彦听了兴奋得连连点头，说："对对，听老辈人说，我们村过去种麻黄和麻叶的特别多，谁家有个发烧感冒，揪一把麻黄泡水喝，睡一觉，发一身比三伏天还多的汗，不耽误第二天轻快爽利地下地干活。"

提起中药，谷仓心里咯噔一下，仿佛再次置身在昏暗的灯光下，自己把黑褐色的汤药一碗接一碗地递给仰躺在炕头呻吟的妈妈。他低头看看两个大拇指，他很奇怪，时至今日刻在记忆里最深的镜像还是两个大拇指抠着碗沿，眼睛小心地盯视着灯光反射在汤药上的一层层光圈，他走得很小心，小心得像心怀叵测的人。两个多月以后，妈妈停止了呻吟，谷仓躲避着妈妈安详的脸，目光落在她枕边碗里黑乎乎的药渣上，当时他又看了看双手大拇指，他觉得它们也正在变成黑乎乎的颜色，充满罪恶。想到这儿，他的脸阴沉下来，凶巴巴地说："现在谁还吃中药，树皮草根的，里面有多少细菌，能治病才怪。"

"爸，你也是有见识的人，怎么这么狭隘啊？世界上唯一有效的疟疾治疗药物，可是从黄花蒿的茎叶中提取的。"谷穗说。

"我狭隘？"谷仓急了，"供你上学长本事了，见多识广了？嫌你爸没知识没文化了？我狭隘？我狭隘能把企业做那么大？我狭隘能建土壤研究所？说我狭隘。"谷仓站在办公室当中，像一头被侵犯了领地的雄狮暴跳如雷。

谷穗愣了，她很少见爸爸发这么大脾气。自己说得过分了？她想，当着他朋友的面，也许自己伤害了他做父亲的威严，伤他自尊了？

若在平时这根本不算事，任谷仓发再大脾气，谷穗没有低过头，小嘴叭叭叭一顿辩论，实在不行最后来上一句："你讨厌我什么啊？还不是随你。"弄得谷仓一点脾气没有。现在她看着坐在旁边一脸茫然的金彦，显然自己撒娇不合适，她决定换一种方式——谷穗走到爸爸身边，面无表情，很正式地说："您别生气，别生气，是我狭隘。我不仅狭隘，还内心阴暗，因为我嫉妒，您看您解决了那么多人的就业对吧，每个工人后面就是一个家庭，这样看来，您为社会稳定做出了巨大贡献。就说您建土壤研究所吧，从宏观上讲，您这属于造福乡里、实业兴国，从微观上说，您是圆了葛博士报效祖国的梦想，您……"

"得了得了，别戴高帽了。"看着闺女一本正经地胡说八道谷仓实在忍不住了，装作生气的样子对金彦喊道，"走啊，咱走，别让人家嫌弃咱狭隘。"说着转身就往门外走。

在转头的瞬间，谷穗发现谷仓嘴角的一抹笑意，顿时释然了，不依不饶地追在后面说："别走啊爸，还没夸您为咱家做的贡献呢……"

提到家，谷仓猛地站住，问道："哎，你有多少日子没回家了？"

谷穗皱着眉支支吾吾地说："嗯嗯，最近太忙，等忙过这段时间就回去看妈，不过我常去爷爷家的。"

"常去爷爷家？我去装电窑炉的时候你已经两周没去了，还说常去？"谷仓说。

"真装窑炉了？"谷穗瞪大了眼睛问，"那晓康不上学了？小姑可说要给他报补习班呢。"

"上什么补习班，给孩子造成这么大的伤害还不反思，你给我好好说说你小姑。"谷仓说着，气哼哼地刚走两步，又折返回来，掏出几百块钱递给谷穗，说："别总吃方便面，对身体不好，多买点水果。"

谷穗开心地从中抽出两张，喊住金彦，对他说："叔，麻烦你带给那位老奶奶，让她给她孙子买点好吃的。"

金彦推辞着，说："不用你花钱，那家贫困户我包了，他家的各项救助加上福利分红，日子还过得去，就是缺人照顾。"

"这是我的心意，拿着吧。"谷穗说着，把钱塞进金彦手里。

"你看你看，对别人都好得像亲人，唯独对我刻薄，白眼狼啊。"谷仓说完，转身对金彦说，"快拿着吧，又不是她的钱，记住啊，就和老太太说，是我的钱。哼，拿我的钱送人情。"说着，谷仓嗔怪地白了谷穗一眼。

谷穗忍不住哈哈大笑起来。

五

这是鲁西北平原最为萧索的季节，稚嫩的麦苗露出黄绿色的疲态，像一头头小兽蜷缩着准备过冬。大地一览无遗，浩瀚、平坦。一片孤零零的树林，许多尚未发黄的树，林子深处几乎还带着浓绿，午后的太阳投射下来，在树叶上摇曳、跳跃，远远看去，仿佛燃烧似的发亮。

树林边际有一片开阔草地，谷子青坐在老槐树墩上，远远地看着林中一个很深的大坑，不时有大块大块的黝黑硬胶泥从坑里扔出来——晓康在为冬天做泥塑原材料储备。

从童年开始，谷子青就爱看夕阳下的树林，有时，他感觉自己似乎被光柱穿透了，鲜活的能量像溪水一样涌入胸膛，流进身体，化成一双羽翼从两肋下生长出来，自己便乘着风轻盈地飞起来。此时，童年时的感觉在他身上觉醒，使这森林、晚霞连同目之所及的一切幻化成隐藏在心底的最美好的形象——舒文、田禾。他闭上眼睛，喃喃自语地向内心呼唤，向大地呼唤，向展现在眼前的被阳光照亮的整个空间呼唤。当他意识到呼出的是另一个名字的时候，他羞红了脸，像热恋中的少年。

抚摸着老槐树一圈一圈的树龄，他不免有些忧伤，时间都去哪儿了？几十年后，谁又会坐在这里，眼前这片芜杂的树林又会归到谁的手里呢？

盘算屈指可数的日子对老年人真是种折磨。他不想去思考与时间有关的事，他既不想因血脉延续自豪，也不想追忆亡者伤感，他把目光重新转向林子：冬天在这里标识出明显的界限，林子里的白蜡树挺立在柽柳林、野生红茅草之间，紫穗槐像一堵墙立在林子深处，沙棘树则在柽柳之间闪烁着一个个金色的光点，像在密林中精心搭建的精致阁楼。

大地、田野、街巷空荡荡的。

这决不是天气干冷造成的。人都去了哪儿？谷子青想，曾经偎在墙角晒太阳聊天的人去了哪儿？林子里新搭了三四个喜鹊窝，也不见有孩子捅了去。抓着狗尾巴满街口跑的孩子们呢，去了哪儿？再没有麦熟季节疯狂的抢收了，也再没有大年三十祈盼丰收的点秫芽儿了。除了自家那头老驴，村里的牛马都没了，连鸡鸭也没了，村落里，人真正成了唯一的主宰，偶尔不知哪个角落里传来两声狗吠，紧接着就是宠溺的呵斥，因为被偷狗的听见就遭了殃。

没了人气，还是村庄吗？谷子青叹息着。

这时，晓康从坑里跳了出来，蹲在坑边开始捏泥塑。新挖出的胶泥带着霜碴，谷子青便喊晓康："康啊，把胶泥装进筐里咱回家捏去。"

晓康乖巧地把泥放进竹筐，然后把铁锨放到不远的护林小屋里。小屋内除了放一些农具之外，谷子青还沿东墙搭起两排架子，上面分类放着晓康还没有入窑烧制的泥塑，花鸟、树木，大多是人物，见过的没见过的，神话的或是科幻的。

"等俺晓康以后出了名，姥爷就把这儿改成你的博物馆，让人看看，你给了这地界的泥土新的生命。"谷子青边走，边逗耽于沉默的外孙。

晓康没说话，但眼睛里的笑意暴露了他全部的心思。

晚上，晓康捏了一幅《暮归图》：疲倦的老农双手拄着锄把坐在树墩上歇息，一只狗偎在他脚下，两只眼睛散发着警觉的光泽。而另一幅作品就比较怪异：小麦收获后的田野上，一个人弓着身子在地上钻土取样，一个人在后面举着瓶子作势要打，愤怒的表情和瓶子上醒目的骷髅令人恐惧，让人不得不为将来感到担忧。

"这是谁啊？"谷子青看不清那人的模样，感觉应该是葛博士，但不确定，想确认一下。再看晓康，早已抱着电脑玩了起来。谷子青知道，晓康的陶艺烧制技艺都来自网络，他不想打扰晓康，自己便在灯下举着泥塑胚子反复端详，越看越觉得身形、神态像葛博士，心里暗想：晓康什么时候看到葛博士取土样的呢？

对这个干瘦的博士，谷子青充满不信任——拿着钻头一样隆隆作响的东西，东取一把土，西取一把土，就能分析出土里的成分来？他不知道这是取样的规矩——为了取样平衡，在一块田里，要呈"S"形多点取土样，混合在一起以后，再取出样品加以分析。

此时，葛博士正在易舟办公室，攥着一把黄土兴奋地说："酸碱度（pH

值）6.5至7.5，各种颗粒粗细比例适度，沙粒、黏粒适宜，兼有沙土和黏土的优点，是种植党参和多数中草药最为理想的土壤类型，适于沙土种植的中药材在此类土壤中也能很好地生长。来，你看你看，这个烧瓶里的土壤，多么丰富啊，微量元素硼、钼、锰……哎，你这个冷漠的人，即便不感兴趣也不要挡住光啊。"葛博士说着站起来，把烧瓶举过易舟头顶，放置在温润的初冬暖阳里，痴迷地看着烧瓶。

易舟摆了一下头，继续捧着一摞手稿看。

"想想吧，这样一片澄黄的土地，上面盛开着金色的油菜花，下面生长着丰腴的党参，多美的景色啊！"

易舟没听到似的，头也没抬，继续埋首看着。

"看什么东西这么入迷？"见易舟无动于衷，葛博士兴趣索然地问道。

"你认识谷子青吗？就是谷仓他爸爸。"易舟抬头问道。

"认得，挺和蔼的老人家，想必一生和顺才修得一脸慈眉善目。"葛博士说。

"那你可错了，你看这摞书稿，里面大都是他的故事，但熟悉他的人都知道，这里记叙的苦难不及他实际遭受的十分之一。有的人经受磨难多了，变得狡黠阴冷，可他却变得柔软温润。"易舟感慨地说。

葛博士终于忍不住，转到易舟身后。

"就是这个。"易舟合上书稿，封面上三个硕大的黑体大字——枣林湾。

第十五章

一

房间里的桌椅都被靠墙摞起，随身带的包袱堆在一边，所有的窗子都取下了窗帘，狂暴的风雪以比平时更肆虐的阴冷窥视着空荡荡的房间。

送别的人都已散去，屋里的每个人都沉默着，各自回想起些什么，谷子青想起的是巴特，那只游离在二道岭黑松林里衰弱的老狼，舒文想的是埋葬在二里之外的申科和孩子，谷丰想的是溜冰场和用水浇筑土坯围墙时的情形，谷仓则为再也不能见到苏老师而忧伤。这是在这栋房子里住的最后一个夜晚，眼前的一切以及对未来的迷惘让他们伤心，每个人都强忍着眼泪，重新回顾着在这个屋檐下所过的时光。

在车站，谷子青见到了易舟，他穿着崭新的军大衣，左边斜挎着一只草绿色书包，右边斜挎着一把军用水壶，和他吊儿郎当的样子相比，易容华红肿的眼睛显得更加楚楚可怜。

易容华把一个皮箱递给谷子青，说里面是易舟的衣服和各种证件。谷丰对"证件"两个字很好奇，追着问易舟什么是证件。易舟乜斜着眼睛，不屑地说："哼，就是驾驶证。"

他不知道，正是这本稀有的驾驶证，让他刚在劳动局备案，就成为各个单位争抢的人——县城里有车，但会驾驶的人少——谷子青落户枣林湾后，易舟坚持选择就近的乡镇工作，开上了全乡唯一一辆吉普车。很长一段时间，如果有人想用车出差要提前问他有没有空儿。直到三年后，易舟因为文笔好调到机关写材料，才结束这种尴尬局面。

终于回来了，谷子青从火车上看到省界标识"山东"两个字，眼眶湿润了。日子真是太不经过了，自己出走的时候，不过是十几岁的少年，回来已经是两鬓斑白、有妻儿老小的中年人。

对他的激动，谷丰回复三个字："不讲理"——凭什么你要回去就回去？

舒文无心看他们父女争吵，只望着堆在行李架和过道上的几个包裹心里发愁——就凭这些家当，以后日子可怎么过啊。

最快乐的莫过于谷仓，易舟的出现给他打开了一扇门，什么捷克电影、苏俄文学还有迪斯科音乐等等各种崭新的词汇让他感到新奇，失恋的惆怅已经一扫而空，此时他正专注地捧着一把口琴练习《红河谷》。易舟说，没有哪个女孩抵得住《红河谷》的忧伤。谷仓没想用音乐去讨好女孩，虽然后来和他结婚的妻子的确是因此嫁给了他。他陶醉在口琴发出的美妙声音里。

谷子青担忧地看着他俩，易舟这个表情漠然傲慢的家伙让他捉摸不透，而他习惯对所有无法掌握的事心存隐忧。

火车拥挤，夜幕迅速划过，疾驰而过的树影落进车内，此起彼伏的鼾声在车厢上空浮动，黏稠湿热的空气令人发闷。谷仓兄妹趴在行李上已经睡着，易舟直挺挺地在过道站着，用力抓住头顶行李架，倚靠在椅子上。火车减速的抖动，惊醒了谷子青。他上厕所时，才发现易舟身后座位上是一位老太太，她的头倚靠着易舟睡得正酣。

谷子青心头一热，拍拍易舟的肩，让他去睡。易舟想必双腿站麻木了，刚一挪动，腿一软，哎哟一声跌在谷子青身上，老太太上身也顺势向外栽去，谷子青想用手接已经来不及，她一头压倒在易舟的腿上。

被忽然惊醒的老太太很不高兴，一抹嘴角的涎水，张口就是一串炮仗："哪个王八犊子瞎眼啊，整老娘是不？有胆子麻溜站出来，看老娘不撕烂他。"

虽说老太太骂的是糊涂街，但看她那架势，是冲着易舟来的。谷子青怕易舟年轻气盛打起来，忙拉他到自己座位上坐下。

易舟开始还挥动胳膊挣拽着，看到趴在小餐板上沉睡着的舒文时安静了，到嘴边的话又咽了回去。

临下车，易舟才发现大衣后面被涎水濡湿了一片。他皱着眉，嫌弃地看着黏糊糊的大衣后摆，又看看精神十足的老太太气不打一处来。这时，老太太对面的一个中年男人招呼谷子青，坚持要送一只烧鸡给他，说他养了个好儿子，易舟脸一红，转头看向了窗外。

谷子青再三推辞不过，从提包里掏出一包榛蘑作为回礼。

田生身上发生的变化令谷子青吃惊，过去那个像兄长一样善良敦厚的人，如今变得神经质，尖酸刻薄鄙视一切。他精于算计，好嘲笑人，眼睛无时无刻不透着犀利戒备的光，仿佛在眼神深处还有另一个人的化身，可以看到藏在他心里的猜忌，对谷子青的敌视以及田禾的脸庞。

改变还发生在一切细微之处，仿佛一夜之间，变革顺应人们的意志奔腾而出，如同一股在胸口被阻滞得过久的气息，此刻，一切都发生了转变，一种崭新、鲜艳的东西在空气中浮动。似乎每个人都经历着两种蜕变，一种是自身的，一种是社会的，整个世界宛如一片海洋，所有压抑在心底的对财富对精神的渴望像无数溪流汇聚在一起。曾经认识多年的"幸福生活"四个字，经过自发的充满智慧想象的创造而丰富起来。

谷子青一家的回迁，让枣林湾这个沉寂多年的古老村落沸腾起来，原本空荡荡的三间老宅子也顿时变得逼仄狭窄。但这不能阻止亲人团聚的喜悦，谷子青他娘坚持把谷子青带回来的榛蘑、木耳亲手送到每一户人家。同样地，乡亲们也拿出最好的食物聚到谷子青家，或是一碗白菜馅饺子，或是一捧红枣、一壶高粱酒。还有一个叫柱子的鳏居老艺人，抱着京胡来了，他也不吃菜，只讨一碗酒润喉，不顾大人孩子的聒噪，独自坐在堂屋灶台一角凝神闭目开口唱道：

老娘亲请上受儿拜，千拜万拜也是折不过儿的罪来。孩儿离家在关东以外，隐姓埋名躲祸灾。萧后待儿恩四海，铁镜公主配和谐。儿在番邦十五载，常把我的老娘挂在儿的心怀。胡地衣冠懒穿戴，每年间花开儿的心不开。闻听得老娘到北塞，乔装改扮过营来。见母一面愁眉解，愿老娘福寿康宁永无灾。

不知何时,原本喧闹嘈杂的堂屋变得异常安静,再看谷子青,早已泪流满面。舒文已端起一杯酒,扑通跪在老娘的脚下,哽咽着说:"娘,让您受苦了。"

谷子青娘转头看看墙上他爹的遗像,颤抖着说:"他爹,咱家团圆了。"

屋里顿时响起一片啜泣唏嘘声。

等人群散去,大家一起收拾一地狼藉的堂屋,谷子青发现姐夫向南不在,寻到西间房,看到向南脸色青白,大口喘息着仰躺在炕上,身上盖着两层厚厚的被子。

"怎么了?"谷子青凑到近前,看到他额头满是汗,伸手一摸,皮肤却冰凉。

"没事,"向南吃力地喘息着说道,"身子骨太虚,说话多了都累得不行,不中用了,糟烂了。"

"这是病。你没去医院查查去?"谷子青说着给他掖了掖被角,想到他曾饱受折磨,猛然想起田生,便走出门问娘:"娘,你也给田生家送了?"

娘蹲在灶台前生火,她想临睡之前烘烘炕,让儿子一家睡着暖和,见谷子青问,头也没抬地回道:"去了,这些年你不在家,禾这闺女对俺很照顾,不看这个看那个,哪能都和田生一样呢。对了,那是田生他儿子小川子送来的,俺还没看是啥呢。"娘说着,指了指板柜上一个纸包。

谷子青拆开来,是两双绣花鞋垫,一双男人的,一双女人的,显然是给自己和舒文的,再看针头线脚,一时紧一时松,想必是临时点着油灯连夜赶制出来的。

谷子青心里被扎了一下似的疼,不觉暗自叹了口气。

"嗨,儿啊,给娘抽几棵秫秸去。"娘在招呼谷子青。

谷子青抬头,这才发现舒文脸色阴郁地站在身后,没等他反应过来,舒文已低声说:"娘,我去。"转身跨出屋门。

"唉。"娘重重叹了口气。

谷子青愣怔着,一时不知所措,等舒文抱着秫秸进门,忙走过去,把鞋垫递给她。舒文接了,没说什么,转身进了东屋。从那以后,谷子青再没见过那两双鞋垫,他有心问舒文,想了想,终于没有说出口。

二

　　河是村庄的灵魂，它像一条翠绿的锦缎傍村而过，没人探究过它的源头在哪儿，仿佛从遥远的时间的尽头它就和村庄共依共生。枣林湾的村民敬畏河流，感激河流，感激它带来金黄色的粮食、红色的果实，还有一茬接着一茬生长的蔬菜，但也只是感谢，从不祭拜，枣林湾的人只祭拜祖先。

　　谷仓也是从第一次祭祖开始理解了父亲为什么回迁，也意识到男人在家族中的地位和应承担的责任。当他在父亲对着圆圆的坟头叩头行礼号啕大哭时，一种骨血相连的亲密感让他动容。他环顾跪在身边的亲人，在他们身上，谷仓找到与自己相似的眉眼。

　　谷仓没见过冬小麦，当他捧着细长的签子馒头咀嚼出麦香的时候，他无法想象白细的面粉和田野漫无边际的荒草有什么联系，关外的冬天只有一种景象，万物凋敝，冬野茫茫。

　　他从柴房里存放的犁杖、锄头，挂在墙上落尘的镰刀及被人的汗水和油脂浸泡得圆润光滑的木柄，感受到了种子变成麦粒的全过程。手里的食物是亲人劳动获得的，它经历了家里堆放的每一件生机勃勃的农具和村东头孤零零的电机磨坊。眼前一马平川无遮无拦等待自己用汗水去征服的泥土让他无比兴奋。

　　同样，在二十天后的春节，在乡村的年俗里，谷丰和易舟也同样享受到了亲人欢聚的乐趣。

　　大年三十，各家男人聚合在一起去祭祖，点燃黄表纸，就着黄表纸的火焰点燃檀香，再放一挂鞭炮，跪请先人回家过年团圆。到了天擦黑的时候，村头开阔的地方已经有人开始扎秫芽儿。

　　秫芽儿由秫秸扎成捆堆积而成。先将一把把的秫秸从底部捆扎，逐步向上增加高度，每扎一层捆一道草绳。等天黑透了，由家族里威望最高的老人点燃秫芽儿，秫芽儿烧得旺，象征着明年的日子会越过越红火。据奶奶说，如果在秫芽儿红彤彤的火上烤一烤手脚，来年天气再冷，手脚也不会冻伤。

秫芽儿点燃了,老人们在旁边念叨"烤烤脚,不落膘;烤烤腚,不生病……"这时,女人们相约着,孩子们手牵着手,嬉笑着争相跑过来,扭着身子上上下下烤个周全。等火熄时,老人们开始哼唱古老的歌谣:

犁破新春土,

牛踩丰收亩,

春种一粒粟,

秋收万颗籽。

然后,再根据秫芽儿余烬的形状预测来年丰收的庄稼种类,或是种麦子,或是种棉花。

等到夜深,人们在爆竹和烟火的余烬里各自回家,煮饺子。饺子出锅,先盛一碗出来,打发孩子端着饺子挨家给本家长辈拜年,挨家送完以后,再看自己饭桌上的饺子,已经成了百家宴,各种馅都有。

"日子就该是这样的,不了解农村生活,就不配说生活在中国。"易舟鼓着塞满饺子的腮帮子说。

"呸,那是你说的?是咱容华姐说的。"谷丰对他毫不留情。

易舟也不恼,瞥了一眼谷丰,坏笑着抬手把柜子上的玻璃灯笼插进屋门门框上。那是谷丰花了整整一天时间做成的,木头底座,四面是方方正正的玻璃,上面封着粉红色玻璃彩纸,又央告舒文在四面玻璃上画上梅花、牡丹等花样,点上蜡烛煞是好看。

谷丰一见傻了眼,再看一家人,都像局外人一样抿嘴笑着看热闹。知道求谁也没用,她像猴子似的搬椅子跳高高就是抢不到,最后急得没法,围着易舟作揖央求。易舟故意板着脸,当她不存在似的不予理睬。谷丰眼珠一转,也跟着板起脸来,对着易舟恭恭敬敬地弯下腰,嘴里大声喊着:"一鞠躬,再鞠躬……"

她话音未落,腿上重重挨了舒文一脚,再看舒文,面带愠色斥责道:"大过年的瞎说什么?快给我呸。"

谷丰一看妈妈生气,知道事态严重,也不敢反驳,一屁股坐到凳子上埋头吃饭,再不敢言语。

舒文连着呸了三声,嘴里念念有词地拉着易舟的手在木头餐桌上抹了三把。谷子青看她紧张的样子,笑着说:"还挺迷信的。"

舒文狠狠地白了他一眼。

舒文消瘦了，看起来显得高了一些，谷子青发现这点的时候心咯噔一下，忽然意识到自从调回来后，舒文的话少了，脸上的笑也少了。自己回归故里，对舒文来说却是陌生境遇，想到这儿，谷子青充满愧疚，把饺子往舒文面前推了推，说："快吃吧，凉的吃了肚子疼。"

舒文抬头，刚好与谷子青的眼神相遇，在目光碰撞的瞬间，彼此从中读到了对方的体谅和疼爱，舒文眼眶一热垂下眼帘。

当夜，谷子青把舒文的被褥铺在了暖腾腾的炕头，笑着对舒文说："以后炕头就是你的，知道吧，你暖和了，俺就暖和，咱全家才能暖和。"

谷子青见没有反应，回头一看，舒文倚着炕沿正幽怨地看着谷子青。

"怎么了？"谷子青凑了过来。

舒文眼圈一红，说道："今天孩子她姑说，上面有人来调查向南，据说是落实政策，我想，如果我爸活着，也许也能等到落实政策。"

"落实政策？俺怎么不知道。"谷子青很疑惑，看谷丰刚好撩门帘进来，便对谷丰说："去，给你妈拧块毛巾，用热水啊。"然后转头对舒文说："你别难过，过几天俺问问向南咋回事，如果真的有政策，虽然人不在了，也要争取，还孩子姥爷一个公正的名誉，对吧？"

舒文抽噎着点了点头。

三

年过了，正月过了，给麦子浇了头遍水之后，谷子青才来到向南家。

他是被向南的儿子、自己的外甥志鹏叫来的。其实，此前他一直想来，谁知道各种想不到的亲戚像雨后白桦林中的蘑菇，一夜之间冒了出来。

亲戚挎着竹编的元宝形篮子，下面放着杂面馒头，上面是一碗饺子，或者几个白面签子馒头，用一块花毛巾盖着，见面亲热得让人感动。

娘说："都是本家的表亲，别管因为啥来的，人家来了，咱就要去。"

十多天时间，谷子青骑着车子奔波在去往各村的小路上。几家亲戚走下来，谷子青发现各家拿的礼物基本没人留，争执不过也就是揭开毛巾看看，或者把来人的饺子留下，再换成自家的饺子带回去。

谷子青见到向南大吃一惊，他面色青灰，脸颊塌陷，整个人迅速地衰败下去，现在的他正渐渐失去意识，什么都不记得，对什么也不好奇。

"怎么突然变成这样？"谷子青问姐姐。

谷子秀表情漠然，仿佛眼前的一切早已在预料之中。她小心地把用滚开水冲的蛋花汤往向南嘴里喂了两勺，汤又顺着向南的嘴角流了出来。她把碗放在炕边，撩开侧躺着的向南身上的被子，借着灯光，谷子青看到向南干瘦的脊背上有一大片划痕和陈旧的烫伤疤痕。他震惊地看着姐姐，谷子秀盖好被子，低着头，眼睛隐在蓬乱头发的光影里，幽幽地说："唉，他的腿瘸了，要了俺婆婆的命；他背上的伤，怕是会要了他的命。"

听着姐姐平静的声音，谷子青有种似曾相识的感觉——她太像娘了，像娘一样坚毅，难道也像娘一样注定一辈子要遭受挫折苦难？

"怎么会这样，谁弄的？"谷子青着急地问。

"是在战俘营里被人用火钩子烫的。年前有人来找他调查被俘经历，问他认不认识一个叫卢海生的人。他说认识，曾经一起在战俘营和敌人做斗争。他说卢海生最后绝食死了，被扔到山谷里喂了狼，剩下的人遭受各种酷刑，备受折磨。来调查的人为了上报证明材料，给他拍了照片，也给伤疤拍了照片。谁知道前两天又来人了，原来卢海生是一位首长，他并没有死，被扔下山崖以后，一个住在山洞里躲战乱的朝鲜老人把他救回了家。后来，卢海生装作哑巴，瞅个机会逃了出来。前些年，因为这段经历被诬陷成叛徒、间谍，一直受审查被关押，他不服气，坚持不停申诉，说向南曾和他关在一起，可以为他作证。唉，也怪那个来调查的人多嘴，临走时他说：'敌人太恶毒了，居然在你背上刻这样屈辱的字。'向南就问：'俺也看不到，只知道被烫伤，还不知道刻的是字，是啥字啊？'那人犹豫了一下说：'刻的是朝鲜文，翻译成中文就是"叛徒"。'从那以后向南就变得魔怔了，前两天趁俺不在家，自己用镰刀把后脊梁划得乱七八糟，那血啊……"谷子秀说不下去了，一把捂住嘴，眼泪啪嗒啪嗒往下掉。

谷子青现在担心的不是他的伤口，而是怕向南内心早已决定用自己腐烂的肉身去摧毁羞辱。看着昏迷中的向南，谷子青心里暗想，文字可以摧毁，但刻在心上的屈辱无法抹煞。对一个军人来说，脊梁上的字比千斤石头还重。

"向南哥是个汉子。"谷子青安慰着姐姐，"姐，你也别太难过了，明天一早俺送他去县医院。"

"他不去啊，手指头紧抠着门框死也不去。"谷子秀说，"把医生请到家，医生说，治了病，也救不了命啊，如果他不配合，去医院也没用。"

谷子青沉默了，头顶灯泡的钨丝因电压不稳发出啪啪的声音，室内光线也随之忽明忽暗，像向南梦魇中的呼吸。

"俺记得咱爷爷那时候治过烫伤，向南哥不去医院，要不试试中医？"谷子青迟疑地看向姐姐。

"对啊，"谷子秀如大梦初醒，空洞的眼神里顿时升起一簇小火苗，兴奋让她脸上泛起一层病态的红晕："家里的医书都保存着呢，那年，娘把书放到筐子里，用辘轳放到村口枯水井里五天，才没被田生他们搜了去。你去学，你来医治。"

"俺可不行，俺学不好。"谷子青慌忙摆手拒绝。

"可这方圆几十里，就咱家世代行医看病，不怕，你看他这样子也是等时间，死马权当活马医。"谷子秀随后招呼守在一旁的儿子："志鹏啊，你爸这样你也看到了，你们同意让舅舅治咱就治。"

志鹏忙说："亲娘舅亲娘舅，哪还有比舅更亲的人嘛，舅，你就放心医治，你看需要啥药，需要多少钱，俺哥儿俩听着。"

十一岁的兆鹏偎在哥哥的腿边，听哥哥说完，捣蒜一样连连点头。

"钱倒不用。俺就试试，不过，效果不好咱还得去医院。"谷子青迟疑着回道。

为了向南，谷子青重新打开父亲留下的红藤编箱子。红藤条历经数十年依然坚硬粗壮，在阳光下散发着乌金一样的光泽。箱子里面并排码着厚厚两摞线装医书，多是繁体古籍。谷子青轻轻翻开发黄的书页，薄脆的纸张发出微弱的脆响，在谷子青心里却宛如炸雷，他仿佛听到命运的轰鸣——难道这就是家族宿命？

此后，他以比父亲造水车更大的热情投入到医书的研究中。但他内心是忐忑的，水车轰然倒下的巨响像个魔咒在他心里萦绕不散，让他对向南的病不敢抱有乐观的预期。

他从医书里找到一剂药方，配了两剂汤药，先给向南服一剂下火去燥。一大坨黑绿色大便之后，立刻用红枣、莲子、当归、枸杞等药剂补益。一周之后，向南的身体好了很多，背上伤口结痂，脸上隐约的晦暗之气已不见了。

枣林湾北七十里外,是渤海湾,岸边是一片盐碱滩涂,当地百姓自古以晒盐、贩盐为生。自从鼓励经济发展以后,加工厂、小作坊像螃蟹的爪子,横七竖八地在周围冒了出来。由于晒盐周期长,除留有一两个人看守之外,平时很少有人看管,周围村庄便打起了偷盐贩卖的主意。为了给父亲买药调养身体,志鹏跟着外村几个坏小子背着娘也偷偷干上了这个营生。

雨水过后,天气回暖,正午阳光和煦,谷子青坐在姐家的院子里,边守着煤球炉子煎中药,边隔着半敞开的窗格子和向南聊天。最近他遇到一件烦心事,谷仓在学校和同学们打篮球,因为抢球和同学发生争执动了刀子,被学校停课。学校在公社驻地,谷仓平时住在易舟宿舍里,所以事发几天了,谷子青并不知情,直到老师找到家,谷子青才知道这件事,而这时,谷仓已经一个多礼拜没去上课了。

"俺还指望他考大学呢,现在是没希望了。"谷子青惋惜地说。

"唉,儿孙自有儿孙福,只是不上学做啥呀?上班还是做生意啊?"向南伤口刚敷上药粉,趴在被垛上问道。

"易舟这孩子就是鬼,他说找人安排仓儿去粮库上班。"谷子青说。

"那可是打破脑袋都进不去的好地方啊。嗨,你是没看到,每年交公粮的时候,车队排出七八里地,日子好的买根油条,日子不好的就啃个干馒头,可人家粮库征公粮的人,一人一只扒鸡两瓶啤酒,咱仓儿要是能去那儿上班,咱还愁交不上粮?"向南愉悦地说。

"那么好的地方,他能去得了?哼,俺看他俩商量好了,就是为了不上学。哎,你身子方便的话把碗递给俺。"谷子青对向南说。

向南从掀起的半扇木窗棂子里递出一只白瓷碗。

谷子青接了,把药汁倒进白瓷碗,又往药锅里续上水继续熬——药汤需要两遍汤汁合在一起喝。"就那么好去的?"谷子青嘟囔着盖上药锅盖子,拿着蒲扇守在炉口看火势。"你的事咋样了?听姐姐说,参加抗美援朝战争的给补助,是吗?"谷子青问。

"是啊,上次县里陪同来调查的人说的,每月给六块钱。"向南很高兴谷子青能提起这个话题,他兴奋地继续说:"其实不是钱多少的事,是说这个意思,证明咱是给国家做过贡献的人,国家没忘了咱,就凭这,死了都值了。"

向南的话刚说完，院外巷子里忽然传来一阵急促杂沓的声音，脚步声越来越近。是谁呢？姐刚去地里给麦子浇水。谷子青看看窗内，显然向南也感受到外面的异样，坐起来，扶着窗台往外张望。

外面传来陌生的声音："是这家？"

"是。"

"慢点，慢点。"

院门哐当一声被撞开，五六个小伙子抬着一个浑身满是雪白盐渍的人拥了进来。

谷子青愣怔地与来人对视了好一会儿，只听扑通一声，有人体力不支，手里抬的人一下掉到了地上，谷子青惊骇地看着地上那个仿佛被"雪"覆盖的人。

"叔，"一个年轻人往前走了两步，吞吞吐吐地说，"我是志鹏的朋友，我们一起，一起去水湾驮盐，没想到，没想到……"他恐惧地看看谷子青，又看看地上的志鹏。

谷子青脑袋嗡的一声，胀得像发了三天的面团一样，撞得颅骨生疼。他知道那是谁了，但他不相信，他直直盯视着正在说话的人，眼睛却不敢往下挪动一寸。那人使劲眨巴着眼睛躲避着谷子青的目光，继续结结巴巴地说："谁知道，谁知道他跌进晒盐池里了。"

"天啊。"一声凄厉的喊叫，谷子秀突然回来了。不等众人回过神来，她已一扔铁锨扑倒在志鹏身上。

"鹏儿。"又一声哭叫。谷子青忙回头，向南大半个身子探出窗外，趴在窗框上昏倒了。

谷子青醒过神来，顾不得管向南，连忙跑过去，从兆鹏身上推开谷子秀，手搭在兆鹏脖子气管上，几秒过后，谷子青喊道："还有呼吸，快给他脱衣服。"

硬邦邦结成盐渍的衣服脱掉以后，谷子青让人把赤身裸体的兆鹏放到炕上趴好，盖上棉被，腹部垫一个松软枕头，不一会儿，兆鹏嘴角滴滴答答地往下流盐水。谷子青又喊人买了一大包红糖，沏一大碗红糖水，趁热一点一点喂到兆鹏嘴里，一个多小时后，兆鹏缓缓睁开了眼睛。

紧张的气氛终于松弛下来，大家脸上露出轻松的表情。

"这孩子,太累了,营养不良血糖低,晕倒了。"谷子青心疼地说。看着脸色苍白瘦弱的兆鹏,他终于松了一口气,偎在窗边的向南若有所思地看着兆鹏,眼神里既疼爱,又自责。

四

积雪消融,沿屋檐滴滴答答没几天,窗外的柳枝就泛了绿,细密的嫩芽争相从树眼里钻了出来。日升了,落了;花开了,谢了;月圆了几日,又缺了几回,乡村的时光像惠河的水,既没有干涸过,也没有暴涨过,悠悠荡荡地浇灌着两岸土地上的万物,又仿佛化成了一缕风,被天上的流云牵系着飘啊飘啊,让人忘记了北岸河套上那座还散发着新鲜土腥味道的新坟——向南急火攻心,背部伤口感染,成了败血症,虽然去了医院,但他似乎没有一点求生欲望。他终究还是放弃了自己,在只领了一次六块钱补助金之后,死了。

嫩绿色麦苗终于要变黄了,谷子青抚摸着每一件农具,寻找着父辈的痕迹。在一把锄头上,他惊诧地发现了一块陈腐的锥形薄木块,他不敢相信,拿着锄头走出柴房在阳光下仔细辨认,是的,那果真是自己小时候为了加固松弛的锄头而塞进的木块。瞬间,他眼睛潮湿了。他对时间流逝感到恍惚,对镜子里满脸皱纹的自己感到不可思议,果真过去了那么多年?而一切仿佛发生在昨天啊。他呆滞的目光投向院墙,仿佛穿透墙体跨越时空,重回到蹲在地头修理锄头的那个八月的下午,而旁边递给他石头敲击木块的人,正是田禾。

回来以后还没有见过田禾呢,谷子青收回目光,怅然地叹了口气。

土地不仅生养人,更生养家禽牲畜。谷子青在麦收之前,花一百五十三块钱去集市买了一头小黑驴。价格是茂林和驴经济谈的,过程并不顺利,两只手缩到袖管里比画了很久,像接头暗号似的来去几个回合,直到茂林脸上露出得意的笑——他为谷子青省了十七块钱。即便如此,茂林觉得这个价格还是偏高了,虽然驴主人一脸的吃亏懊恼。

"哪个都比它精神，偏买它？"茂林质疑地问。

是啊，整个牲口市，牛马驴羊猪，任哪个活物都在嘶喊、挣扎，唯独这头毛发乱糟糟好像刚从土里爬出来的黑驴在角落里安静地呆着，松垮垮的缰绳握在旁边同样脏兮兮的一脸颓丧的男人手里。

"他是崔庄的，早些年贩盐有点钱，后来沾上了赌，赌输了房子，赌输了地，实在没招了拿他老婆顶债，没承想，他老婆当真听他的话就和老光棍过上了日子，还时不时从家拿些东西接济他，想必这头驴犊子也是。看他的样子，准是又赌输了。"一个知情的庄户人对茂林讲。

一旁的谷子青听了，越发觉得那头驴可怜。他摸了摸驴额头，驴侧过脸在他掌心轻轻摩擦，好像久别重逢的老相识。谷子青低头又仔细看看它的眼睛，这是怎样的一双眼睛啊，安静、柔顺，可以承受世间所有的苦痛而隐忍不发，谷子青对这双眼睛太熟悉了。他想起了田禾，想起了那头拖着牛犊的狂躁老黄牛，想起曾蒙着牛的眼睛围着村前的石磨一圈圈转啊转啊，眼见着金黄的麦粒变成白花花的面粉从石缝里流出来的情景。

村前的石磨早不知垫了谁家的猪圈，但肥厚的黄土地和丰收的麦穗依然需要一头牲畜，尤其是有着这样灵秀眼睛的驴。

终于到了火热的七月，饱满的麦浪把大地和天空染成一片铺天盖地的金黄，它黄得殷实、浩荡、蓬勃，黄得翻江倒海，动人心魄。

谷子青站在地头，目光所及之处，万物怒放。他笑眯眯地看着，似乎田野里长满了甘蔗，能永远给予他甜蜜似的。快到收割季节了。谷子青想着，不由自主地向田野的南边眺望，那里是生生不息亘古流淌的惠河。汗水凝结成衣服上鱼鳞一样的白碱，都将被惠河的水冲洗掉，变成一条条在月光下翻腾的锦鲤。

那将是惠河四季中最沸腾的时刻，天刚一擦黑，夕阳带着仲夏夜最后一缕暑热刚在天际隐没，就有迫不及待的男人下了水，惠河，也就变成了男人的世界。而岸边茂密蓬勃的芦苇荡，也就成了男人、女人约定俗成的隔离带。等天黑透了，女人收拾完碗筷，聚在芦苇岸边，隔着芦苇嬉笑着一句接着一句地扔着催促的话，最后总是泼辣的七巧嫂子等得不耐烦了，远远丢过一句"快出来，别洗了，别把多出来的那块肉揉搓没了"，说着，装作迫不及待下水的样子扯过一把芦苇使劲摇。苇叶的"沙沙"声惊起

第十五章

一阵野鸭鸣叫，清凉的夜风里也就多了几分热闹。面皮薄的男人面红耳赤，慌忙穿上衣服往对岸跑——他们宁可绕远走土桥回村，也不敢和女人们打照面。夏夜的女人，像火。

这是多美的一幅乡村图景啊，寂静、丰饶、充满氤氲的烟火气和蓬勃的生命力。看着悬挂在槐树林树梢上的夕阳，谷子青不由发出由衷的感叹。

此时，村前老枣树下已经是人声鼎沸，一块白色幕布，四角被尼龙绳牵系着挂在两棵树上。谷子青这才想起，今天有露天电影《地道战》，据说是田生的朋友花钱租的，至于为啥要花钱给全村人演一场电影，没有人问。当然，即便问，田生也不会说。

世上没有平白无故的事，总是有原因的，谷子青想。但他也只是想想，他不想惹是非，尤其是和田生，毕竟有那么多年的情分，更何况中间还关乎一个人——田禾。想到田禾，谷子青就感觉百蚁噬心，焦躁烦闷。

无论怎样，对一场电影的期盼在月亮升起之前流入了每个庭院，吹得人心痒痒的，不得安宁。

"晚上有电影，《地道战》。"田生说。

田禾一时没作声，往灶膛添了最后一把柴，拿起抹布擦拭着被水汽濡湿的木锅盖，等待下文。

田生耍了个心眼，装作若无其事，不等田禾作答就直接做出决定："碗等回来再刷，一会儿都去看电影。"

起初没有应声，田生以为一切如他所愿。然而田禾看都没看他一眼，一把掀起锅盖，身子顿时埋在一团白雾里，两个清晰的字从雾气里飘出来："不去。"

田生想发作，碍于儿子在场，便踢了他一脚，对他说："臭小子，还呼噜呼噜地喝，晚了没有好地方啦。"

小川仰起脸，狡黠地一笑说："我早占好地方了。"

"占地方？咋占？"

"用坯，还有用秫秸的。我摆了一排，你的、娘的，还有俺大姐的。对了，俺大姐来看不？"

"她来？她来做啥？她家离这儿十几里地，为了看个电影跑了来值当吗？"田禾笑着递给田川一个板凳，说："快去吧，晚了人家给你把坯扔了。"

"嘿,不用说十几里,就是二三十里也有往这里跑的。俺刚去占座的时候,就来了好几个俺不认识的外乡人。他们倒也识相,不敢往前面占,自己提前坐在幕后面等着了。不过,俺娘说得也是,俺先去啦,你们也快点啊。"说着,田川一伸胳膊挎起两个板凳,一手抓起一块玉米饼子,着急忙慌地跑了出去。

等田川跑出家门,田生沉着脸问道:"你总闷家里想做啥?躲他?咱有啥见不得人的地方?是他对不起你,该躲着你才对。这马上就麦收了,村里的晒场都连成片,低头不见抬头见,为了他,你难不成连麦子都不收啦?哼,除非你心里还有他。"

听了田生最后一句话,田禾身子一哆嗦,手一软,刚端起的碗又落在灶台上,心扑通通一阵乱跳。心里还有他吗?她问自己,在这场莫名其妙结束的恋情里,付出痛苦代价的不应该是自己,愧疚躲避的更不应该是自己。这么多年,她一直想找个机会,在一个自然而然的状态下责问谷子青,为什么要欺骗她?又为什么在那个夜里偷偷跑来看她?她一直在等,用一粒粮食自然生长的静默等待一个圆满结局。现在,他终于回来了,可自己却失去了责问的勇气。恨他吗?怕见他吗?无数个失眠的夜里田禾扪心自问。当然不是,对此她很确定,她甚至渴望见到他,她怕的是看到他身后的女人。想到这儿她就心烦意乱——白天可以躲进地里,腰弯得像一张弓,把汗珠洒向脚下的土地,等积攒下足够的疲惫,到夜晚,竭力把游走的思念赶出脑海。即便如此,她依然日渐消瘦。

此时,她像个丢了魂的木偶,在田生冰冷审视的眼神里强撑着。

"好,你先走,俺收拾完就去。"田禾说着,把脸埋进碗里,绕着碗沿喝了一大口玉米粥,掩盖住声音轻微的颤抖。

不得不去了,田禾搜肠刮肚也找不出不去看电影的理由。

她倦怠地洗碗、刷锅,把刷锅水拌上野菜和麦糠倒进猪食槽里,看着猪哼哼唧唧地吃了又懒懒地睡去,然后,用比猪更缓慢的速度挪回屋,拃拃门帘,拉紧门窗。甚至在最后跨出门槛的那一刻,她还紧盯着穿着黑条绒布鞋的右脚,期待着它一脚踩空,那样,她就可以顺势坐到地上,有借口捡拾起各种粗鲁的话去抱怨,甚至为此流下欢喜的眼泪。可事实却没有,她的右脚稳妥地落在门槛外,没有扬起一点尘土。

只能去了。夜幕已然降临,巷子里空荡荡的,村头鼎沸的喧嚣乘着夜色在半空中回荡。前几天刚下过雨，巷子中间被车辙碾压，一道道的沟壑里依然存有积水。田禾扶着墙，小心翼翼地沿着巷子边往村口走。她走得很慢，不熟悉的人也能看出她脚步里的不情愿。人群的燥热气息和嘹亮的八一电影制片厂的序曲随风徐徐飘来。

这时，从巷口走过来一个人。田禾随意地瞟了一眼，突然猛地站住，眯缝着眼，直愣愣地看着从朦胧夜色中走来的那个既熟悉又陌生的身影。他越走越近，越走越近，脚步声像千万只虫蚁噬咬着她，没错，她确定那就是谷子青。过去了这么多年，他走路还是小时候的样子，左脚落地重，连带着右肩膀不自觉地向上耸。

谷子青也看到了田禾。以这样方式的碰面显然出乎他的意料，他偏着头，迟疑地往前紧走两步，站住，仔细辨认了一下，又紧走两步，继续端详，终于在两人相距不足三米的地方停住。

田禾呼吸急促，脑子嗡嗡作响，她看着对面影影绰绰的谷子青，身子晃了两晃，腿一软，一下偎在院墙上。谷子青忙过来想要搀扶，惊得田禾连连摆手，谷子青只得站住，却一时不知该做些什么。

"你，你，你咋啦？"多年前的口吃病忽然又犯了，这让他的样子显得既狼狈又滑稽，"没、没、没……"

"没事。"田禾接过话，虚弱地回道。

巷子深处的阴影里传来沉闷的咳嗽和脚步声。

田禾迅速站直身子，低声对谷子青说："你快走吧。"

谷子青愣怔着不动，还在问："没磕、磕、磕……"

"没磕着。"田禾说着，抬腿就走。在经过谷子青身边的时候，忽然想起一件事，急促地对他说："还记得红房子吗？你去红房子，那里有东西。"

谷子青浑浊的眼睛已经湿润，终于看清了，虽然夜色很浓，银幕忽明忽暗的光亮依然照亮了彼此。谷子青看着田禾消瘦的脸，心在隐隐作痛。老了，她咋就老了呢？那个手捻着麻花辫装满一衣兜红枣给自己的羞涩女孩哪儿去了？他心里忧伤地念叨着，忘记自己也已经老了。当田禾擦身而过之后，他能记起的只有一句——"红房子"。

五

谷子青猜得没错，电影并不是无偿放映。三天后的下午，当孩子们躲到河沟，跷着大拇指学着高司令向日本军官献媚的台词的时候，三个西装革履的人来到村里，田生陪着先是围着老槐树林转了几圈，最后来到村头老枣树跟前。

几个老人很好奇，悄悄地问田生："这些干部来做啥的？"

田生很得意，故意大声地说："人家是南方来的大老板，老板，知道吧？不是老伴，是经理、厂长，明白了吧？哎，人家看中咱这棵枣树了。"

老人们笑了，不屑地说："还老板呢，一棵枣树能结多少枣？"

"有钱还买啥枣树，直接买枣不就行啦？"

"你们懂啥。在农村，咱要的是枣，人家可是为了美观，做景观树。嗨，说了你们也不懂。"

几个外地人互相看了一下，无奈地摇了摇头，其中一个人对田生说："这棵树有多粗？"

"一个人搂不过来。"田生说着，回身喊道："七巧，你胳膊长，来，你来搂搂试试。"

七巧使劲张开双臂，最后两手之间还差一拃长的距离。

"嗯，挺好。先要找人把树头锯掉，这样方便装车运输。"那人对田生说道。

"行，行行。就是这工钱……"田生拿捏着腔调说。

"当然是我们出，你看多少钱，报个数，和树钱一起给你。"一个挺着将军肚的人痛快地回道。

"好好，包在俺身上。"田生欢喜得眉眼像刚出锅的包子，褶子挤到了一起。

"田生，你要卖树啊？"看着要走的田生，庆裕忍不住问道。

"啊，卖树咋啦？不卖树村里哪来的钱？你又不拿钱。"田生斜着眼睛恶声恶气地说。

第十五章

大家顿时哑了，望着头顶枝繁叶茂里密密匝匝的青枣，不知谁开口骂了一句："败家玩意儿。"

谷子青是在吃晚饭的时候听到这个消息的。

娘惋惜地说："这棵枣树比它旁边的老槐树年头大，已经有上千年了，据说唐朝罗成在这儿拴过马，义和团在树下设过坛，挨过日本鬼子的枪子，也斗死过地主，还有两头牛被宰杀在树底下。"

谷子青小时听爹说过，这棵老枣树不仅年岁大，还有灵性。有一年夏天持续干旱，午夜惊雷过后，一道闪电劈中了枣树，树身当即从中开裂，火从裂缝里徐徐燃烧起来。一夜的电闪雷鸣竟一滴雨没下。天亮以后才发现，那火早已自行熄灭了，只剩下可怜的枣树，像被掏空了心似的，裸露着烟熏火燎的树洞。当时，大家都说，这树必要死的，还是砍了去吧。爷爷坚持要留下这棵树，他说古树和人一样，有灵性，不会这么轻易就死了。他就天天守着这棵树，浇水、架杆、剪枝，没想到来年春天，它焦黑的枝干居然泛了绿发了芽，此后，它又一如既往地应时应季，春生冬藏，枝繁叶茂地生长起来。又过了一年，树洞裂缝里居然又生出了棵新枣树苗。而今，小枣树苗早已长大，根须穿透树身缝隙扎进了土里，两棵树像一对母子，紧紧相拥枝叶缠绕，陪伴着村庄历经沧桑。

娘叹息着，把针在头发上蹭了两下，扎在做了一半的鞋帮上，从炕上下来，边走边说："它是护佑咱村平安的宝啊。你说离乡的人回来，哪个不大老远看到它就哭，见了它就知道到家了；离家外出的，又哪个不到树底下嘟囔几句，祈求平安顺遂。千百年了，它历经惠河干涸、改道、溃堤，看着人像韭菜一样割了一茬又一茬，它就是枣林湾的魂啊。唉，咋就想卖了它呢？造孽啊，难为你爷爷白守护了它一场。"

谷子青顿觉口中索然无味，他放下碗，独自走到老枣树底下。

谷子青坐在一条凸起的树根上，他环顾四周，仿佛看到土壤深处隐藏的悠长的根须，用一种独特的代码讲述着关于时间在此流过的记忆。他倚靠着树身，读出了自己的少年，读出了父辈们的苦难和欢笑。它是村里唯一跨越时空与祖先对话的媒介，自己怎么可能让它被卖掉，削枝去权，像僵尸一样装进敞车，运往某个不知名的城市去装扮一个与它毫不相干的风景？

"不能卖树啊，庆裕，这可是咱全村人的念想呢。"谷子青找到庆裕，对他说。

"唉，哥啊，全村的是谁的？是你的，还是俺的？谁说了能算？还不是村干部。"庆裕把嚼着的草根啐到地上，继续说，"哥啊，咱管那么多干啥，家里买化肥需要指标还指望着村委会盖章，真得罪了他，就剩下交公粮、计划生育，别想摊上什么好事了。唉，卖就卖吧，不就少个阴凉地嘛，不值当的。"

不值当的——谷子青去了相邻的几家，得到的答案都是一样的——那棵树是全村的，又不是俺自己的，如果俺反对村长卖树，那俺就是和村长结了私仇，完全犯不上，不值当的。

怎么会这样？谷子青像折了触角的蚂蚁，急得围着堂屋团团转。娘劝慰他，前人栽树后人乘凉，家里刚买了电扇，以后也没人去大树底下乘凉了。

"娘，您知道俺不是为了这个，千年古树，风雨雷电、刀砍炮轰都活了下来，咋能让它在俺这辈人手里丢了呢？"谷子青皱着眉说。

"不是卖吗？那咱买不就行了？"易舟刚好在家，他拉开门，从里屋探出身子说道。

买？谷子青眼神一亮，对啊，自己真是一根筋，怎么就没想到呢。可用什么买啊？谷子青一下泄了气，眼看着易舟、谷仓都大了，积攒的那些钱除了添置家用，准备翻盖房子给他们娶媳妇都还不够。

"拿啥买？"谷丰一缩脖子，从易舟胳膊底下钻出来，指着易舟嘲笑着说："嘿嘿，爸妈天天念叨攒钱给你娶媳妇，哪儿来的买树钱。"

"给我攒钱？"易舟一脸莫名其妙，说完，回屋拿了一个包出来，是他姐交给谷子青的提包，上面有个拉链，他从里面一掏，两沓十元的钱摆在桌子上。他惊讶地对谷子青说："您不知道这里有钱？"

谷子青茫然地摇摇头。舒文惊得"哎呀"一声，后怕地说："老天啊，里面还有这么多钱啊，我差点把它放到柴房里，哎哟，幸亏没丢了。"

"这是你的钱，俺不能动。"谷子青一把抓起钱，塞回提包里。

"什么我的你的，您也别为我娶媳妇发愁，我单位分房，家里的东西我丈母娘全包了，您赊等着到那天喝喜酒就成了。"易舟大大咧咧地说，"您问问还需要多少钱，不就一棵树嘛，就权当您给村里做贡献了，咋说在村里咱家也算条件好的，出点钱也应该。"

"对象？丈母娘？"谷丰一下蹦了起来，乐得嗷嗷直叫，"哈哈，你自己找媳妇了？"

"这有啥，追我的人多了去了。"易舟故作得意地甩了一下头发，笑着对谷子青说，"我们局长的闺女，人挺好，还有，谷仓的工作也差不离了，就等着领导在招工表上签字了。"

谷子青没等说话，谷丰已迅速跑到他跟前，踩了弹簧一样一个劲儿地蹦高，兴奋地说："爸，爸，你们还愁着盖房子，人家都找到媳妇了，根本不需要。哈哈，还是别盖房了，先买台电视机吧，我东北同学来信说现在电视里正演《霍元甲》呢，爸，买台电视吧，十四寸黑白的就行，要不十一寸也行。"

"别闹，别闹。"谷子青推开谷丰挥舞的胳膊，想详细问易舟几句话。谷仓在一旁接话说："你央求爸，还不如求我和易舟哥，爸只是管饭填饱肚子，我们可是挣工资的人噢。"

一听这话，谷丰追着谷仓和易舟呼呼跑到里屋去了，只剩下谷子青、舒文和娘像被大风袭过的水面一样久久不能平静。

"给易舟姐姐写封信吧，问问她知道吗，同意这门亲事不。"舒文对谷子青说。

"嗯。"谷子青应着，又接着说道，"就他的脾气，他姐不同意也没法。只是这买树的事……"谷子青用询问的眼神看向娘。

"等等再说，万一人家不买了呢。"娘说。

六

仿佛一股烟，卖树的消息忽地被风吹散了，没有任何痕迹。麦收过了，玉米种子播下了，松软辽阔的黄土地波浪一样连绵天际。就在大家以为白赚了一场《地道战》电影的时候，在一个清晨，黎明的曙色刚从东方升起，天空还是一片青白，万物洒满了浓重的光晕，几个晨起的男人聚集在老枣树下，默不作声，向着槐树林远远地眺望着——一群人正聚集在那里削一棵槐树的枝头、挖树根。

有人留恋地抚摸着老枣树斑驳沧桑的树身，摇摇头，走了。谷子青也走了，一袋烟的工夫，他披着一件藏青色外套又站在了老枣树下，像望夫崖上的石女，挺直了腰板倔强地望着槐树林。

刨树在下午遇到了阻力，七巧端着铁锨，风一样刮到村后，对准备去剪枣树头的人咆哮着喊道："谁敢动？谁敢破俺祖宗的风水俺就端了他的脑袋。"

村里人都知道七巧嫂厉害，七巧平时像个闷葫芦，用七巧嫂的话说"三脚踹不出个屁"。田生自然不怵他，指着七巧训斥："你闹啥？这树是你种的还是你养的？咋就不能动？快滚一边儿去。"

七巧眼睛瞪得像牛铃铛，铁锨平端在胸口，脚下像受惊的驴蹄子不停地踱步，他嘶哑着嗓子对田生吼道："别的事俺不管，你吃香的喝辣的是你命好，俺不眼热，但这棵树你不能动，俺的祖先辈辈埋在这里，风水先生说这树福荫子孙，今天俺把话撂到这儿，谁敢动，俺就和他拼命。"

谷子青听到这件事的时候，正像个卫士站在老枣树下，没人知道他要干什么。太阳即将落下，裸露的肌肤能清晰感觉到暑热在渐渐消退。舒文打发谷丰喊过他两次了，他依然站在老枣树下，累了就坐在树根上，像一个深陷在爱情里备受折磨的人，对着一棵苍老的古树做着最后生离死别的告白。

在利益面前，同宗同族的情分都不足以抵挡权力和资本的合谋，反倒是玄而又玄的风水，守住了村庄最后一点底线，留住了一点尊严。难道关系家族命运的祖坟、祭拜是农村仅剩的一点朴素的信念了吗？除此之外，他们还会关心什么？或者，他们还有关心的能力和意识吗？谷子青望着远处一片狼藉的槐树林陷入沉思，他第一次意识到，在土地、粮食之外，还有一个更加神秘莫测的东西存在——权力。

该来的终归来了。不知是刻意选择，还是时间紧迫，田生带人来的时候已是暮色四合时分，整个村庄笼罩在一片静谧祥和的光雾里，偶尔几声犬吠、鸡鸣随着饭菜的黏腻香味飘过，带来几分烟火生机。

"啊……鬼啊！"随着一声惊叫，几个人乱作一团，胆怯地看着老枣树后面一明一暗的烟火。

"那是烟头。"一个人道。

第十五章

田生不怕人，怕鬼，一听说是烟头，田生胆子壮了，说话的调门也高了起来，喊道："谁啊？装神弄鬼的，滚出来。"

谷子青猛吸了两口烟，把烟头按在土里，慢悠悠地从树后转了出来，手里拄着一把铲草的两齿铁耙，像尊威武的门神。他静默着，用一股肃杀悲凉的眼神看着田生。

"你想干啥？"田生厉声问道，所有人从中听出了色厉内荏的心虚。

"田生，老话说'傍百年树，读万卷书'，这可是老祖宗留下的一棵老树，世上没有咱的时候，它就在这儿了，别卖了，把它留给儿孙吧。"谷子青凝重地说着，迎着田生走来。

"既然是老祖宗留下的，你也就别咸吃萝卜淡操心啦。来，把斧子给俺，要趁着天凉快抓紧干，等天亮毒日头一晒树就不好活了。来来来，该干吗干吗，快点。"田生说着，带头往枣树上爬，众人在后面挥着斧头、铁镐紧跟着。

谷子青拽着田生裤腿向下一用力，田生"哎呀"一声跌在地上："给你脸啊是吧？有你什么屁事，你充什么大尾巴狼啊？"田生说着，一骨碌从地上爬起来，喊叫着挥手朝谷子青胸口捶去。

田生的个头刚到谷子青的下巴，谷子青抓着他胳膊往后顺势一带，田生一个趔趄向前栽去。树下常有人拴牛、放羊，田生站立不稳，脸朝下扑哧一声趴到地上，弄得满身满脸牛羊粪。

"日你亲娘啊。"田生彻底怒了，爬起来顺手抓起一块石头朝谷子青打了过去，指着谷子青嗷嗷叫骂。

听到吵闹，不远处院子里的灯亮了，村里人陆续聚集到老枣树底下。

见人多了，田生火气像点燃的麦秸垛呼呼地燃烧。他挥舞着拳头，隔着拉架的人群一甯一甯往谷子青身上砸去。

谷子青一边躲闪一边高声对大伙儿说："老庄乡们，你们来得正好，今天不是俺各色找事，也不是俺有意阻挠村里事务，俺出外这么多年，承蒙左邻右舍的老庄乡们对俺娘对俺家的照应，俺怎么可能不辨是非呢？俺真的是对家乡的一草一木感情深厚，实在舍不得这棵树。今天各位老少爷儿们做个证，这棵树对外卖多少钱，俺买了。别看俺买，可它还是属于咱全村的，该拴牛拴牛，该摘枣摘枣，你们说这样行不？田生，你别胡打闹，说多少钱吧。"

"多少钱也不卖给你。俺明告诉你小谷子,就是俺一把火烧了也不给你,甩说这棵树俺要卖了,就是你爹坟头上的草俺也给你点了,让你娘的啥也捞不着。"田生像一头困兽在人墙的围挡里蹦着脚骂道。

谷子青本来是冷静的,一听说他侮辱自己死去的父亲,急了,回手抓起铁耙就要打。就在这时,谷仓和易舟不等谷子青说话,早已像两头饿狼一样向田生扑了过去。易舟身材高大,一把扯过田生衣领二话不说,抬手啪啪两巴掌。谷仓从后面朝着田生腿窝使劲一踹,田生身子一晃跪到了地上。一时间,拉架的、打仗的、骂人的缠在一起乱作一团。在一片吵嚷声中,只听身后传来一声因愤怒变得尖细的呼喊:"别打了。"谷子青高举着铁耙愣在原地——是田禾!

是田禾,她拨开人群,扶起倒在地上满身污秽的田生,平静地说:"走,咱回家,有啥事明天再说。"

"俺不回去,俺要打死这个忘恩负义的王八羔子,今天俺弄不死他俺就不姓田。"田生大声叫骂着,但也只是骂着,身子顺从地被田禾牵着往外走。

"啊。"忽然谷仓一声惨叫,捂着头蹲到地上,只见一个身影嗖嗖地往巷子里跑去。

是田川。他揣了一块石头,趁人不注意,狠狠砸向谷仓的头。有人拿手提灯一照,谷仓已经满脸鲜血。

"哥,哥。"谷丰疯了一样扑向哥哥。

"我操你妈的。"易舟抓起铁耙就要追,被谷子青一把扯住,着急地说:"别追了,快去推车子,先送仓儿去卫生院。"

又是一阵狂风骤雨的忙乱。好像一堆落叶呼地被风吹走了,老枣树下只剩下孤零零两个人。夜色浓重,他们看不清彼此的眉眼,但沉重的喘息听得出内心的愤怒与慌乱。田禾神情恍惚,她想转身离开,才发现自己一直紧拽着田生的衣服袖管,她用力一甩,踉跄着独自往家里走去。

谷仓的额头缝了八针。田川被他娘用棍子打得撅着屁股在炕上躺了三天。

再没人提卖老枣树的事。

后来庆裕找到谷子青,说:"村里把卖树的钱已经花了,如果想留下老枣树,就要把钱退给南方人。"谷子青没多说什么,拿出三百块钱给了庆裕。庆裕说:"大家都知道,你保那棵树是为了全村人,只是太亏了你了。"

不久后的一个夜里,田生家传出撕扯和打骂声,据说田禾以死相逼,让田生辞去了村主任职务,带着一家搬到了老窑厂居住。后来砖窑厂被关停,田川就利用废弃的场院做起了煤炭生意。

第十六章

一

谷仓见过奶奶装在板柜里的小麦，也见过圆滚滚的满囤的小麦，囤下面的小钢板一抬，金黄的麦粒像水管一样骨碌骨碌往外流，但他站在粮库的仓房里惊呆了，高三米，长十米的小麦方方正正地铺在库房里，一眼望去金灿灿的，把透进来的阳光染成了橘黄色。

一株麦穗能有几十个麦粒，这些粮食，该要多少亩的小麦呀？他一想到这一仓粮食铺展在大地上壮观的情形就激动得战栗。他以为粮食是松软的，像滩涂，表面一层虚假的坚硬，下面是一潭泥泽。他试探着两脚站在粮堆上，粮堆竟坚实得像块铁板，一颗颗麦粒像顽皮的小兔子争相从脚趾缝里探出头来。

进了粮库他发现，粮食原来不仅可以吃，还可以交换。

"卖西瓜的来了。"薛主任一指谷仓，"去，打开32号仓弄点麦子出来，去换两袋子西瓜消消暑。"欠粮库门外卖烧鸡、啤酒的钱多了，吴会计会打开仓门卖一车粮食，换了钱，除了还账，大家还能敞开肚皮撮一顿。

32号仓似乎是机动的，就像球场上的替补队员。哪个仓出库数量比账面数多了，倒到32号仓，哪个仓的粮食不够账面数量，从32号仓取来

第十六章

补上。

这样花销,粮食一定是亏的呀。想到这层,再吃鸡腿、喝啤酒的时候谷仓心里就犯了嘀咕。

很快,麦收征购开始了,同宿舍的老关和谷仓负责一台秤。一个过秤,一个计数。

在开秤之前,谷仓发现每台秤上都不挂秤砣。

他问老关:"关哥,这秤咋都没秤砣呢?"

老关神秘地一笑,从包里拿出秤砣挂上,然后把卡尺啪的一下打到底,脸凑到刻度尺上,一边拧秤的螺丝,一边左左右右地摆弄卡尺。三下两下弄好了,他潇洒地一掰秤上的铁钩,卡尺被固定住动弹不得,然后才回过头对谷仓说:"咱先厚道点,一秤长六斤粮食,免得太多打起架来。"

"长粮食?咋长?"谷仓很好奇,一脚踩在磅秤上问老关。

老关并不作答,反问道:"你平时体重多少斤?"

"125斤。"谷仓说。

"你上来。"老关指着磅秤。

谷仓站了上去,一看秤砣斤数和卡尺刻度:"118斤?我瘦啦,唉,我瘦了。"谷仓开心地从磅秤上跳下来。

"瘦个屁,这就叫做磅底,咱白赚的。你以为仓里的粮食是那么容易长的?供销社有句行话,叫一秤来百秤去,还有剩。咱们是百秤来一秤去,更要有赚头才行。"老关说着一屁股坐在桌子后面——那是计数的位置。谷仓知道,自己只能是站着过秤了。

"那要是人家发现了说咱坑人咋办?"谷仓犹豫着又站到秤上,说出内心担忧。

"坑人?谁不坑人,你以为交粮的老百姓就是好的?你看着吧,粮食袋子里还不定有啥东西呢,砖头瓦块沙子土,什么玩意儿都有。对了,过秤的时候让人离这远点,粮食袋子一码老高,趁你不注意踩上一脚,十几斤就没了。"老关说着,把桌子往前拉了拉,伸出腿,脚尖刚好触到磅秤底盘,他脚下一用力,脚尖刚好撑起磅秤一角,秤砣啪的一声,高高地翘了起来。他边翻账本边嘟囔着说:"和你这个生瓜蛋子搭伙,我就要多操心喽。"

果不其然,谷仓用粮探子查验粮食,真的翻出一些砖头瓦块,还有就是最后一场的粮，麦粒干瘪，脏兮兮地混在一堆沙子土里面。谷仓不停地争吵、解释，说得口干舌燥，气得胸口生疼——"你的粮太脏，真的不能要，要了你这一份，整个仓的粮质就受影响，你多理解吧。"

"你还是多理解俺吧，俺大老远把公粮送来，你还嫌好道歹，俺这再不好，沙土也总比放砖头的强吧？"那人光着膀子站在太阳底下，热得大汗淋漓。

"砖头还好些，捡出来扔掉就行了，可你这全是沙子土，弄不出来啊。"谷仓一脸愁容。

老关把磅秤卡子一关，喊道："下一位，快点把粮食搬过来，在毒日头底下晒着，还嫌不热咋？"

下一个忙跑过来，说："俺是十里堡的杨进希。"

老关找到他名字。

杨进希开始劝前一个把粮搬走："你先搬下去，俺过完秤你再搬上来呗，你看俺在你后面排了这么长时间，也唠了半天嗑，你忍心让俺再等下去？行啦兄弟，俺帮你搬。"

可是搬下去就没有再搬回来的道理了。后面排队的人一个接一个，谁也不肯让步，没办法，那个人只好把脏小麦重搬回马车上。但他岂肯这样白白地走，他转过身，对着谷仓恶狠狠地说："哼，老子不交啦，白给的东西还不要，等以后，你想要都不给，要你去俺门上求俺去。"

谷仓热晕了头，眼前白花花的阳光和望不到头的送粮队伍让他发晕。啤酒已经喝了两瓶，整个人感觉还是干涸的，仿佛身体里的水分都蒸发掉了，只剩下干巴巴的骨头挂着一层皮。看着对方嘴唇嚅动吐出一串一串恶言恶语，自己却说不出一个字。

坐在遮阳伞底下的老关不干了，他朝着远去的背影喊："我操，你是哪村的，你有种就别来交，我们还不稀罕要了呢。"

天气燥热，每个人心里都窝着一团火，谷仓怕打起来，朝老关摆摆手，连说"算了算了"。

收了几份公粮，谷仓发现，老关的脚偶尔会在粮食码在秤上时伸出来，支在磅秤下面，再看秤，十多斤的秤头粮就多出来了。

开始他以为是偶然——谁都有累得伸个懒腰的时候，刚好碰到秤而已。当他从老关投过来会意的眼神里察觉诡秘时，他像嘴里飞进绿头苍蝇一样浑身不自在。他装作疲劳，向左横跨了一步，挡在老关跟前，阻止他的脚靠近磅秤。

即便如此，谷仓担心的事还是发生了。在公粮征收的第四天，谷仓继续干着验粮、过秤、入仓一套机械重复的工作，忽然发现人群往刘辉那组张望，谷仓回头看过去的时候，刘辉已经和人扭成一团。

老关说声："不好。"把账本往抽屉里一塞，拔腿就往刘辉那边跑。

谷仓也忙把磅秤卡子一关，跟在后面。

老关跑过去，把压在刘辉身上的壮汉用力一推，身下的刘辉翻身爬起，不顾满身泥土和鼻子上的血渍，像一头慌不择路的饿狼四处寻摸。他几步跑到磅秤前，抓起秤砣，疯了一样追逐壮汉，人群忙纷纷避让。他大喊一声，手臂用力一挥，秤砣狠狠地砸在壮汉的头上，血顿时流了出来。

刘辉和壮汉被派出所大刘带走了。

老关边往回走边悻悻地说："唉，年年怕出事，年年出事。"抬头又对谷仓说："天热气躁，小心口舌啊。"

谷仓望着长龙一般的交粮队伍，从人生第一份工作里学到了四个字：谨言慎行。

对于粮库来说，夏粮征购是一年中最重要也是时间最集中的一项工作，基本要在两个月内结束，再花几天时间把粮仓平整、熏蒸好，剩下的事就交给时间了，等待肃杀的冬天和青黄不接的春天到来，然后，开仓，卖粮。

谷仓是个好学的人，粮库的业务从收购、储存、调控、出库，各个环节的工作他很快都学会了，此后他陷入了一种无聊倦怠的状态，一帮人喝酒、吹牛、打麻将、打扑克……各种娱乐对他渐渐失去了吸引力。

"年纪轻轻的要好好工作，别偷奸耍滑。"看着谷仓胖出一圈的脸蛋，谷子青叮嘱道。他不知道我的生活有多惬意，谷仓想，当然，他也无意告诉父亲，以免平白挨顿斥责。

"过去预见到现在，现在预见到未来，这样一眼看到底的生活有什么意思。"谷仓向易舟抱怨。

刚升任县委后勤办主任的易舟每天忙得不可开交，谷仓对自己有钱有闲日子的抱怨无异于炫耀。他斜视着谷仓说："别身在福中不知福，我一天到晚跟在领导后面伺候，从吃喝拉撒到衣食住行，自己想痛快吃顿饭都难，哪有空儿想未来。未来？未来就是虚空。"

"即便未来是虚空，我也依然乐此不疲地向往。"谷仓说完，两手枕在脑后，无限神往地看着天花板。

"你呀，就是没有媳妇管着，闲的。"易舟笑着说。

等媳妇也找了，谷仓心里还是空落落的，在谷丰考上大学让他转"粮食迁移关系"的时候，他郑重地对妹妹说："考出去就别回来了，这里太闭塞了，看场电影都是十年前的片子。没意思，这样过一辈子太没意思了。"

"别想三想四的，好好工作，带好穗儿就行啦，等你年龄再大些你就知道了，人这一辈子啊，图的就是个平安顺遂，大起大落的不是日子。"舒文语重心长地说。

谷仓不否认这是母亲的经验之谈，但对他而言太过于陈腐，就像强迫他把日子按进充满臭味的沼气池一样。

谷丰对哥哥饱含同情，她对着妈妈的背影做了个鬼脸，以示对哥哥的声援，她说："爸妈有些阅历，可他们从不曾真正认识生活，没感触到它的精神、它的心灵，在他们看来，生活是没经过改良的一团粗糙的材料，需要他们来加工。然而生活不是材料，不是物质，它本身具有不断更新和成长的能力，它永远会在平衡协调中改进变化，而这不是一整套迂腐的理论可以概括的。"

谷仓似懂非懂地听完妹妹的话后更加难过，有种被时代淘汰的感觉，就像自己所在的单位粮库，失去了往日的辉煌，真应验了那个交公粮人说的话——交公粮已经要上门催促了。粮改从1992年开始发出信号，每个粮食人惴惴不安凭着本能做着本职工作，没有出现敷衍、拖沓现象，但想精益求精已很难了。

这天熏完仓，老关照例要查点药品，以免丢失被误食中毒。他发现居然少了五十片磷化铝。磷化铝是高毒性无机化合物，主要用于粮食杀虫，每吨粮食只需要三五片，每立方米仅用一两片，丢失这么多，很可能有一个粮仓药品重复放置或者遗落在仓房里面了。按《药品管理手册》要求，他本该和每个仓库保管员进行核对，但他没有声张。封好的仓一般三个月内不会打开，到那时，也许药效早没了——他心怀侥幸地想。

"磷化铝过量会怎样？"回到宿舍，老关装作不经意地问谷仓。

"会中毒死人。"谷仓躺在床上，翻阅着一本《股海浮沉》。

"直接闻到会中毒,你说放到粮食里没事吧?"老关问。

"放置药品有规定,如果过量粮食会有毒的,你想想,粮食有毒人还能没事?还不是要中毒。"谷仓心不在焉地回道。

静默,没有回答。

谷仓发现老关心事重重的样子,便疑惑地问他:"咋啦,药没封闭好泄露了?"

"不是,丢了五十片。不知落在哪个仓房了。"

谷仓一个鲤鱼打挺从床上跳下来,着急地说:"那可不是小事,趁着刚熏仓,药品还没来得及挥发分解快去找啊,晚了人就不能进仓了。快点查。"谷仓说着,拉着老关就往外走,站在门口一声吆喝:"喂,各仓保管员听着,谁剩余的磷化铝没带出粮仓啊?"

"哎哟,"刘辉从旁边屋里蹿了出来,"我的,我的,我给忘了,我放在粮食仓板上了,用报纸裹着,本想下来带着,没想到给忘了,这可咋整啊。"

"去拿出来啊。"谷仓说。

"谁拿?我才不去呢,那玩意儿毒性太大,进去就出不来了。"刘辉说着,头摇得像拨浪鼓。

"时间再耽搁更来不及了。"谷仓着急地说。

"那我也不去。"

"粮仓钥匙呢?给我,我去。"谷仓说着,回屋拿了一件长袖外套,用绳子把裤管、袖管系紧,又拿出一条毛巾在水里浸湿,抓起钥匙奔着5号仓门走去。老关和刘辉紧跟在后面。到了仓库,他沿着焊接在水泥墙体上的铁梯子一下一下爬到仓口,用湿手巾捂住口鼻,打开铁锁。仓门一开,里面飘出一股辛辣刺鼻的味道,老关和刘辉忙闪到一边。谷仓纵身一跃,跳进仓里。

过了一会儿,老关在外面喊:"谷仓,没事吧?"

没有回应。

"谷仓,找到了吗?找不到算了吧,快出来。"刘辉在喊。

还是没有回应。

老关急了,对刘辉说:"快找人去,我上去看看。"

刘辉连忙往宿舍跑。

老关攀着梯子正要往上爬，仓口扔出一个塑料包裹的纸包，随后谷仓从里面探出头来。他好像喝醉酒一样，跌跌撞撞地封好小仓口，攀着梯子往下来，在爬到一半的时候，他突然手一软，砰的一声闷响从铁梯上面摔了下来。

老关忙跑上前把谷仓抱在怀里，喊着："谷仓，谷仓。"

谷仓摇摇头，说："没事，就是头晕。"

"你这是中毒了。"老关着急地说。

这时刘辉带人跑了过来，一群人七手八脚把谷仓抬进屋里，换衣服，擦身子一通忙活。谷仓先前只说胸闷，大口喘息几下之后，头一歪，陷入了昏迷。

一天之后，谷仓在医院醒了过来。老关守在病床前，见谷仓睁开眼睛，一拳打在谷仓胸口，骂道："你他妈的不要命啦，没有任何防护措施怎么能待那么久，真死了，你爹娘、老婆孩子谁管啊？"

谷仓笑了笑，虚弱地说："我想上去一次弄彻底点，发现报纸里没有五十片，我就围着仓面找，转这一圈下来胸口就憋闷得喘不过气来。"

"是不到五十片，其余那些都在8号仓了，这个王八蛋根本不按规定放药，他自己都不记得放了多少。对了，发生这么大的事故局里派人下来复查，你猜怎么着？我的娘啊，32号仓是空仓。"老关面部表情夸张地说。

"空仓？不可能，每月报表我看了，里面有三百多吨粮食呢。"谷仓不信。

"是，我也不信，每次熏仓保管员都领药封仓门，可三年了，你可见那个仓的粮食动过没？过三年就是陈化粮，需要出库轮换新粮，你可见过轮换？"老关一副神秘的表情。

谷仓很是疑惑不解，心里暗想：这么多的粮，怎么能在众人眼皮底下没了呢？

谷仓出院不久，就接到了任命通知，被任命为云水镇粮库副主任主持工作。薛主任因私自倒卖粮食被移交检察院。

谷仓没想到，自己上任后迎来的第一件事就是追缴公粮。曾经排队上缴公粮的情景成为历史，听到越来越多的话是："地谁爱种谁种，反正我没粮食可交。"

自大饥荒以来乡下人口外流最严重的第二次浪潮开始了。

第十六章

二

最先发现土地荒芜的是舒文，她从田里采蒲公英回来，对谷子青说："老槐树林南边大洼是谁家的地啊？怎么草比苗还高半截，旁边沟里花花绿绿的农药瓶子堆得倒是不少，瓶上的标签都掉色了，想必是有日子没给庄稼施肥打药了。"

正在抄写中药处方的谷子青想了一下，说："哦，是村北头廉思的地，就是庆裕的侄子。他家地能不荒吗，躲计划生育四五年了，听说老四又是个闺女，只好继续在外面飘着，他是不生儿子不回村啦。"

"是他呀。"舒文边择菜边同情地说，"唉，也难为他媳妇了，怀老三的时候躲在庆裕家，早晨五点乡里来人抓她，她大着肚子愣翻院墙跑了，哎呀，那天雪下得那个大呀，她自己冒着雪走了十里地去了廉思他姑家。想想就可怜。"

"想不开。"谷子青说完，头重又埋在书里。

"这菜要新鲜着，还是要晒干了泡水喝？"择好了蒲公英，舒文端着盆准备去清洗。

"晒干了泡。你不是血压高嘛，它对降血压血脂都有好处。"谷子青说。

"村里人都说你吃饱了撑的，学城里人吃野菜。"舒文说着笑了，凑近谷子青调侃着说，"喂，你总说你祖上世代行医，可听说医术也就那么回子事，没少被人堵门骂大街。"

"你听谁说的？"谷子青急了，指点着桌上一摞摞泛黄的线装古籍说道，"不世代行医哪来的这些书？还不是祖上留下的，你看哪家有这些东西。"

看谷子青着急辩解的样子，舒文更开心了，她把盆卡在腰上咯咯咯笑着，学着电视里的模特扭动着边走边哈哈大笑。她走到门口，又转过身，故作嗔怪地警告他说："咱可说好了，让我喝出毛病可不行。"

舒文的话让谷子青心里很不舒服，采摘蒲公英泡水保健的记载他查找过很多书，现在听来，好像自己是在让家人做实验的小白鼠一样。

谷子青一直忌讳提爷爷和父亲的死，虽说不上屈辱，但也不是很荣光，至少和行医世家的名号不相称，这也是他埋头苦读决定重振家门的原因——总要给子孙一个体面嘛！对此，他是极为谨慎的，父亲遭受田生娘堵门骂街的情形深深刻在脑子里，他绝不能让类似的事件再发生。

"那你别喝了。"谷子青赌气嚷道，"俺也没求着你。"

"呦，真生气了？就和你开个玩笑，好啦，我喝，娘都说了，这个家呀和中医有缘，这是老天给的治病救人的造化，虽说有堵门骂街的，那也就是一两个，你想老人家行医那么多年，该给多少人治病啊，治好那么多怎么没人言语呀。别生气了，我喝，我喝，我是你媳妇你还能害我吗，这个理我懂。好了，别生气了，我该给娘做饭了，她感冒好几天不想吃东西，今儿说想喝疙瘩汤，别生气啦，啊。"舒文说着出了门。

看着舒文的背影，再回头伏案写字的谷子青心里乱了起来，书页敞开着，上面密密麻麻的字就在眼前，他却感觉下了一场雨，把一个一个字模糊成一团墨迹。"媳妇。"他嘴里嘟囔着。唉，世界上所有的开幕需要仪式，唯有爱，以猝不及防的方式突然来临，却要用一世的修行慢慢包容。他为自己对田禾念念不忘而心存愧疚——但也只是愧疚，忘还是忘不了。唉！他暗自叹息着，为眼前这个为了自己甘心付出一切的女人。

也就一闪念的工夫，谷子青随即被书里的章节吸引。

他写了两个方子，想起舒文的话，便走到厨房想帮舒文干点活。刚好舒文盛好疙瘩汤，见他进来，便说："你先吃饭，我给娘端过去。"

"俺去吧。"谷子青说着，接过飘着绿葱花的汤碗。

谷子青娘从春天开始身体就犯懒乏力，恹恹无神。谷子青撩开东屋门帘，屋里有股子梅雨季的潮霉味道。谷子青娘倚着被垛坐在床上，身上盖着冬天的棉被，正望着窗外满树枣花愣神。见谷子青进来，她欢喜地转过头来，说："正想和你说呢，刚打了个盹儿，你猜俺梦见谁了？梦见你爹了，他就在院墙那边，露出大半截子身子喊俺，让俺和他走。俺还纳闷，你说咱家新垒的院墙这么高，他怎么能够露出大半个身子？他得多高啊。"

谷子青见娘今天双颊泛红，眼睛清澈有神，精神特别好，心里也很高兴，便对娘说："爹准是记挂您的身体，等您身体养好了，俺去给爹烧刀纸去，让他放心。"

他娘看看谷子青，突然笑了笑，没再说话。

"来，娘，喝点疙瘩汤吧，里面放了新鲜的小葱和黄瓜丝，清香，不腻，您喝点。"谷子青端着碗，跪坐在娘跟前。果真，一股沁人心脾的清香扑面而来。

娘显然很中意，先用力闻了闻，说："真香啊，自家地里的？"

"是啊，咱自家种的。"

"吃不了就送人些，外面买的农药太多，自家种的稀罕。"

"行，你放心吧娘，咱家的面都是自家小麦磨的。现在都弄假的，易舟说现在是'互害式生存'状态。"谷子青说。

谷子青娘接碗的手停住了，疑惑地问："啥叫'互害'？"

"就是卖包子的不吃包子，烤羊肉串的不吃羊肉串，因为都是用乱七八糟的肉和调料配的，根本不能吃，就成了俺做纸壳包子给你吃，你做皮鞋果冻给俺吃，互相伤害。"

他娘痛心地说："唉，这不是自己糟践自己嘛。"

"可不是，都是因为钱。"谷子青说，"哎，您别动，俺喂您。"说着，用汤匙舀了面汤送到娘嘴里。

"嗯，香。"娘边咂摸嘴边夸奖。

多半碗疙瘩汤谷子青娘一会儿就吃完了。"还吃吗？"谷子青问。

"不吃了，饱了。"吃饱饭的谷子青娘精神出奇地好，"你去吃饭吧，一会儿就凉了。"娘嘱咐谷子青。

"俺吃过饭再来陪您啊。"谷子青说着下了炕。

"对了，俺送老的衣服晒了没呀？"谷子青娘突然问道。

按照当地农村的习惯，老人年龄大了家里会提前准备寿衣、寿材，据说是增寿讨喜的意思。虽然按照习俗给娘准备了这一切，但谷子青很忌讳，很少提这样的话题，更别说每年晾晒衣服了——坏了就买新的——现在娘提起，他心里很不舒服，再加上娘身体不太好，心里更加别扭，便说道："什么？哎呀娘，咋想起那玩意儿了，您安心养病，就您这饭量，保您三天出门看花，漫地漫洼里都是花花草草，好看得很呢。"

谷子青娘喜欢花，她也知道儿子哄她高兴，便也做欢喜的样子说："好好，去看花，你陪娘去看花。"

回到厨房，谷子青心里还是欢喜的。舒文也很高兴，说："既然娘爱吃这口，晚上再给娘做。"

谷子青透过窗子看了一眼院墙，对舒文说："娘梦见爹了，说就在那堵院墙上喊她。"

"喊她做啥?"舒文一愣。

"喊她走,和爹一起走。"

舒文没再说话,脸上明显多了一层愁容。

"怎么了?"谷子青问。

"我感觉不太好。"舒文停下手里的活儿,把勺子搭在锅沿上回头对谷子青说:"我是听萨满说的,她说病人梦到死去亲人的招呼,是濒死的预兆,是要去和死去的亲人见面。"

"呸呸呸,"谷子青脸一黑,一连呸了三声,呵斥舒文说:"你懂什么,你在蛮卡屯才待几天,再说了,萨满就是封建迷信,这种话你也听,亏你还识文断字受过教育。别想了,吃饭。"

话虽说不想听,谷子青还是匆匆吃了几口,放下碗,围着院墙转了一圈,随后去了东屋。

娘依然倚靠着被垛坐着,头耷拉着,睡着了似的。

"娘。"谷子青叫了一声,娘没有反应。

"娘,躺下睡吧。"还是没有反应。

谷子青忽然觉得有点冷,置身在冰窟一样,彻骨瘆人地冷。"娘,"谷子青提高声音,又叫了一声。娘依然没有反应。

"娘啊,俺的娘啊。"谷子青明白了,一下瘫坐在炕上,双手使劲捶着炕面,趴在娘的面前放声痛哭。

舒文把筷子收起,把碗摞在一起放到锅里,又转身把剩菜拨到一个碗里,刚打开菜橱纱门,就听谷子青一声号哭:"娘啊,俺的娘啊。"舒文一个激灵,像三九天被兜头浇了一桶凉水,手里的菜盘哗啦一下掉在地上摔得粉碎。

她知道自己应该马上去东屋,去看娘,但她被施了咒一样僵在原地,一步也动弹不得。她突然觉得嗓子发痒,"咳咳咳"忍不住一阵深达肺底的咳嗽。喉咙有点发腥,她抹了一下嘴,血?是血?舒文掌心里一抹殷红的鲜血。

看到血,舒文并不慌张,心里反倒踏实了,似乎这是长久以来自己期待的结果,但她还是有些难过,既不是因为吐血,也不是因为逝去的娘,她就是觉得难过,为命运,为每一个磕磕绊绊在世上行走的人的命运难过。

第十六章

那就先哭吧,她对自己说,眼前无论哪种状况都应该成为自己痛哭一场的理由。怎么哭呢?一直以来习惯于隐忍,即便在巨大的悲痛面前也只是无声地啜泣,任悲伤在胸口波涛汹涌也不肯发出一声哀鸣。为什么?为什么我的人生是这样的?舒文看了看掌心的血渍,它像一枚鲜艳的杜鹃花瓣静静绽放,巨大的悲哀和挫败感忍不住让她脊背发冷。没有任何征兆地,她痛哭了起来。

因为舒文的病,谷子青娘的葬礼隆重而仓促,每个人面带忧虑,怀揣着同一件心事却又商量好似的选择噤口不语。

谷子青从没想过舒文对于自己意味着什么,仿佛她就是夏季的一片小白桦林,地上遍布着清新的小草,天空飘荡着如絮的白云,对她用不着掩饰自己牛犊似的又蹦又跳的狂喜或者苍鹰一样桀骜不驯的任性,用不着去挂念、担心她会离开。

她用一种几乎是对孩子一样纵容的溺爱眼神怜悯地看着他,为自己得病不能继续照顾他而面带歉意。

"去住院吧妈,求你啦。"谷仓几乎要跪在舒文面前。

舒文并不为所动,她冷静地说:"癌症晚期有治好的吗?你们别劝了,我决定让你爸用中药治,能活多久是我的命,我认了。"

"还是去医院吧,俺就看了几本书,连赤脚医生都算不上,癌症也分部位,动手术割下去就没事了,去吧。"谷子青说,烟在指缝间微微颤抖,像他的声音。

"不去。"舒文很坚决,"我剩下没多少日子了,你就忍心让我在医院里让人用刀割?我们就别分开了。"她对谷子青说,然后对着守在眼前的儿女说:"就这样吧,你爸能治疗到什么程度都是天意,别劝了,让我自己做决定吧。"

面对舒文的决定,谷子青嘴上反对,但心里并没有那么坚定,暗想,西药治疗的结果基本看到底了——半年生存期——也许中医能创造奇迹。他不知道,随着侥幸一起浸在心里的还有后悔,它就像个霉斑,在五个月后把他猛地击倒在炕上,整整躺了十天,而谷仓也因提前一个月失去母爱而对他心生仇恨。

深秋了,小小的干枯的柳叶,仿佛委屈似的蜷成一个个小圆圈,铺满壕沟。谷子青牵着舒文的手在田里散步。

舒文面色憔悴,好在精神不错,看到被风裹挟堆积在沟渠下的枯树叶,孩子一样跑过去不停踩踏,听干枯树叶破碎的沙沙声开心地笑着。谷子青看着自己的女人,就像看一朵日渐枯萎的玫瑰花,心里焦灼却又无能为力。处方已经更换了三个,看来目前的方子还不错。

那就再吃一周。谷子青想。

拿定了主意,谷子青心里轻松些,举目四望,田野里空荡荡的。还是当年的那方田,却再看不到人在田间劳作的情形。

人都去了哪儿啊?

没有听到羊的叫,单凭风送过来的青草味道,谷子青就知道傻林回来了。傻林养的羊不叫,随他。他瘦,他放的那七只羊更瘦,草好像吃进了傻林的肚子里。傻林长着一张国字脸,无论四季,羊鞭子都是双手揽着抱在怀里,珍贵得像命。

鞭子他也只是搂着,从没见他扬起过一次。

谷子青装作没看到他,扭身想叫着舒文往回走,身后却不出所料地听到傻林高喊一声:"婶子,还能吃下碗饭不?"

在他看来,能吃下一碗饭就证明身体健康。

舒文回道:"吃得下,吃得下,你放羊回来了?"

谷子青很气,心思一转,心想也不厚道一次,便仰起头,故意问道:"今天羊没丢啊?"

庄户人家,能偷的东西不多,也就是牛羊。开一辆三轮农机车,打开后车档,用一块宽点的木板,斜搭在地面和车斗之间,把牛牵过来,在木板前站定,抓住牛的尾巴拧两圈,猛地用手狠狠捏一下尾巴尖,牛就会疼得一下蹿上车。牛对一家一户来说,是个值钱的大物件,家家都看得紧,所以一般偷牛大都是在夜里下手。而偷羊就简单多了,小羊羔直接抱到车厢,大羊跑得快,就用预先准备好的长铁棍狠敲羊的膝盖骨,打折羊的腿,由两人抬上车。细算起来,羊已经不能算偷,而是抢了。

放羊人一般都是独来独往,地点偏僻,遇到抢羊的,大都象征性地拦——都是赌急眼的混混儿,没有几个人敢和他们真拼命。偷羊和偷牛不同,牛是农耕工具,判得重,羊算什么,就算被抓住了罚点钱又出来了,真结了仇还指不定出什么事,所以放羊的人遇到抢羊的也就忍了,何况傻林本就木讷，没等回过神，车早已经开走了。

舒文知道谷子青因为傻林的话心里不自在，但还是扽了扽谷子青的衣角，暗示他别太刻薄。傻林却也不当回事，认真回道："没呢，有些日子没丢了，你说是不是人变好了？"

他不合章法的回答，反让谷子青不知怎么接了，便赌气不理他。

傻林憨，但也不傻，有时看到他猛地哈哈大笑，别人看起来没有来由，其实不然，他是因为头天晚上听到的笑话现在才品出滋味来。所以，他也看得出眉眼高低，见谷子青背着手在地里转悠看都不看他一眼，也觉得臊得慌，便不再停留，跟在羊的后面边退边对舒文说："婶子多吃饭啊，多吃饭啊。"

舒文笑了，回道："好，我多吃饭，多吃饭。"

捕捉着枯草断裂和羊咀嚼发出的声音越来越远，谷子青才转过头来，看着傻林远去的背影倔生生地说："哼，吃吃，就知道吃。"

"没事，"舒文推了他一下说，"你又不是不知道，他见谁都问——'吃下一碗饭不？'"舒文学着傻林的语气说完，俩人都笑出声来。但彼此都看出对方笑意里的苦涩——舒文早已吃不下半碗饭了。

三个月了，舒文的气血被掏空了，她的灵魂游离在肉体之外，看着肋骨毕现的自己她无助地哭泣，曾经红彤彤的脸颊塌陷了，眼睛深陷在眼窝里，脖子下垂着一层松垮的肉皮。她开始讨厌镜子，她用布把所有的镜子都遮挡起来，并第一次对全家人发出严厉而执拗的警告——不许打开。

她讨厌进食，但却坚持喝谷子青熬制的任何汤药，即便喝完不消一分钟就呕吐出来。谷仓哭着说："这是妈妈强烈的求生欲望。"只有谷子青知道，这是舒文用行动给自己学医的鼓励。

她已经无意听从别人的意见，按部就班地按着自己的方式和生活做着最后的告别——耕种过的地走了一遍，家里的衣柜、厨具、柴房……看了一遍又一遍，养的鸡、狗、兔子、驴，用最好的吃食亲手又喂了一遍，剩下的时间她变成了谷子青的影子，日夜黏在一起形影不离。

"白芷没了，俺去买点草药马上就回来。"窗外北风凛冽漫天飞雪，谷子青和她商量。

"一起去。"躺在被子里的舒文说。

谷子青看看外面湿滑的地面，又看看虚弱无力的舒文，和声细语地劝道："外面太冷了，俺买了就回，你别去了。"

"去。"舒文声音孱弱，却又带着小女孩撒娇的蛮横。

"好，好，去，咱去。"谷子青答应着，去收拾三轮车，车上铺了两层褥子，上面盖了两层被，又在三轮车车厢四个角绑了四根竹竿，竹竿上面用塑料布和棉布围得严严实实，就像一顶制作粗劣的花轿。

舒文偎在被子里，看着谷子青在前面顶风冒雪扭动的身体，她满意地笑了——嫁给他，值了。清冷爽利的空气从缝隙里钻进来，她贪婪地呼吸，仿佛要把隐藏在身体血肉、骨缝里的污秽全部呼出去，换一个崭新的自己。

她看着越来越远幻化成一片黑影的槐树林，心里充满悲哀。要多久？十天、一个月，最长不会超过一个月了，医生判定的是活不过半年，那时，自己将会被埋葬在那里。

突然，舒文感觉到车在减速。

"咋啦？"舒文撩开一道缝隙，一股北风呼地钻进来，把刚吐出的两个字，又呛回喉咙里。但就在这一瞬间，她看到一个女人在风雪里孤零零地走着。

车子越走越近，车速越来越慢，在即将与女人擦身而过的瞬间，车子几乎停了下来。

舒文用金属保温杯使劲敲车厢铁板，"咚咚咚"的声音让谷子青停了车。他绕到车厢后，撩开帘子问："你咋啦？"

"捎着那个人吧，这么冷的天会冻坏的。"舒文吃力地说。

谷子青不动，也默不作声。

谷子青平时是热心的人，他的迟疑让舒文感觉不对劲，问道："那是谁啊？"

谷子青看看舒文，还是默不作声。舒文扭身一看，竟然是田禾。

她迷惑地看着谷子青，又探头看看田禾——田禾对周围发生的一切置若罔闻，既没回头看一眼停在身后的车，也没感受到风雪的凛冽，她仿佛置身在另一个世界，不避风雪和寒冷，昂着头，大摇大摆地往前走，虽然瘦小的身体被吹得摇摇摆摆，也不低头缩肩。

"俺不知道是她，真不知道。知道她有毛病，她家里人也不知看着，这么冷的天……"在舒文疑惑的目光下，谷子青慌忙解释，以表明这是偶然邂逅，而不是一场预谋相见。

其实不用解释，几乎整个村子都知道田禾傻了，遇到雨雪天气就往外跑，她的记忆随着身体衰老，一点一点又还给了时间。反倒谷子青左右顾盼的眼神和欲言又止的话里隐藏的心疼，让舒文心里不自在起来。

"叫她上车吧，会冻坏的。"看着渐行渐远的田禾，舒文吃力地吩咐道。

谷子青看看舒文，又看看风雪中摇摇摆摆的田禾，小声答应着，快步追了过去。

一会儿工夫，帘子再次被掀起，田禾裹挟着风雪上了车。车上暖和，田禾身上的雪开始融化，顺着花白头发滴滴答答滚落到脸上，再看田禾身上披的衣服，舒文的心被撕裂了一样疼——那是谷子青穿的黑色棉服。

这哪里是一张老年人的脸啊，舒文打量着田禾——一张被冻得煞白的瓜子脸上挂着一抹羞涩绯红，眼睛里满是跳跃的喜悦。舒文撩开被角，示意她盖上被子暖和。而田禾像不认识舒文似的，躲避着，像个暴露心事的小姑娘，羞怯地连连摆手，蜷缩在一角，透过塑料布的缝隙痴迷地看着谷子青。

车速又快了起来，穿着单薄棉衣的谷子青似乎并不怕冷，他用力地蹬着，因为载重增加的缘故，身子扭动的幅度更大一些。

"活该。"舒文看着谷子青又是心疼又是气，一种叫做妒忌的刀，正把她从头到脚分割开来，她眩晕痛苦，疼得哑口无言。还有一个多月就过年了，不知道自己还能不能吃到年三十的饺子？从此后，人世间的春华秋实、繁华盛景都与自己无关了。看着眼前陷在甜蜜里的田禾，舒文伤心不已，人这一生，也许只有爱才是永恒，才是艰难生活里活下去的唯一动力。眼前这个男人啊！想到他，舒文的泪水一下涌出眼眶，无声地抽噎起来。她把头转向车外，苍茫茫的大地一片洁白。自己再等不到院里的桃花开，再看不到麦子成熟，甚至等不到麦子返青，等不到那从干硬的土里，从沙砾石头的缝隙里钻出的嫩绿的芽。唉，人啊，为什么就没有重生的机会？人生一世，草木一秋，人比不得草木啊，既没有春风吹又生的本事，又没有屹立千年的生命力。什么永远，根本不是时钟或日历的时间概念，而是特指某个人某件事存续在别人记忆中的长度，唉，当自己生命终结，永远也就产生了。舒文这样想着，心和身体一起，随着沸扬的大雪冷了下来。

不知是受冷着凉，还是病情恶化的缘故，从那次买药回来以后，舒文开始发低烧,她完全陷入了无能为力的境地,只剩下一双空洞的眼睛看着眼前的一切,却无力表达自己的意愿——谷仓指责谷子青不该带母亲外出,谷子青垂着头,像个做错事的孩子。

她已经说不出话来。她用目光寻找着谷仓的眼睛,使劲寻找:谷丰,我不喝水。谷穗,好孩子,去安抚一下你爷爷,他低着头不是因为自己做错了,他没觉得自己错,是因为他眼里有泪不想抬头让你们看到。谷仓,我的好孩子,看看我,看看我,不要忙着指责你父亲,那是我最幸福的一次出行,像个新娘一样坐在轿子里,不要指责他,看看我,看看我……

但谷仓终究没有看她,在谷仓愤怒的指责声中,舒文惆怅地闭上了眼睛……

在立春到来的第二天,舒文走了。

她终究死在了春天里。谷子青由此感到莫大的安慰。对于喜欢花草的人来说,春天有着特殊的意义,不是吗?他问自己。

没有失控的悲恸,仿佛一切已经在每个人心里预演了无数次,大家按照各自分工做着自己该做的事情。

一贯由舒文照料的家畜感知到了悲伤似的,一大早,几只芦花鸡就跳上老槐树,蹲在树杈上瞪着惊慌失措的小眼睛,一副惊魂未定的样子;虎子像只灰溜溜的老鼠,夹着尾巴,无声地在匆忙来去的人群中闪躲;驴是唯一不安生的,它大半个身子越过食槽探出牲口棚外。先前它还算是安静的,当舒文的棺椁被抬着往门外走的时候,它开始发出痛苦怪异的呻吟,继而开始挣扎,用力挣拽拴在墙上铁环里的缰绳。

有人训道:"别闹腾,再闹腾就宰了你这个没用的家伙。"

是的,都用机械收割了,它没用了。但它还在挣拽,用比先前更猛烈的劲头。就在人们都走出院门走向巷口的时候,只听哗啦一声,嵌进墙体的铁环硬生生被它拽了下来。它拖着缰绳往外跑,追上人群,追上舒文的棺木,扑通一下趴倒在送葬的亲人旁边。

人们议论纷纷,都说这头驴仁义。在人群里,深陷在巨大痛苦里的谷子青突然发现了田禾,她正眼神复杂地看着自己,一直压抑悲痛的谷子青终于忍不住,像受了委屈的孩子一样抱着驴,老泪纵横。

人群里随之又响起一波撕心裂肺的悲恸哭声。

三

舒文走了，谷子青感觉自己是被舒文遗忘在春天里的最后一粒种子，他用一株植物的静默，每天孤单地站在树下，听风，淋雨，等待舒文折返的身影。

"去城里吧，"易舟对谷仓说，"这样下去大爷精神会扛不住的。"

"我不是没想过，地倒没事，现在都用机器播种收割，鸡、兔子卖掉就行，可就是那头驴怎么办呢？那可是我妈心爱的东西，我爸未必舍得啊。"谷仓犯愁地说。

"那就想办法，反正早晚也要卖，现在农村谁家还养驴啊。编个瞎话骗骗老爷子。"易舟说。

想到驴，谷仓耳边就响起叮叮当当的铜铃声。

阳光穿过窗棂，斜映在西墙上的一行特大黑体字——"中国共产党第十一届中央委员会第三次全体会议公报"上，有时映在标题上面，有时映在标题下面，但总不会越过全版刊发的报道。墙是用旧报纸糊的。哗啦啦，一阵铜铃声响起，预示着车已套好，驴精神抖擞地准备出发了。这时，母亲会抱着裹好的午饭，从厨房走出来递给父亲。父亲照例会咳几声，有时，他会咳得很深，那一定是阴天，用几声从胸腔发出的沉闷咳声，发泄对恶劣天气的不满。又一阵清脆铃声，谷仓知道，父亲和驴出发了，而自己和谷丰，也该起床上学了。

铃铛是纯铜的，金黄色，是谷仓在集上买的，已经好多年没见了。现在驴脖颈上空荡荡的，只剩一绺红布缨子，黑酱酱的看不出一点红色的迹象。谷仓有时想，即便铃铛在，铃声也不会清脆，毕竟是头老驴，动都懒得多动一下了。

一头衰老的驴子有什么用呢？除了做成驴肉汤。它还不如村西头谷四媳妇——那个侏儒一样的傻女人。她经常被谷四出租给讨债的人，去撞欠债人的车，或者去人家家里静坐。没人租时，她就瞪着一双间距过宽的眼睛，忠实地守卫着自己家的门。进来，怎么都可以；出门，哪怕是冬天手冷插进袖筒，她也会猛地冲过来，必要看着你两手空空地离开才行。

夜深了，天空没有一丝亮光，星月连同整个世界坠入了一团浓郁的黑里。

听着穿过树林缓缓逝去的那阵风的呼啸，谷仓有点焦虑，惊雷轰隆隆从屋顶滚过，雨点敲打红瓦片，一道闪电撕破暗夜，照亮西院厢房牲口舍。黑漆漆的夜，像一张饥饿的嘴，随时准备吞没一切。

刚刚下炕，谷仓踩到了父亲湿漉漉的布鞋——谷子青还沿袭着舒文的习惯，刚给驴添完草料。那头驴一定是醒着的，谷仓想，它一定又躲在东北角，把头埋在墙根，像小时候怕挨父亲的打，自己战战兢兢地躲在驴肚子底下一样。

明天，它又能往哪里躲呢？谷仓想着，叹了口气，不禁有些忧伤，便把头从玻璃窗边移开，裹了裹被单，重又躺回炕上。

谷子青也重重地叹了口气。

谷仓忙侧耳倾听，又没有了声音。那叹息，好像只是幻觉，是入睡前空茫的气息。屋里重又陷入一片沉寂，一种故意屏住呼吸令人惴惴不安的沉寂。

从凌晨三点，谷仓被淅淅沥沥的雨声惊醒后，就再没睡踏实。谷子青摸着黑，把一床薄被小心翼翼地盖在他身上。他佯装睡熟，故意一动不动，心里把对这场不合时宜的雨的怨怼转嫁到父亲身上——他心里一定窃喜，认为老天都在帮他和那头驴——虽然下雨和谷子青没有一点关系。

谷仓想，父亲对母亲的爱，应该始于母亲病逝后。在他印象里，父亲和母亲就像钟表的分针和秒针，虽然沿着同一方向同一轨迹运行，但所有的重合仅限在吃饭、睡觉以及亲友婚丧嫁娶的场面上。可是自从母亲走后，仿佛一夜之间，父亲完全接受了母亲的观念、生活方式，甚至对谷四媳妇的傻都有了颠覆性的认知。

谷四媳妇念谷子青的好，是因为谷子青救过她，但没能救回她的孩子。当时，谷子青赶着驴车，垂头丧气地往村里走。拉货都换成机动车了，驴车没人用，他又一天没拉到活儿。这时，他看见谷四媳妇挺着四个月的大肚子，正踉踉跄跄地往村外的砖窑厂跑，血顺着裤管流到了黑布鞋上。谷子青强行把她拉上车，赶着驴掉头去了乡卫生院。幸亏送来得及时，她保住了命，但小产了。谷四媳妇惨白着脸，对着医生呜里哇啦说个不停，后

第十六章

来通过谷四才弄清楚,是几个坏孩子拿石头打谷四媳妇。农村日子寡淡,没事拿谷四媳妇打个趣也是有的,不过被她骂几句,哈哈一笑就过去了。可这次不同,石头打在了谷四媳妇的肚子上。按她的说法,小孩衣服都做好了,打坏孩子,衣服谁穿啊,所以,他们骑车子在前面跑,她舍了命地在后面追,结果动了胎气。

与其说谷四媳妇念谷子青的好,不如说念驴的好更准确。从那以后,她没事就来谷子青家,推开门直接奔西院牲口舍。驴不在,她转身就走。驴在,她就坐到门槛上晒太阳,和驴说话。

迷迷糊糊醒来,屋内依旧潮湿暗沉,窗外,苍茫阴郁,一团团鹊灰的乌云在半空盘桓不散。雨停了?!谷仓一阵暗喜,心想,今天一定要把驴卖掉。

院子里湿漉漉的,雨水顺着屋檐往下滴。走出院子,谷仓的心不禁一沉。黄土巷子,已经被浸泡得泥泞不堪。巷子里到处是小水洼,像散落一地的玻璃镜片,泛着幽幽的冷光。村内尚且如此,可以想见,那条通往村外的土路会变成什么样。

谷子青用刷锅水饮完驴,坐在炕角,陪谷仓一起在晦暗的屋里沉默。谷仓不时用眼睛扫视八仙桌上绛红色的电话机,怕它猛地一响,惴惴不安的心会随之跳出喉咙来——约好十点来拉驴,如果提前来电话,只能是下雨路滑,车进不来村。

谷仓很焦急,眼神飘忽不定,偶尔目光和谷子青撞击在一起,会慌张地迅速躲闪开。怎么父亲就不理解自己的心意呢?谷仓心生怨气,忽然觉得这熟悉的房间逼仄阴暗,压抑得让人透不过气来。

吱呀,潮湿的木门摩擦门枢的声音。谷仓和谷子青一起扭头看窗外,是谷四媳妇。她手里提着一个红塑料桶。桶可能有点沉,她使劲歪着身子,吃力地往西院牲口舍走。"又给驴送玉米来了。"谷子青说。他们一起收回目光,继续沉默着。过了一会儿,只听见一阵咣啷的声音,谷四媳妇从院子里拖着他家一只白铁桶走了。谷仓不解地看着父亲。谷子青漫不经心地说:"她下次送玉米会拿回来。"还送玉米?驴今天都要卖了,父亲不会临时变卦吧?看着一脸麻木的父亲,谷仓心里暗想。

没人知道谷四媳妇打哪儿来的,忽然有天,村里四十多岁的老光棍谷四家就多了个女人。问谷四,他只嘿嘿地憨笑。想必是谷四打工的时候捡的，村里人猜测。渐渐地，村里人接受了来历不明的谷四媳妇。关于她傻还是不傻的问题，村里形成了对立的两派，因为智力在她身上，就像是一场愚人节玩笑，不知道哪是真哪是假。

种庄稼不用驴，拉脚不用驴，这头驴就和耧、鞍子、架子车一起闲置着。物件还好，扔哪儿就乖乖地在哪儿，不急不躁，像个铁钉，牢牢嵌在墙里生锈腐蚀。可驴是活物，清闲几天还行，久了就变得有些恹恹无神，尤其是舒文因为下雨柴火湿，取下驴鞍子劈了当柴烧了以后，驴愈发变得萎靡不振。

有天，谷子青把驴拴在巷子口的枣树上，自己和邻居蹲在墙根聊天。驴先还是委顿地卧着，不知怎么，它忽然绕着树像推磨似的转起圈来。一圈、两圈、三圈……缰绳被一圈一圈缠到树上，直到勒住脖子再转不动一步。它的头紧贴枣树，眼神惊惧，四蹄慌乱地踢踏着树下的黄土。

"这头傻驴，还以为在场院轧麦子呢。"有人笑着说。

就在看的人乐不可支的时候，谷四媳妇风一样呼呼跑过去，扯下自己头上的花头巾裹住驴的眼睛，牵着它，又一圈一圈反方向地转，直到把缠在树上的绳子绕开。她大瞪着眼睛，鼓着腮帮子，冲着谷子青气鼓鼓地喘粗气。谷子青说："谷四媳妇遇到驴，就不傻。"

从那以后，谷四媳妇只要在家，就会牵着驴围着巷子口的老枣树转圈儿。以缰绳为界，左转、右转，她走累了，就倚着老枣树坐到地上和驴说话。她似乎和驴有很多话讲，眉飞色舞叽里呱啦地说个没完，说到开心的地方，她咧着大嘴哈哈大笑，驴听懂了似的，也咧着嘴叫个不停。

她和驴在树下聊，谷子青和朋友在树旁边的巷口聊，她和驴聊得比谷子青他们热络。他们常常会突然中断话题，被她和驴吸引，静静地看着她笑。谷子青嫌她左转、右转麻烦，就在枣树上系了一个大皮圈，这样缰绳就不会缠到树上，而会随着驴转圈。谁知，谷四媳妇习惯了缰绳紧了就反方向转，这次皮圈松垮，她牵着驴一直往一个方向转，一圈、两圈、十圈……转着转着，她猛地摔倒在地。她转晕了。众人哈哈大笑，只有谷子青，闷闷不乐。

牲口舍里传来驴甩响鼻的声音。它终究是老了，声音沉闷暗哑，浑浊不清。

不知从什么时候，它成了村里仅存的一头驴，一头孤独的老驴。去年偶尔还"哎哦"叫两声,"哎"还算响亮,"哦"只在嗓子里打个旋,就像被踩了脖子一样咕噜就咽了下去,声音孱弱得像深秋的蝉。而今年,它索性连叫都不叫了。

算起来,这头驴在谷子青家有些年头了,它还能活着,完全得益于舒文的精心照料。过去农耕,家里还养了头牛,耕田、耙地、拉庄稼的活,全是它们的,谷子青不舍得让这头驴干重活。后来,改为机耕,种用播种机,收有收割机,麦收时,再也见不到打场、晒粮、一家一家牵着驴轧麦子的场景。牲畜没有了用途,就都卖了肉,做成了包子,或者肉汤。据说那几年,牛、马、驴肉都便宜得很。不养牲畜,麦秸、玉米秸秆就没人愿意要了,除了烧掉,就只能粉碎到田里做肥料,只有谷仓家,还用砍刀把玉米秸秆一根一根砍倒,背回家里,再用铡刀切成细碎的草料喂驴。舒文时常看着混杂在泥土里的碎秸秆,心疼得眉头皱成个疙瘩,说:"这搁过去,秸秆金贵着呢,大雪封门的日子,全指望着它烘灶暖炕熬过去。"

其实不用说牲畜,现在农村连鸡鸭猪都懒得养。主妇们站在巷子口,高声吆喝鸡鸭归笼的场景见不到了。为了一只芦花鸡站到房顶含沙射影、指桑骂槐的戏码更是绝了迹。谁会再为一只鸡耽搁时间呢?养鸡场四十天出一棚鸡,猪场六十天出栏宰杀上市,出去打份工,随便买一只炖就行。

不养猪,过年也就没有猪可杀了,也就没了猪头祭祖。渐渐地,连祭祖的仪式都简化了。原来年三十的早晨,覆盖着白雪的广袤麦田里,一簇一簇鲜红的鞭炮屑像盛开的杜鹃花,后人在喜庆里烧纸焚香,恭敬地请列祖列宗回家一起过年。现在简单了,就近寻个十字路口,嘟囔两句,点支香,回家了事。为什么一定要在十字路口呢?想必是图个交通方便,任南来的北往的,总会途径十字路口吧。

想想这头老驴依然在自家的牲口舍里安生地活着,实在是个奇迹。

也许,父亲舍不得卖驴,是因为在他心里,驴不仅是驴,更是念想。谷仓想。

谷仓相信万物皆有灵,哪怕一株植物,悉心呵护和弃之不顾,长势迥异。人与人,人与动物、自然是一个道理,陪伴久了,就滋生了情愫,彼此就有了默契和牵挂。谷子青和驴就是这样。谷子青心梗发作时,疼得满头大汗,靠在村外的老榆树底下动弹不得。驴拉着空车跑回家,焦急地用蹄子在院子里不停踢踏。隔着窗子,舒文瞧见满院子尘土飞扬,感觉不对劲，坐上驴车，任驴拉着，这才找到谷子青，送到医院救了过来。

"这驴好养，不累。"谷子青说，声音轻得像一缕风从耳边吹过。

谷仓没说话，扭头看了看窗外。

"你上学那会儿，多亏了这驴了，"谷子青继续说，"粮食能卖几个钱啊？咱家刚回来那两年，家里经济困难，就指着它每天赶脚挣学费，这驴仁义，不管多晚、多远，就是累了困了睡在车上，它也能找回家。"静默了一会儿，陷在回忆里的谷子青忽然笑了，说："真不知这驴咋想的，用蹄子踢门槛叫门，哐叽哐叽，像打地窖似的。"

"现在哪个村里还有养驴的，白养了它这么多年已经是它的造化，再说，您一人在老家我和穗儿她妈也不放心，卖了驴，跟我进城，我也好尽尽孝。"谷仓说。

"驴卖了去做啥用呢？"谷子青问。

还能做啥用？谷仓心想。健壮的驴除了宰了吃肉都没了用途，何况这样的老驴，但他说的是："有个农场新开发了旅游项目，需要一些驴子、马、牛之类的动物供游客拍照。"

谷子青对这个回答很满意。他点点头说："老驴好，性子温，不翻蹄尥蹶子地伤人，孩子骑还能练练胆。"

谷子青端着簸箕再次去喂驴，这回，他特意捧了两把黄豆掺在里面。

十点半了，窗外又落起了零星雨点。就在谷仓沮丧地想放弃时，隐约从巷子尽头传来机械的马达声，并且越来越近。

买驴的人来了。

他毫无疑问就是屠夫，虽然只通过两次电话，但谷仓自认猜测如同亲眼所见一样准确。他完全符合人们臆想中"屠夫"的形象，身形不高，粗壮敦实，黑红的脸挂满肥腻腻的油，像一块敷着保鲜膜的隔夜生牛肉。手指短粗像平铲，可以想见，它们配合默契，伸进温热的动物腹腔，哗啦一下，整副下水被拉拽到案几下的大铝盆里的情形。过程简洁流畅，只剩下残余的血水，顺着敞开的刀口滴答，追逐着牲畜渐行渐远的恐惧，直至最后一滴血，句号一样，终结了它劳苦的一生。尤其他的眼神，邪乎乎地贼亮，透着遮掩不住的杀气。糟糕的天气，在他贼亮的眼神里又添了一把焦躁的柴，蛇芯子一样吐着一触即发的火苗。

他裹着墨绿色的帆布雨衣，大着嗓门抱怨这鬼天气。他说："路上太他妈滑了,差点翻进沟里,你得再让五十块钱,驴肉本来不值钱……"

谷仓怕他多说话,忙去阻止,可已经晚了。屠夫话没说完猛地愣了一下,站住了。谷仓顺着他的视线扭头看,谷子青端着空簸箕,站在院西榆树底下愣怔地看着他。显然,他比谷仓更准确地看透了这个屠夫,眼睛里充满了空茫和无措。他们就这样僵持着,沉默着,时间在刹那间静止了一样。一根榆树枝悬在谷子青头上,翠绿的叶承受不住雨水重量,雨水顺着叶缘滴落在他的脸上,谷子青像忽然从梦中被惊醒,猛地打个寒战,没看谷仓一眼,一转身进了屋,再也没有出来。

屠夫遭霜打了一样,看了看黑洞洞的窗户,神情索然,想说点什么,张了张嘴,终究没有说出来。

西院是老宅,一直荒废着。后来,谷子青在院里种了些榆树、枣树、毛白杨。三间土坯房,打通了两间做了牲口棚,一间存放草料。十几年的光景,院里树木成林,藤蔓缠绕,每到夏天,红的、黄的、紫的,蝶鸟飞舞,煞是好看。尤其是深秋,暖阳和煦,院里铺满金黄落叶,踩上去,咯吱咯吱,声音清脆悦耳,虽是万物凋敝时节,却没有一点破败感。谷仓喜欢这个院子,每个物件都寻得到故去亲人的痕迹,让他觉得生命有迹可循,像树根深扎入泥土,踏实。两个院子中间原来还有道土坯墙隔着,墙本来就矮,历经多年风吹雨淋,坍塌得比一道田埂高不了多少,一抬腿就能跨过去。

屠夫开的是一辆破旧的农用三轮车,为便于运输牲畜,车厢用铁管加高了半米多。他把车倒进院子,停在两院之间的土坯墙边,放下后车厢板,从车上抽出一根一米多宽的松木跳板,斜搭在敞开的后车厢上,刚好和地面形成一道斜坡。湿漉漉的车厢里散落着肮脏的泥土和动物粪便,散发着污浊难闻的气味,大大小小的铁钩子、铁叉子、粗麻绳等工具混迹其中。工具被雨浸透了,周边一个一个泛着淡红色的小水洼,那红色的,不知道是铁锈,还是雨水沤出来的血渍。在看到那些东西的瞬间,谷仓的眼神慌忙闪躲开,他不想那些工具施虐在驴身上,至少今天不想。

雨大了。走到牲口舍门前,鞋底下的泥已黏成了一团疙瘩,硌着脚心。他们踩着门槛,蹭鞋上的泥。阴郁的光被他们严实地堵在了门外,本就晦暗的牲口舍里黑漆漆的,只闻到一股动物粪便的臭味扑鼻而来。屠夫撇着八字脚先走进去。谷仓皱着眉也跟了进去。驴好像从屠夫的身上嗅到了同伴死亡的气息，四条腿微微战栗，眼神怯怯地闪躲着屠夫，一步一步向后退，直到缰绳紧绷成一条直线，再无路可退。它左右摇摆着脑袋，发出低沉的呜呜咽咽的哀鸣。

谷仓不禁回头瞥了一眼车厢上的工具，心里一阵悲伤。

屠夫果真经验老到。他上前抚摸了几下驴的额头，驴慢慢安静下来。他掰开驴嘴，看了一下，对谷仓说："这驴太老了，皮厚肉糙，不值你说的价钱。"他解开缰绳，牵着它往外走，继续说，"看这驴走路的劲头，就是不宰也没两年活头，就像人，活到岁数了。"谷仓跟在后面没吭声。老话说得好，褒贬的是买主。现在牲畜少，能买到一头驴难着呢，哪还顾得了驴老还是少，他这样说无非是想压价。谷仓不在乎钱，只要驴能卖掉就行。

雨越下越密，刚踩下的脚印，一会儿就被雨水填平了。屠夫抬头看看天，乌云密布，看不到一点放晴的迹象。他牵着驴继续往车厢那边走。距跳板两米左右，驴站住不动。他拽着缰绳使劲往前拽，驴又前行了一米多，抽了两下鼻子，像闻到了什么再也不肯前进一步。他使劲吆喝，驴不动。他站到跳板上使劲拽，它身子往后使劲蹬，还是不动。他走下来，牵着驴慢慢地围着西院空地转圈。驴很配合，任他牵着，慢慢地跟着转圈溜达。转了几圈，他牵着驴又朝车厢走过来。这次驴很顺从，随他发出的指令走上跳板。刚走到跳板中间，它停住了，也就是几秒钟的时间，它又使劲拖着他倒退着走了下来。

"真是头犟驴。"屠夫有点恼，边说着边从车厢里抽出一根皮鞭。皮鞭前端是蛇鞭，尾部是散鞭，由牛皮拧成麻花辫，鞭子的边缘有棱，看着就瘆人。谷子青说，牲畜没有吊诡心眼，比人懂得好歹，对它好，它真舍命地对人好，打，只是表面驯服，没意思。所以，全村只有谷仓家没有鞭子，实在恼了，从地上拾起一根树枝或者秸秆照着驴背甩两下，就算是最重的惩罚了。看他扬起鞭子就要打，谷仓急忙喊："别打，我来。"谷仓本不想亲手送它上车，心里不忍，但眼见着鞭子落在驴身上，心里更难受。

谷仓接过缰绳，轻轻地抚摸驴的脊背。

一直以来，可能是反感谷子青对驴的偏爱，谷仓并不特别喜欢这头驴，觉得它就像这个家里的桌子椅子一样，但今天它真的要离开，它的好，连同对母亲的记忆一下子涌了上来。很久没有触摸它了，它真的老了，鬃毛杂乱没有光泽，皮松松地吊着，像披着一张薄皮大氅，遮蔽着干枯的骨架。

尽心尽力的照料，也无法阻止时间带来的无法逃避的衰老，谷仓忽然心生凄楚，急忙用目光搜寻父亲。东院玻璃窗后面，是谷子青那张忧伤苍老的脸。

它想必对谷仓是熟悉的，用头不停地蹭他的手。他牵着驴直接走向跳板。驴温顺地跟在后面。谷仓走上跳板，它跟着走上跳板。谷仓上了车厢，它两条前腿也上了车厢。谷仓只要再走几步，把缰绳拴到车厢里面的铁管上就可以了。就在这时，它猛地站住，晃得谷仓一个趔趄——它站住不动了，大眼睛直愣愣地看着他。忽然，它猛地挣脱缰绳，扭身就往跳板下跑，粗粝的缰绳迅速从谷仓手中划过，谷仓的掌心一阵刺疼。就在它下了跳板想往院外跑的时候，屠夫上前一把抓住缰绳，挥起鞭子啪啪啪地抽打在驴的身上。谷仓揉搓着手掌心，回头看玻璃窗，谷子青的脸不见了。

暴虐的屠夫是可怕的，瞪着一双要飞出眼眶的大眼睛，左手紧勒缰绳，右手狠狠地挥动鞭子。鞭子在半空飞旋一圈，落在驴身上时刚好是鞭梢，一下一下，打在驴最柔软的腹部上。驴嘶鸣着，头高高扬起，四蹄乱蹦，围着屠夫一个劲地转圈。渐渐地，毛发稀疏的腹部开始出现了一条一条的血印。

谷仓的心被揪得生疼，眼眶发热，转身就往东屋里跑。一进屋门，看见谷子青背对着窗户，垂着头坐在炕沿上，花白头发散落下来，整张脸陷入浓黑的阴影里，嘴里正轻轻哼唱谷仓小时候最喜欢的一首儿歌《小白白鸡》：

小白白鸡儿，钻苇子根儿，俺家娶了个新媳妇儿，也会走，也会扭，还会插花绣兜兜儿。

低沉的声音在阴暗的老屋子里一遍一遍单调地重复，一股行将逝去的悲凉和岁月的潮霉气息，从角落里涌出来，无声地在空气里浮动。谷仓脸色蜡黄，扶着门框，颤着声音哀求地叫了一声："爸。"谷子青停住了，保持着原来的姿势动也不动。过了一会儿，他长叹了一口气，站起身，看也不看谷仓一眼，从他身边挤了过去。

谷子青牵着驴上了跳板，非常顺利地将缰绳拴在铁管上，他甚至连驴腹部的伤口都不看一眼。驴眼巴巴地看着谷子青，用头不停蹭他的胳膊，在诉说自己的委屈似的，嘴里发出呜呜咽咽的声音。谷子青面无表情，对驴的示好视若不见，径直回了东院房间。

屠夫胆怯似的目送着谷子青，然后挡好车板，跟谷仓一起进了东院。

谷仓想让他把钱给谷子青，可谷子青扭着身子置之不理，屠夫只好把钱给谷仓。他笨拙地捻着一张一张的纸币，嘴里数着："五十、一百、一百五、二百……"谷子青拧着眉头，有些不耐烦起来。谷仓讨厌他数出声来，甚至想用东西塞住他的嘴。

正在他数得认真谷仓听得仔细的时候，忽然，窗外一阵怪异的惊叫，是谷四媳妇。随后，像炸响的惊雷一样，只听得院里轰隆一声巨响。谷子青脸色骤变，站起身就往外跑。谷仓和屠夫紧随其后。

驴掉到车厢外，不，确切地说，是它跳出了车厢，虽然他们想破脑袋也想不出，那么高的车栏它是怎么跳出来的。只有一种可能，它是头朝下，倒栽葱摔下来的。它多半个身子倒在车厢外的泥浆里，两只前蹄像人的脚趾，侧曲着使劲抓着地，头高高扬起，脖颈被缰绳勒得紧紧的，已发不出一点声音。谷四媳妇一身泥浆，像搂孩子一样把驴头抱在怀里，正使劲往下拽。她越拽，绳子勒得越紧。驴呲着满口残缺的牙，眼睛外凸，眼白上翻，几乎快被她勒死了。谷子青踉跄着步子，扑哧扑哧踩着泥水往前跑，几乎就在滑倒的同时抢过了驴头，扯着驴的身子用力往上托，往上托，使它不至于窒息。

屠夫想上前帮忙，刚往驴跟前凑，它的四个蹄子就狂躁地不停在泥水里乱蹬，妄图站起逃跑。谷仓和屠夫一时不知所措，只好站在一边呆愣着。谷子青怒喊一声："还不解开绳子。"屠夫一个箭步跳上车，慌不迭地解开缰绳。谷子青把湿漉漉的驴脑袋放平，去检视驴腿。站着一旁发愣的谷四媳妇不顾泥水，又迅速把驴脑袋抱在怀里，不停地抚摸着它的头和脖子，脸上不知是泪还是雨水，模糊成了一片。驴安静地躺在她怀里，可怜的大眼睛一眨一眨地看着她。

驴的一条腿折了。

谷子青牵着它一瘸一拐地往牲口舍走。谷四媳妇傻乎乎地紧跟在后面。驴尾巴沾着脏兮兮的泥水，左一下，右一下，甩到她的衣服上、脸上，她也不躲，依旧傻傻地跟在后面。走到牲口舍前，她一眼看到立在门边的皮鞭。她看看驴肚子，又回头看看屠夫，猛地上前一把抓住皮鞭，转过身，挑衅地看着屠夫。她的两只眼睛本就眼白多，还有点扭曲的斜视，情绪一激动，右脸颊肌肉痉挛一样，抽搐着往上吊，模样滑稽得可笑。

但他们谁也没笑。

只见她扬着鞭子,试探性地往前走了几步。他们看着她没动。她忽然像愤怒的牛一样,呼呼地朝着屠夫跑去,边跑边高高地甩着皮鞭。甩鞭子是个手艺活,没有两年功力,鞭梢很容易就会缠到鞭柄上。她甩得太好了,在半空画一个满圆,鞭梢准确无误地落在屠夫身上。屠夫啊的一声尖叫,撒开腿围着农用车和她绕圈子。打不着屠夫,急得谷四媳妇哇啦哇啦地乱叫。忽然,她站住了,像刚发现谷仓似的盯着他看。

谷仓心想,坏了。转身刚想跑,已经晚了,火辣辣的一鞭子抽打在他大腿上,疼得谷仓哎呀一声叫了出来。

就在谷四媳妇再次扬起鞭子的时候,谷子青冲了出来,嘴里厉声训斥道:"反了你了,敢打人了,给俺老实待着。"说着,右手一指牲口舍门边的墙根,又转过身,冲着屠夫大声说:"这驴,俺不卖了。"说完,恶狠狠地瞪了谷仓一眼,扭身进了牲口舍。谷四媳妇歪着头,气呼呼地站到墙根下,弯腰屈起左膝,用膝盖使劲抵着鞭子柄想把它折断。显然,鞭子柄材质不错。她一下、两下、三下,疼得她龇牙咧嘴,还是没折断。

屠夫气喘吁吁地对谷仓说:"小兄弟,看你也不差这点钱,这驴呀,就别卖了,真宰了它,你爸怕要心疼出病来。等着驴真的死了,我来收,一定不少你钱,行不?"

话刚说完,只听咔嚓一声,鞭子被折成两截。屠夫回头看看谷四媳妇,二话没说,油钱都没要,淋着雨走了。

谷仓走了。谷子青没有送他,他正忙着给折了的驴腿打绷带。

十天后,一大早谷子青打来电话,没有任何寒暄,只对谷仓说了一句:"你来拉驴吧。"

谷仓有点蒙,刚"嗯?"了一声,话筒已传来一阵忙音。

拉驴那天谷仓没有来。

谷子青亲手把跛腿的驴拴到车厢横梁上,用硬毛刷仔仔细细将它全身梳理一遍。有了上次的教训,屠夫并不催促,耐心地看着谷子青挥着胳膊一上一下缓慢梳理。后来,他陷入一种催眠状态,恍惚觉得自己是那头衰老的驴,长满毛发,正被谷子青爱抚得熨帖舒适。他闭上眼睛,夏日正午的阳光穿透眼帘直达内心,他感觉自己像一颗融化的糖瘫软在地,一种对将逝生命悲悯的柔软从心底滋生:死也要死得体面啊,无论是人还是生灵。

据说屠夫在后来宰杀的时候，都会点上一支烟，烧几张纸，超度生灵升天——白吃人家的肉？那还是人干的事吗？

车开动了。谷子青和驴对视着，跟在车后，攥在手里的五百元钱忘记了放进兜里。

出了院门，谷子青跟着。拐过巷子角，谷子青还跟着。

屠夫躁了，脚下不觉用了力，车轮下升起了尘烟。就在车加速的瞬间，驴的头使劲向后拧着寻找谷子青，一声嘶叫，声音苍凉、沙哑，带着濒死挣命的恐惧，屠夫不觉浑身一震，寒战从尾椎嗖地散布全身。他脚下更加用力，车愈发快起来，迅速穿过巷子，奔向乡间公路。跟在后面的谷子青好像一块被磁铁吸引的铁块，被驴的叫声吸引着，先是小跑，继而拼命奔跑起来，花白的头发在风里凌乱成一团乱麻。

又空手而归？屠夫不甘心，一脚油门踩到底，冲向铺在麦田中间的公路——几十岁的人了，追不上就死心了。果真，谷子青被远远甩在后面，但他还在跑，在正午暑热空寂的路上孤独地一个人跑。在车子快拐上国道的时候，屠夫终于停下来，等待在后面跟跟跄跄奔跑的谷子青一点一点靠近。

唉，屠夫叹了口气。看看驴，唉，他又叹了口气。

驴就这样，又被谷子青截了回去。屠夫手握多出来五十元的一沓钱发愣。谷子青牵着驴子慢悠悠地往家走。驴的腿跛得更厉害了，它不时生气似的用头抵一下谷子青的后腰，谷子青就笑呵呵地念叨："知道了，以后不卖了，再不卖你了。"

谷仓再回家来，就有种恍如隔世的感觉。两人像约好了似的，谁也不再提卖驴的事，仿佛这件事根本不存在，即便驴正在示威地叫着。

但记忆怎能轻易抹掉呢？

对于谷子青来说，失去的不仅是一头驴，而是农耕的消失，或者说，他将驴赋予了某种象征，比如说一个时代、一种生活方式，或者一种浸入血液的情感，当这一切即将消逝的时候，他感觉像自己遭到遗弃一样地孤单无助。因此，事隔多年，在一个飘雪的冬天，他守着通红的炭火再次提起两次卖驴，眼睛在瞬间变成了一汪清泉，像个受了委屈的孩子一样对他的孙女——也就是我——讲述着跌宕的人生过往。

我时常在想，人生的意义是什么？就像哲学永不得知的两个追问一样，从哪里来？到哪里去？我的答案是，人生没有意义，而只有做有意义的事，才能让人生变得有意义。人是靠什么感觉出自身的存在，意识到身体的某一部分呢？是凭心肝脾肺还是什么？其实都不是，是通过你所做的事，比如拿东西，你意识到手臂的存在；跨沟渠，体会到腿的重要。而在别人心中存在的，是你的灵魂、精神，也可以说，人的灵魂、不朽和存在，不是在自己本身认知，而是在他人身上，并还要在他人身上存在下去，成为怀念，这就是人生的意义。

想象苦难，远比遭受苦难更容易杀死一个人，对我来说，回望旧事，是一件特别无聊的事，我从没有设想过有朝一日会在冬夜里，用感动、用笔去记录、去回忆，因为过程是如此让人忧伤。但爷爷纷繁复杂、坎坷跌宕的人生，让我，即便以一个旁观者的视角审视，也不得不心生敬意。我为自己能够拥有如此淳朴、顽强的血液而骄傲。

所以，当我写完第一章之后，我决定，辞职回乡，去做一点与粮食、土地和人有关的事。

一切都如此猝不及防。正如我此时的结尾，也许不是很完整，但我感觉恰到好处，

因为，以后发生在这片土地上的事情，我将是亲历者、建设者，而不仅是记录者！

易舟合上《枣林湾》最后一页书稿，想了一下，提笔把《枣林湾》划掉，在上面重新写了三个字"南风歌"，并在空白处写道：

南风之薰兮，可以解吾民之愠兮。

南风之时兮，可以阜吾民之财兮！

想起那头皮毛斑驳沉默成一个物件的老驴，他忍不住笑了。

第十七章

一

土壤检测所并没有发挥谷仓预期的作用,除了承接几单花卉、蔬菜检测业务,仪器基本闲置。同样,"归园田居"的土地经过施肥休息、有机肥养地,也并没有迎来比以往更丰腴的秋天,堆积在农田里的有机肥成了田川发泄不满的借口:"这他妈的有什么用?每天闻着臭味,没见粮食穗子多生出一支来。"

他是反对种粮的,一亩产量千数斤,去掉种子农药浇地钱,还不够承包费的。可谷仓的说法是,耕地不种粮干什么。

"干什么?你的商砼厂不建在地上,还是我的煤场不建在地上?为啥偏种粮?"田川忍着怒火说。

"那你想做什么?"谷仓问。

"我们做烟花鞭炮吧,利润高,操作简单。"田川立刻满脸堆笑地回答。

"那可是危险品,资质很难办到。"

"不用,"田川带着神秘的表情凑在谷仓耳边悄悄地说,"我们可以私下做,反正在庄园里没有人知道。如果你怕风险太大,我自己做。"

"你自己怎么做?"谷仓环顾一下庄园,除了一排红砖瓦房的办公室和

第十七章

土壤研究所外，就是一览无遗的田野，在办公室做烟火显然不合适。"你自己在哪儿做？"谷仓问道。

"我早看好了，在那儿。"田川指向紧靠庄园白色栏杆的养猪场，也就是有机肥的来源地。

那是杨六的养猪场，曾经也红极一时，后来猪肉价格下跌，养猪场一下赔进去一半的猪，剩下的一半又零零星星地卖掉一半多，到了现在，里面杂草丛生，角落里一片零星的玉米地，像野生的，根本找不到人为播种的迹象，三排猪圈里，仅剩下两头老母猪留着生猪崽。

谷仓了解杨六，兄弟三个因为给母亲治病，一人分摊184块钱的医疗费都能打起来，和一个如此惜财如命的人谈合作，谷仓觉得很难。他收回目光，问田川："他肯转让？就是肯还不借机讹死人？"

"杨六已经转让了一部分，现在那里归属于五家。我知道杨六难缠，但我有办法。"田川望着养猪场轻描淡写地说，然后看着谷仓继续说："我想改变我们的经营内容，这样下去是没前途的。你看，"他指向栏杆外的大片田地，"在那里是种粮，在这里也种粮，那我们租地有什么意义，就是为了当个地多的农民？你知道吗，村里每个去地里种田的人都会特意绕道从园外面走，为啥？就是为了看看这国外回来的博士有啥能耐。你也看到了，有啥？地也养了一年了，粮食也没见多收，钱也没见多赚，反倒还往里面搭了十几万块钱。我原想跟着你一起发展会有更大空间，现在看，你和谷大爷一样，对土地有情怀，但情怀换不回钱。"

他看了看脚下，往旁边跨了一步，站在红砖铺成的小路上，尘土在他黝黑锃亮的皮鞋上留下一层虚浮的白，他咚咚使劲跺了两下脚，尘土像沾上了似的，并没有因震动减少半分，这让他很烦躁。他语气坚定地说："如果你愿意，烟花当成庄园的项目，如果你不同意，我自己做，风险我自己担。不过，就是要从庄园开个后门，因为烟火在庄园的最后面做，这样隐蔽。明年我再围着烟火车间种点树当作屏障，绝对不影响庄园。你看咋样？"

因为妹妹谷丰的事，谷仓对田川怀有说不清的情分，虽然两人从没挑明。这份情分很奇怪，有一点亏欠有一点羞惭，唯独没有感谢，谷仓宁愿在钱财上吃点亏做弥补，也不愿对这件事开口提一个字。他很清楚，田川看似和他商量，其实心里早就筹谋已久。

谷仓环顾了一下庄园，正如田川所说，这里和农村大宅院没有什么不同，除了刚添置的一台联合收割机以及零星农机具之外，他看不到更值钱的物件。自己的几十万块钱都去了哪儿？他心情阴郁起来，不仅是因为田川的话，还有几分对葛博士的不满——土壤研究的仪器购置了，但有什么作用呢？难道自己真成了圆梦人？就算自己是，也没必要拉上别人。他想了一下对田川说："这样吧，只要你和杨六还有养猪户谈好，可以把它用围栏围在庄园里面，然后向北开一个角门，工人从角门出入，你自己经营，自己记账，我权当不知道这回事。"

"好嘞。"田川就等着谷仓这句话，他高兴得大嘴一咧，白凌凌的牙齿在阳光下闪光。

第二天，挖掘机就开到了养猪场，但跟在后面的不是田川，而是宝东，他手里拿着一张杨六与村委签订的土地租赁合同和一张红纸告示。

谷仓见过那张《告逃废债务违法私建及土地闲置者书》，也知道上面写的内容。田川果真诡道，细究起来，闲置多年的养猪场也算符合清理整顿的范畴，谷仓想。

嘈杂的机器声好像打响了发令枪，猪场呼隆隆跑出几个手持棍棒的人，几乎同时，从路边停靠的车上又下来几个人，走在最前面的是田川，山坡紧随其后。

挖掘机被迫停了下来。

谷仓透过办公室后窗远远地看着。凭着宝东夸张的肢体动作谷仓猜想，杨六一定是违背了租赁合同或者到期不予归还，争执越来越激烈，两队对立人群的距离在慢慢缩小，几乎到了一触即发的地步。谷仓仿佛闻到了空气中浓烈的火药味，拇指在打火机按键上颤抖了一下，终究没有点燃，他顺势拿下衔在嘴角的香烟，双臂交叉抱在胸前玩味地看着窗外。这时人群已经分开，中间站着一位苍老的老太太，她像只贸然闯入的大白鹅，挥舞着双臂威风凛凛地与宝东对峙着。

一声机器打火启动的轰鸣，挖掘机再次开动。谷仓惊愕地发现，坐在驾驶室里的居然是山坡，从他笨拙的动作能看出，这是他第一次操作。一看机器发动，老太太迅速带着一群人跑到挖掘机前面，她不顾危险仰面躺在车轮下面。没了老太太在中间阻挡，两群人马上又形成激战态势，互相谩骂推搡着。突然，挖掘机向前冲了过去。

第十七章

"啊。"谷仓失声喊了出来。

一群人慌作一团,杨六弟兄们抬起车轮下的老太太狂奔向路边的车。剩下的人不慌不忙散开,山坡跳下车,田川亲昵地拍拍山坡的肩膀。挖掘机再次启动,一个时辰的光景,养猪场被夷为平地,两只老母猪和床被用具一起被丢在废墟上,像两个懵懂无辜的孩子望着一群离去的背影发愣。

"现在我才发现,污点对一个人有多可悲,你犯了一个错,就一定、肯定会犯第二个,人们的认知像个标签,愚蠢地贴在了人的身上,并自诩其为经验。却恰恰忘记了,真正卑劣的是所谓好人的恶,也就是伪善,它站在人性的制高点,对弱者施以霸凌,却又可鄙地冠以善良的外衣,就像山坡,他连车都不会开怎么可能会去开挖掘机。"山坡直挺挺地站在屋子当中,漠然地看着正在为自己激愤争辩的葛博士,仿佛他说的是另一个人,与自己无关似的。

谷仓沉默着,看着同样若无其事沉默着的田川,冷静地说道:"我亲眼看见的。"

田川继续沉默着。

"你明知道他有前科还让他去干,你这不是坑他吗?"谷仓一拳擂到桌子上,盖杯盖子哐啷一声险些震落。

"所以我才请你帮他摆平啊。法律就像一张网,触犯法律的小鱼可以穿网而过,大鱼可以破网而出,只有中等大小的才会束手就擒。这种事我早料到会发生,杀鸡给猴看,把杨六治老实了,那几户做起来也就顺了,你看,钱我早都准备好了。"田川拉开手包,一摞钱整齐地码放着。

山坡看到手包里的钱,瞳孔瞬间放大,露出一道贪婪凶狠的光,但随即,他沮丧地垂下了头,监狱痛苦的生活让他不得不忧伤起来。

他会收到同样多的钱吧,谷仓揣测着。恹恹无神的山坡像极了他躺在床上的爸爸,谷仓为此心酸。他内心叹了口气,拿起手包说:"十万?"

"十万。"田川连忙回答。

事情远比想象中简单得多,谷仓回来后直接找到葛博士,捏着一把土壤样品愤愤地说:"土地廉价,但它终还有高贵的一面,可贫穷,只会让人失去尊严。"

伏案的葛博士放下了笔。

"我原想一条腿远比十万珍贵,哪知这对他们来说是意外惊喜。躺在病床上的老太太居然把肇事方的我当做亲人，除了感谢之外，还诉说着三个儿子对她的好，虽然此前三个儿子对她是人人皆知赤裸裸的抛弃。我临走的时候，听见老太太颐指气使地对杨六说：'老娘想吃点好的还叽歪，要不是我，你能多得这十万块钱吗？'"

半年后，烟花场在一片白蜡树的荫蔽下悄悄开张了。正如田川预期的那样，生意好到心慌得夜里睡不好觉，仿佛一个贼，公然从别人口袋里大把大把掏钱，羡慕得谷仓再碰到葛博士出去采样，总是酸溜溜地问："研究咋样了，土里有矿？"

葛博士会摘下风帽，露出额头一圈风吹日晒留下的白痕，坦诚地回答："没有。"

早知道没有，唉，但又能怎么样呢？看着累得愈发干瘦的葛博士，谷仓只剩叹息。

谷仓的沮丧葛博士看在眼里，他想解释，但话到嘴边想想又咽了下去，他知道眼前这个男人的性情，看着隔山隔水峰峦叠嶂，其实内心比一泓山泉还清澈纯净。当他把取样机、分解仪等土壤检测仪器一件一件搬进实验室的时候，自己激动得想哭，熟悉的场景连同风华正茂的日子一起涌到心头，来自大地深处的一股力量怒吼着向他喷涌而来。他将自己化身为一名战士，用战备警戒的状态迎接每个黎明的到来，他要回报谷仓——这个帮他实现梦想的人，用金钱、用丰收、用别人艳羡的目光。为此他终日奔波，每天逼迫自己工作到凌晨，仿佛提前睡去就是对谷仓的亏欠和辜负。

妻子朱莉发来电邮，里面有几张巴黎庆祝丰收的图片。葛博士见过庆祝的场景：农会将刚收割下来的麦子搬到香榭丽舍大街上，两公里长的路上铺满麦子，到了晚上，再当场以这些新鲜的麦子为原料制作成面包，分给行人。还有一次，农民们带来了八千多个土样、十五万种植物和近七百株长势完好的树木以及猪牛羊等家畜，向城市人表明大自然的价值和农民工作的重要性，让置身于钢筋水泥里的人感受到，人们赖以生存的物质，来自脚下厚重的土地。

葛博士回复邮件说道："此行归国，并不仅仅是为了增产牟利，更是想通过自己的研究，让农民了解土地是具有独特性质的生命，和所有的动植物一样，有呼吸，有疲劳，需要休养与呵护。"

葛博士这番话源自当天发生的一件事，当时他正准备去地里取样，看见茂林老人正在翻晒土地，准备种西瓜。只见他先撒了一桶生石灰，整出合适的畦沟，再往畦沟里撒入复合肥、硼砂、硫酸镁。葛博士走过来，抓起一把泥土在手里捻着，又放到鼻子下闻了闻，愤怒地对茂林老汉说："你种了什么？"

茂林认识葛博士，对他的所谓土壤学很是不屑，基于对外乡人的尊重，他宽容了葛博士不可理喻的态度，回道："还能种啥，种西瓜呗。"

"难怪，你种了几年西瓜？你养地了没有？"葛博士用两只手掌叠起来，使劲捻搓掌心的泥土，摊开来，依然是花生粒大小的坷垃。

"种了好几年了，咋啦，不行啊？这可是俺家的地，不是你们农场的。"茂林说着，继续往畦沟里倒化肥。

葛博士几步跨过沟畦，一把抓住化肥袋子口，嚷着："你别再上化肥农药了，你睁眼看看，这还是土地吗？干得像沙子，硬得像石头，你这是在扼杀土地。"

茂林讥讽地笑了，说："亏你还是洋博士，不知道沙地西瓜甜啊？"

"可这是块好地啊，西瓜可以在盐碱地，可以在沙土地，这么好的地被祸害成盐碱沙地，以后就没法种植其他作物了。"葛博士急得直跺脚，手指颤抖着四处指点。

茂林知道他说的没错，庄稼把式都知道，种瓜消耗地的养分，伤地。不用葛博士手指头指点，他就知道这是块肥得流油的好地，当初分地的时候，就是因为这块地，搭配了村西头一块偏远的盐碱地。

茂林觉得葛博士说的有道理，这两年西瓜收成越来越差。"那要咋整？"茂林追问。

"养地啊。"葛博士指着远处那片槐树林说，"把地深耕，那里常年枯叶腐烂，是天然腐殖质，拉来撒上一层，两年不种作物，让土壤自然发酵恢复力量，等以后再种什么都长得好。"

看来洋博士不了解村里的情况，茂林觉得有必要和他解释一下，于是，他把化肥袋子一扔，笑着对葛博士说："你不懂，俺们这儿的地是几年分一次，俺种一茬西瓜，再养两年地，等俺养好了，村里再重新分地，还指不定分到谁手里，不划算。你看这地，俺种几茬西瓜，地是糟践了，可卖西瓜的钱比卖粮的钱多，等地不中用了，又分了。"

茂林原以为葛博士是担心他的收成，没想到听他说完，葛博士更急了，指着旁边灌溉渠里花花绿绿的农药瓶，抖着声音说："分了，你不种了，那别人呢？你用这么多化肥农药种植，你知道长出来的瓜果蔬菜会含有多少农药吗？"葛博士说着，跑到沟边，顺着沟沿出溜到沟底，从泥泞的地上提起两个农药瓶，上面黄色的标签纸已被晒得发白，只有可怖的骷髅头还隐约可见。

他艰难地爬出沟渠，举着农药瓶子对茂林说："它们通过食物链上的所有环节由一种生物传给另一种生物，比如苜蓿地里撒了剧毒农药，而后做成鸡饲料，鸡和鸡生的蛋就含有剧毒成分，并且，它的转移过程是，本来含量极少，经过浓缩，逐渐增高，如果干草含量是百万分之七八，牛奶的含量就会到百万分之六十五，而瓜果蔬菜、人奶也是如此。"

"俺自己吃的单独种。"茂林狡黠地一笑，说道。

"你、你自私，你这无疑是在下毒。"葛博士愤怒地嚷道。

"下毒？"茂林愣了，随即提高了声音大声吵嚷着，"你是什么狗屁博士，俺种了一辈子地，不比你懂？还下毒，这么多年俺们都是这么打药、施肥，也没见哪个是中毒死了。"

"这是慢性中毒，会转化成其他疾病反映出来……"葛博士还想继续说下去，茂林已一把从他手里抢过农药瓶，大声说："你走，你快走，这是俺家的地，你别站在这儿碍事，快走快走。"说着，粗粝的大手已搭上葛博士的肩膀，稍一用力，葛博士不由向后踉跄着退了两步。

"你……"葛博士气得浑身发抖，有心和茂林老汉对抗，刚才那一下已经判断出自己必败的下场。一扭头，他看到了自己带的采样器，他拿过采样器奔向地头，"突突突"开始采样。

茂林扬着农药瓶子在后面追上来，嘴里说着："俺告诉你，你这是白折腾，这是俺家的地，就是俺用化肥铺满了地你也管不着。"

仿佛茂林的话按下了开关，机器一下没了声音。葛博士缓缓直起腰，怜悯地看看茂林，没有多说一句话，拖着采样器沮丧地往地外走，走出地界后，他回转身，对茂林一字一句地说："我可以不采你的土样，但我一定会搞清楚土质成分，持刀之人必死于刀下，不伤害别人，才是对自己最大的保护。"

从那以后，葛博士加快了土壤研究，某天他在烧杯里查看土质沉淀杂质的时候，他忽然想起一件事，心里暗暗后悔当时怎么没对茂林说，那就是，现在癌症患者比原来多，这就是滥用农药和污染的可怕佐证。

几个月过去了，葛博士所说的两个目的都没达到，既没有获利，也没有哪个农民意识到养护土地的重要性。沉重的思想压力让他变得愈加阴郁寡言，虽然他心里很清楚，未来一定会给谷仓一地花团锦簇的丰裕，但多久呢？他不确定，他对国内种植习惯还不了解，但现有土壤检测结果足以让他做出美好的承诺，现在剩下的只有一件事——等待！

其实，只要葛博士开口，如实把内心的美好图景描述出来，谷仓也许会兴奋得一把把他抱起来，但他想了想，说出的却是："我想借你的车去县里，物流到了，我去取件。"

谷仓嗯了一声，解下车钥匙扔了过去。

看着谷仓微驼的背影，葛博士想喊住他，对他说："我去取种子，从国外良种研究室购买的种子。"可他终于还是没喊出口，以至于来年春天，谷仓面对满河套绿玉一样随风翻滚的青苗惊得瞠目结舌。

二

"命运不会把苦难的果子挂在承受不住它的枝头。"面对雪片似的转账和汇款单，濒临崩溃的谷穗反复念叨着这句不知从哪里听来的话。她不知道这些钱哪里来的，而且数额很有规律，五千或五千的倍数。

她打电话给爸爸，谷仓警觉地想到可能易舟的姐姐出事了。虽然易容华有几年没见了，但谷仓知道，现在她已经是春城公安局政委，想想自己家的亲戚都是平民百姓，也只有她具有受贿的可能。电视新闻每天播放"打苍蝇抓老虎"，难道她被查在转移资产？但没道理转给谷穗啊，并且地址天南海北都有。

"容华出事？不可能。"不等谷仓说完，谷子青就对着电话嚷道，"她是什么人品俺能不知道吗，何况马上要退休了，她怎么会做这种事，不可能。让谷穗把汇款单拿来，俺挨个打电话问问不就知道了，上面不是有地址吗？"

"是给我的。"晓康在一旁说。

"啊？"谷子青没听清，追问道，"啥给你的？"

"钱，汇款的钱，是汇给我的。"晓康面无表情，泥坯在他手里不停转动着——他在捏一条鱼，一条长满蓝色鱼鳞的鱼。

谷子青惊呆了。

"爸，晓康说啥，啊？"谷仓在电话里追问着。

谷子青顾不上回答，转到晓康的面前，问道："康啊，你知道姥爷说的啥不？"

"知道，钱。你不是要建陶艺馆吗，我筹的钱。"晓康说得云淡风轻，谷子青却听得一头雾水。

看姥爷迷惑不解的表情，晓康打开电脑，点开一个页面，谷子青发现页面上一张一张的图片都是晓康捏的陶艺作品，再仔细看，最上面有一行字："鲁西北民俗陶艺馆众筹倡议书"。下面的主要内容是众筹资金建设陶艺馆，每股五千元，建成后，可以每年免费到陶艺馆居住两周，体验鲁西北最朴实的农耕文化，体验陶艺制作，陶艺馆收益来源于参观门票以及陶艺作品售卖。为了让众筹入股的人对分红有信心，晓康特意注明，假如陶艺馆亏损，以当地有机小麦、玉米为补偿。从下面跟帖留言看，这种方式很受网友欢迎。

谷子青突然觉得眼前一脸漠然的晓康很不真实——两年了，除了终日做陶艺之外，他依然沉默着，和院子里的老槐树一起沉默着，连唯一的玩伴虎子都怀疑他的存在，不时扬起鼻子在他脸上嗅几下——这样一个孩子居然能筹来这么多钱？

不容多想，谷仓的电话又打了进来。了解情况之后，谷丰、陈浩连夜赶了回来，他们围聚在一起，几个脑袋挤在电脑前面翻看众筹倡议书。钱怎么办？已经收到大约十二万元，从转帖量来看，更多的资金还在路上。

"退回去，都给退回去。"谷仓大手一挥做出决定。

"当然要退，建什么陶艺馆，谁来经营？就他自学成才的作品，人体比例严重失调，谁会买？"谷丰边继续扒拉着电脑边说道。

"也没你说的那么难看，俺看着挺熨帖。"谷子青说着，撩起门帘朝晓康的卧室张望了一下。

"骗子。"谷丰嘟囔着。

"什么？"陈浩问。

"景德镇大学陶艺系的留言,说让他寄几个作品过去。这不是骗子是啥?"

"我看看。"陈浩滑动鼠标,随即点开注册名"景德镇大学陶艺系"的链接。"真的是大学,不是骗子,你们来看。"几个脑袋重新聚到电脑屏幕前,果真,是景德镇大学的微博。

"他上大学还有希望?真的还有希望?"谷丰紧张地看着陈浩。

"艺术院校主要看作品,只要作品过关就没问题。"陈浩极力控制内心的激动。这个帖子对别人而言只是一个好消息,对他却是完成内心救赎的希望。

两年了,他无时不在痛苦的自责中挣扎,一遍遍想象着晓康从楼上纵身一跳的情景。他渴望爱情,也习惯于被忽视与顺从,小时候家里穷,摔一跤母亲都不会关心他的膝盖摔破了,而是先察看他的衣服是否磕破了——因为膝盖会自己长好,而衣服不会。所以,面对谷丰狂热的追求他感到无所适从,他没有感到一丝与爱有关的情感,他像一只被放在火上烘烤的青蛙,为了急于逃离这种状态,他选择了结婚。结婚以后他才知道,这是最糟糕的选择,但已没有后路可退——十个月后,晓康呱呱坠地。他变得懒散冷漠,感觉两人就像一双筷子搭在咖啡杯上一样不搭调,维系两个人关系的,只有一纸婚约和这个孩子。

这不是我想要的生活。这句话像个魔咒,在每次梦中醒来时最先呈现在脑海,直到遇到小米。他后来回想,发生这种事不是因为她是小米,换成别人也会一样,他要的是新鲜,是要一块打破一成不变生活的石头。

当晓康跳楼后,他惊醒了,他发现自己已经被生活牢牢束缚,自己对他人而言已经不是单指一个人,他牵系着太多人的生活。他把生活的关键词"责任"放在了首位,虽然偶尔惆怅失落,但他问自己:"我是否可以放弃现在的生活?"内心的回答是,不能。一切已成为固式,包括几点吃饭、几点去洗手间等等,肠胃以及身体的反应机制在提醒他,依赖、习惯控制的不仅是他的灵魂,更是肉体,所以,他放弃了一切与生活无关的念头,心甘情愿地跟随规律的生活像钟表的指针一样准确无误地活着。

"那钱怎么办呢?"谷丰问,"退回去?"

"不行。"谷子青说,"就依了孩子,咱建一个陶艺馆,他情绪刚调整过来,不能让他再受打击,你们没时间,俺来守着这个馆,晓康要是真能上大学，那这个馆就更有必要建。咱这里的土质烧出来的陶好，那就让更多的孩子来这里学，来这里玩。至于钱，俺那片林子已经成材，原想等俺死了卖掉分给你们，现在权当筹钱入股的利息吧。如果亏了，就卖树还钱。"

一个高中生网络众筹建陶艺馆的消息不胫而走，此时，众筹已经达到三十万，晓康在去景德镇大学上预科班之前发帖终止了众筹活动。

晓康原本拒绝上大学，他激动地和谷丰辩论："为什么一定要上大学？你可能认为，再没有比这种苦工更不合时宜没有前途的了，确实，做陶艺会弄脏手，可绝不会污染心灵。这黏腻的黄土地是纯净、健康的，它容纳所有污秽的废料、垃圾并消化它，再从其中孕育出丰富的营养，回报我们满仓的粮食、蔬菜和精美的艺术品。"

不过，没到两个月，他就放弃了最初的想法，认为闭塞的村落和耕作阻碍了他对艺术的更高追求。

走的那天，他在桌子上留下一段字：

下雨啦，天色暗沉，人像幽灵一样在飘荡。

无所谓恐惧，只有忧伤，为天幕裂缝垂落的那道金光，以及几近失明的眼。

乌鸦乍起，蜂拥而至，围绕那道金光盘旋而上。喙如刀，带血的羽毛、雨以及其他，在凌乱与喑哑中挣扎碾压，

直到

坠落、坠落于泥土里，

等待春日，与万物一同生发。

也许，这原是世界本有、该有、应有的样子，

倾尽一生

在这样一则寓言里行走，活着

在这样一则寓言里醒来，又死去……

三

解冻是春天的先兆，空气中有了土腥和阳光的味道。一缕熟悉的香气

从窗外飘来,它有时悄悄地变得十分浓郁,有时又似乎被风带到触摸不到的地方,虽然大片金黄的花田还没有在眼前盛开,这股如影随形的香气似乎已踏上奔向四面八方行驶的列车,所到之处都能听到那带着欢笑的消息,不胫而走地散布在各个村庄——乡村振兴来了。

村容村貌仿佛一夜之间换了新装,粉白的墙,整洁的巷子,丰收的麦浪和笑容可掬的送福娃娃一起被绘制在街道墙上,每个从路上走过的人都有种身在画中游的恍惚感——幸福来得太突然啦!

过了清明,谷子青选了一个黄道吉日,陶艺馆开工了。他精神抖擞,穿着谷穗买的新衣服,被一群人簇拥着,像一个蹩脚的新郎官笨拙地往挖掘机上系红彩绸。村里人也几乎都来了。祖祖辈辈只知道脚下的土地可以种粮食、盖房子,没想到还可以做陶艺,居然还有大学专门要这样的人,太新奇了。

让人没想到的是田禾也来了。

村里人都知道田生和谷子青不和,很少有人知道田禾和谷子青的事,但两人一直有意回避在人前接触是有目共睹,即便田川和谷仓一起做生意,两人也像约好了似的,自觉地不去对方的家里。因此,田禾的出现引起村里人一阵骚动。

生活中什么让人震惊?是雷鸣,还是闪电?不是,都不是,是侧目而视和低声诽谤。田禾似乎感受到了氛围的诡异,她迈向人群的脚步停了下来,转头自己走向林子里,在众人探究的目光下走到林子中间那个干涸的大坑边沿站住了。

经过多少年,丰盈的河流才能变成这样沙化严重的干裂河床?里面几株匍匐在地上生长的野菜刚冒出芽尖,还有蛇吗?她目光呆滞地打量着这个地方。我为什么来这儿?她使劲回想,但还是失败了。她现在的生活和反应全处于本能,比如躲避人群,比如现在对蛇的恐惧,但具体为什么,她不得而知。机器已经发动,田川赠送的烟火在天空炸裂。她看了看喧闹的人群,又看了看空中弥漫的黑烟,转身回了。她不知道,身后一道比烟火更加炽烈的目光在追随着她,直到她拐过写有"社会主义核心价值观"标语的院墙的街角。

"要请禾大娘来吗?"谷丰在身后低声问谷子青。

谷子青忙收回目光,因自己的失态被女儿发现而有几分慌乱,他边走便挥着手说:"叫她做啥,你不知你大娘喜欢清静啊?"说着,脚下一个趔趄,险些跌倒。他扶着白蜡树拍打着鞋上的土,目光又情不自禁地看向了田禾消失的方向。

四

易容华来了,她退休了。她为晓康众筹时谷仓对她的猜疑感到好笑,用她的话说,必须亲自站在谷子青面前向他保证,自己无论在不在职,都是一个清清白白无愧于心的人,既不是什么大老虎,也不是什么聒噪的小苍蝇。

对于她的话,大家哈哈大笑。

这时,服务员端进来一盘生鱼片,旁边小碟子里是黄色芥末酱。葛博士的秘密就是在此时,在两杯酒之后揭开了。他带有三分醉意,指着服务员大声地说:"换,给我换掉,换成绿色芥末。"

服务员很迷惑,说:"我们只有黄色的,还从没听说有绿色芥末。"

大家习惯于葛博士的沉默,他反常的举动把一桌人的目光聚集到了他身上。他得意地一笑,说:"我猜也没有,呵呵。"他迎着众人的目光,继续说道:"芥末大家都知道吧?调味品,它的用量少,但使用很广泛,是西餐和日本料理必备的配料。但绿芥末和黄芥末是两种完全不同的调味料。黄芥末源于中国,是芥菜的种子研磨的,呈黄色,微苦,是一种常见的辛辣调料,多用于凉拌菜。除调味外,民间还用黄芥末内服治疗呕吐、脐下绞痛,外敷治疗关节炎。而绿芥末源于日本,由山葵或者辣根研磨而成,呈绿色,其辛辣气味强于黄芥末,且有一种独特的香气,多用于日本料理;还有一种白芥末,一般美国人喜欢食用。根据东方人的饮食习惯,我们来分析黄芥末和绿芥末,二者用料不同,价格也有着天壤之别,我决定,种植日本芥末的原料——山葵,它价格高,但种植难度很大,对土壤、环境、温度要求特别高,通过我对土壤的分析,在马峡河和惠河的两岸河套里种植最合适。"

"你不是想种中草药吗?怎么改了?"易舟大声问道。

"中草药对土壤要求要低于山葵,但山葵价格更高。"他看了一眼谷仓,由衷地说,"这两年多谷仓兄弟为我搭进了这么多钱,我心里很愧疚,现在该是我回报他的时候了。"

谷仓脸腾一下红了。

葛博士继续说:"我培育了一小批山葵苗,已经陆续移栽到南岸河套里,如果成功,准备大面积流转土地,进行土壤改良,规模化种植、生产,继而延伸产品产业链条。"

易容华首先端起酒杯,说:"好,我觉得葛博士做的不仅是一份农业产业,也不仅是对谷仓的一种经济回报,更是丰富了我国芥末的品种,来,让我们为谷仓有情有义不求回报的情怀,为葛博士殚精竭虑不辞辛劳取得的研究成果一起干杯,预祝我们的山葵和中草药种植取得大丰收。"

众人随即起身,共同举杯庆祝。

落座后,葛博士继续说:"还有一个问题,山葵并不适合'归园田居'的土地种植,而河套种植需要政府支持才行。"

"有我啊,"易舟说着站了起来,"还没来得及和大家汇报,我现在分管农业农村工作,你有想法尽管提,我们一起想办法解决。"说完,一仰头,一饮而尽。

"我也支持你,"易容华也端起酒站起来说,"我对农村也一直有着深厚的情结,现在我也退休了,我准备带着积蓄入股陶艺馆,我呀,不仅要把全国的陶艺技艺引进到这里来,还要把这里的农耕文化、美景美食和农产品带到外面去。可不可以呀,谷庄主?"她笑着对谷仓说。

谷仓连忙倒上酒,说:"太好了大姐,您来了我就有主心骨了。谢谢葛博士,你没黑没白地工作我非常感动,说真的,不瞒在座的各位啊,有段时间我很沮丧的,心里还埋怨过易舟哥,觉得他介绍的啥人啊,书呆子似的晚上钻进实验室,白天背着仪器到处转悠,这哪是博士干的活啊,还是外国回来的博士。"大家哈哈大笑,谷仓继续说,"我心胸太狭隘了,今天听了大家的话,我决定了,扎根农村,为农村的富裕做贡献,让钱从我们自己的土地里长出来,感谢大家,欢迎大姐,我先干为敬啊。"说着,举起杯子一饮而尽。

"你的车咋办?"易容华笑呵呵地看着谷仓。

"啊?"他愣了一下,大家也愣了,忽然爆发出一阵更猛烈的笑声——

谷仓开车载大家来的，说好不喝酒，没想到一激动把这个茬儿给忘了。

"大姐您放心，我知道喝酒不开车，我找代驾。嘿，太激动了。"谷仓嘿嘿笑着说。

宴会结束，易容华拉着谷子青的手落在后面，她脸色绯红，略带醉态地说："您还记得我舅吗？就是在土门岭车站卧轨的男人。"

谷子青沉吟片刻，一具血肉模糊的男人忽地从记忆里跳出来。他疑惑地看着易容华，不解她为什么忽然想起这件事。

易容华鼻翼、嘴角颤抖着，她悲戚地说："我也是刚知道。我前几天办退休手续，在调取档案时，正好遇到工作人员整理资料，准备做历史档案展，有一篇发表在报纸上的回忆文章，里面写着在特殊时期诬陷迫害他人的事，其中有涉及我舅舅部分。"易容华啜泣着，缓慢地举起手，伸出一根指头，说："一根山参，就因为一根山参。"她抹了一把脸，继续说，"公私合营后，舅舅虽然还是矿长，但已不再负责煤矿经营，改为管后勤，他朋友从小兴安岭来买煤，刚好带了几根山参，见他身体瘦弱，就送给他一根，因为他们是多年好友，舅舅也没放在心上就收下了。后来副矿长的老婆，也就是作者本人患了产后风，舅舅就把山参送给了她，没想到副矿长却以此要挟舅舅，说他受贿，舅舅百口莫辩，一气之下离家出走。作者写道，听说舅舅卧轨自杀后，内心一直愧疚，人之将死，以文赎罪。"

"姓周吧？一定是老周这个王八蛋干的。"谷子青气愤地说。

"唉，人啊。"易容华深深叹了口气，仰望着大堂中央的水晶灯忧伤地说，"或善或恶，是我们对行为的选择，但对一个良知未泯的人而言，心灵为此饱受责难和折磨却无法选择，作者在临终前写下那篇类似悔过书一样的回忆文章，想必也是如此。"她收回目光，挽着谷子青的胳膊继续往外走，边走边说，"所以啊，我想在您这儿过真正平静、安稳的田园日子，像一棵树，吹吹风，淋淋雨，看看星星，多好啊。"

"要说星星，咱农村以前还真看得少，现在空气好了，漫天都是星星，你来吧，你说的这些，咱都有，都有。"谷子青回道。

"有什么啊？"易舟笑呵呵地迎过来。

"有星星啊。"易容华笑着拍着弟弟的肩膀说。

"星星？"易舟边说边推开大厅侧门向夜空张望，"到处都是灯光，哪还看得见星星。"

第十七章

"所以我才去枣林湾，明天就去。"不等易容华说完，谷仓从车上下来，接茬说，"还等明天？行李都放车上了，咱今天就回。"说完，不由分说搡着易容华和谷子青就往车上走。

"刚来就和我抢姐姐，不行，我也去。"易舟佯作生气，一拉车门坐进车里，众人顿时哄笑起来。

第二天，揣着心事的谷仓一早就去了马颊河。等站到马颊河堤上，他惊呆了，平坦宽阔的河套里一方整齐的田，绿油油的稚嫩青苗在随风摇曳，清幽平缓的河水反射着温润的光线映照着青苗，泛着一层翡翠一样清澈透明的色彩。

"你什么时候种的？"谷仓激动地问葛博士。

葛博士习惯性地抓了把泥土在手里搓着，说："山葵不是直接种，要先育苗再移植。我在土壤研究所分出两间无菌育苗室，这些是从去年开始育的苗。"

"我怎么不知道？谁帮你移植的？"谷仓惊愕了。

"唉，育苗别人也不会，我自己晚上做的。至于移植，是我遇到了一个流浪汉，他帮我移植管护，因为不知道是否成功，怕你失望就没提前说。"葛博士说。

"流浪汉？他在哪儿？我怎么没看到他？"谷仓四处张望着问道。

"哦，我也才认识时间不长，这人挺聪明，各种乐器只要是带眼的都能吹出曲来，就是一件，呆。他说不清从哪儿来，也不知道到哪儿去，感觉哪里舒服就在哪里待着，也不多说话，闲了就吹曲，都是些老曲子，还会昆曲呢。想来年轻也曾家境不错，受过良好教育。"

"他人呢？"

"田川从这儿路过看到他，说他妈最近精神不太好，他爸又爱抽烟，守库不安全，就想让他替换他爸去烟花厂看库守门。他刚才还在，也许是搬行李去了。"葛博士往枣林湾方向看了看。

"他爸守库是不安全，烟瘾太大。"谷仓说着，两人并肩往河套里走。这时只听轰隆隆的几声响。葛博士看看天，天有点阴，难道要下雨？两人交换了一下狐疑的目光。紧接着是一阵烟花爆竹的轰响。

"哪个企业开业了？闹这么大阵仗，也不怕被环保部门检查。"谷仓说着继续往前走。

不对。两人几乎同时停下了脚步。烟花燃放的时间太长了、太密集了。谷仓看向枣林湾的方向，这时，河堤上高大浓密的白杨树林上空，一团灰黑色的浓烟正在半空中升腾、弥漫。

"坏了。"谷仓一声惊呼，拔腿就跑。葛博士略一愣神，马上明白过来，在后面紧紧追赶。

一脚油门踩到底，车像一枚离弦的箭，奔着浓烟升起的地方飞驰。此时，爆炸的声音已经停止，一阵风来，浓烟在空中渐渐飘散。

猜得没错，田川的烟花厂爆炸了。

眼前一片废墟，像刚经历了一场殊死战役之后的狼藉战场，几个人木头一样远远地围着一堆废墟瓦砾观望，不时有零星的爆竹在废墟里炸裂。

"怎么回事？"谷仓一把拉过田川，着急地问道。

"我不知道，我不知道。"田川被突如其来的事故打蒙了，一切发生得太突然了。

一个烟花厂工人凑过来，解释说："是这样，我们在里面往炮筒子里填药，田厂长和田大爷还有一个人进来，说以后由那个人看库。说完田厂长走了。田大爷心里不高兴，朝着那个人踢了两脚，嫌他抢自己的活。那个人也不躲，指着房梁说有蛇，我们抬头一看，妈呀，一条大白蛇盘在屋梁上，我们害怕都要往外跑，田大爷说这有啥好怕的，不过是条畜生，他喊住刚来的那个人和他一起抓蛇，后来蛇被打死了。我最后看到的就是田大爷在前面掏烟，那个人在后面提着白蛇，田大爷还没走出门就划了火柴点烟，都知道的，烟花厂不能见火星，可他是田厂长的爸，又刚抓了蛇，大家也没人说什么，其实也容不得说什么，他点着了烟，把火柴使劲往后一扔，田大爷做了得意的事就会这样，然后就听到砰的一声，我眼见着整个屋顶飞了起来。"那人说完，心有余悸地哆嗦了一下，脖子使劲向后缩，嘴里嘟囔着："我的妈呀，这个活给多少钱也不能再干，这是在玩命啊。"然后快步离开了。

谷仓见爆炸声渐渐停止，忙组织人开始泼水施救。

消防、安监马上就到了，踩着废墟上的碎砖头，谷仓在想：怎么办呢？走着走着，有两滴什么东西打在脸上，他用手一抹，吓得头皮发紧，是血。他抬头，头顶树杈上挂着一条臂膀残肢，肩膀上一大块红痣像一张扭曲的人脸在对谷仓诉说着什么。谷仓吓得啊的一声跳开。他决定，隐瞒流浪汉的存在。

因为田川娘,枣林湾的人第一次听说阿尔茨海默病,也就是老年痴呆这种病。

"田川娘被吓傻了,你想想,老头被炸成一堆烂肉,儿子又被拘留审查,这谁能接受得了?"村里人说。

"她还有闺女和儿媳呢?"另一个人说。

"别提了,见闺女、媳妇进门就撵,不让她们上自己家里来,说是来偷东西的贼。"

"那丧事可怎么办好哟。啧啧,人啊,真不知会落到哪一步,你说人有千百种死法,单他落了个死无全尸无人安葬。"

谷子青一家人围坐在堂屋,紧张地看着谷子青悲伤阴郁的脸。他们在等谷仓接姑姑谷子秀回来。

外面传来急促的脚步声。树下的虎子眼皮都没抬,继续眯缝眼睛睡觉,它知道是谷仓回来了。

谷子青几步跨到屋门外,对走在院子当中的谷子秀着急地说:"姐,姐,你快去小禾家吧,她许是吓蒙了,你快去劝慰劝慰她。"他声音慌乱,竟像孩子一样带着惊恐的哭腔。

"好,俺这就去。你也别急,她没事的。"谷子秀说着,转身出门去了田禾家。

谷子青重回屋里坐下,闷头不语。剩下的人面面相觑,不知道父亲对这个和自己一辈子不和的人的死怎么会这么关注。只有谷穗和看过《枣林湾》书稿的谷仓明白原委,但又不好明说。

"仓啊。"谷子青说话了。谷仓连忙凑上前。

"田生大爷的丧事你给张罗一下吧,无论咋样,你和田川搭伙做生意,总有份情分在,你大娘又这样,"谷子青哽咽了一下,忙止住又继续说,"你去了就听他家人的安排,剩下娘们孩子的可能拿不定主意,按咱这儿的规矩,要和他爹娘埋在一起,唉,这些年他也没把他爹迁进祖坟,还是座没有女人的孤坟,家门冷清啊。唉,那就把他和他爹埋在一个地方吧。需要钱呢,俺出,别问人家要啊,这次田川被罚得不轻。"

"行,你放心吧,爸。"谷仓忙应道。

"那个人也不知哪里的,你说人死了,家里人该多着急啊。"谷仓媳妇说。

谷仓瞪了媳妇一眼，原本不想回答，见谷子青也在看着他等待回答，便说道："就是个流浪汉，年龄也不小了。人都炸飞了，就剩下一条胳膊挂在树上，就是家里来人也认不出了。"

"没有特征就是警察来了也确定不了身份。"谷穗说完趁机长舒了一口气。氛围太压抑了。

"特征倒也有，肩膀上有很大一块红痣。"谷仓说，随后话锋一转，"一个流浪汉，如果有家人管也不至于流浪。"

"肩膀？红痣？"谷子青瞪大了眼睛。

"啊！"谷仓回道，心想，难道父亲认识？

唉，命啊，都是命啊。谷子青暗自喟叹，说："无论是谁，入土为安，就把那人葬到槐树林吧。"然后疲惫地摆摆手，"你们都去吧，给你们田禾大娘带点吃的。都去，你们都去，能干点啥干点啥。都去吧。"

人都走了。谷子青走到院里树下，虎子了解主人心情似的，骨碌翻身起来，跟在谷子青后面，陪着主人走走停停。

从远处隐约传来哭泣的声音，谷子青侧耳听了听，恍惚又是风声。唉，他叹息着，小禾啊，只怕你失散多年的弟弟就死在你自己家里头了。

五

秋收后的时光是最为闲暇惬意的，收获了满仓的粮食，新的希望已经播种在土地上，此时的人充盈美好，空气中飘浮着香甜的瓜果味道。

山葵终于收获了，价格和销售非常好。参与众筹陶艺馆的股东们蜂拥而至，学陶艺、掰玉米、摘红枣、采山葵，整个枣林湾的秋天就像沸腾的集市，人潮熙攘。易容华又租赁了几户村舍，装修成具有鲁西北农村特色的民宿，以应对突然涌入的游客。塑封厂也在谷仓的动员下改成了粮食烘干厂，"归园田居"成了土壤研究示范基地，参观人群络绎不绝。

谷仓和葛博士协商，决定在桥头堡和枣林湾开展土地流转，成立农业合作社。

第十七章

开会地点选在村委会开阔的场院上。

最先提出异议的是庆裕老人,虽然他也是第一个签字同意流转的人。他说:"俺小时候,在村里忙完收割、拉到晒场之后,俺时常和村里的孩子一起三五成群地跑到麦地里,像工兵排雷一样捡拾大人们落下的麦穗。等到吃饭收工时候,直接提着小捆的麦穗回家喂鸡去了。那时候大人也是敷衍潦草,干活累了,便把好好的地瓜、麦穗直接踩进土里,再用脚拨弄着土埋起来。现在又想搞合作社,能成吗?"

"能成。"谷仓肯定地回答,"过去是把地集合在一起,由大家一起劳动,现在是多种形式让大家选择,也就是单纯土地流转,流转分为承租或者入股,但人不需要参与生产,如果参与,按照工人标准发放工资,年终领取土地分红,这样就不存在您说的消极怠工的问题。况且我们购买了农用飞机、大型联合收割机,农业机械化程度较高,种地已经不像原来那么辛苦。"谷仓对大伙解释道。

七巧嫂子站起来说:"谷仓,我信你,可就一点我心里不踏实,你说现在你自己干得好好的,又赚钱又出名,拉上我们有啥好,不会是像田川一样打着种粮卖炮仗吧?到时候砰啪一炸就只剩下一把烟灰,那我们可找谁去?他承租的地幸亏是村集体的,要是个人的你说可问谁要去?"

谷仓刚想开口,一个人在下面小声嘀咕:"你瞎说什么,田川和谷仓都快成一家了。"人群里发出隐晦的笑声。

谷仓也不觉抿嘴笑了笑。也难怪人说,自从田生死后,两家的关系变得亲密起来。谷仓的解释是因为田川在服刑,自己作为合伙人出于兄弟情谊有责任去照顾他母亲,但他心里明白,自己能做到对禾大娘事无巨细的照顾是为什么——每天早晨,谷子青会摘好最新鲜的青菜,买来水果、点心放到篮子里,等傍晚谷仓或者谷穗回来给田禾送去。如果他们有事不在,他会托易容华或者其他随便什么人帮忙捎去,天天如此。但他自己坚决不去,甚至在田生出殡的时候他也只是远远地观望,不肯向前多走一步。

谷仓笑着说:"也许大家会认为,我会把赚钱看成是世界上最重要的事,我大概还会为此不择手段,用欺骗或者比欺骗更卑劣的方式对吧?其实不是的,我始终认为,人是用来爱的,钱是用来用的,而不是钱是用来爱,而人是用来用的。我和乡亲们说句掏心窝子的话,如果我自己干,是能赚钱,但我不快乐。大家想想,外面的世界好不好?好在哪里?"

七巧哥笑着说:"车多,楼高,街道干净,吃得好玩得好呗。"众人哄的一下笑了起来。

谷仓也哈哈大笑,接着说:"是啊,吃得好,玩得好。玩好,首先要吃好,饿着肚子是玩不好的。吃什么?怎么吃?除了养殖业,瓜果蔬菜、粮食,哪样不是从土地上来?如果都去盖楼,盖能摘下云彩那么高的楼,去坐车,坐最高级的车,那吃什么?如果连我们农民都不种粮食了,那繁华光景能撑几天?"

葛博士听到这儿,猛地站起来,接茬说:"钱没了,可以再挣,车没了,可以步行,可地要是荒了、沙化、板结、盐碱了,可不是一时半会儿能恢复的。"因为激动,他语速很快,大家还没反应过来,他已经坐下了。

谷仓理解葛博士的心情,刚想继续说,茂林老人站了起来,对葛博士说:"你不说俺还忘了,这流转土地行,可不能全部流转,要像从前一样自己留一块地出来。大家都知道,现在外面的菜打药太多,根本不能吃。"他一指葛博士,说:"你自己也说了,那是慢性中毒,俺们要留块地自己种菜吃。"

"那不行。"葛博士一挥胳膊,噌地站起来,说,"如果说留块地自己种菜,没问题,可你这想法不对,你种韭菜,就只吃韭菜,那粮食、肉、茄子辣椒西红柿就不吃啦?庄乡们,我们不能这样,想要环境好,要先自己做好,想要食品健康,那我们先要种植健康作物,如果都抱有私心,都想着保护自己那点利益,这集体经营还能好吗?"

"可不是嘛,人家说的对。"大家窃窃私语。

被人说成自私,茂林很生气,急赤白脸地说:"就算你说的对,可不打药能成?庄稼能长得好?庄稼长不好还想致富?哼,没种过地就瞎指挥,书呆子。"

欢快的气氛顿时凝重,茂林说出了大家的担忧,所有目光一起聚集到葛博士身上。葛博士也不恼,看看谷仓,又看看大伙儿,庄重地说:"做土壤改良,如果大家信任我,我会用自己所学,既保证庄稼丰产丰收,也保证作物绿色有机没有污染。"

谷仓忙站起来,笑着说:"好,土壤技术就交给葛博士。乡亲们,钱会用光,可是土地却取之不尽。我的想法可能比较迂腐,但是真实的,我愿尽自己的力量把乡亲们从繁重琐碎的农业耕作中解脱出来,用更先进、更便捷的方式完成劳作，带领大家去享受时代发展带来的美好生活。我在这里向大家保证：'归园田居'实行股份制，就像我们村南的老槐树林子一样，它属于每个人，但绝不属于某个人，包括我自己。"

"都有份？"桂珍疑惑地问。

"对，都有份。"谷仓大声回答。

屋里顿时响起一片热烈的掌声和欢笑声。

六

日子总是不经过的。惊蛰雷鸣、百虫萌动、立夏抽穗、小满灌浆，转眼到了芒种，大地登时被一片黄澄澄的麦子所覆盖。夏风乍起，沙沙细碎的声音涟漪一样荡漾开去，总有一两只受惊的云雀，从麦田深处一跃冲天，叽叽喳喳地在半空聒噪盘旋，这时，谷子青就笑了——不消几日，沉寂的乡村便会像煮沸的水，喜悦凝结成氤氲的水雾在村庄上空升腾，田野上人会多起来，连带着鸡、狗、鸟雀也争相往田里跑去——谷子青满心欢喜地等待着这一刻。

但他失望了，蓬勃的丰收图景似乎成了可有可无的幕墙，村民对此置若罔闻。街巷空寂寥廓，夜幕降临，二十几个妇女在路灯下随着舞曲机械地舞动四肢，像水草，也像快要溺亡的人在做着最后的挣扎。男人蹲踞在一边，看着，但也只是看着，并不比当年看驴和谷四媳妇"聊天"更有兴致，偶尔笑骂一声"胖得像只鸭子"。

"鸭子什么样？"路灯下疯跑的孩子停下来问。

什么样？几个人面面相觑，猛然发现村子里已经很多年没养过鸭子了，又想到被填埋成平地的水塘，眼神里便多了一分怅惘。但也就是几分钟的事，空气中清爽的麦香并不比辛辣的塑料味更引人关注，它早已被八张百元大钞收买，只是作为与己无关的商品。是的，它只是商品，无论旱涝，无论丰沃或贫瘠，都是庄园集体的事。

"快看啊，哈哈，快看。"庆裕指着小广场笑着说。

众人的视线刚投过去，立刻爆发了一场哄笑，只见七巧跟在跳舞队的后面，像个提线木偶一样扭腰摆胯，不知身体僵硬还是故意搞怪，舞动的动作夸张而怪异，两只手在空气中抓挠着，似乎想攫取什么似的。

广场舞队的服装是粉衣、绿裙，不知哪个好事的人把跳舞的服装扔给七巧。他胡乱套在身上，并用一块红绸手绢系在花白的头上，像个地道的小丑，跟着音乐，围着广场摇头晃脑，伸腿劈胯，像疯了一样机械地跑着、跳着、舞动着，脸上的皱纹聚集起来，像精心捏制的包子褶。因为他的出现，广场比平日里更加快乐、喜气，笑声从傍晚一直响到深夜。

人终于散了，世界安静了，七巧脱下粉衣、绿裙、红绸带，汗水湿透白汗衫，顺着凌乱的花白头发往下流。

谷子青从墙角阴影里站起来，捶了捶酸痛的背，对七巧说了句："老了老了，咋不知丑了。"说完，扭头就走。

几个原本想打趣七巧的老人，听了谷子青的话，心一下凉了，笑意僵在脸上，像糊了一张纸面具，默默地拿起屁股下的马扎，跟着谷子青往回走。一脸疲惫的七巧茫然地看着一条条佝偻的身影湮没在夜色里。

一切是那么寂寞，晴好的天空下没有蜻蜓翻飞，街巷里也没有鸡鸣狗吠，空洞洞的大门敞开着，却没有一个人走进来。

谷子青站在地头，像一枚被金色海浪抛到岸边的螺蛳。他拃下几株麦穗在掌心捻搓，吹掉麦皮，几十颗金色的麦粒在掌心滚动。他捻起一粒放进嘴里，硌牙。他小心地一点一点咀嚼着，嘴里渐渐有了面筋的韧劲和香甜。

用不了一周时间，就该开镰收割了，这将是这片土地流转前的最后一茬麦子，至于未来这里是花海还是蔬菜园区，取决于收益的最大化。土地，到底也没能逃脱，还是被钱控制了，谷子青想。

"联合收割机已经检修完毕，就等着下地收割，麦秸就地粉碎还田，麦粒直接卖给粮储公司，几百亩的田，争取一周收完。"谷子青想起谷仓说的话，仿佛眼见着联合收割机正向着他隆隆驶来。

他站在麦田地埂上，远眺耸立在滚滚麦浪中的那座坟茔，仿佛父亲站在那里，用责备的目光无声地注视着他，像自己小时候偷懒时一模一样。公墓在村北已经建好，汉白玉牌坊，泰山石的墓碑，等待接纳这些在泥土中沉睡的不死魂灵。一想到这儿，谷子青心就疼——没了亲人的守望，土地便只是土地，是物件，是商品，就像此时的麦收。这不是麦收，虽然往年农户也用机器收割，但绝不像这样冷清。对丰收的期待和盼望哪儿去了？谷子青想。

辗转反侧了一夜。第二天，谷子青一早骑着三轮去了集市。

他要买镰刀。

这很容易，往年每到收割时节，镰刀像北海道刀鱼一样整齐地摆在集上，随便拿起一把，开刃以后就是割麦的好家什。

谷子青围着集市转了一大圈，居然没有找到一把镰刀。

"镰刀，哪儿卖啊？"谷子青问一个卖小竹筐的男人。这是与农具最相近的营生了。

"买镰刀做啥？割麦？都用收割机了，又快又省力，谁还用镰啊。"那人说。

"割草不也得用镰刀啊。"谷子青指了指小竹筐。

"这年月谁还打草啊？没有炕可烧，没有牲口可喂，你说打草干啥使？哦，你说这个啊？"他猛地明白过来，说，"这是给小孩子们养荷兰猪、小白兔用的。不是过去的年月了，老哥。"那人笑呵呵地说。

谷子青没有笑，骑着三轮回了家。车子往院里树下一操，钻进柴房翻箱倒柜地翻腾了一上午，终于找到了一把锈迹斑斑的镰刀。他又用半下午的时间换掉腐朽的镰刀柄，又用磨刀石把镰刀磨得锋利无比。

今晚的月色太好了，院子里像铺了一层白沙，一切变得轻纱而美好。夜风很轻，他看不清，只觉得眼前白花花一片，在这牛奶一样的白里，他感到宁静而甜蜜，他闻到了积肥腐败的糟味和花的香甜，透过高高的院墙，他仿佛听到了月光下风穿过麦穗的沙沙声。他满意地笑了，眯着眼品味贯穿他整个夏季的麦香。

第二天一早，太阳还没等升起，谷子青已经扎好裤管，踏着露水下地割麦了。

最先看到谷子青割麦的是茂林老汉，他是被梦里的麦芒子扎醒的。从下半夜开始，他梦里就顶着毒辣的大太阳钻进了麦田。他半蹲着，左手顺着齐整的麦垄向前一捋，一把麦子抓在手心，右手镰刀迅速跟上，齐根割下，放在地垄上，挪动身子继续向前。一步一步，他挪到了麦田的中心，越往前走，麦子越高，他渐渐被高挺浓密的麦子掩盖住，赤裸的胳膊被麦芒子扎起一层红点，闷热的天，汗顺着脊梁哗哗地往下淌。

"太他妈热了。"他烦躁地说着，脱下半截袖小褂。脱下他就后悔了，坚挺的麦芒铺天盖地地向他扑来。

"哎呀。"他呼喊着从梦里醒来。

"咋啦？做噩梦了？"茂林媳妇惺忪着眼睛问。

"嗯，梦见割麦了。没穿长袖褂子，身上被麦芒扎得生疼。"茂林意识渐渐清晰，他回道。

"真是天生遭罪的命。快睡吧，以后就是你想割麦挨扎也没那机会了。"茂林媳妇翻了个身，继续睡去。

茂林却睡不着了，两只粗粝的大手交叉划拉着赤裸的胳膊，仿佛抚平麦芒在上面留下的伤痕。

天色渐亮，透过窗帘缝隙，西墙上印出一道光柱。

"哼，没机会，想干活还没机会。"茂林气鼓鼓地说。

茂林媳妇扑哧一下笑了，回过身故意用挑衅的语气说："可不嘛，你的地已经归了人家了，想干活也得要农庄雇你才行。这样也好，一年累死累活也就这些钱，现在躺在床上睡大觉就把钱挣了，这好日子，还有啥不知足的，还想啥？快睡吧。"说着，她抬了抬头，整理了一下新烫的头发，重又闭上眼睛，挂着满足的笑，进入香甜的回笼觉里。

没机会了。没机会了。茂林紧攥着双手，搓着掌心的老茧回味着媳妇说的话，心里像点了火一样，烧灼得难受，汗从腋下、额头甚至脚心沁出来。不行。他一撩搭在腹部的布单子坐了起来，蹑手蹑脚地下地，出门。

站在村前，辽阔的麦田笼罩在一片薄雾中，他又看向远处的村庄、正在建设中的新区、列兵一样挺拔高耸的树木。他看着看着，清凉的泪涌出了眼眶。就在这时，他发现有个移动的黑影在澄黄的麦田里一起一伏。

谷子青？当他看清的时候，想都没想转身回了家，不消几分钟，穿着长褂提着镰刀走向麦田，还不忘拿一块磨刀石。

"早来啦？"茂林喊谷子青，声音欢喜得像个捡了宝的孩子。

"啊，来了。"谷子青抬起头，没有半点惊诧，仿佛早就预料到茂林要来，甚至还对他迟滞的到来生出几分不满。他艰难地直起腰，用手捶了捶后背，指着旁边说："你割这几趟。哼，凭你这个磨蹭劲，俺可不和你搭伙。"

"嘿嘿,"茂林笑了,说,"你也别嫌乎俺,俺干活比你是不行,可在庄稼把式里俺也算是中用的,咱今天就比试比试,看谁先割到地头。"

"哼,比就比。"一说比试,谷子青片刻不耽误,立刻蹲下身挥动镰刀割起来。

茂林一见,也不言语,一掖衣摆,提着镰刀钻进旁边的麦田里。

有了茂林在身后追赶,谷子青一下来了精神。麦田闷热潮湿,他抹了一把汗,不顾坚韧的麦芒,解开袖口,加快了割麦的速度。他仿佛重新拥有了健硕的身形,有浑身使不完的劲头。身体可以衰老,但精神不老,他对自己割麦的速度很满意。他奋力地割着,一把又一把的麦子倒在了田垄上。他很累,但他坚持着。俺还不老,一定能先到地头,他暗自为自己鼓劲。

突然身后传来嚓嚓的声音。茂林割得这么快?他追上来了?谷子青顾不得回头,挥动镰刀的频率更快了。

可嚓嚓声越发近了,近得让谷子青心发慌。他手下的镰刀失去了分寸,麦子被割得七零八落像有豁口的茶壶。

"哎,你这是要飞啊……"谷子青实在忍不住,他扭过头准备夸奖茂林,一转身,发现身后原来是庆裕,他正在把一簇一簇割下的麦子整理在一起,他把一撮麦子扭几下,当作绳子把麦子绑成水桶那么粗的一捆。

"你咋来了?"谷子青惊讶地问。

庆裕手脚不停地继续忙活,头向后一摆,说:"不光俺来了,你看。"说着,往后努了一下嘴。

谷子青往后一看,顿时惊呆了,七巧来了,村里的几个老人也来了,他们散落在两亩多地里,有的拿着镰刀割麦,有的捆麦,还有插不上手的就把捆好的麦子扛到地头上。

谷子青眼眶湿了,他仿佛回到了童年,回到了分到土地后的第一个麦收季,他想起了火热的场景,想起了母亲,想起了香甜的油饼,想起了父亲,那个站在田野里欢喜到忧伤的男人,这生生不息的土地啊,牵着心,勾着魂。他恨不得把脸埋到泥土里,去亲吻它,去拥抱它,去化成水融进每一寸土里。

远远地,传来一阵轰隆隆的机器轰鸣声。

庄园收割机来收粮食了。谷仓看到眼前的情形愣了。他一挥手,隆隆的机器哑了声,像一堆废铁停在地头。他和车上的人一起静静地听着,看着,看着眼前几位年逾花甲,最小也是知天命年纪的长辈像孩子一样撒了欢地在田里狂欢。

他们像在做一场表演,故意用夸张的动作割麦、捆麦、搬麦垛子。

"喂,你走得快点啊,镰头削到你脚后跟啦。"庆裕的声音。

"哈,你要敢削俺脚后跟,俺就把你头上的毛削干净喽。"茂林回道。

"哈哈,就他那几根头发还值得削啊,没几天就自己掉干净啦。"有人接茬打趣:"要俺说啊,趁着没掉干净,找个炉钩子烫烫,显得头发多,省得盖不住脑瓜皮。"

"哈哈。"大家笑了起来。

庆裕也不在意,当真用手在脑袋上捋了捋。他脱发厉害,只在后脑勺还有半圈头发,寥寥无几。他自嘲道:"嗨,你别说,还真就够一炉钩子,不行,回家俺真烫一个。"

众人又哄地大笑起来。

说着,笑着,太阳出来了,阳光一如往日地酷热毒辣。渐渐地,田里的人像庄稼被晒得失去了水分似的蔫了下来,热闹高涨的气氛悄无声息地消失了。没有镰刀家什的人走了,有镰刀的抬头看看漫无边际的麦田也泄了气,想想割下的麦和自己没有一点关系,愈发觉得事情没意义,便觉得自己在做一件发癔症的荒唐事,也走了。

最后只剩下谷子青和茂林两个,呼哧呼哧地坐在地头喘粗气。终于割到地头了,至于谁先谁后已经不重要。看着停在远处的几辆联合收割机,又看看东倒西歪倒在地上的杂乱麦茬,谷子青有种被土地抛弃的恐惧和无助感。像什么呢?谷子青茫然地看着眼前的一切暗想,像什么呢?

"走啦。"茂林边说着边捶着腰疲倦地站起身,"回家喂饱肚子去,唉,混吃等死喽。"他无奈地叹了口气,拖着疲倦的影子要走。

像日子。谷子青一下想到一个词,眼前的一切就像村庄里老人的日子。真的就这样混吃等死?谷子青喊茂林:"喂,你就甘心这么混?"

"那还能咋样?葛博士说到做到,把去年流转的土地隔三天就深耕晾晒一遍,又从老槐树林里取腐殖质、有机肥撒进去,这养了多半年的地,不用土壤测试,咱看着就好,暄暄腾腾的像发面馒头,种啥都是好收成,你说俺还留啥菜地,你说咱又没别的本事,孙辈上学,没地种,不混还能咋

第十七章

样?"茂林说得很无奈,"那天七巧跳舞,俺看着心里硌硬,可一想,他不干这个干啥呢?人总要有点事做,要动弹啊。"

谷子青沉默了一下,说:"这改良土地,也不是一朝一夕的事,要不咱也伸把手,记得原来各家各户都有肥堆,咱也积肥,当锻炼身体,也算打扫卫生。行不?"

"行啊。"茂林一下来了精神,"在哪儿积肥呢?那玩意儿味可大呢。"

"就在塑封厂吧,那地方改成玉米烘干厂,但里面还保留一个洗料池,刚好适合。"

这时,谷仓踩着麦茬走过来,和谷子青商量:"爸,你们还割吗?如果想割就给你们留两亩割着玩,可这些割下的麦子机器用不上,你给轧出来行吗?"

咋不行呢?自己惹的事,当然自己摆平。谷子青想到这儿心底一喜,他想起了那头跛腿的驴,他终于有了验证留下那头驴是多么明智的机会。

"嗯,行啊。"谷子青答应着。

轧麦场几年前就被划成了宅基地。谷子青只得把麦子拉到附近偏僻公路上,像在真正的麦场上一样,分摊、晾晒。

驴真的老了,行动迟缓僵硬。它不打响鼻,不看石磙,连尾巴都不甩一下,勒带垂到地上,不用鞭子,也不用人牵引,自己拖着石磙碾轧麦穗,转了一圈,又转了一圈,绳子和脖子上的皮带有节奏地摩擦着它光秃秃的身子。

虽然有庆裕帮忙,一场麦子轧下来谷子青还是累得腰酸背痛,他不再抱怨土地流转,经过镰刀收割的狂欢,村里的老人对土地流转也给予了理解。只是谷子青从那时起,恢复了囤粮的老习惯,倚着西厢房北墙根,一排宽大的箱柜里满满都是麦子。不仅如此,他还与距离最近的麦香面粉厂签下合同,每年保持两千斤面粉的购买量——出于对新事物的怀疑,他对粮食有着深深的隐忧——都种了花草蔬菜,粮食能够吃?

易舟提议,庄园留一小块麦田,每年6月28日为麦收节,在机器进场收割之前,举行一场庆祝仪式,保留人工收割、轧场、扬麦等传统劳动场景,点秫芽儿也从春节挪到了庆丰收仪式里,为了保护环境,把燃烧秫秸换成了灯光篝火晚会。

这个提议得到姐姐易容华的全力支持,把它列入自己的旅游项目,并向本村在外打工的年轻人发出了招募信息。

谷子青积肥，协助葛博士改良土壤的建议，从茂林开始慢慢波及全村，渐渐地，大家形成了一种共识——土地是大家的，尽己所能做些力所能及的事，不仅关乎土地，更体现的是人心——当宝东提出旱厕改造倡议的时候，大家将它作为积肥的一个重要来源顺利接受。而谷子青，代表村民表达意愿，他提出的第一个建议就是，在确保村民分红的基础上，保证小麦、玉米的种植面积——手中有粮，心里不慌啊。

七

时间飞快，"归园田居"经过两年经营，已经成为集种植、加工、旅游于一体的综合性庄园，经过大家商议，谷仓决定，在第一个丰收节，发布自己的农业品牌广告——"良知良品，源自心田"。

夜深了，一轮满月挂在惠河之上，谷子青坐在岸边，身后大片的油菜花和药材植物的香气让他心绪不宁，月色好得像发生灾难的预示，迫使谷子青不停祈祷——他需要一个明确的信仰来支撑自己度过这个夜晚，度过望不到尽头的思念——田川出狱了，自己再没有继续照顾田禾的理由。

谷仓走在林间小路上，是失眠，或者说意识中的某种预感把他从床上拽起来的。在路过河边的时候，他听到了岸边传来微弱的响声，微弱到极点的一点声音，那是谷子青的叹息。

谷仓躲到树影后，将自己完全融入夜色。

无论年龄多大，真爱来临就是灾难的开始，让人变得怯懦卑微，唉，该是和田川说开的时候啦，他看着夜色中父亲惆怅的背影心里想。但也许爱着某个人却无法接近，其实是件幸福的事，遥遥地望着霞光照耀的山顶，仿佛永远不可企及，脚下踏过的每一寸土地与青苔，都是热爱过的证据——他想起了苏老师。

第二天，谷仓还没走进煤场的大门，就听见一阵东西摔到地上的声音，夹杂着田禾大娘暴跳如雷的咒骂："俺不吃，俺不吃，你是要毒死俺，你们都是坏蛋，一伙的，要毒死俺，滚，别来俺家，滚。"田川和他媳妇跌跌撞

第十七章

撞地被田禾推出屋，咣当，门被从里面插上了。

田川想回身叩门的空儿，看到谷仓，一脸尴尬地迎过来，愁闷地说："可咋整呢，这两天就是不吃饭，总说我们下毒害她。"他叹了口气，继续说道，"我在里面这段时间，家里多亏了你和大爷的照管，要不我妈还不定怎么样呢。"

"咱们是兄弟，这点事不客气。"谷仓说着，看了看紧闭的门。

"哥，你们之前是咋弄的，咋我们做的饭我妈就是不吃呢？"田川媳妇蹙着眉问道。

"以前都是我爸做好饭让我们拿给大娘，我看了，其实也没什么特殊的，就是家常菜，你想啊，我爸的厨艺能好到哪儿去，再就是搭配一些时令水果，也就是苹果、橘子之类的。"谷仓说。

"我也是这么做的，她就是不吃，这几天都饿瘦了。我进监狱之前，她是自己安静地在一边发呆，现在她变得暴躁，一说话就是扯着嗓子歇斯底里地喊，喊得嗓子都哑了。"田川说着，眼睛里噙满了泪。

谷仓心里不禁有几分犹豫——说，还是不说？虽然父亲对禾大娘有感情，但禾大娘现在的情况父亲是否能接受，如果病情加重岂不是给父亲和自己添累赘吗？但现在说也许是机会，答应的概率高，否则等禾大娘习惯了田川照顾，田川未必会答应。

他的疑虑田川看在眼里，问道："哥，有事你就说，经过这些事，我信你的为人。"

话到嘴边谷仓反不知怎么开口，他觉得全身燥热，眼神飘忽地打量着煤场，煤场空荡荡的，一堆所剩无几的煤堆上落了厚厚一层的灰尘，整个院落弥漫着一股萎靡颓废的气息。说吧，如果这样下去，禾大娘还不饿坏了。谷仓想。

"嗯，是这样，本来这件事不该我直接说，但我想别人闹得风言风语的对两个老人不好。嗯，我想，嗯，你看我爸照顾大娘一年多的时间，也习惯了，他们年轻时候的事我们虽然不清楚，也有点耳闻，我想，"谷仓犹豫了一下，说道，"我只是和你商量啊，不同意当我没说，咱们还是好兄弟。"

"行，你说吧，哥。"田川已经猜到一些。

"你看你回来也有一大摊子事要干，弟媳呢要去城里照顾孩子上学，要不这样，让我爸照顾禾大娘，成吗？"说完，谷仓如释重负地舒了一大口气。

田川并没有太惊讶,他平静地看了看谷仓,低下头,用脚尖不停地磕着地上的泥土,仿佛里面有什么东西,势必要挖出来一样。

"不行没事,我也是怕禾大娘总不吃饭身体扛不住。"谷仓脸上的燥热在渐渐褪去,恢复了平时严肃的表情。

"行。"田川抬起头认真地看着谷仓,说,"其实他二老的事我早知道,小时候总听到我爸为这事打骂我妈,现在二老已经老了,命运又给了他们一个重新在一起的机会,那我们就成全他们吧。只是怕我妈现在的情况会拖累大爷,你再想想。"

谷仓笑了,说:"不想了,就这么定了。我回家准备一下,干脆咱就定在麦收节前一天吧,我们也算给二老补办个婚礼。"

事情远比预想的要顺利得多,整个村落因为这样一场特殊的婚礼变得快乐起来,大家用比过年还炽烈的热情准备着,用默契的眼神,用高挂在嘴角的笑来表达喜悦——有田才有谷,有谷才丰收,大家本就是一家人嘛。只有谷子青最清闲,除了给田禾准备饭菜,就是领着虎子到处转悠,仿佛自己又回到了少年,是的,不谙世事的少年,爱情让他变得羞涩单纯。他躲避着人群,就像躲避着田禾一样。

奇怪的是,自从谷子青准备饭菜之后,田禾变得安静了很多,她静静地品尝着每一道饭菜,贪婪地把挂在碗沿上的最后一粒米抿进嘴里。

屋内粉刷一新,新的湖蓝色的床单、粉色的窗帘、蟠龙滚珠的被褥,窗明几亮,大红牡丹窗花比喜字更鲜艳亮堂,晓康回来了,志鹏回来了,谷子秀也在儿子兆鹏的劝说下,找了老伴,也一并带了来。

麦收节的舞台已经搭好,一筐筐庄园里生长的小麦、玉米、稻谷、山葵、三七、瓜果摆满台面。多么好的日子啊,每个碰面的人都会这样笑着说上一句。

是啊,多美好的日子啊。易容华已准备好新郎新娘礼服——紫金色绸缎唐装,所有人的心都像这六月的天,被水洗过一样,湛蓝澄澈。每个人都心怀喜悦地盼望着,盼望着太阳快快落下去再快快升起来,盼望着夜快快过去,甚至盼望着不要有梦来耽搁时间。

日期临近,谷子青越发焦躁忐忑,他对即将发生的事感到恐惧,他怕这是一场梦,一场自己编织的不愿醒来的梦。当他意识到这是日月可以作证的现实的时候，他时常在夜里拥被而坐，对着窗外的月亮陷入思考：什么是永恒？空间、时间吗？以什么为参照物？河流？候鸟？季节？或者是死亡？假如自己现在以一个少年纯净的状态迎接将发生的一切，那这些年的时间意义在哪儿？如果一定赋予时间一个永恒的概念，我愿以爱，谷子青想，唯有爱是永恒！真诚的、忠贞的爱。永远不敷衍、不攀附，否则，就是对爱的亵渎，对彼此、对时空甚至对宇宙万物的蔑视和侮辱。不是谁都能可以得到或者付出，比如思念，比如眼泪，比如沉寂里的粲然一笑。

在舒文离开之后，谷子青的心已死了，现在，重生之门即将被打开，用一个眼神或者一个深沉的额吻！

啊，鸟语花香！春暖花开！万物复苏！这静谧的夜色啊！天空一片黛青，在曙色即将来临的时候，谷子青终于带着对生活的满足进入了梦乡——明天，就是举行婚礼的日子。

谷子青醒来的时候天光大亮，屋外传来小心的脚步声和窃窃私语。谷子青没有立刻起床，他不想让人觉得自己迫不及待，虽然整个心激动得仿佛要跳了出来。他要等待，等待别人催促，等待自己出门看到的是焦急的眼神，而不是别有意味的笑。

院子里传来咚咚咚的跑步声。准是谷丰，谷子青想，就她的脚步重。

"禾大娘找不到了。"谷丰喊道。

"怎么找不到了？"谷仓着急地问。

"别着急，说清楚。"陈浩的声音。

"我哥不是让我去禾大娘家看准备的情况嘛，那时禾大娘还好好的，她换好新衣服安静地坐在屋里。我和田川他们商量完事，准备和禾大娘告别的时候，发现她没在屋里，院里院外都没有。"

谷子青三下两下披着上衣就出来了，着急地问："咋就没有了呢？一个大活人，脑子又不灵光，怎么会说没就没了？"

"我也不知道啊。"谷丰两手一摊，着急地说。

"还不快找！"谷子青喊道。

屋里的人猛地从梦中惊醒似的，连忙往外跑。

看着暴怒的父亲，谷仓走过来想搀扶谷子青坐下，刚走两步，谷子青两眼一瞪对着他喊道："你还愣着干什么？"

谷仓担心地看着父亲，边往外走边回头说："您别着急，饭在锅里，您先吃饭啊,千万别着急。"

谷子青在屋里转悠了一圈又一圈,崭新的被褥、崭新的窗帘还有鲜艳的窗花像一枚枚钢针向他扎来,他感觉自己正被一头发疯的牛犄撞得心口疼。他想坐下来,刚走到椅子跟前又站住。她去了哪儿?她能去哪儿?谷子青急得团团转,她能去哪儿呢?一个痴呆的人,能有什么意识,还不是走到哪儿是哪儿,该不会掉到河里,哎哟,地里还有浇地机井可是没有盖子的,她万一……谷子青越想越怕,他待不住了,急忙往外走,走出巷子感觉身上冰冷,才发现上衣还虚搭在肩上。他穿好衣服,沿着大道往村后地里走,他要去地里的机井和河边去看看。

走出村子,在快到红房子,也就是陶艺馆的时候,一群人从林子里走出来,打头的就是谷仓,跟在后面的是谷穗和晓康,再看后面,居然是田禾,她怀里紧紧抱着什么东西,低垂着头,像个委屈的孩子,被田川拽着极不情愿地往前走。

谷子青在看到田禾的瞬间,眼睛一热,流下泪来。他顾不得太多,张着双臂几乎是小跑着过来。老了,真的老了,谷子青边走边想,多少年没仔细看她了,怎么瘦成这样?头发怎么全白了?

大家停在原地,看着小跑过来的谷子青。田禾也站住了,歪着头愣愣地看着他,看着看着,呆滞的眼神竟然渐渐变得有光泽。突然,她哇的一声大哭起来,边委屈地哭着边迎向谷子青走来,嘴里埋怨着:"你去了哪儿啦,俺找不到你啦,你去了哪儿啦,俺把匣子找到了,俺埋到这儿这么多年你怎么不来找啊,咱们一起埋的你忘了吗?你去哪儿啦?你咋不要俺啦,说好的让俺等你你咋不回来啊,你咋老了呀,头发也白啦,你咋啦?"

俩人哭着,越走越近,终于站在一起。田禾从怀里掏出沾满泥土的首饰匣递给谷子青,说:"你快拿着,要不二娘看到会抢走的。"

谷子青明白了,她说的二娘是田生的后妈。他一手接过匣子,一手搀着她的胳膊安慰说:"不用怕,有俺在,二娘不敢打你,也不敢抢你东西。"

"二娘打人很疼的,她会掐俺的脸。"田禾说着,用手捂住脸,仿佛真的有一只无形的手即将落在上面。

"你去了哪儿啊?给你带的杂面窝头你吃了吗?地瓜干子太难吃了,你看你看俺的牙都硌掉一块。"田禾像个小姑娘,咧开没剩几颗牙的嘴指给谷子青看。

第十七章

谷子青当真站住，仔细地查看一番，说道："吃到了，吃到了。"

"对了，他们没抓到你吧？都说你掉进河里淹死了，俺知道你才不会呢，"田禾莞尔一笑，仰着脸，一脸娇羞地说，"俺在河边看到你的鞋印了，俺一看大小就知道那是你的鞋。俺照着花样给你绣过鞋垫，喜鹊腊梅的，你用了吗？"田禾说着，弯腰要去脱谷子青的鞋。谷子青一把拉起她，说："没用呢，俺舍不得，咱们回家吧。"

"嗯，回家。"田禾开心地说着，往谷子青老宅走。

谷子青拦住她，说："从这边走，房子翻盖以后，门改成朝东开了。"

田禾一脸茫然。她朝左右方向看了看，又看看跟在身后的人，指着谷仓他们问谷子青："他们是谁？他们不让你回家是吗？"

"不是，俺们翻盖了新房子。"谷子青指着现在住的方向。

"新房子？"田禾迷惑地看着谷子青，"你结婚了？"她问，说着，眼泪哗地流了出来。"你怎么可以结婚，俺可一直等你，你怎么可以结婚。"田禾怨恨地看着谷子青，眼泪下雨一样汩汩地往下流。"俺一直在等你，俺去你挑河的工地上等你，在你落水的河边等你，俺在你曾经走过的每条路上不停地走啊走，就是想那儿有你的影子，能离你近点。俺想你，想得自己都喘不过气来还是想你，可你怎么能结婚呢？你不要俺吗？"田禾抬起泪眼期待地看着谷子青，"为啥不要俺了？"她又转头呜呜地哭起来，哽咽地说，"俺知道自己笨，俺也不该使小性子，俺见不得你和别人好，俺知道错了，俺看你和别的女人在一起心里就难受，俺知道俺不对，但真的很难受，别不要俺。"田禾边说边哭，本就孱弱的身子像一张薄纸被痛苦的情绪一点一点撕裂成碎片。

"你别哭，哎哟，你别哭。"谷子青一时不知所措，想拥她在怀里，又碍于身后的儿孙，只能用力扯着田禾的袖子防止她跌倒。

谷仓和田川紧跑两步，想过来搀扶住田禾。

田禾见他们靠近，吓得脸色煞白，身子一个劲儿往谷子青怀里缩，嘴里惊恐地喊："走开，你们走开，不要过来，走开啊。"田禾歇斯底里地喊出最后一句，身子一软，倒在谷子青身上晕了过去。

谷仓一把抱起田禾，谷子青在后面紧紧跟着，一行人急急忙忙地回到家。

刚把田禾放在炕上，她就醒了过来，一把抓住谷子青的肩膀，躲在他身后，惊恐地说："别过来，你们别过来，别抢俺的包袱，那是给俺男人做的衣服和鞋，别摸俺，求你们，别摸俺，走开啊。"她喊叫着。

大家都惊呆了。谷子青也愣在了那儿。他猛地转身抓住田禾的肩膀，看着她的眼睛问："谁，是谁抢你的包袱？"

田禾紧抓着谷子青的衣服，像个做错事的孩子，头左右摇摆，躲闪着谷子青的目光。她几次试图偎在谷子青的怀里，可谷子青一直撑着她的肩膀追问着："谁，是谁抢你的包袱？"

田禾突然眼神变了，她挣脱谷子青的双手，噌噌两下爬到炕角，屈膝跪坐着，双臂时而交叉抱在胸前，时而在空中挥打着，仿佛前面站着一个狞笑着的猥琐男人。

谷子青无助地看着田禾，看着她困囿在自己的世界里饱受折磨，却无能为力。她混乱疯癫的语言，语无伦次，却勾勒出一幅幅触目惊心的画面撕裂着他的心——他猛地想起在长春站没接到她的事——他恨自己，他想保护她，他甚至已经握紧了拳头，却不知打向哪儿，唯一能做的就是忏悔，用海浪撞击礁石一样的呜咽忏悔。

他跪在田禾面前，泪水纵横，小心地伸出手，对她说："小禾，俺来了，俺来接你啦，俺来晚了，小禾，别怕，俺来了。"

田禾抬起头，惊悸的眼神慢慢平静下来。她试探着，向谷子青靠近，却又突然停住，神情变得冷峻，抬手指着谷子青破口大骂："谷子青，你这个王八蛋，你不要俺你说啊，为啥把俺扔在车站不管，你去了哪儿，俺不用你接，你把俺扔在车站，你是个什么东西。"

大家一片哗然，屋子里响起抽泣声。谷穗流泪了，田川哭出了声。

谷仓红着眼睛示意了一下，大家悄悄地走了出去，给他们关好屋门。

谷子青双手一垂，跪在田禾的面前，泪水啪嗒啪嗒砸在崭新的床单上。

田禾安静了，她精疲力竭，艰难地爬过来，她轻声说："你是稀罕俺的？那俺就值了。你不接俺是对的，接到了俺也不会嫁给你，俺该回去了。俺不恨你，真的不恨，你去看过俺对吗？在一天夜里，俺怀着孩子的时候，俺知道是你，俺听呼吸就知道是你，你跑了，为啥要跑呢？看俺怀孕了是吗？俺还能怎么样呢，俺想过死，但俺想你，想见到你，所以俺活着，比死还难受地活着。只要你好，俺怎么都行，俺把所有值钱的东西都放首饰匣里，俺想你会用得到，你遇到难事会去找，因为是咱们一起埋的呀，你不记得吗?"田禾声音越来越小,整个人虚脱了似的瘫倒在炕上。

谷子青把她紧紧抱在怀里。

田禾的意识似乎在渐渐清晰,她大口喘息,声音微弱地说:"你回来做什么呀,你是来扎俺的心啊,俺无数次在夜里走到你家门前,看着大门一直待到天亮,是的,很冷,还怕人看到,有一次下大雪,听说你病了,俺在你门前整整待了一夜,等俺想走的时候发现腿已经麻了,唉,"田禾叹口气,继续说,"如果你知道该多好啊。"

"俺知道,俺知道。"谷子青抱着田禾呜咽着说。

"你不知道,真的不知道。"田禾撩起衣服袖子,露出一条胳膊,上面是深深浅浅的疤痕,"俺想你想得实在受不了了,俺就用刀划一下,肉疼了,心就不疼了。可俺还是想你,俺骗得了别人,骗不了自己的心啊。"田禾渐渐安静下来,声音越来越小,最后只剩下耳语般的呢喃。

谷子青抚慰着田禾,打开首饰匣。

首饰匣里面有一枚玉扳指和一支鎏金的簪子,最底下是泛黄的族谱和地契,上面是一摞绣花样,在花样上面是三双旧绣花鞋垫。谷子青捧着鞋垫,就像捧着一颗怦怦跳动的心,他看着怀里的田禾,有种从未有过的甜蜜和幸福。此时,他才感觉身体疲乏,不觉停止了抽泣,偎着被垛也闭上了眼睛,在田禾断断续续的梦呓里,他睡着了。

谷子青是被锣鼓声吵醒的。他醒过两回,一回是谷仓喊吃饭,田禾紧搂着他不放,只好作罢;一回是田禾梦里不停地喊救命,他被惊醒。

麦收节仪式开始了?他望着天光大亮的窗外想。

欢快的锣鼓后,不知谁起了头,一首根据《打夯歌》改编的粗犷歌曲从窗外飘了进来:

挥起那镰刀来呦,哎嗨呦!

弟兄们呦,哎嗨呦!

加油干呦,哎嗨呦!

多流汗呦,哎嗨呦!

丰收年呦,哎嗨呦,哎嗨哎嗨呦!

多生产呦,哎嗨呦!

盖新房呦,哎嗨呦!

娶新娘呦，哎嗨呦，哎嗨哎嗨呦！

哎……呦！

谷子青第一次听到这样狂放朴拙的歌，他兴奋地向外张望着。

紧接着，一个女生唱起来：

冬浇麦，浇冬麦，

寒风透骨脚冻坏，

盼得明朝衣食足，

身痛体苦也忍耐。

冬浇麦，春浇麦，

麦苗油绿把地盖，

眼望麦田翻金浪，

浇水施肥更勤快……

随后大家一起跟着高声唱了起来：

辘轳转得响，

麦子拔节长。

辘轳转得欢，

麦子钻破天。

辘轳转得快，

麦子收万袋。

辘轳叫嘎嘎，

麦子进了家……

听着欢快的歌声，谷子青心里豁然开阔，仿佛波连天际的麦浪在千里田畴上翻滚荡漾，他看看怀里酣睡的田禾，就好像一颗种子播种到了泥土里一样心满意足。

"哦啊，哦啊……"

窗外突然传来两声驴叫，高亢嘹亮，带着抑制不住的亢奋，像初春踩着葱茏绿草在原野上奔跑才会发出的声音。这不该是那头衰老的驴发出的，谷子青惊异地看向窗外——老槐树下没有，西厢房没有。它在哪儿？它去了哪儿？

"哦……"就在谷子青专注倾听的时候，屋外一下没有了声音，连同风声、驴叫声一起消失了，一种叫做盼望的崭新力量在谷子青身体里生长出来。他昂着头，使劲看向窗外……

上架建议：畅销 长篇小说

ISBN 978-7-5329-6146-7

定价：52.00元